SAINTAMAND

THÉATRE

COMPLET

PARIS

LIBRAIRIE DRAMATIQUE

10, RUE DE LA BOURSE, 10

1867

THÉATRE COMPLET

DE

SAINTAMAND

PARIS. TYPOGRAPHIE MORRIS ET COMP., RUE AMELOT, 64.

SAINTAMAND

THÉATRE

COMPLET

PARIS

LIBRAIRIE DRAMATIQUE

10, RUE DE LA BOURSE, 10

—

1867

BRUNEHILDE

TRAGÉDIE EN CINQ ACTES ET EN VERS

—

FÉVRIER 1852

EXTRAIT

DE LA

CHRONIQUE DE GRÉGOIRE DE TOURS

TRADUITE PAR M. GUIZOT

dans la collection des Mémoires relatifs à l'Histoire de France

LIVRE IV.

. . . .

Chilpéric, après les funérailles de son père, s'empara des trésors, rassemblés à Braine, &, s'adressant aux plus importants parmi les Francs, il les plia par des présents à reconnaître son pouvoir. Aussitôt il se rendit à Paris, siége du roi Childebert, & s'en empara; mais il ne put le posséder longtemps, car ses frères se réunirent pour l'en chasser, & partagèrent ensuite régulièrement entre eux quatre, savoir : Caribert, Gontran, Chilpéric & Sigebert. Le sort donna à Caribert le royaume de Childebert, & pour résidence Paris; à Gontran, le royaume de Clodomir, dont le siége était Orléans; Chilpéric eut le royaume de son père Clotaire, & Soissons fut sa ville principale; à Sigebert tomba le royaume de Théodoric, & Reims pour sa résidence.

Après la mort du roi Clotaire, les Huns vinrent dans

les Gaules. Sigebert conduisit contre eux une armée, &, leur ayant livré combat, les vainquit & les mit en fuite; mais ensuite leur roi lui fit demander son amitié par ses envoyés. Tandis que Sigebert les avait sur les bras, Chilpéric s'empara de Reims & des autres villes qui lui appartenaient; & ce qu'il y eut de pis, c'est qu'il en résulta entre eux une guerre civile; car Sigebert, revenant vainqueur des Huns, occupa la ville de Soissons, & y ayant trouvé Théodebert, fils du roi Chilpéric, il le prit & l'envoya en exil; puis, il marcha contre Chilpéric, lui livra un combat, le vainquit, le mit en fuite & rentra en possession de ses villes. Il ordonna que, pendant une année entière, Théodebert, fils de Chilpéric, demeurât enfermé à Ponthiou; mais ensuite, comme il était clément, il le renvoya à son frère sain & sauf & chargé de présents, en lui faisant prêter serment de ne pas agir désormais contre lui; à quoi Théodebert manqua ensuite avec grand péché. . . . .
. . . .

Le roi Sigebert, qui voyait ses frères s'allier à des épouses indignes d'eux, & prendre pour femmes, à leur grand déshonneur, jusqu'à leurs servantes, envoya des ambassadeurs en Espagne chargés de beaucoup de présents, pour demander en mariage Brunehault, fille du roi Athanagild. C'était une jeune fille de manières élégantes, belle de figure, honnête & décente dans ses mœurs, de bon conseil & d'agréable conversation. Son père consentit à l'accorder, & l'envoya au roi avec de grands trésors; & celui-ci, ayant rassemblé les seigneurs & fait préparer des fauteuils, la prit pour femme avec une joie & des réjouissances infinies. Elle était soumise à la loi arienne; mais les prédications des prêtres & les exhortations du roi lui-même la convertirent; elle crut & confessa la Trinité une & bienheureuse, reçut l'onction du saint chrême, &, par la vertu du Christ, persévéra dans la foi catholique.

Le roi Chilpéric, qui avait déjà plusieurs femmes, voyant ce mariage, demanda Galsuinthe, sœur de Brunehault, promettant par ses envoyés, que s'il pouvait obtenir une femme égale à lui & de race royale, il délaisserait toutes les autres. Le père reçut ses promesses, & lui envoya sa fille, comme il avait envoyé l'autre avec de grandes richesses. Galsuinthe était plus âgée que Brunehault : lorsqu'elle arriva vers le roi Chilpéric, il la reçut avec grand honneur, & la prit en mariage. Il l'aimait d'un très-grand amour, & avait reçu d'elle de très-grands trésors ; mais il s'éleva entre eux beaucoup de bruit pour l'amour de Frédégonde qu'il avait eue auparavant comme maîtresse. Galsuinthe avait été convertie à la foi catholique, & avait reçu le saint chrême. Elle se plaignait de recevoir du roi des outrages continuels, & disait qu'elle vivait près de lui sans honneur. Elle demanda donc qu'il lui permît de retourner dans son pays, lui laissant tous les trésors qu'elle avait apportés. Celui-ci, dissimulant avec adresse, l'apaisa par des paroles de douceur ; mais enfin il ordonna à un domestique de l'étrangler, & on la trouva morte dans son lit. Après sa mort, Dieu produisit par elle un grand miracle, car une lampe qui brûlait devant son sépulcre, suspendue à une corde, tomba sur le pavé, la corde s'étant rompue sans que personne y touchât ; en même temps la dureté du pavé disparaissant à ce contact, la lampe s'enfonça tellement dans cette matière amollie, qu'elle y fut à moitié ensevelie sans se briser aucunement, ce qu'on ne put voir sans y reconnaître un grand miracle.

Le roi pleura sa mort, puis épousa Frédégonde quelques jours après. Alors ses frères, ayant entendu dire que c'était par son ordre que sa femme avait été tuée, le

chassèrent de son royaume. Chilpéric avait trois fils
d'Audovère sa première femme, savoir : Théodebert,
dont nous avons parlé, Mérovée & Clovis. Mais poursuivons les récits commencés. . . . .
. . . .

Après la mort de Caribert, Chilpéric ayant envahi la
Touraine & le Poitou, qui par traité appartenaient au
roi Sigebert, ce roi, d'accord avec son frère Gontran,
choisit Mummole pour remettre ces villes sous leur puissance. Arrivé dans le pays de Tours, il en chassa Clovis,
fils de Chilpéric, exigea du peuple serment de fidélité au
roi Sigebert, & se rendit en Poitou ; mais Basile &
Sigaire, citoyens de Poitiers, ayant rassemblé le peuple,
voulurent résister ; alors il les entoura de divers côtés,
les accabla, les tua, &, arrivant à Poitiers, en exigea le
serment. . . . .
. . . .

Clovis, fils de Chilpéric, chassé de Tours, se rendit à
Bordeaux ; & tandis qu'il habitait cette ville, sans que
personne songeât à l'inquiéter, un certain Sigulph, du
parti de Sigebert, s'éleva contre lui, & l'ayant mis en
fuite, il alla après lui, le pourchassant avec des cors &
des trompettes, comme un cerf aux abois ; à peine put-il
trouver un passage pour retourner vers son père ; cependant, ayant passé par Angers, il parvint jusqu'à lui.
Comme il s'était alors élevé un différend entre les rois
Gontran & Sigebert, le roi Gontran assembla à Paris
tous les évêques de son royaume, pour qu'ils décidassent
auquel des deux appartenait le droit ; mais la discorde
civile s'étant envenimée, les rois firent le péché de négli-
ger leurs avis. Le roi Chilpéric, irrité parce que Théodebert, son fils aîné, gagné autrefois par Sigebert, lui
avait prêté serment de fidélité, s'empara des villes de
celui-ci, savoir, Tours, Poitiers & les autres villes en

deçà de la Loire. Arrivant à Poitiers, il livra combat au duc Gondebaud. L'armée de Gondebaud ayant pris la fuite, il se fit un grand carnage de ce peuple. Chilpéric brûla aussi la plus grande partie du pays de Tours ; & si les habitants ne s'étaient soumis pour le moment, il aurait entièrement ravagé leurs terres. S'avançant ensuite avec son armée, il envahit, dévasta, désola Limoges, Cahors & toutes ces provinces, brûla les églises, interrompit le service de Dieu, tua les clercs, détruisit les monastères d'hommes, insulta ceux des filles, & ravagea tout. Il y eut en ce temps dans l'église un plus grand gémissement qu'au temps de la persécution de Dioclétien. . . . . . .
. . . .

Tandis que cela se passait, Sigebert fit marcher les nations qui habitent au delà du Rhin, &, se préparant à la guerre civile, forma le projet de s'avancer contre son frère Chilpéric. Chilpéric l'ayant appris, des envoyés de sa part se rendirent près de son frère Gontran. Ils firent alliance, se promettant mutuellement qu'aucun des deux ne laisserait périr son frère. Mais le roi Sigebert étant arrivé à la tête de ses troupes, tandis que Chilpéric l'attendait d'autre part avec son armée, Sigebert, qui ne trouvait pas d'endroit pour passer la Seine & aller à la rencontre de son frère, envoya un messager à son frère Gontran pour lui dire : « Si pour ton malheur tu ne me laisses « pas passer ce fleuve, je marcherai sur toi avec toute « mon armée. » Craignant qu'il ne le fît ainsi, il entra en alliance avec lui, & le laissa passer. Chilpéric, apprenant que Gontran l'avait abandonné & s'était rangé du parti de Sigebert, leva son camp, & se retira jusqu'au bourg d'Alluye, dans le territoire de Chartres. Sigebert le suivit & lui demanda de se préparer à la bataille ; mais Chilpéric, craignant que par la ruine de ces deux armées les deux royaumes ne vinssent à périr, demanda la paix,

& rendit à Sigebert les villes dont Théodebert s'était injustement emparé, priant qu'en aucun cas les habitants ne fussent traités comme coupables, puisqu'il les avait injustement contraints par le fer & le feu. Les bourgs situés aux environs de Paris furent entièrement consumés par la flamme; l'ennemi détruisit les maisons comme tout le reste, & emmena même les habitants en captivité. Le roi conjurait qu'on n'en fît rien ; mais il ne pouvait contenir la fureur des peuples venus de l'autre bord du Rhin. Il supportait donc tout avec patience, jusqu'à ce qu'il pût revenir dans son pays. Quelques-uns de ces païens se soulevèrent contre lui, lui reprochant de s'être soustrait au combat; mais lui, plein d'intrépidité, monta à cheval, se présenta devant eux, les apaisa par des paroles de douceur, & ensuite en fit lapider un grand nombre. On ne saurait douter que ce ne soit par les mérites de saint Martin que la paix se fit sans combat. Le même jour où se fit cette paix, trois paralytiques furent envoyés dans sa sainte basilique, ce que, Dieu aidant, nous raconterons dans les livres suivants.

Mon âme s'afflige d'avoir à raconter ces guerres civiles. L'année suivante, Chilpéric fit de nouveau partir des envoyés pour aller vers son frère Gontran, & lui dire : « Que mon frère vienne me trouver; voyons-nous, &, « quand nous aurons fait la paix, poursuivons ensemble « Sigebert, notre ennemi. » Cela se fit ainsi, ils se virent, se firent d'honorables présents, & Chilpéric, à la tête de son armée, arriva jusqu'à Reims, brûlant & ravageant tout. Sigebert, l'ayant appris, rassembla de nouveau ces peuples dont nous avons déjà parlé, vint à Paris, &, se disposant à marcher contre son frère, envoya des messagers dans le pays de Châteaudun & celui de Tours, pour ordonner aux gens de ce pays de marcher contre Théodebert. Ceux-ci reculant à lui obéir, le roi leur envoya

pour chefs Godégisile & Gontran, qui, levant une armée,
marchèrent contre Théodebert. Celui-ci, abandonné des
siens, demeura avec peu de monde. Cependant il n'hésita
pas à livrer le combat. Il fut vaincu & tué sur le champ de
bataille, &, chose douloureuse à raconter, son corps ina-
nimé fut dépouillé par les ennemis. Mais un certain
Arnulph le retira d'entre les morts, le lava, &, l'envelop-
pant de vêtements honorables, l'ensevelit dans la cité
d'Angoulême. Chilpéric, apprenant que Gontran & Sigebert avaient de nouveau fait la paix, se fortifia dans les
murs de Tournay avec sa femme & ses fils.

On vit cette année une lueur brillante parcourir le ciel,
comme on l'avait vu avant la mort de Clotaire. Sigebert,
ayant occupé les villes situées au delà de Paris, alla jusqu'à la ville de Rouen, voulant céder cette ville aux
étrangers, ce que les siens l'empêchèrent de faire. L'ayant
donc quittée, il retourna à Paris, où Brunehault le vint
trouver avec ses fils ; alors ceux des Francs qui avaient
suivi jadis Childebert l'ancien envoyèrent vers Sigebert
pour qu'il vînt vers eux, afin qu'abandonnant Chilpéric
ils le reconnussent pour roi. Celui-ci, entendant cette
nouvelle, envoya des gens pour assiéger son frère à Tournay, formant le projet d'y marcher lui-même en personne.
L'évêque saint Germain lui dit : « Si tu y vas dans l'intention de ne pas tuer ton frère, tu reviendras vivant et
vainqueur ; mais si tu as d'autres pensées, tu mourras.
C'est ainsi que Dieu a dit par la bouche de Salomon :
« Tu tomberas dans la fosse que tu auras creusée pour
« ton frère. » Celui-ci, à son grand péché, méprisa les
paroles du saint, &, arrivant à un village du nom de Vitry,
il rassembla toute l'armée, qui, le plaçant sur un bouclier,
le proclama roi. Alors deux serviteurs de la reine Fréde-
gonde, qu'elle avait ensorcelés par des maléfices, s'appro-
chèrent de lui sous quelque prétexte, armés de forts

couteaux, vulgairement appelés *scramasax*, & dont la lame était empoisonnée, & le frappèrent chacun dans un des flancs. Il poussa un cri & tomba, & peu de temps après rendit l'esprit. Charégisile, son chambellan, périt aussi dans cette occasion, & Sigilo, venu du pays des Goths, y fut aussi extrêmement blessé; le roi Chilpéric, l'ayant pris ensuite, lui fit brûler toutes les jointures en lui appliquant des fers rougis, & tous ses membres ayant été séparés les uns des autres, il finit sa vie dans les tourments. Charégisile avait été aussi léger dans ses actions que chargé de cupidité. Sorti de bas lieu, il prit par ses flatteries beaucoup de crédit auprès du roi. Il envahissait les biens des autres, violait les testaments, & il mourut de cette manière, afin que celui qui avait souvent détruit les dernières volontés des morts n'obtînt pas, au moment où la mort vint tomber sur lui, le pouvoir de dicter lui-même ses volontés.

Chilpéric, entre la vie & la mort, attendait, immobile & en suspens, ce qui allait arriver de lui, lorsque des messagers vinrent lui annoncer la mort de son frère; alors il sortit de Tournay avec sa femme & ses fils, & fit ensevelir Sigebert dans le bourg de Lambres; transporté ensuite à Soissons dans la basilique de Saint-Médard qu'il avait bâtie, Sigebert y fut enterré auprès de son père Clotaire. Il mourut la quatorzième année de son règne, âgé de quarante ans. Depuis la mort de Théodebert Ier jusqu'à celle de Sigebert, on compte vingt-neuf ans, & dix-huit entre la mort de Sigebert & celle de son neveu Théodebert. Sigebert mort, son fils Childebert régna à sa place.

. . . .

. . . .

LIVRE V.

. . . .

. . . .

Le roi Sigebert ayant été tué auprès de Vitry, la reine Brunehault se trouvait à Paris avec ses fils ; & comme on lui eut apporté la nouvelle de ce qui était arrivé, & que, troublée par la douleur & le deuil, elle ne savait ce qu'elle avait à faire, le duc Gondebaud enleva secrètement son fils Childebert encore petit enfant, &, le dérobant à une mort certaine, rassembla les peuples sur lesquels avait régné son père, & l'établit pour roi à peine âgé d'un lustre. Il commença à régner le jour de la naissance du Seigneur. La première année de son règne, le roi Chilpéric vint à Paris, &, s'étant saisi de Brunehault, l'envoya en exil dans la ville de Rouen, & s'empara de ses trésors qu'elle avait apportés à Paris. Il ordonna que ses filles fussent retenues prisonnières dans la ville de Meaux. Alors Roccolène vint à Tours avec les gens du Maine, pilla & commit beaucoup de crimes. Nous raconterons ensuite comment il périt, frappé par saint Martin, en punition de tout le mal qu'il avait fait.

Chilpéric fit marcher vers Poitiers son fils Mérovée, à la tête d'une armée ; mais celui-ci, négligeant les ordres de son père, vint à Tours & y passa les saints jours de Pâques. Son armée ravagea cruellement tout le pays, & lui, feignant de vouloir aller trouver sa mère, se rendit à Rouen, y rejoignit la reine Brunehault & la prit en mariage. Chilpéric ayant appris que, contre l'honnêteté & les lois canoniques, Mérovée avait épousé la femme de son

oncle, en sentit une grande amertume, &, plus prompt que
la parole, s'avança vers la ville de Rouen. Mais comme
ils reconnurent qu'il avait l'intention de les séparer, ils se
réfugièrent dans la basilique de Saint-Martin, construite
en planches, sur les murs de la ville. Le roi étant arrivé
s'efforça, par beaucoup d'artifices, de les engager à en
sortir, & comme ils ne le croyaient pas, pensant bien que
ce qu'il en faisait était pour les tromper, il leur fit serment, en disant : « Puisque c'est la volonté de Dieu, je
« ne les forcerai point à se séparer. » Ceux-ci, ayant
reçu son serment, sortirent de la chapelle ; il les embrassa,
les reçut honorablement, leur fit des festins. Peu de jours
après, il retourna à Soissons, emmenant avec lui le roi
Mérovée.

Tandis qu'ils étaient encore à Rouen, il s'assembla
quelques gens de la Champagne qui attaquèrent la ville
de Soissons, & qui, en ayant chassé la reine Frédégonde
& Clovis, fils de Chilpéric, voulaient se rendre maîtres
de la ville. Le roi Chilpéric, l'ayant appris, y marcha avec
une armée, & leur envoya des messagers pour les avertir
de ne pas l'offenser, de peur qu'il n'en résultât la perte
des deux armées ; mais eux, dédaignant ce conseil, se
préparèrent au combat. La bataille se livra & le parti de
Chilpéric fut vainqueur : il mit en fuite ses ennemis,
coucha sur le champ de bataille beaucoup de leurs forts
& vaillants hommes, & ayant mis le reste en fuite, il entra dans Soissons. Après cela, le roi commença d'entrer
en soupçon contre son fils Mérovée, à cause de son mariage avec Brunehault, disant que sa méchanceté avait été
la cause de ce combat. Il lui ôta donc ses armes, & lui
donna des gardes auxquels il enjoignit de veiller sur lui,
songeant en lui-même à ce qu'il en ordonnerait ensuite.
Godin, qui à la mort de Sigebert avait passé à Chilpéric,
& que celui-ci avait enrichi de beaucoup de bienfaits,

était celui qui avait soulevé cette guerre ; mais vaincu sur le champ de bataille, il fut le premier à s'enfuir. Le roi lui ôta les domaines qu'il lui avait donnés de son fisc, dans le territoire de Soissons, & les transféra à la basilique de Saint-Médard.

Godin mourut peu de temps après, de mort subite. . .

. . . .

Siggo, référendaire, qui avait été chargé du sceau du roi Sigebert, & avait passé au roi Chilpéric pour en obtenir l'emploi qu'il avait eu chez son frère, quitta de nouveau Chilpéric, & passa au roi Childebert, fils de Sigebert. Ansoald obtint les biens qu'il avait dans le Soissonnais. Beaucoup de ceux qui avaient passé du royaume de Sigebert dans celui de Chilpéric le quittèrent de même.

PERSONNAGES

—

CHILPÉRIC, roi de Neustrie.

FRÉDÉGONDE, femme de Chilpéric.

BRUNEHILDE, veuve de Sighebert, roi d'Austrasie.

MÉROVÉE, fils de Chilpéric et d'Andovère.

GAÏLEN, compagnon d'enfance de Mérovée.

GODIN, seigneur austrasien.

ROSAMONDE, confidente de Brunehilde.

UN MESSAGER.

Gardes.

—————

La scène est à Paris dans un château situé en face de la Cité, sur la rive gauche de la Seine.

BRUNEHILDE

ACTE PREMIER

—

SCÈNE PREMIÈRE

BRUNEHILDE, ROSAMONDE

BRUNEHILDE.

Oui, quand le jour enfin vient de se révéler,
C'est ta reine, c'est moi qui te fais appeler.
Avec toi, Rosamonde, il faut que je converse,
Il faut que dans ton cœur mon cœur trop plein déverse
Des secrets qu'il ne peut plus longtemps retenir;
Pendant quelques instants je veux t'entretenir :
Les heures de la nuit pour moi se sont passées
A porter mon esprit vers de sombres pensées;
Pour m'en distraire, en vain j'ai cherché le sommeil;
Sans avoir fermé l'œil, j'ai revu le soleil.
Aussi dès son lever ai-je quitté ma couche.
Apprends donc maintenant, si mon ennui te touche,
Quelles sont les frayeurs qui causent mon tourment :
J'ai dans le fond du cœur un noir pressentiment;
Sans bonheur, Sighebert, cédant à ma prière,
Deux fois à Chilpéric a déclaré la guerre;
Deux expéditions n'ont déjà rien produit,
Je crains que la troisième aussi ne soit sans fruit.
Dans l'avenir je n'ose encor plonger ma vue;
Mais si quelque accident, quelque cause imprévue

M'enlevait un succès que tout fait présager,
Si j'en étais réduite à ne pouvoir venger
Mon honneur et la mort de ma sœur Galeswinthe,
Je crois...

ROSAMONDE.

Quittez, madame, une pareille crainte.
Quand tout semble promettre un triomphe certain,
Pourquoi vous méfier constamment du destin?
Les villes de l'ouest se sont déjà livrées;
A se soumettre aussi les autres préparées
Attendent votre époux comme un libérateur
Qui doit les affranchir de leur persécuteur.
Ce célèbre héros, ce jeune homme énergique,
Fameux par sa bravoure et par sa fin tragique,
Cet éclatant guerrier, qui, pour votre malheur,
Fit contre Gondobald l'essai de sa valeur,
Et qui dans mille endroits, sur les bords de la Loire,
Sut, deux ans, se couvrir d'une si grande gloire,
Ce fils de Chilpéric, que vous redoutiez tant,
Théodebert enfin est mort en combattant
Contre Godhégisel et le duc Gonthramn–Bose.
De Chilpéric son frère abandonnant la cause,
Le prévoyant Gonthramn, qui craint votre courroux,
Afin de l'éviter, s'est rapproché de vous;
Chilpéric ne peut plus par une habile intrigue
Faire au roi d'Orléans abandonner la ligue :
Gonthramn est trop sensé pour trahir Sighebert.
Privé de son armée et de Théodebert,
Déjà votre ennemi s'est caché dans la ville
Qui des rois ses aïeux fut le premier asile,
Et c'est là qu'il attend que votre auguste époux
A son trône ébranlé porte les derniers coups.
Calmez donc vos esprits; si vous voulez m'en croire,
Encore quelques jours attendez la victoire,
Et laissez, puisque rien ne peut plus vous l'ôter,
A votre époux le temps d'aller la remporter.

BRUNEHILDE.

Je sais bien qu'il mettra toute sa diligence
A hâter, s'il se peut, le jour de ma vengeance ;
Mais je garde toujours au fond de l'âme écrits
Ces mots, que Germanus, l'évêque de Paris,
N'a pas craint d'adresser, d'une voix ferme et grave,
Au roi des Austrasiens, quand, de mes vœux esclave,
Il allait châtier Chilpéric de l'affront
Que la mort de ma sœur a marqué sur mon front :
« Si tu pars, sans avoir le projet téméraire
D'oser porter la main sur les jours de ton frère,
Tu reviendras ici sain et sauf et vainqueur ;
Si, malgré mes avis, dans le fond de ton cœur
Tu nourris le dessein d'attenter à sa vie,
Et si, pour que ta haine enfin soit assouvie,
Il ne te suffit pas d'être victorieux,
Tu mourras ; car le Dieu, qui règne dans les cieux,
A dit par Salomon son fidèle interprète :
« La fosse, que lui-même à son frère il apprête,
» Est précisément celle, où, dès les premiers pas,
» Le frère criminel trouvera le trépas. »
Sighebert, ébranlé par l'air grave d'un prêtre
Parlant au nom du ciel qui l'inspirait peut-être,
Eût sans doute, devant cet avertissement,
Fait taire en lui la voix de son ressentiment ;
Mais je le combattis, et mes conseils frivoles
Détruisirent bientôt l'effet de ces paroles.
Voyant jusqu'à quel point allait ma passion,
Il détourna les yeux de la prédiction.
Dieu veuille qu'il n'ait pas trop fait pour me complaire !

ROSAMONDE.

Du ciel pourquoi toujours redouter la colère,
Quand sa protection se fait si bien sentir ?
Nul homme, quel qu'il soit, ne peut se garantir
Des terribles revers que soudain il envoie

Au coupable obstiné dans sa mauvaise voie ;
Mais. quand vous poursuivez un si noble projet,
Du céleste courroux vous croyez-vous l'objet ?
Et pouvez-vous penser que votre nom se trouve
Jeté dans sa balance avec ceux qu'il réprouve,
Lorsque vous savez bien vous-même qu'aujourd'hui,
En combattant pour vous, vous combattez pour lui ?
Faut-il vous effrayer des paroles d'un homme
Qui se croit tout permis parce qu'on le renomme
Pour sa conduite austère et pour sa piété ?
Ce qui peut vous montrer quelle est la volonté
Du Dieu dont vous craignez la vengeance terrible,
C'est le secours constant, c'est l'appui si visible
Qu'il prête à votre époux au milieu des combats,
C'est l'amour des vaincus qui lui tendent les bras,
C'est l'approbation que tout un peuple donne
Aux succès d'un guerrier qui triomphe et pardonne,
C'est le consentement qu'il lit dans tous les yeux,
C'est la sécurité qui renaît dans les lieux
Qu'il traverse en volant de victoire en victoire ;
Voilà les seuls témoins, madame, qu'il faut croire
Avec plus de raison que des propos dictés
Par les maux que la guerre a déjà suscités.
Vous-même vous savez avec quelle allégresse,
Au milieu de quels cris, de quels transports d'ivresse,
Quand, dans la plaine au loin votre suite a paru,
Le peuple de Paris vers vous est accouru,
De quels honneurs par lui vous fûtes entourée,
Et quelle foule immense acclama votre entrée.
Tant de signes frappants vous montrent assez bien
Que le ciel dans vos plans se fait votre soutien.

BRUNEHILDE.

C'est en vain que tu veux détourner ma pensée
Des malheurs dont je sais que je suis menacée :
Non, tant que Frédégonde aura sa liberté,

Je ne m'oserai point croire en sécurité ;
Plus son péril est grand, plus ses coups sont à craindre :
Au moment où l'on croit être sûr de l'atteindre,
Terribles instruments prompts à la protéger,
Le fer ou le poison la sauvent du danger.
En y réfléchissant, maintenant je commence
A voir que j'ai commis une grave imprudence,
Lorsque je suis si vite accourue à Paris :
Je crains que ce désir, qu'en mon cœur je nourris,
De venger au plus tôt ma sœur infortunée,
Dans un affreux péril ne m'ait enfin menée.
Si, lorsque ma rivale est près de succomber,
Elle allait à sa perte encor se dérober,
Si, près de triompher, d'un effroyable crime
Le roi des Austrasiens allait être victime,
Si Frédégonde enfin, dont je crains tout pour nous,
Par le bras d'un sicaire abattait mon époux,
Pour fuir, nous n'aurions plus aucune route ouverte...

ROSAMONDE.

Comment cette pensée à vous s'est-elle offerte,
Quand, tout anéantie en face de la mort,
Frédégonde ne songe à faire aucun effort ?
Cessez donc de trembler, et, lorsque par un crime
Frédégonde ne peut s'échapper de l'abîme,
Loin de la redouter, comptez sur le succès.

BRUNEHILDE.

J'ai confiance en toi, Rosamonde ; je sais
Que tu ne cherches point par de vaines paroles
A bercer mon esprit d'espérances frivoles ;
De tes raisonnements je comprends la valeur ;
Mais, je ne sais pourquoi, je pressens un malheur.
Quoique tout s'offre à moi sous les meilleurs auspices,
Le triomphe est bordé de tant de précipices,
J'ai déclaré la guerre à de tels ennemis,
Que, tout en approuvant tes discours, je frémis.

Ce qui me fait défaut, ce n'est pas le courage ;
Si de mes ennemis je redoute la rage,
Non, ce n'est pas pour moi, mais c'est pour mon époux,
Sur qui sans doute ils vont diriger tous leurs coups ;
C'est pour mon pauvre fils encore dans l'enfance,
Que son père, en mourant, laisserait sans défense.
Néanmoins, quels qu'en soient les effets, tes avis,
Si Dieu me le permet, seront par moi suivis.
Tandis qu'en ce palais tout le monde sommeille,
Je vais prier celui qui sur les humains veille,
Et dont les yeux sur nous restent toujours ouverts,
Pour protéger les bons et punir les pervers,
De me faire oublier mon angoisse cuisante,
Et de me rendre enfin cette paix bienfaisante,
Qu'après l'anxiété que je viens d'éprouver
J'aurais certainement besoin de retrouver.
Laisse-moi donc ici lui faire ma prière.
Veille sur mon enfant ; s'il appelle sa mère,
Et s'il pleure, dis-lui qu'il va bientôt la voir.

ROSAMONDE.

Je vais à l'instant même accomplir ce devoir.

SCÈNE II

BRUNEHILDE, seule.

Grand Dieu, toi qui sais seul quelle est ma destinée,
Si tu veux que je sois à mourir condamnée,
Si du crime qu'ils ont contre ma sœur commis
Tu ne me laisses pas punir mes ennemis,
Si, pour mieux la venger, ta sagesse suprême
Préfère de son bras les frapper elle-même,
Accomplis ton dessein, je l'accepte à genoux ;
Mais épargne mon fils, épargne mon époux !
Grand Dieu, de la vengeance à toi seul est le glaive ;
Quand un homme imprudent malgré toi le soulève,

Il est souvent lui-même écrasé de son poids ;
Si celui qui l'a pris sans connaître tes lois,
Dans cette occasion n'a fait que te déplaire,
Daigne au moins n'accabler que moi de ta colère ;
Car ce n'est pas pour lui que combat Sighebert,
Ce n'est pas pour son fils, l'innocent Childebert ;
La guerre, dont mon âme est si préoccupée,
Seule je la dirige, il n'est que mon épée ;
C'est sur moi toute seule, et non sur mon époux,
Que doit donc éclater ton terrible courroux.
Si tu n'es pas sensible à cette humble prière,
Accorde-moi du moins une grâce dernière :
Tiens l'issue incertaine autant que tu voudras ;
Mais du moins jusqu'à l'heure où tu me montreras
Si ta volonté sainte entrave ou favorise
Le dénoûment heureux de ma grande entreprise,
Rends à mon triste cœur, que tu viens d'en priver,
Le calme, qu'il essaye en vain de retrouver.
Tel est le dernier vœu que forme ta servante.

SCÈNE III

BRUNEHILDE, UN GARDE.

LE GARDE.

Reine, dans ce palais un homme se présente ;
Jusques auprès de vous il voudrait parvenir.
Il dit qu'il est chargé de vous entretenir
Par le roi, votre époux, qui vers vous le députe,
Des divers incidents qui signalent la lutte.
Vous pouvez sans péril lui permettre d'entrer ;
A des signes certains il vient de me montrer
Qu'il n'a rien de suspect. Puis-je vous le conduire ?

BRUNEHILDE.

Puisqu'il en est ainsi, vous pouvez l'introduire.

SCENE IV

BRUNEHILDE.

Mon Dieu ! de ma prière est-ce déjà l'effet ?
De mon humilité serais-tu satisfait ?
Et voudrais-tu déjà me le faire comprendre ?
Que va-t-on m'annoncer ? J'ai hâte de l'apprendre ;
Ah ! de le deviner que n'ai-je le pouvoir !
Mais par le messager je m'en vais le savoir.
Le voici.

SCÈNE V

BRUNEHILDE, LE MESSAGER.

LE MESSAGER.

De la part de Sighebert, mon maître,
Reine, je viens ici pour vous faire connaître
Les succès éclatants qu'il vient de remporter.
Le triomphe est certain, on n'en peut plus douter.
Ayant mis l'ennemi plusieurs fois en déroute,
De Tournay sans obstacle il a suivi la route.
Dans tous les lieux qu'il a promptement traversés,
Des crimes de leur roi les habitants lassés,
Au lieu de préparer la moindre résistance,
Ont tous de votre époux imploré l'assistance.
Comme un torrent que rien n'arrête dans son cours,
Sa marche envahissante, en moins de quatre jours,
L'a conduit à Vitry, près de l'antique ville
Prise par Chilpéric pour son dernier asile.
C'est là que Sighebert était à mon départ,
Et c'est de cet endroit que je viens de sa part.
Tandis qu'en ce village, à l'abri de tout piége,
Il rassemble avec soin les instruments de siége,
Tous les jours, à toute heure, et d'instants en instants,
Partis des bords du Rhin, de nouveaux combattants

Se hâtent de grossir les rangs de son armée.
Pour un roi dont partout s'étend la renommée,
Les Francs de la Neustrie abandonnant leur roi
Offrent à Sighebert leur concours et leur foi.
Ne voulant plus d'un chef que l'opprobre environne,
Ils ont à votre époux déféré sa couronne ;
Et, par quatre d'entre eux porté sur le pavois,
Il s'est vu nommé roi par des milliers de voix.
Avec les combattants dont Sighebert dispose,
Apprenez maintenant le plan qu'il se propose
De mettre entièrement à fin en quelques jours :
Tandis que Chilpéric, privé de tout secours,
Dans les murs de Tournay se désespère, et reste
Frappé d'une terreur qui lui sera funeste,
Il va, sans lui laisser le temps de s'échapper,
Avec tous ses soldats bientôt l'envelopper,
Leur ouvrir le repaire au fond duquel il tremble,
Capturer Frédégonde avec lui tout ensemble,
Et de Tournay volant rapidement vers vous,
Les amener tous deux tremblants à vos genoux.
Voilà ce que j'étais chargé de vous apprendre.

BRUNEHILDE.

Quelle joie à mon cœur votre récit vient rendre !
C'est donc à tort, grand Dieu ! que j'ai douté de vous !

LE MESSAGER.

Souffrez que je retourne auprès de votre époux ;
Je n'ai pas de sa part autre chose à vous dire.
Veuillez donc m'excuser, reine, si je désire
Des travaux de l'armée aller prendre ma part ;
Si je différais plus, j'arriverais trop tard.

BRUNEHILDE.

Loin de le condamner, j'admire votre zèle ;
Puisqu'une ardeur si noble à Vitry vous rappelle,
Allez, mais instruisez Sighebert du bonheur
Que son heureux message a versé dans mon cœur.

SCÈNE VI

BRUNEHILDE, *seule.*

Je vais donc bientôt voir à mes pieds prosternée
Celle qui fit périr ma sœur infortunée ;
Je vais voir avec elle à mes pieds son mari ;
Ce désir que mon âme a si longtemps nourri,
Je vais le voir comblé! Cruelle Frédégonde,
A l'orage effrayant qui sur ta tête gronde
C'est en vain que tu veux essayer d'échapper :
S'il a tardé longtemps, c'est pour mieux te frapper.
Le fer et le poison, moyens qui d'ordinaire
Réussissent si bien à ta main sanguinaire,
Deviennent d'un usage inutile pour toi ;
Car l'armée austrasienne est fidèle à son roi.
Pour faire exécuter tes desseins homicides,
Tu n'y trouveras point d'hommes assez avides.
Dans Paris où bientôt Sighebert va venir,
Tes agents jusqu'à moi ne pourront parvenir :
De soldats dévoués une nombreuse escorte
Avec soin jour et nuit veille devant ma porte ;
S'empressant de saisir l'heureuse occasion
De secouer enfin ta domination,
Le peuple de Paris m'a donné sa parole ;
Veillant autour de moi, comme autour du symbole
De la sécurité qu'il espère de nous,
Il saura me placer à l'abri de tes coups,
Et punira de mort les lâches mercenaires
Qui voudraient accomplir tes ordres sanguinaires.

S'il est vrai que tu sois, et que tu puisses voir
Tout ce que j'entreprends pour remplir mon devoir,
Console-toi, ma sœur, tu vas être vengée!
Et toi, de la tristesse où ton âme est plongée,

Sors, mon auguste mère, apaise ta douleur ;
Je m'en vais alléger le poids de ton malheur !
Et toi, mon noble père, illustre Athanagilde,
Bénis du haut du ciel ta fille Brunehilde ;
Car à nos ennemis je vais faire éprouver
Si c'est impunément qu'on ose nous braver.....

SCÈNE VII

BRUNEHILDE, MÉROVÉE.

MÉROVÉE.

Tout est perdu pour vous, il faut prendre la fuite,
Madame ; Chilpéric est à votre poursuite.
Hâtez-vous, le temps presse, épargnez les instants :
Dans une heure, peut-être, il ne serait plus temps.

BRUNEHILDE.

Qui vous envoie ici ? Que me venez-vous dire ?
Expliquez-vous, parlez, terminez mon martyre.

MÉROVÉE.

Madame, votre époux est mort assassiné.
Vers lui, par Frédégonde, envoyés de Tournay,
Deux hommes qui portaient, passé dans leur ceinture,
Un skrama-sax, des Francs ordinaire parure,
Mais dont rien n'annonçait les desseins criminels,
Se dirent déserteurs ; dans le camp, comme tels,
Entrèrent, sans tourner contre eux la défiance,
Et du roi d'Austrasie obtinrent audience.
Votre époux, pour complaire à ses nouveaux sujets,
A tous les visiteurs donnait un libre accès.
Les deux nouveaux venus, aussitôt qu'ils le virent,
Tirant leur long poignard, sur lui tous deux fondirent,
Et de chaque côté lui percèrent le flanc.
Le roi fit un grand cri, tomba, couvert de sang,
Et périt sans pouvoir se servir de ses armes.
Je me garderai bien de condamner vos larmes ;

2

Je sais trop bien quel est votre malheureux sort.
Mais sur votre douleur faites un prompt effort,
Fuyez, au nom du ciel; car, je vous le proteste,
Bientôt vous n'aurez plus ce moyen qui vous reste.

BRUNEHILDE.

Mon époux n'est pas mort; vous voulez me tromper.
Non, de vils meurtriers n'ont pas pu le frapper;
Il vit encore, il vit, je ne puis pas vous croire,
Il vit pour ma vengeance et pour sa propre gloire.
Mais qui donc êtes-vous, vous qui vous permettez
De venir m'effrayer avec ces faussetés?
Tremblez qu'en vous fixant mon œil ne vous confonde
Et ne découvre en vous l'agent de Frédégonde.
Je vois votre dessein : en troublant mes esprits,
Vous pensez m'attirer, hors des murs de Paris,
Au piége que vos mains ont pris soin de me tendre;
Mais, vous-même, craignez de vous y faire prendre;
Car si dans vos projets vous êtes confondu,
Vous recevrez de moi le prix qui leur est dû.

MÉROVÉE.

Au nom de votre fils, au nom de votre vie,
Qui, si vous différez, va vous être ravie,
Croyez à ma parole et fuyez sans lenteur.
Vous prenez mes avis pour ceux d'un imposteur :
Mais de vous l'avenir me fera mieux connaître.
La volonté du ciel, par malheur, m'a fait naître
Votre ennemi, je dois l'être; mais mon dessein
N'est pas, croyez-le bien, d'être votre assassin.
Je dois vous l'avouer, Chilpéric est mon père,
Mais, ne l'oubliez pas, je suis fils d'Audowère;
C'est, dès mes premiers ans, elle qui m'a formé,
Et ses enseignements dans mon cœur ont germé.
Croyez donc que je suis tout à fait incapable
D'employer, pour vous perdre, une ruse coupable.
Étant votre ennemi, je me fusse abstenu

D'accourir près de vous, si j'avais moins connu
Chilpéric et surtout celle qui le domine ;
Mais je sais à quel sort leur fureur vous destine.
Je puis payer bien cher ce que je fais pour vous ;
De mon père sur moi détournant le courroux,
Frédégonde pourra m'infliger une peine
Terrible, si son bras la mesure à sa haine.
Si j'ai fait mon malheur en venant vous trouver,
Permettez que, du moins, il serve à vous sauver.
N'attendez pas qu'on sache une mort qu'on ignore ;
Le peuple, qui de rien ne se méfie encore,
N'aura pas remarqué par où vous aurez fui ;
Chilpéric ne pourra s'en instruire par lui,
Ou le saura trop tard, et vous serez sauvée ;
C'est moi qui vous le dis, croyez-en Mérovée !

BRUNEHILDE.

Mon époux est donc mort, et c'est donc vainement
Que je voudrais rester dans mon aveuglement !
Frédégonde l'emporte, et c'est un double crime
Qui la fait triompher et me rend sa victime !
Par deux affreux forfaits elle ose m'outrager,
Et je ne pourrai pas, à mon tour, me venger !
Elle saura bientôt, je le lui veux apprendre,
Que ses lâches bourreaux ne peuvent la défendre !
Il ne sera pas dit que, malgré mes efforts,
Elle ne me craint pas et rit de mes transports,
Je veux l'attendre ici, pour l'égorger moi-même.....
Hélas ! où va l'excès de ma douleur extrême?
Pardonnez-moi, mon Dieu, d'oser me révolter
Contre vos volontés que je dois respecter ;
Mais, puisque vous m'ôtez mon unique espérance,
Permettez-moi, du moins, d'exhaler ma souffrance.
Et par un prompt trépas daignez me préserver
Des pénibles affronts dont on va m'abreuver.....
Mais, non, n'exaucez pas, ô mon Dieu, ma prière.

Car mon fils vit encore, et n'a plus que sa mère ;
Je serai désormais son unique soutien ;
Tant qu'il le lui faudra, conservez-le-lui bien.

MÉROVÉE.

Si, dans son intérêt, vous souhaitez de vivre,
Je vous l'ai déjà dit, madame, il faut me suivre...

BRUNEHILDE.

Eh bien !.....

MÉROVÉE.

Suivez mes pas.

BRUNEHILDE.

Eh bien ! je m'y résous :
Avec mon pauvre fils je m'abandonne à vous.

SCÈNE VIII

LES MÊMES, ROSAMONDE.

ROSAMONDE.

Madame, c'en est fait ! Plus d'espoir ! Le ciel semble
Vouloir vous accabler de tous les maux ensemble.
Chilpéric est vainqueur, Sighebert ne vit plus,
Et pour fuir vous feriez des efforts superflus :
Vous êtes d'ennemis partout environnée.
Vos gardes lâchement vous ont abandonnée :
Une terreur panique, aveuglant leurs esprits,
Hommes, femmes, soldats, gardiens de votre fils,
En un mot, tous les gens qui formaient votre suite,
Ont de divers côtés pris à l'envi la fuite.
Moi seule, ranimant mon courage entre tous,
Je quitte votre enfant, et j'accours près de vous
Vous apprendre un revers dont mon âme éperdue
N'ose encore embrasser l'effrayante étendue.

BRUNEHILDE.

Hélas ! je vois trop bien jusqu'où va mon malheur.

Vous qui savez quel est l'excès de ma douleur,
Jeune homme, excusez-moi, si je vous importune;
Mais je me sens fléchir sous ma lourde infortune.
Protégez Childebert contre ses ennemis,
Tirez-le du péril où mes fautes l'ont mis.
Pour cet être innocent, pour qui je vous implore,
Vous avez beaucoup fait, vous pouvez faire encore ·
Ne vous arrêtez pas au milieu du chemin,
Conduisez bravement votre ouvrage à sa fin.
Ne faites point d'efforts pour me sauver la vie;
La mort est désormais le seul bien que j'envie,
Mais délivrez mon fils, et je vous bénirai.

MÉROVÉE.

Oui, je vous le promets, je le délivrerai.

ACTE DEUXIÈME

—

SCÈNE PREMIÈRE

MÉROVÉE, GAILEN.

GAÏLEN.

Quoi! maître, quoi! c'est vous qu'en ces lieux je retrouve?
De nous avoir quittés que je vous désapprouve!

MÉROVÉE.

Oui, quand j'ai sur la route à vos yeux disparu,
C'est ici, Gaïlen, que je suis accouru.

GAÏLEN.

Vous venez de commettre un acte téméraire,
Qui va de Chilpéric exciter la colère.
Vous savez quel pouvoir Frédégonde a sur lui ;
Si dans ses sombres traits elle lit quelque ennui,
En employant la ruse, elle pourra connaître
Le motif qui l'aura dans son esprit fait naître,
Et quand elle saura quel en est le sujet,
Elle voudra, sans doute, accomplir son projet
D'annuler, s'il se peut, vos droits à la couronne.
D'un coupable dessein, maître, je la soupçonne :
Vous savez qu'elle est mère, et qu'elle a récemment
Mis au monde un enfant qu'elle aime tendrement.
Sans votre frère et vous, ce fils qui vous menace,
Pourrait de votre père occuper seul la place.
Mais par vos droits les siens se trouvent balancés :
Il vous faut votre part du trône ; c'est assez
Pour attirer sur vous la haine de sa mère.
Ce n'est pas, j'en suis sûr, une vaine chimère

Dont mon esprit trompé cherche à vous effrayer :
Sur de bonnes raisons je pense m'appuyer.
Rappelez-vous sa joie assez mal contenue,
Quand de Théodebert la mort lui fut connue ;
Et pourtant son armée, écrasée avec lui,
Devant ses ennemis la laissait sans appui.
Comme Clovis et vous, votre malheureux frère
Aux plans de Frédégonde était une barrière :
Du trône il se trouvait héritier présomptif ;
De sa haine pour lui c'était le seul motif ;
Pour vous haïr de même, elle n'en a point d'autre :
Comme elle a vu sa mort elle verrait la vôtre,
Et vous serez heureux, souvenez-vous-en bien,
Si contre votre vie elle ne trame rien.
Maître, vous auriez dû ne pas lui donner prise ;
Mais pourquoi m'avez-vous caché votre entreprise ?

MÉROVÉE.

Si je ne t'en ai pas dévoilé le secret,
C'est dans un but plus pur qu'il ne te le paraît.
Sachant que je courais peut-être à l'infortune,
Je ne la voulais pas rendre à tous deux commune ;
Je craignais de te voir, insensible à mes pleurs,
Partager mes dangers, peut-être mes malheurs,
Et quand je suis ainsi parti sans te rien dire,
J'ai voulu t'éviter tout ce que je m'attire.

GAÏLEN.

J'avais toujours pensé que, jusques à la mort,
Vous me permettriez de suivre votre sort.
Vous n'avez point daigné me faire cette grâce ;
C'est un malheur pour moi qui de beaucoup dépasse
Tous ceux qu'en vous suivant j'aurais pu m'attirer.
Mais de votre bonté puis-je au moins espérer
Apprendre le motif, pour moi plein de mystère,
Qui vous a fait quitter en chemin votre père
Et prendre les devants pour venir en ces lieux ?

MÉROVÉE.

Ce motif, Gaïlen, n'est point mystérieux,
Et je ne prétends point le cacher à personne ;
J'ai voulu simplement faire une action bonne :
Protéger Brunehilde, et par un prompt effort
L'arracher à l'opprobre, et peut-être à la mort.
J'ai manqué mon dessein ; ma marâtre et mon père,
Sans doute soupçonnant ce que je voulais faire,
Sont accourus tous deux si promptement ici,
Que, malgré mes efforts, je n'ai point réussi.
Mais tout n'est pas perdu, peut-être encor pourrai-je
Dérober Brunehilde au danger qui l'assiége.

GAÏLEN.

Je reconnais bien là la générosité
Par laquelle toujours vous êtes emporté ;
Maître, persévérez, cette voie est trop belle,
Pour qu'il vous soit permis d'en suivre une nouvelle.

MÉROVÉE.

Quel bonheur je ressens de te voir approuver
Ce que j'ose entreprendre, afin de préserver
Brunehilde des coups dont elle est menacée !
En voulant de mon âme ôter cette pensée,
Tu n'aurais réussi qu'à me décourager.
Envers elle, en effet, je viens de m'engager,
Et tu sais que je suis à mes serments fidèle ;
Je viens de lui jurer de m'employer pour elle.
Du reste, je puis bien te l'avouer, à toi,
Dont l'amitié toujours fut si grande pour moi,
Quand même se romprait le lien qui m'enchaîne,
Mon zèle, pour sauver une si noble reine,
Ne s'affaiblirait pas à l'aspect du danger,
Et dans les plus grands maux dussé-je me plonger,
Et dût-il m'en coûter mon existence même,
Je persévérerais jusqu'au bout... car je l'aime !

GAÏLEN.

Qu'entends-je?

MÉROVÉE.

Plains mon sort, et ne m'accable point.
Je connais ma misère et sais jusqu'à quel point
Est criminel l'amour qu'a fait naître en mon âme
Celle qui de mon oncle était hier la femme :
Les plus augustes lois de la Divinité,
Les nœuds de l'alliance et de la parenté,
Ce respect si sacré que je dois à la cendre
D'un parent qu'à la terre un meurtre vient de rendre,
L'abandon de son fils, que je devrais songer
A mettre tout d'abord à l'abri du danger,
La consternation de sa fidèle épouse,
Que, par un crime affreux, une femme jalouse
A fait subitement de la félicité
Tomber dans le veuvage et la captivité,
Tout s'arme contre moi, tout blâme, tout condamne
L'amour que je ressens comme un amour profane.
Crois donc que, me montrant docile à tant de voix,
Loin d'aggraver ses maux, j'allégerai leur poids.
Oui, tout en lui cachant l'amour qui me dévore,
Je veux dans ses tourments la soulager encore,
Et, soutenu par lui, n'avoir plus qu'un seul but,
Faire, si je le puis, qu'il serve à son salut.

GAÏLEN.

Ah! c'est bien! c'est très-bien!... votre âme est généreuse;
Mais pour gagner ce but la route est dangereuse,
Et vous ne trouverez sans doute aucun secours;
Maître, daignez du moins accepter mon concours;
Souffrez que, dans cette œuvre, un ami vous seconde.

MÉROVÉE.

J'y consens.

GAÏLEN.

Quittons donc cet endroit. Frédégonde

Est ici, tout à l'heure, entrée avec le roi,
Et dans votre intérêt il serait bon, je croi,
De ne pas vous offrir tout de suite à sa vue ;
Avec elle si tôt n'ayez point d'entrevue :
Allons donc à l'écart ; mais grand Dieu ! la voici !

SCÈNE II

LES MÊMES, FRÉDÉGONDE.

FRÉDÉGONDE.

Quoi, c'est vous, mon beau-fils ! que faites-vous ici ?
Dans quelle intention m'avez-vous devancée ?

MÉROVÉE.

Servir les malheureux fut ma seule pensée,
Madame.

FRÉDÉGONDE.

Je le vois, vous vouliez me trahir,
Fournir à Brunehilde un moyen de s'enfuir,
Et la mettre en état de rallumer la guerre.
Mais j'ai su déjouer ce projet téméraire ;
J'ai su vous empêcher d'accomplir un forfait,
Et, dans votre intérêt, je crois avoir bien fait ;
Car, si vous aviez pu commettre un pareil crime,
Vous en auriez été la première victime.
Et néanmoins je crains encore un peu pour vous
D'un père ainsi trahi le trop juste courroux :
En lui représentant ce que vous vouliez faire,
Il me serait aisé d'augmenter sa colère.
Vous mériteriez bien que j'en agisse ainsi ;
Mais je ne prendrai pas un semblable souci :
Pour vous faire éprouver sa rigueur dangereuse,
Soyez-en bien certain, je suis trop généreuse.

MÉROVÉE.

Je ne réclame point pour moi votre bonté.
Si contre moi mon père est encore irrité,

Laissez-le s'inspirer de sa propre pensée,
Et veuillez, seulement, n'être plus courroucée.
Conduit par la pitié qu'inspire le malheur,
J'ai voulu d'une tante alléger la douleur.
Mais je n'ai pas songé, soyez-en convaincue,
A vous la faire craindre, après qu'elle est vaincue.
Je n'ai jamais voulu trahir votre parti ;
Seulement, à ses maux mon cœur a compati ;
Je n'ai jamais cessé de vous être fidèle,
Et j'aurais fait pour vous ce que j'ai fait pour elle.
Mais puisque vous avez, par votre habileté,
Déjoué le projet que j'avais médité,
Au lieu de condamner une œuvre charitable,
Prêtez-moi votre appui, qui m'est indispensable.
Vous avez sur mon père un absolu pouvoir,
Vous obtenez de lui ce qu'il vous plait d'avoir ;
Employez votre empire à sauver une reine,
Sur qui l'adversité rudement se déchaine.
Calmez, en sa faveur, votre propre courroux.
L'ennemie a cessé d'être à craindre pour vous ;
Pour vous elle n'est plus qu'une sœur malheureuse.
Sa situation est assez douloureuse,
Sur elle assez de maux viennent de s'assembler,
Pour ne pas achever encor de l'accabler.
Vous venez de gagner une grande victoire ;
Sachez vous en servir pour votre propre gloire,
Et pardonnez enfin, c'est un plaisir si doux !

FRÉDÉGONDE.

Je n'ai point de conseil à recevoir de vous,
Prince ; mon intérêt par trop vous préoccupe ;
Mais de tous vos desseins je ne suis point la dupe.
Je pénètre vos plans, quoiqu'ils soient bien cachés,
Et je n'ignore pas ce qu'au fond vous cherchez.
En vérité, j'admire ici votre impudence ;
Vous devriez avoir un peu plus de prudence,

Respecter mes desseins et ne pas me lasser.
Comment! vous pensiez donc que j'allais me laisser
Gagner tout doucement par vos discours frivoles,
Par mon consentement répondre à vos paroles,
Lâcher des ennemis que je tiens sous ma loi,
Et vous fournir ainsi des armes contre moi?
C'est faire peu d'honneur à mon intelligence,
Et me croire vraiment bien de l'extravagance.
Cessez donc, s'il vous plaît, de me solliciter,
Si vous ne voulez pas contre vous m'irriter,
Et voir très-promptement vos conseils téméraires
Suivis de résultats à vos désirs contraires.

MÉROVÉE.

Je vous jure, et j'en prends le soleil à témoin,
Que d'une trahison ma pensée est bien loin.

FRÉDÉGONDE.

Je vous ai tout à l'heure ordonné de vous taire ;
Je vous répète encor cet avis salutaire.

MÉROVÉE.

Pourquoi vous méfier de ma sincérité?
M'avez-vous jamais vu fausser la vérité?

FRÉDÉGONDE.

Je suis lasse : il est temps que ce discours finisse ;
Taisez-vous, ou craignez que je ne vous punisse !

MÉROVÉE.

Eh bien! madame, eh bien! puisqu'il en est ainsi,
Je déchire le masque, et vous déclare ici
Que je saurai tout seul mener mon entreprise.
Vous ne me causez point, du reste, de surprise,
Et j'étais bien certain que mon humilité
Ne surmonterait pas votre méchanceté,
Et que ce ne serait que de cette manière
Que vous répondriez à ma juste prière.
Aussi n'aurais-je point fait un pareil effort,

S'il ne s'était agi que de mon propre sort ;
Lors même que ma vie eût été menacée,
Je ne vous aurais point de mes discours lassée.
J'ai désiré n'avoir rien à me reprocher ;
Mais votre cœur n'est pas de ceux qu'on peut toucher.
Aussi n'aurai-je plus l'inutile courage,
Madame, de poursuivre un impossible ouvrage.

FRÉDÉGONDE.

Jeune homme, à me braver tu mets ta volupté ;
Tu te repentiras de ta témérité ;
Tôt ou tard mon courroux finira par t'atteindre.

MÉROVÉE.

Même pour vos amis vous êtes fort à craindre ;
Vous devez donc pour moi l'être encore bien plus.
Pour faire exécuter vos ordres absolus,
Vous n'avez qu'à parler ; sur mon aveugle père
Vous avez un pouvoir qui tous les jours prospère,
Sur l'heure il satisfait votre moindre désir,
Et de tout vous céder se fait un doux plaisir ;
En un mot, vous avez une autorité pleine.
Mais je suis fils du roi, si vous êtes la reine,
Et ce titre est par moi légalement porté :
Je l'ai par ma naissance ; il n'est point acheté
Au prix du déshonneur, comme le fut le vôtre ;
Je ne me suis point mis à la place d'un autre,
Et, pour l'avoir enfin, auprès de Chilpéric,
De ma virginité je n'ai point fait trafic.
Ce titre empêchera, madame, je l'espère,
Que vos désirs ne soient satisfaits par mon père
Et suffira tout seul à me faire échapper
Aux coups dont vainement vous voudrez me frapper.
Mais je vous quitte ; adieu ; Godin vers vous arrive ;
Je ne veux pas qu'ici ma présence vous prive
De vous entretenir avec lui sans témoin.

FRÉDÉGONDE.

Tes propos insensés vont te conduire loin.

SCÈNE · III

FRÉDÉGONDE, GODIN.

FRÉDÉGONDE.

Venez me secourir, mon cher Godin ; la rage
Égare ma raison et m'en ôte l'usage.
Un misérable enfant, heureux de me braver
Sans provocation, vient de m'invectiver.
Oser m'injurier ainsi ! Moi, Frédégonde !
Moi, qui fais obéir et trembler tout le monde !
Moi !...

GODIN.

Qui donc contre vous s'est ainsi mutiné ?

FRÉDÉGONDE.

Je rougis de le dire, un jeune forcené,
Un fils de Chilpéric, un enfant, Mérovée.

GODIN.

S'il est vrai qu'il vous ait si hardiment bravée,
Punissez-le, madame, avec sévérité,
Mais conservez au moins votre sérénité.

FRÉDÉGONDE.

Oui, jusqu'à ce qu'enfin son trépas m'en délivre,
Je veux le tourmenter, sans cesse le poursuivre,
Sur lui de Chilpéric attirer le courroux,
Et le faire à la fin succomber sous mes coups.

Mais sa punition, quoiqu'il m'ait offensée,
N'est pas ce que poursuit aujourd'hui ma pensée ;
Je veux auparavant songer aux ennemis
Que le sort de la guerre entre mes mains a mis ;

Car il ne suffit pas de gagner la victoire ;
Si l'on veut l'empêcher de rester illusoire,
Il faut, quand l'heure vient d'en recueillir les fruits,
Savoir mettre la main sur ceux qu'elle a produits.
Quand ma position était désespérée,
Un meurtre, m'arrachant à ma perte assurée,
Comme vous le savez, par un soudain retour
M'a rendu le triomphe et la vie en un jour.
J'ai de mon ennemi maintenant la couronne ;
Mais, pour la conserver, il convient que personne
N'aspire à remplacer au trône Sighebert ;
Je dois donc mettre à mort sa veuve et Childebert.

Mais en voulant ainsi m'assurer ma conquête,
Il ne faut pas non plus que je la compromette ;
Les Leudes Austrasiens, quoique désespérés,
A recevoir ma loi ne sont point préparés ;
Ils sont tous fort jaloux de leur indépendance.
Il faut donc qu'envers eux j'agisse avec prudence,
Que je sache échapper à leur aversion,
Et que je fasse aimer ma domination ;
Car en entreprenant de leur faire la guerre,
A les soumettre à moi je ne parviendrais guère :
Aussitôt qu'ils auraient demandé leur secours,
Des tribus d'outre-Rhin ils auraient le concours.
Conduits par Sighebert, vous savez quels ravages
Ont déjà fait chez nous tous ces guerriers sauvages.
Les Austrasiens sont forts : une guerre contre eux
Ne pourrait pas avoir de résultats heureux.
Je ne puis, en voulant suivre ma fantaisie,
Blesser les sentiments des peuples d'Austrasie.
Je les ai consternés en atteignant leur roi ;
Je ne dois pas encor les aigrir contre moi.
Pourtant, de quelque effet que leur mort soit suivie,
A mes deux prisonniers je veux ôter la vie.

Il faut donc employer pour cela des moyens
Qui ne me fassent pas haïr des Austrasiens,
Et pour rendre, en un mot, mon projet salutaire,
D'un meurtre lui pouvoir ôter le caractère.
Lorsqu'on fait, dans le fond d'une obscure prison,
Agir contre un captif le fer ou le poison,
Et quand, pour se venger, on tremble et l'on se cache,
Sur soi d'un meurtrier on imprime la tache.
Je connais l'homme, et sais par quels grands préjugés
Ses jugements souvent se trouvent dirigés :
Pour lui, tout ce qu'on fait en secret est un crime,
Et tout ce qui s'opère au jour est légitime.
Il croit que l'on ne songe à cacher ce qu'on fait
Que lorsqu'on se dispose à commettre un forfait.
Celui qui, pour sévir, a recours à l'audace,
Et qui, bravant des lois l'impuissante menace,
Prend de ses actions les hommes pour témoins,
Quoique bien plus coupable, à leurs yeux l'est bien moins
Je veux, en profitant de cette erreur vulgaire;
Qui pourra m'épargner une nouvelle guerre,
Ne pas faire périr Brunehilde et son fils
Dans les murs du palais où je les ai surpris,
Mais les faire, demain, par mon ordre énergique,
Monter à l'échafaud sur la place publique.
Toutefois, il me faut l'assentiment du roi.

GODIN.

Vous le verrez céder sans peine à votre loi;
De sa part vous n'avez aucun refus à craindre.
Du reste, il va bientôt en ce lieu vous rejoindre.
Mais, madame, souffrez, puisque de vos projets
Vous m'avez bien voulu dévoiler les secrets,
Souffrez, si je le puis, que je vous sois utile,
Et qu'en me confiant une œuvre difficile,
Vous puissiez aujourd'hui par vous-même éprouver
S'il est rien que pour vous je craigne de braver.

De Sighebert c'est peu d'avoir quitté la cause,
Si je n'accomplis pas pour la vôtre autre chose.
Exprimez vos désirs, dites, et vous verrez
Comment j'accomplirai ce que vous m'enjoindrez.
Faut-il à main armée attaquer l'Austrasie?
Le sceptre, dont déjà vous vous êtes saisie,
Vous doit-il par la guerre être mieux assuré?
Vous n'avez qu'à parler, je vous obéirai.

FRÉDÉGONDE.

Sans exiger de vous un pareil sacrifice,
J'accepte avec plaisir vos offres de service,
Et, puisque vous montrez tant de zèle pour moi,
Je vais vous assigner un plus commode emploi :
Mérovée est, je crois, épris de ma captive ;
Il va, poussé par elle à cette tentative,
Essayer d'arracher son enfant de mes mains ;
Employez-vous à faire avorter ses desseins ;
De ses intentions soyez bon interprète,
Et si vous découvrez quelque intrigue secrète,
Sans perdre un seul instant, revenez m'informer
De ce qu'en l'épiant vous l'aurez vu tramer,
Pour que de mes captifs je prévienne la fuite,
Et que, sur mon beau-fils me retournant ensuite,
Je puisse, en me fondant sur ses obscurs apprêts,
Prouver qu'il a du roi trahi les intérêts.

GODIN.

A remplir cet emploi je mettrai tout mon zèle,
Et vous pourrez juger si je vous suis fidèle.

FRÉDÉGONDE.

Auprès de Brunehilde allez donc de ce pas ;
Dites-lui de venir ; arrachez-lui des bras
Son fils, pour l'enfermer dans une des tourelles,
Et, sans prêter l'oreille aux plaintes maternelles,
Cher duc, acquittez-vous de votre mission.

GODIN.

Je cours exécuter votre prescription.

SCÈNE IV

FRÉDÉGONDE, *seule*,

Je vais donc recueillir le fruit de tant de peine,
Et satisfaire enfin mon implacable haine.

SCÈNE V

FRÉDÉGONDE, CHILPÉRIC.

FRÉDÉGONDE.

Soyez le bien-venu ; déjà depuis longtemps,
Pour vous entretenir, seigneur, je vous attends.
J'aurais à vous parler du jeune Mérovée
Qui se trouvait ici lors de mon arrivée.
Mais des affronts sanglants qu'il m'a fait endurer
Je ne puis, à cette heure, avec vous conférer.
Une affaire plus grave occupe ma pensée.
Pour moi votre bonté ne s'est jamais lassée :
Puis-je encore espérer qu'elle va m'accorder
Ce qu'aujourd'hui je vais oser lui demander ?

CHILPÉRIC.

Pour vous plaire, madame, après tant de services,
Je ne puis reculer devant nuls sacrifices.
Parlez donc, dites-moi quel est votre désir ;
A le suivre en tout point je mettrai mon plaisir.

FRÉDÉGONDE.

Puisque vous paraissez prêt à me satisfaire,
Je vous demanderai que vous me laissiez faire
Périr publiquement, demain, en même temps,
Brunehilde et son fils, aux yeux des habitants.
Je ne veux pas, par là, servir ma fantaisie,
Je veux vous conserver le trône d'Austrasie.

CHILPÉRIC.

Je vous accorderai ce que vous requérez.
Je ne m'explique pas pourquoi vous désirez
De vos deux prisonniers rendre la mort publique ;
Mais je vous sais, madame, habile en politique.
Aussi sur vos projets plein de sécurité,
Je vous permets d'agir en toute liberté.

FRÉDÉGONDE.

Puisqu'à mes vœux, seigneur, c'est là votre réponse,
Souffrez qu'à Brunehilde aussitôt je l'annonce.

CHILPÉRIC.

Sur ce point vous pouvez encor vous contenter ;
Contre une femme en pleurs il me faudrait lutter ;
J'aime mieux vous laisser seule avec Brunehilde.

SCÈNE VI

FRÉDÉGONDE, *seule.*

Je te tiens donc enfin, fille d'Athanagilde ;
Pour t'enfuir tu ferais des efforts superflus.
A cette heure, demain, tu n'existeras plus,
Et j'aurai déjà vu ton orgueilleuse tête
Rouler sur l'échafaud que je veux qu'on t'apprête.

SCÈNE VII

FRÉDÉGONDE, BRUNEHILDE.

FRÉDÉGONDE.

Vous arrivez fort bien, madame ; car j'allais,
Pour vous y rencontrer, parcourir ce palais,
Pensant qu'il vous devait coûter de vous soumettre
A l'ordre qu'on a dû, de ma part, vous transmettre.

BRUNEHILDE.

Vous m'avez, il est vrai, par Godin fait savoir,

Madame, qu'en ce lieu vous désiriez me voir ;
Si je ne m'y suis pas au même instant rendue,
Daignez le pardonner à mon âme éperdue.
Je m'étais jusqu'ici résignée au malheur ;
Mais, quand, pour mettre enfin le comble à ma douleur,
J'ai vu Godin m'ôter le seul bien qui me reste,
J'ai fléchi sous le poids d'un destin si funeste.
Sur ma faiblesse enfin, faisant un rude effort,
Je viens savoir de vous quel doit être mon sort.

FRÉDÉGONDE.

Je ne demandais pas une excuse si vaine,
Madame ; croyez-moi, vous prenez trop de peine.
Comme j'avais besoin de vous entretenir,
Je vous ai, par Godin, fait prier de venir ;
Pourtant de m'obéir vous n'étiez pas tenue,
Et c'est très-librement que vous êtes venue ;
Ma volonté pour vous n'était point un devoir ;
Vous pouviez l'oublier ; j'aurais été vous voir.
Mais pour vous décider à subir votre ouvrage,
Je vous trouve vraiment un bien faible courage ;
Vous ne savez pas bien accepter votre sort.
J'ai d'aussi près que vous, à Tournay, vu la mort ;
Quand ma position, à la vôtre semblable,
M'annonçait que ma perte était inévitable,
Pour me soustraire aux mains de votre auguste époux,
Je n'ai point eu recours à des pleurs comme vous.
Nous devions succomber, madame, l'une ou l'autre ;
Mon adresse ou ma chance a surpassé la vôtre.
Dans ce combat à mort que je viens de gagner,
Vous avez succombé ; sachez vous résigner.
Cependant croyez bien que j'aime trop ma gloire
Pour agir de manière à souiller ma victoire.
Puisque aucun être humain ne peut vous secourir,
Je vous laisse le temps de songer à mourir.
Mais aussi, quand demain l'astre qui nous éclaire

De ses premiers rayons aura dardé la terre,
Votre cher fils et vous, soumis au même sort,
Vous partirez d'ici, pour aller à la mort.

BRUNEHILDE.

Arrachez-moi la vie, ordonnez mon supplice ;
Vous le pouvez, madame, avec toute justice ;
Je vous ai fait la guerre avec acharnement,
Déchaînez contre moi votre ressentiment ;
Mais épargnez mon fils encore dans l'enfance,
Dont vous n'avez jamais reçu la moindre offense ;
Ayez pour sa faiblesse au moins quelque pitié.
Il ne doit pas souffrir de notre inimitié ;
C'est moi seule autrefois qui fus votre ennemie ;
C'est donc moi seule aussi qui dois être punie.

FRÉDÉGONDE.

C'est vous moquer de moi, madame, en vérité,
Que de me supposer tant de simplicité.
Comment ! quand votre fils est sous ma dépendance,
Vous pensez que je vais commettre l'imprudence
De le laisser d'ici fuir par compassion,
Et cela pour servir ma réputation ?
Ne me faudrait-il pas avoir la courtoisie
De lui remettre aussi le trône d'Austrasie ?

BRUNEHILDE.

Je ne réclame pas pour lui la liberté,
Retenez-le captif pour votre sûreté ;
Mais, madame, du moins permettez que la vie,
Puisqu'il est innocent, ne lui soit pas ravie.

FRÉDÉGONDE.

Ne vous épuisez point en discours superflus,
Madame ; c'est assez, je ne vous entends plus.
Vous savez votre arrêt, il est irrévocable ;
Toutefois, recevez ce conseil charitable :
Le fils de Chilpéric, par un suprême effort,
Va sans doute vouloir vous soustraire à la mort ;

3

Si vous ne voulez pas qu'avec vous il périsse,
Vous devez refuser ses offres de service ;
Car elles le feraient demain, sans vous sauver,
Monter à l'échafaud qu'on va vous élever.
Adieu ; songez-y bien, vous ne vivrez encore
Que jusques au lever de la prochaine aurore.

BRUNEHILDE.

Je me résigne à tout, j'accepte le trépas ;
Mais grâce pour mon fils !...

SCÈNE VIII

BRUNEHILDE, *seule*.

Elle ne m'entend pas !
Pour que sa cruauté soit enfin assouvie,
Il ne lui suffit pas de m'arracher la vie,
Il faut qu'en menaçant mon fils du même sort,
Elle m'abreuve encor de fiel avant ma mort.
Pour voir mon infortune à ce point aggravée,
Que t'ai-je fait, mon Dieu ?

SCÈNE IX

BRUNEHILDE, MÉROVÉE.

BRUNEHILDE.

Sauvez-moi, Mérovée ;
Daignez dans mon malheur me tendre encor la main :
Avec moi Frédégonde à l'échafaud, demain,
Va faire aller mon fils, mon unique espérance...!

MÉROVÉE.

Ne désespérez pas de votre délivrance :
Pour votre fils et vous je vais tout essayer ;
Chilpéric est ici ; je vais le supplier,
Et si je vois qu'il est sans pitié pour nos larmes,
Sans craindre son courroux, j'emploîrai d'autres armes.

ACTE TROISIÈME

—

SCÈNE PREMIÈRE

CHILPÉRIC, MÉROVÉE.

CHILPÉRIC.

Vous venez à propos ; pour vous réprimander,
Tout à l'heure j'allais vous faire demander.
Vous mériteriez bien, mon fils, que votre père
Vous infligeât sur l'heure un châtiment sévère.
Quoi ! le joug paternel vous semble donc bien lourd,
Qu'à la voix du devoir vous osiez rester sourd?
Je suis fort étonné d'une telle conduite ;
Sans qu'on s'attende à rien vous vous mettez en fuite ;
Vous accourez tout seul ici, pour m'enlever
Des captifs qu'il me faut à tout prix conserver,
Et furieux de voir que votre tentative
N'a pas pu de mes mains arracher ma captive,
Sans craindre mon courroux, vous osez insulter
Celle qui, par ses soins, l'a su faire avorter.
J'espérais être mieux payé de ma tendresse,
Et ne m'attendais pas à tant de hardiesse.

MÉROVÉE.

Pour juger votre fils sans partialité,
Il vous faudrait, mon père, être moins irrité.
De moi, je le sais bien, vous avez à vous plaindre :
Quand je vous ai quitté, j'aurais dû, sans rien feindre,
Me confier à vous, oser vous découvrir
Le but qui me faisait à Paris accourir ;
Mais, puisque mon dessein n'était pas condamnable,
De vous l'avoir caché je suis bien excusable.

Comme à l'exécuter j'étais bien résolu,
J'aimais mieux ignorer s'il vous avait déplu,
Et ne pas me trouver dans la dure contrainte
De vous donner encor d'autres sujets de plainte.
Maintenant, vous savez, seigneur, quel est mon but :
Je veux de Brunehilde assurer le salut.
Ce but, qui de vous fuir m'a fait prendre la peine,
Est encore celui qui vers vous me ramène.
Oui, pour elle aujourd'hui je viens vous demander
Un pardon qu'il vous est facile d'accorder.
Sur elle, en ce moment, trop de malheur s'amasse
Pour que vous refusiez de lui donner sa grâce.
Du faîte des grandeurs, le destin inconstant
Dans l'abîme l'a fait tomber un instant ;
Son glorieux époux, fameux par ses victoires,
Ses triomphes, soudain devenus illusoires,
Son trône, auquel le vôtre allait être ajouté,
Tous les peuples soumis à son autorité,
Ses immenses trésors, son immense puissance,
Et de sa liberté même la jouissance,
Tout est détruit pour elle, elle est sans aucun bien,
Et de tant de splendeurs il ne lui reste rien
Qu'un jeune et faible fils, que Frédégonde espère
Faire périr demain avec sa pauvre mère.
Pour la mère et le fils laissez-vous attendrir,
D'un seul mot vous pouvez tous deux les secourir.
Puisqu'ils ont tout perdu, empêchez que la vie
A ces infortunés ne soit encor ravie.

CHILPÉRIC.

Mon fils, c'est trop d'audace et de témérité.
Ce n'est donc pas assez que d'avoir tout tenté,
Pour m'ôter mes captifs et le pouvoir suprême ;
Vous voulez vous servir de moi contre moi-même.
Sortez, jeune imprudent, abandonnez ces lieux,
Et n'apparaissez pas davantage à mes yeux.

MÉROVÉE.

Mais, mon père, écoutez un fils qui vous implore.

CHILPÉRIC.

Sortez, sans m'obliger à vous le dire encore,
Sortez, et désormais, mon fils, n'essayez pas
D'arracher mes captifs à leur prochain trépas ;
Car, si vous voulez faire un nouveau coup de tête,
Vous irez partager le sort qu'on leur apprête.

MÉROVÉE.

Pourquoi les mettre à mort?

CHILPÉRIC.

C'en est trop.

MÉROVÉE.

Mais, seigneur...

CHILPÉRIC.

Pour vous chasser faut-il employer la rigueur?

SCÈNE II

CHILPÉRIC, *seul.*

L'impudent! aucun frein n'arrête sa furie.
Son père, il le trahit ; sa mère, il l'injurie ;
Et puis, quand je m'apprête à le réprimander,
Pour Brunehilde il ose encore intercéder.
Non! jamais on n'a vu témérité semblable ;
Jamais le jour n'a lui pour un fils plus coupable.
Après qu'il a tout fait pour m'armer contre lui,
Me prier, et penser qu'il aura mon appui !
Oh! je saurai, mon fils, punir tes perfidies,
Et puisque tu te sers de ruses si hardies,
Avec tes protégés, de l'échafaud, demain,
Dès le lever du jour tu suivras le chemin.

SCÈNE III

CHILPÉRIC, BRUNEHILDE.

BRUNEHILDE.

Qu'ai-je entendu, seigneur, et que viens-je d'apprendre ?
Quoi ! vous refuseriez, vous aussi, de vous rendre
Aux prières qu'un fils vient de vous adresser !
Vous me condamneriez, au lieu de m'exaucer !
A tant d'adversités vous seriez insensible !
Non, vous n'y songez pas, cela n'est pas possible.

CHILPÉRIC.

Qui vous a donc permis d'approcher jusqu'ici ?
De quel droit venez-vous m'importuner ainsi,
Madame ?

BRUNEHILDE.

De quel droit ? Du droit qu'a l'infortune
De se faire écouter, quand même elle importune ;
Du droit qu'une mère a, quand on lui prend son fils,
D'aller le demander à celui qui l'a pris.
Rendez-le moi, seigneur, et laissez-lui la vie ;
C'est un bien qui ne peut exciter votre envie.
Pourquoi vouloir ainsi le lui prendre aujourd'hui ?
Que vous a-t-il donc fait ? que craignez-vous de lui ?
Encore, s'il avait le trône de son père,
Je comprendrais, seigneur, que sa mort vous fût chère.
Mais que convoitez-vous, lorsque vous savez bien
Qu'à cette injuste mort vous ne gagnerez rien ?
De son père égorgé vous avez l'héritage ;
De ses biens vous pouvez jouir sans nul partage ;
Par le droit du plus fort ils vous sont dévolus,
Childebert vous les laisse, et je n'y prétends plus.
Que voulez-vous encore ? Il me reste la vie,
Désirez-vous aussi qu'elle me soit ravie ?
Prenez-la, s'il le faut, mais rendez-moi mon fils.

CHILPÉRIC.

En vain vous espérez m'émouvoir par vos cris ;
Vous m'avez attaqué, je reprends l'offensive,
Et, lorsque le destin vous a fait ma captive,
Je me garderais bien d'être assez maladroit
Pour ne pas contre vous me servir de mon droit.
Il faut que du vaincu le vainqueur se délivre ;
C'est moi qui suis vainqueur : à la mort je vous livre ;
Et quant à votre fils, sans l'avoir mérité,
Il aura votre sort, pour ma sécurité.

BRUNEHILDE.

Craignez-vous que mon fils contre vous ne conspire,
Et de son père, un jour, ne vous ôte l'empire?
Surveillez-le de près, retenez-le captif ;
Mais ne le faites pas mourir sans nul motif.
Souvenez-vous qu'il est le fils de votre frère,
La voix du sang vous dit de remplacer son père.
Je ne réclame pas de vous tant de bonté ;
Oubliez, j'y consens, vos nœuds de parenté;
Mais ne redoublez pas le malheur qui m'assiége,
Et ne commettez point un double sacrilége,
En ordonnant la mort d'un enfant innocent,
Dans les veines duquel circule votre sang.

CHILPÉRIC.

Je ne puis vous donner davantage audience,
Madame ; vous avez lassé ma patience.
Votre fils doit périr, et, dans mon intérêt,
Je ne dois rien changer à ce pénible arrêt.
Sa mort plus que la vôtre encor m'est nécessaire ;
C'est un malheur pour vous ; mais je n'y puis rien faire,
Allez, retirez-vous.

BRUNEHILDE.

Que vous êtes cruel !

SCÈNE IV

CHILPÉRIC, *seul.*

Je sentais en moi-même un embarras mortel,
J'ai failli me trahir et montrer ma faiblesse ;
Mais elle n'a pas vu le trouble qui m'oppresse.
Elle veut que j'évite à son fils le trépas ;
Mais, quand je le voudrais, je ne le pourrais pas.
A les perdre tous deux Frédégonde s'obstine,
Et, demain, au trépas sa rage les destine.
Pourtant, de ces captifs qu'elle déteste tant,
L'une est mon alliée, et l'autre mon parent.
On les plaint tous les deux, comme on plaint les victimes
D'un homme qui se plaît à commettre des crimes ;
Et moi, l'on me déteste, en silence on gémit
De voir que dans mes mains mon sceptre s'affermit :
On me hait à la mort, et l'on me considère
Comme le meurtrier d'une épouse et d'un frère.
Faut-il donc m'attirer encor d'autres mépris,
En faisant égorger ma captive et son fils,
Et cela, pour charmer une femme perfide,
Du sang de mes parents, du mien peut-être avide ?
Je saurai te plier, Frédégonde, à ma loi,
Et tu verras que nul ne règne ici que moi.
Quoi ! ce n'est pas assez d'avoir tué le père !
Tu veux faire périr le fils avec la mère !
Tu n'accompliras point ton coupable dessein ;
Je suis las de porter le titre d'assassin.
Mais quel est le moyen de franchir cette impasse ?
Comment à Brunehilde oser donner sa grâce ?
Si je veux la sauver, Frédégonde, en courroux,
Va peut-être sur moi faire tomber ses coups.
Que faire ? A l'une il m'est impossible de plaire
Sans m'attirer de l'autre aussitôt la colère.
La fureur, qui me fait par-dessus tout trembler,

C'est celle dont soudain ma femme va s'enfler.
Mais depuis trop longtemps elle me tient esclave,
Il faut que je me montre et qu'enfin je la brave.
Je suis las de la voir en mon nom gouverner ;
A mon tour, à tout prix je veux la dominer,
Et ne plus désormais passer aux yeux du monde
Pour un vil instrument dont se sert Frédégonde.

Gardes, qu'à ma captive on dise, de ma part,
De venir en ce lieu me parler sans retard.

Frédégonde, gémis ; ma bonté s'est lassée ;
Tu ne régneras plus, ta puissance est passée.
Honteux d'avoir été trop soumis à tes lois,
Je veux de la justice entendre enfin la voix,
Je veux..... Mais dans l'esprit il me vient une idée :
A l'insigne faveur que tu m'as demandée,
Je veux bien, Brunehilde, accéder aujourd'hui,
Je veux bien te prêter bravement mon appui ;
Mais il faut que toute œuvre obtienne son salaire :
Si donc tu veux me voir consentir à te plaire,
Il me faut, en retour, un prix digne de moi.
Que pourras-tu m'offrir, et qu'aurai-je de toi ?
Ton pouvoir m'appartient ; tes biens, je les possède ;
Ton trône, il est à moi, c'est moi qui t'y succède,
Et tu n'as déjà plus même ta liberté ;
Mais il te reste encore un bien, c'est ta beauté ;
Pour payer mes bienfaits, fais-m'en le sacrifice,
Et tu me trouveras à ta cause propice.

SCÈNE V

CHILPÉRIC, BRUNEHILDE.

BRUNEHILDE.

Seigneur, dans quel dessein m'appelez-vous ici ?
En ma faveur enfin êtes-vous adouci ?

Par vous ne suis-je plus désormais poursuivie?
Répondez ?

CHILPÉRIC.

Je consens à vous laisser la vie.

BRUNEHILDE.

Serait-il vrai, seigneur, et de mon noble époux
Retrouverais-je enfin le digne frère en vous?

CHILPÉRIC.

Oui, je veux, vous faisant cette faveur insigne,
De mon glorieux frère à vos yeux être digne.
Mais, avant de me faire aucun remercîment,
Écoutez-moi, madame, un instant seulement.
Vous connaissez l'état où vous êtes réduite,
Votre grande puissance est aujourd'hui détruite,
Tout ce qui fut à vous est maintenant à moi,
Au trône où vous régniez c'est moi qui siége en roi :
Si vous vivez encor, c'est grâce à ma faiblesse :
Il ne vous reste rien que ce que je vous laisse.
Mais, quoique j'en aie eu d'abord l'intention,
Je n'abuserai pas de ma position.
Je vous l'ai déjà dit, je vous laisse la vie,
De vous la dérober je n'ai plus nulle envie,
J'ai compris qu'il serait cruel de vous l'ôter ;
Mais à ce seul bienfait je ne veux point rester :
Je vous rends vos honneurs, votre ancienne puissance,
Vos splendides trésors et votre indépendance,
Je vous rends votre sceptre et vos riches palais,
Je vous rends votre fils... et, pour tant de bienfaits,
Je ne demande rien qu'une légère grâce.....

BRUNEHILDE.

Parlez, dites, seigneur, que faut-il que je fasse?

CHILPÉRIC.

Il vous faut consentir à prendre dans mon lit
La place qu'aujourd'hui Frédégonde y remplit.

BRUNEHILDE.

Ciel! qu'entends-je? Est-ce un rêve?

CHILPÉRIC.

Oui, reine, je vous aime,
Et de ma passion la fureur est extrême.

BRUNEHILDE.

Non, vous n'y songez pas, vous voulez m'éprouver?

CHILPÉRIC.

Non, madame, c'est vous qui voulez me braver.
Je n'aspire qu'à l'heure où, pour venger ma honte,
Je pourrai renverser la femme qui m'affronte,
Vous donner son pouvoir, vous mettre au même rang.
Et vous faire combler des honneurs qu'on lui rend.

BRUNEHILDE.

Ne vous suffit-il pas qu'à la mort on me livre?
Jusqu'au dernier moment voulez-vous me poursuivre?
Pourquoi me torturer, seigneur? Oubliez-vous
Qu'une double barrière est dressée entre nous,
Que Sighebert s'oppose à ce vœu téméraire,
Que je fus son épouse, et qu'il fut votre frère,
Et qu'enfin à ma sœur l'hymen vous a lié?
Répondez-moi, seigneur, l'avez-vous oublié?

CHILPÉRIC.

En m'offrant de vos pleurs le fatigant spectacle,
En vain à mes désirs vous pensez mettre obstacle :
Entre les deux partis que je vous ai laissés,
Sans me faire languir, madame, choisissez.
Si, comme ma bonté fait que je l'appréhende,
Vous ne m'accordez pas ce que je vous demande,
Vous devez bien prévoir quel sera votre sort :
Je livre Childebert avec vous à la mort.
Mais, si vous écoutez ce que je vous conseille,
Je vous rendrai, madame, une grandeur pareille
A celle où votre époux a failli vous porter.

Tandis qu'il en est temps, hâtez-vous d'y monter.
De vos scrupules vains écartez le fantôme,
Et vous pourrez régner sur un double royaume;
Votre fils Childebert, aujourd'hui mon captif,
Deviendra de mon trône héritier présomptif;
Il ne tiendra qu'à vous d'assurer la vengeance
Que vous avez cherchée avec tant de constance.
Je mettrai Frédégonde à son tour dans vos mains,
Et vous pourrez contre elle accomplir vos desseins.
Il faut que sur-le-champ votre esprit se prononce;
Réfléchissez, madame, et rendez-moi réponse.
Je me suis compromis; donc, en cas de refus,
Dans une heure, au plus tard, vous n'existerez plus.

BRUNEHILDE.

Seigneur, à mes revers soyez moins insensible,
Et, puisque vos désirs n'ont rien qui soit possible,
Ne vous obstinez pas à vouloir violer
Des lois qu'aucun mortel aux pieds ne doit fouler.
Quoique mon époux dorme en la nuit éternelle,
A mon premier amour je dois rester fidèle,
Et, puisque votre vœu ne peut s'exécuter,
Ne continuez pas à me persécuter.
S'il est vrai que l'aspect des larmes d'une femme,
Au lieu de faire entrer la pitié dans votre âme,
Vous inspire un amour que vous devez haïr,
A votre passion gardez-vous d'obéir,
Éloignez-moi de vous, et, pour la faire taire,
Dans le fond d'un pays lointain et solitaire,
Dans une île inconnue au reste des humains,
Avec mon pauvre fils, qu'y formeront mes mains,
Envoyez une femme à qui d'amères larmes
Ont enlevé déjà la moitié de ses charmes,
Et que, malgré l'amour qui vient de vous lier,
Il vous sera, seigneur, facile d'oublier.

(Elle se jette à ses pieds.)

Veuve de votre frère, et sœur de votre femme,
J'ai droit à la faveur que de vous je réclame......

SCÈNE VI

LES MÊMES, FRÉDÉGONDE.

FRÉDÉGONDE.

Cette femme à vos pieds ! Que veut dire ceci,
Seigneur ? Quoi ! vous souffrez qu'elle vous prie ainsi ?

CHILPÉRIC.

Rassurez-vous, madame, et demeurez sans craintes ;
Elle et son fils mourront, malgré toutes ses plaintes.

FRÉDÉGONDE, à *Brunehilde*.

Vous entendez ; allez dans votre appartement
Attendre qu'ait sonné votre dernier moment.

BRUNEHILDE, à *Frédégonde*.

Oui, je vous obéis ; aussi bien ma faiblesse
M'avertit qu'il est temps qu'ensemble je vous laisse.

SCÈNE VII

CHILPÉRIC, FRÉDÉGONDE.

FRÉDÉGONDE, à *part*.

Chilpéric est troublé ; je le vois dans ses traits :
Brunehilde l'aura séduit par ses attraits.
Oh ! je saurai bientôt si de moi l'on se joue.
(A Chilpéric.)
Pourquoi l'écoutiez-vous ?

CHILPÉRIC.

J'avais tort, je l'avoue ;
Mais avec tant d'instance elle m'a supplié,
Que, contre mon désir, à la fin j'ai plié.
Elle devait mourir ; je ne pouvais donc guère
Refuser à ses pleurs cette grâce légère.

Mais soyez bien tranquille, ils n'ont rien obtenu,
Et son arrêt de mort est toujours maintenu.
Néanmoins, je vous dois le déclarer, madame,
Elle a fait tant d'efforts pour attendrir mon âme,
Pour échapper au sort dont nous la menaçons,
Elle m'a fait valoir tant de bonnes raisons,
Que, quoiqu'à son état je demeure insensible,
De l'expulser de force il m'eût été pénible.
Par un heureux hasard, que je n'espérais pas,
Votre apparition m'a tiré d'embarras.
Souffrez que sur-le-champ je vous en rende grâces.

FRÉDÉGONDE.

Seigneur, votre bonté m'étonne et me surpasse.
Quand vous auriez pourtant sujet d'être irrité,
Vous vous montrez pour moi rempli d'aménité.
Il est vrai que si j'ai témoigné quelques craintes,
Elles s'expliquent bien en présence des plaintes
Que, pour faire tomber votre juste courroux,
Brunehilde faisait entendre à vos genoux.
Je devais redouter, sachant quelle est votre âme,
Que vous n'eussiez été fléchi par cette femme.

CHILPÉRIC.

Quand je ne songe pas même à vous accuser,
Madame, pourquoi donc ainsi vous excuser?
Je vous connais trop bien pour vous croire capable
De concevoir sur moi quelque soupçon coupable.
Demeurez donc sans crainte, et, pour qu'ils soient tout prêts,
Laissez-moi du supplice ordonner les apprêts.

FRÉDÉGONDE.

Vous parlez sagement, seigneur.

SCÈNE VIII

FRÉDÉGONDE, *seule*.

Malgré tes ruses,

Chilpéric, je saurai bientôt si tu m'abuses.
Si je vois que tu veux te délivrer de moi,
Tu ne garderas pas longtemps le nom de roi.
Mon ennemie a dû t'émouvoir par des charmes,
Que rehaussaient encor son désordre et ses larmes ;
Tu ne dois plus m'aimer, tu dois être lassé
Des attraits qui pourtant t'avaient bien enlacé.   .
Mais si tu veux, pour être incestueux sans crainte,
Procéder envers moi comme envers Galeswinthe,
Malheur à toi ! Le fer, dont j'armerai ma main,
T'ôtera le pouvoir d'accomplir ton dessein.

SCÈNE IX

FRÉDÉGONDE, GODIN.

• FRÉDÉGONDE.

Vous m'avez aujourd'hui proposé votre office ;
Êtes-vous prêt encore à me rendre service ?

GODIN.

Madame, je n'ai point changé de sentiment,
Et de marcher pour vous j'attends l'heureux moment.

FRÉDÉGONDE.

Eh bien ! exécutez ce que je vais vous dire :
Un doute en ce moment m'assiége et me déchire ;
Vous savez qu'inconstant dans ses affections,
Chilpéric a toujours suivi ses passions ;
Que deux femmes, après qu'il les eût épousées,
Presque aussitôt par lui se virent méprisées ;
Qu'il oublia leur rang, que le bandeau royal
Ne les préserva pas de son instinct brutal ;
Que, cherchant un appui contre son caractère,
L'une s'est exilée au fond d'un monastère ;
Que l'autre, prévoyant moins clairement son sort,
Reçut dans son palais, par son ordre, la mort ;
Et que, moi-même enfin, je ne garde ma place

Qu'à force de détours, de ruses et d'audace.
Je crois avoir sujet aujourd'hui de penser
Que mon joug trop pesant commence à le lasser,
Et qu'il a maintenant plus que jamais l'envie
De me répudier ou de m'ôter la vie.
Brunehilde, voulant échapper à son sort,
Sur lui vient de tenter un vigoureux effort ;
Tout à l'heure en ce lieu, quand je suis arrivée,
Je l'ai, les yeux en pleurs, à ses genoux trouvée.
Dans tous ses mouvements Chilpéric laissait voir
Un trouble qu'il était aisé d'apercevoir.
Écoutez, je me fie à vous plus qu'à personne :
Eh bien ! il veut me perdre ; au moins je l'en soupçonne.
Je voudrais donc savoir ce qu'il me faut penser
De l'entretien qu'ils ont devant moi fait cesser,
Ce qui s'est pu tramer pendant leur entrevue,
Et d'où vient le malaise où les a mis ma vue :
Et pour cela, Godin, je ne vois qu'un moyen,
Qui pourra réussir, si vous l'employez bien :
C'est d'aller protester sur l'heure à ma captive
Que votre trahison est seulement fictive,
Et que c'est un détour que vous a fait trouver
Le désir de tout faire afin de la sauver.

GODIN.

La veille de sa mort abuser une femme !
Me charger de cette œuvre ! Y pensez-vous, madame ?

FRÉDÉGONDE.

Vous oubliez, Godin, que vous m'avez promis
De me bien soutenir contre mes ennemis.

GODIN.

Je vous ai proposé de vous rendre service,
Mais non pas d'employer un pareil artifice.

FRÉDÉGONDE.

N'importe, obéissez, et je m'en souviendrai.

GODIN.

Eh bien ! puisqu'il le faut, je vous obéirai.

FRÉDÉGONDE.

Brunehilde voudra votre serment sans doute ;
Vous le lui donnerez, même s'il vous en coûte.
Elle ne pourra plus alors vous cacher rien
De ce qu'a dit le roi pendant leur entretien ;
Sitôt qu'à quelque aveu vous l'aurez pu conduire,
Vous vous empresserez de me le reproduire.
Remplissez cette tâche avec habileté,
Et vous éprouverez ma générosité.

SCÈNE X

GODIN, seul.

Allons, Godin, allons, la fortune t'appelle ;
Elle te tend les bras, ne lui sois point rebelle.
Écoute Frédégonde, et marche sans remords ;
Elle t'a déjà fait gagner de grands trésors ;
Si tu peux découvrir quelques sourdes menées,
Qui sait jusqu'où pourront monter tes destinées ?
Frédégonde, cédant à ses transports jaloux,
Par le fer ôtera la vie à son époux,
Et tu pourras peut-être, usant de stratagème,
L'épouser, et du roi ceindre le diadème.
Allons, pas de faiblesse, et sans perdre un moment,
Les yeux sur notre but, avançons hardiment.

ACTE QUATRIÈME

—

SCÈNE PREMIÈRE

BRUNEHILDE, ROSAMONDE.

ROSAMONDE.

Pourquoi persistez-vous à garder le silence?
Pourquoi me cachez-vous avec tant de constance
Tout ce que Chilpéric a dû vous proposer?
Ne voulez-vous donc plus sur moi vous reposer?
Au lieu d'être insensible à ma sollicitude,
De grâce, ayez pitié de mon inquiétude.

BRUNEHILDE.

Ma chère, c'est en vain que tu veux m'arracher
Des secrets que je dois malgré moi te cacher.
Je voudrais n'être pas contrainte de me taire,
Mais la pudeur m'oblige à t'en faire un mystère.

ROSAMONDE.

De votre cœur, madame, ouvrez-moi les replis;
Vos secrets dans le mien seront ensevelis.
Veuillez considérer que de votre infortune
La gravité nous est à toutes deux commune,
Que je souffre avec vous, qu'avec vous je soutiens
Des malheurs qui me sont plus cruels que les miens.
Ne m'en rendez donc pas le poids insupportable,
En taisant les nouveaux dont le ciel vous accable.

BRUNEHILDE.

Eh bien! puisque tu veux faire rougir mon front,
Rosamonde, je vais te dévoiler l'affront
Par lequel à l'instant je viens d'être avilie :
Chilpéric vient d'avoir l'incroyable folie

De m'offrir mon pardon au prix de ma vertu.
Sans en rougir de honte, il m'a, le croirais-tu ?
Proposé...

ROSAMONDE.

C'est assez, je vous comprends, madame.
Ciel ! a-t-on jamais eu tant de noirceur dans l'âme ?

BRUNEHILDE.

Ses menaces sur moi n'ont point eu de pouvoir,
Et je suis demeurée attachée au devoir.
Mais il va bientôt faire éclater sa vengeance,
Je vais être exposée à ses coups sans défense,
Et son généreux fils, qui s'est fait mon appui,
Arrivera trop tard pour m'arracher à lui.
Pour réfléchir, le roi ne m'a donné qu'une heure,
Et, si je le repousse, il faudra que je meure.

ROSAMONDE.

Ah ! serait-il possible ? Avez-vous bien compris ?
N'est-ce point une erreur qui trompe vos esprits ?

BRUNEHILDE.

Non, j'ai bien entendu ce qu'il vient de me dire :
Sans avoir de pitié pour mon affreux martyre,
Et, sans être touché de mon horrible sort,
Il ne m'a proposé que l'opprobre ou la mort :
Il veut que je l'épouse ou bien que je périsse ;
Entre ces deux partis il faut que je choisisse.
Encor, s'il ne livrait que moi seule au trépas,
J'opterais sans faiblesse et ne me plaindrais pas ;
Mais ce n'est pas assez que de m'ôter la vie :
Du meurtre de mon fils ma mort sera suivie ;
Ses bourreaux, après moi, le frapperont aussi.

SCÈNE II

LES MÊMES, GODIN.

BRUNEHILDE.

Mais, que vois-je? c'est vous, Godin? Quoi! c'est ainsi
Que vous abandonnez, quand elle est malheureuse,
Celle qui fut toujours pour vous si généreuse!

GODIN.

Comment avez-vous pu me croire assez pervers,
Pour m'éloigner de vous au milieu des revers !
Comme au premier abord j'ai pu vous le paraître,
Madame, croyez-m'en, je ne suis point un traître.
Dans tout ce que j'ai fait jusques à ce moment
Je n'ai rien écouté que mon seul dévoûment.
Quand votre époux reçut une mort si fatale
De la main des bourreaux qu'arma votre rivale,
Je n'eus qu'un seul désir : ce fut de vous sauver ;
Ne pouvant autrement jusqu'à vous arriver,
J'ai feint de vous trahir pour servir votre cause.

BRUNEHILDE.

Dieu! faut-il que sur lui mon âme se repose?
Par elle ce secours doit-il être accepté?
Godin! me parlez-vous avec sincérité?

ROSAMONDE.

Ne vous y fiez pas.

GODIN, à Rosamonde.

Que prétendez-vous dire?

BRUNEHILDE, à Rosamonde.

D'où viennent, dis-le-moi, les soupçons qu'il t'inspire?

ROSAMONDE.

Je n'ai pour me guider que mon pressentiment.

BRUNEHILDE.

Éclairez-moi, mon Dieu, dans ce cruel moment!

GODIN, *à Brunehilde*.

Madame, je vous suis toujours resté fidèle :
Pourquoi donc voulez-vous que mon zèle chancelle
Lorsque l'adversité, qui vous porte ses coups,
Ne doit que m'attacher plus fortement à vous ?

BRUNEHILDE.

Je ne sais pas, Godin, si vous êtes sincère ;
C'est l'avenir, qui seul, m'apprendra ce mystère ;
Mais, si vous me trompez, vous êtes bien pervers.

GODIN.

Non, je n'insulte point à vos touchants revers.
Faut-il vous le jurer ?

BRUNEHILDE.

Eh bien ! oui.

GODIN.

Je le jure !

BRUNEHILDE.

Puisque vous le jurez, je vous crois sans mesure,
Mais sachez bien, Godin, que si vous trahissez
Le serment solennel qu'ici vous prononcez,
Vous aurez dans le ciel un juge inexorable,
Qui vous fera payer votre ruse exécrable ;
Que vous serez maudit par la postérité,
Et qu'enfin votre nom, justement détesté,
Au traître le plus vil, au plus lâche parjure
Deviendra dans la suite une cruelle injure.

GODIN.

D'un pareil châtiment j'étais persuadé ;
Aussi de vous trahir me suis-je bien gardé,
Et n'ai-je point commis un si coupable crime.

BRUNEHILDE.

Alors, puisque pour moi tant d'ardeur vous anime,
Veuillez me le prouver par des faits éclatants,
Et mettre pour ma cause à profit les instants.

GODIN.

Je suis tout prêt, parlez. Faut-il pour sa captive
Auprès de Chilpéric faire une tentative?

BRUNEHILDE.

Non, duc, non, ce n'est pas par un pareil effort,
Que vous remédîriez à mon malheureux sort.
Il vous faut inventer un autre stratagème.

GODIN.

Pourquoi? Parlez.

BRUNEHILDE.

Je viens de l'implorer moi-même.
Et de lui, par mes pleurs, je n'ai rien obtenu,
Que des affronts qui m'ont montré son cœur à nu.

GODIN.

Mais que vous a-t-il dit? Il faut que je le sache,
Pour que, s'il en est temps, à lui je vous arrache.

BRUNEHILDE.

Ah! ne m'obligez pas à vous le dévoiler.

GODIN.

Votre intérêt vous force à me le révéler.

BRUNEHILDE.

Vous le voulez, Godin, vous êtes inflexible ?

GODIN.

Il le faut; autrement il est bien impossible
Que, malgré mes efforts, je parvienne à savoir
Quelles armes auront sur lui quelque pouvoir.

BRUNEHILDE.

Puisque vous m'astreignez à ce nouveau martyre,
Puisqu'il le faut enfin, je m'en vais vous le dire :
Le roi m'a fait subir un affront éclatant,
Il m'a dit que, pour fuir le trépas qui m'attend,
Je devais accepter la honte, sans seconde,
De prendre près de lui le rang de Frédégonde.

GODIN.

Le lâche !

BRUNEHILDE.

Je n'ai plus rien à vous découvrir ;
Allez sauver mon fils, et laissez-moi mourir ;
En vain de me sauver vous nourririez l'idée,
Les instants sont trop courts, je suis trop bien gardée,
Pour que vous parveniez à me tirer d'ici ;
Ne songez qu'à mon fils.

GODIN.

J'y cours. (*A part.*) J'ai réussi.

SCÈNE III

LES MÊMES, MÉROVÉE.

MÉROVÉE, *à Brunehilde*.

Quoi ! sans vous indigner, vous souffrez que ce traître
Vienne de vos malheurs à vos yeux se repaître,
Et vous ne craignez pas de vous fier à lui !
(*A Godin.*) Lâche ! quand tu devrais lui prêter ton appui,
De ton roi c'est ainsi que tu soutiens la veuve ?

ROSAMONDE.

Je l'avais pressenti !

BRUNEHILDE.

C'est ma dernière épreuve !

GODIN.

Si je n'avais pitié de toi, jeune imprudent,
Je te ferais payer ton discours impudent.

MÉROVÉE.

Tu voudrais m'imposer en vain par ton audace,
Tu n'y gagneras rien, je crains peu ta menace.

GODIN.

Tu n'es qu'un imposteur !

MÉROVÉE.

Je dis la vérité.

GODIN.

Je demeure interdit de tant de fausseté !

MÉROVÉE.

Je te le dis : Tu n'es qu'un traître.

GODIN.

Je le nie.

MÉROVÉE.

Tu mérites ce nom.

GODIN.

Reine, il me calomnie.

MÉROVÉE.

Lorsqu'un homme est pervers au point d'abandonner
Celui qui de bienfaits vient de l'environner,
Et lorsque, non content de délaisser la cause
De celui qui de rien l'a rendu quelque chose,
Il se vend au vainqueur sans hésitation,
Et reçoit pour paîment de sa désertion
La moitié du butin, qu'on a pris à son maître,
Cet homme n'est-il pas pire encore qu'un traître ?

BRUNEHILDE, *à Godin.*

Vous ne répondez rien ?

GODIN.

Non, je suis confondu ;
Ce nom que l'on me donne est un nom qui m'est dû,
Et, pour mieux mériter ce nom dont je m'honore,
Je vais continuer à vous trahir encore.

MÉROVÉE.

Oui, lâche, fuis mes yeux, ou de ta trahison
Tu vas être obligé de me rendre raison.

SCÈNE IV

BRUNEHILDE, ROSAMONDE, MÉROVÉE.

BRUNEHILDE.

Devant tant de malheurs ma force m'abandonne;
Il est temps qu'à la fin mon trépas les couronne.

ROSAMONDE.

Reprenez vos esprits.

MÉROVÉE.

Calmez votre douleur.

BRUNEHILDE,

Non, non, je veux mourir, j'ai la vie en horreur.

MÉROVÉE.

Du mal qui vous aigrit n'écoutez pas l'empire.

BRUNEHILDE.

Prince, vous le voyez, tout contre moi conspire;
Désormais vos efforts n'auraient pour résultat
Que d'exposer vos jours sans changer mon état;
Laissez-moi donc mourir, prince, je vous en prie!

MÉROVÉE.

Pourquoi céder aux coups dont vous êtes aigrie?
Pourquoi céder au sort qui veut vous éprouver?
Ne me reste-t-il pas la nuit pour vous sauver?

BRUNEHILDE.

Non, du roi contre moi la fureur se déchaîne;
Et je ne vivrai plus après l'heure prochaine.

MÉROVÉE.

Que dites-vous, madame?

BRUNEHILDE.

Il me l'a déclaré.

MÉROVÉE.

Lui! Pourquoi? Vos dédains l'ont-ils exaspéré?

BRUNEHILDE.

Non, mais avec vigueur je me suis révoltée
Contre la volonté qu'il m'a manifestée.

MÉROVÉE.

Mais que voulait-il donc?

BRUNEHILDE.

Il voulait... m'épouser!
Et comme à son désir je viens de m'opposer,
Et qu'à lui résister je suis encore prête,
Dans moins d'une heure il va faire tomber ma tête.

MÉROVÉE.

Pour mettre enfin le comble à son iniquité,
Il ne lui manquait plus que cette lâcheté.
Mais il n'osera pas, rassurez-vous, madame,
Prévenir contre vous les desseins de sa femme.
Pour oser la braver il sait trop que de vous
Sans cesse elle s'occupe avec un soin jaloux,
Qu'elle est comme un lion qui veille sur sa proie,
Et qu'il en pâtirait, s'il dérangeait sa joie.
Résistez donc sans crainte, au lieu de le fléchir;
C'est là le seul moyen de vous en affranchir :
Pour moi, vraiment touché de votre état funeste,
Je vais mettre à profit tout le temps qui me reste.

BRUNEHILDE.

Non, laissez moi mourir, ne sauvez que mon fils;
De votre dévoûment qu'il ait seul les profits!

MÉROVÉE.

A vous sauver tous deux je m'emploîrai, madame.

BRUNEHILDE.

Non, oubliez l'ardeur qui pour moi vous enflamme.

MÉROVÉE.

Pour vous tirer d'ici, je veux essayer tout.

BRUNEHILDE.

Mais comment sans secours en viendrez-vous à bout?

MÉROVÉE.

Je dois vous l'avouer, je n'en sais rien encore;
Mais Dieu m'inspirera; car pour vous je l'implore.

BRUNEHILDE.

Au nom de mes malheurs, pour moi ne tentez rien,
Car vous vous perdriez sans me faire aucun bien.
Ne songez qu'à mon fils, et je vous en supplie,
De vouloir me sauver n'ayez pas la folie.
A le faire évader si vous réussissez,
Croyez ce que j'en dis, ce sera bien assez.
Si vous ne voulez pas que votre belle-mère
Fasse tomber sur vous le poids de sa colère,
Il lui faut bien, afin de la dédommager
D'avoir mis son captif à l'abri du danger,
Laisser une victime, à laquelle elle puisse
Faire à son gré souffrir le plus cruel supplice.

MÉROVÉE.

Vous craignez qu'en voulant vous soustraire au danger,
Dans un même péril je n'aille m'engager ;
J'admire, et je comprends votre délicatesse,
Elle trahit assez un cœur plein de noblesse ;
Mais imposez silence à ces scrupules vains ;
Car un double motif me guide en mes desseins :
Quand je ne serais pas animé de l'envie
Que j'ai bien fermement de vous sauver la vie,
Quand je ne serais pas touché de vos ennuis,
Je marcherais encore au but que je poursuis,
Pour dérober ma race à la honte éternelle
Que mon père s'apprête à répandre sur elle.
Laissez-moi donc aller faire un dernier effort,
Et si ce que je fais me conduit à la mort,
Ne vous adressez pas la moindre réprimande ;
Donnez-moi quelques pleurs ; c'est tout ce que demande
Celui qui de vos maux a plus que vous gémi,
Et qui sera resté votre meilleur ami.

Mais tout n'est pas perdu : fort de ma conscience,
Dont la voix rassurante accroît ma confiance,
Peut-être, quoique seul, pourrai-je surmonter
Les obstacles nombreux qu'il me faut culbuter,
Et, malgré Chilpéric et malgré Frédégonde,
Vous ôter de leurs mains, si le ciel me seconde.

BRUNEHILDE.

Quittez, je vous en prie, un si grave dessein.

MÉROVÉE.

Non, de m'en détourner vous essayez en vain.

BRUNEHILDE.

Puisque c'est sans succès que contre vous je lutte,
Agissez sans retard; car à chaque minute
Grandissent les dangers que vous allez courir.

MÉROVÉE.

Je m'en vais de ce pas vous sauver ou mourir.
Adieu, madame.

BRUNEHILDE.

Adieu, que le ciel vous bénisse!

SCÈNE V

BRUNEHILDE, ROSAMONDE.

BRUNEHILDE.

Jeune homme plein de cœur! Pour me rendre service
Il ne redoute point d'affronter le trépas.
Au milieu des périls, Seigneur, guidez ses pas!
Empêchez que sur lui sa bonté ne retombe,
Et qu'en cherchant mon bien lui-même ne succombe!
Et ne ravissez pas ce prince généreux
Au peuple fortuné qu'il saura rendre heureux,
Si jamais de son père il porte la couronne.

ROSAMONDE.

Il a trop de vertu pour que Dieu l'abandonne,

Madame; espérons donc qu'il sera triomphant,
Et qu'il vous sauvera vous-même et votre enfant.

BRUNEHILDE.

En me berçant encore avec cette espérance,
Tu ne peux désormais qu'augmenter ma souffrance;
Je connais trop l'horreur de ma position
Pour pouvoir plus longtemps me faire illusion.
Si mon cœur s'intéresse au sort de Mérovée,
Ce n'est pas que j'espère être par lui sauvée;
Je sais trop bien qu'il n'est aucun pouvoir humain
Qui puisse m'arracher à mon cruel destin;
Mais je désirerais qu'il ne fût pas victime
De la compassion dont mon malheur l'anime,
Et qu'en voulant pour moi faire un suprême effort,
Il ne fût pas réduit à partager mon sort.

ROSAMONDE.

Dieu le protégera, soyez-en bien certaine,
Et de tous ses périls il sortira sans peine.

BRUNEHILDE.

Espérons que le ciel lui servira d'appui.

ROSAMONDE.

Voici le roi, madame!

BRUNEHILDE.

Ah! ciel! c'est déjà lui!
Secourez-moi, mon Dieu! secourez ma faiblesse;
Ma chère, soutiens-moi, ma force me délaisse.

SCÈNE VI

LES MÊMES, CHILPÉRIC.

CHILPÉRIC.

De la réflexion le terme est excédé,
Madame; à votre égard qu'avez-vous décidé?
Répondez, et surtout sachez bien que vos larmes

5

Contre ma volonté seraient de vaines armes ;
Tous vos raisonnements que j'ai trop entendus,
Je vous en avertis, deviendraient superflus.
Je viens ici savoir quelle est votre réponse,
Et j'attends que sur vous votre bouche prononce.

BRUNEHILDE.

Seigneur, puisque mes pleurs ne vous peuvent fléchir,
Accordez-moi du moins le temps de réfléchir ;
Pour que je délibère, et pour que je décide
Ou d'être incestueuse ou d'être infanticide,
Une heure est trop peu longue, il me faut plus de temps ;
Laissez-moi méditer encor quelques instants.
Ne me refusez pas cette grâce dernière ;
Au nom de mes malheurs, écoutez ma prière.

CHILPÉRIC.

Je vous le dis encore, il faut, sans plus tarder,
Sur votre propre sort vous-même décider.

BRUNEHILDE.

Je ne demande pas à conserver la vie ;
Il m'importe fort peu qu'elle me soit ravie ;
Mais, puisque mon malheur de vous n'est point senti ;
Et puisque vous voulez que je prenne un parti,
Souffrez qu'une heure au moins encor je réfléchisse
Sur celui qu'il vaut mieux pour moi que je choisisse.

CHILPÉRIC

Madame ; je le veux ; épargnez les instants,
Je n'ai pas le loisir d'attendre plus longtemps.
Frédégonde pourrait tout à coup nous surprendre ;
Il m'en coûterait cher ; vous devez donc comprendre
Que je n'attendrai pas que vos cris superflus
Veuillent bien m'octroyer un outrageant refus.
Si vous vous obstinez à ne pas me répondre,
Malgré tous vos détours, je saurai vous confondre
Et vous serez traitée aussi sévèrement
Que si vous aviez ri de moi plus franchement.

BRUNEHILDE.

Devant tant de malheurs comment est-il possible
Que vous puissiez ainsi demeurer insensible?
Et comment avez-vous assez de dureté
Pour abuser ainsi de votre autorité?
Vous voulez que j'accède à me voir avilie,
Que par des nœuds impurs avec vous je m'allie ;
Que je ne craigne pas moi-même d'outrager
Ma sœur, que mon devoir m'ordonnait de venger ;
Qu'à vos vœux criminels me déclarant propice,
Je vous fasse aujourd'hui le honteux sacrifice
De ma pudeur, seul bien qui me reste entre tous ;
Que je sois infidèle à mon fidèle époux ;
Que, sans craindre pour moi la colère céleste,
Je commette avec vous un odieux inceste ;
Et qu'illustre déjà par mon adversité,
Je le sois plus encor par ma perversité!
Sinon avec mon fils il faudra que je meure,
Et vous ne voulez pas m'accorder même une heure !

CHILPÉRIC.

Cédez à mes désirs, ou craignez mon courroux.

BRUNEHILDE.

Je n'ai rien à vous dire...

CHILPÉRIC.

Alors, résignez-vous.

BRUNEHILDE.

Montrez-vous sans pitié, commandez mon supplice;
Mais épargnez mon fils.

CHILPÉRIC.

Il faudra qu'il périsse.

BRUNEHILDE.

Mais ouvrez donc les yeux, et remarquez un peu,
Seigneur, que vous voulez tuer votre neveu !

CHILPÉRIC.

Si vous désirez tant lui conserver la vie,
Vous pouvez empêcher qu'elle lui soit ravie;
Je vous en ai, madame, indiqué le moyen.

BRUNEHILDE.

Ah! je le vois enfin, votre cœur ne sent rien.

SCÈNE VII

Les Mêmes, FRÉDÉGONDE, Soldats.

FRÉDÉGONDE, *à Chilpéric.*

Vous voilà donc encore avec mon ennemie!
De vous jouer de moi vous avez l'infamie;
Mais vous ne pourrez point, je vous en avertis,
Accomplir les projets que vous avez bâtis;
Car de tous vos desseins j'ai découvert la trame.

CHILPÉRIC, *à Frédégonde.*

Vous m'avez mal compris.

FRÉDÉGONDE, *à Brunehilde.*

             Et quant à vous, madame,
Puisque vous avez su ne pas participer
Aux plans que Chilpéric a faits pour me tromper,
Je veux bien envers vous agir avec justice :
Je n'avancerai pas votre prochain supplice.

BRUNEHILDE, *à Frédégonde.*

Est-ce là la faveur que de vous je reçois?
De la justice ainsi comprenez-vous les lois?

FRÉDÉGONDE.

Gardes, en ce moment montrez-moi votre zèle :
Au cachot, que l'on vient de préparer pour elle,
Emmenez cette femme; ayez soin d'empêcher
Qu'aucun être vivant ne puisse en approcher;
Ne laissez auprès d'elle introduire personne.
Si vous remplissez mal ce que je vous ordonne,

Et si vous la laissez s'échapper de prison,
Sur votre tête tous vous m'en rendrez raison.

BRUNEHILDE, aux Soldats.

Arrêtez! (*A Frédégonde.*) Tuez-moi, vous le pouvez sans
Mais ne rendez au moins que moi seule victime.   [crime ;
De nos inimitiés mon fils est innocent ;
Il ne vous a rien fait, ne versez pas son sang.

FRÉDÉGONDE, à Brunehilde.

Vous mourrez tous les deux. — Gardes, que cette femme
Disparaisse d'ici.

BRUNEHILDE.

Quelle conduite infâme !

ROSAMONDE.

Madame, je vous suis ; si l'on vous fait périr,
En même temps que vous je veux du moins mourir.

(Les Soldats emmènent Brunehilde, et Rosamonde la suit.)

SCÈNE VIII

CHILPÉRIC, FRÉDÉGONDE.

FRÉDÉGONDE.

Demeurez, Chilpéric ; j'ai deux mots à vous dire.

CHILPÉRIC.

A votre volonté je ne puis pas souscrire ;
De graves intérêts m'appellent hors d'ici.

FRÉDÉGONDE.

Point d'excuse ; restez.

CHILPÉRIC.

Mais...

FRÉDÉGONDE.

Je le veux ainsi.

Je lis dans votre cœur ; vous vous sentez coupable,
Et vous craignez de voir mon courroux implacable ;

Mais calmez vos esprits ; car, si je sais punir,
D'une injure je sais perdre le souvenir ;
Veuillez donc en ce lieu quelques instants m'entendre.

CHILPÉRIC.

Eh bien ! à vos désirs je consens de me rendre.

FRÉDÉGONDE.

Je ne songerais point à parler du passé
Si de votre mémoire il n'était effacé.
Mais, comme je comprends à de graves indices,
Que déjà vous avez oublié mes services,
Je me vois, malgré moi, contrainte d'étaler
Ce que j'aurais voulu ne jamais rappeler.
Vous le savez, je fus constamment animée
Du désir d'être utile à votre renommée ;
J'ai, de vos ennemis découvrant les apprêts,
Mille fois rendus vains tous leurs piéges secrets :
Pour vous faire échapper à leurs terribles ligues,
J'ai fait agir les dons, les ruses, les intrigues ;
J'ai tout mis en usage avec habileté ;
J'ai tout fait tour à tour, et rien ne m'a coûté.
Des expéditions même les mieux conduites,
J'ai su, par mes efforts, annihiler les suites.
Dès que je vous ai vu courir quelque péril,
J'ai retrouvé pour vous un courage viril.
Lorsqu'en exécutant vos projets téméraires,
Vous avez contre vous animé vos deux frères,
C'est à moi qu'aussitôt vous avez eu recours,
Et vous n'avez point eu de plus ferme secours.
Chaque fois j'ai détruit, par d'habiles manœuvres,
Les funestes effets de vos funestes œuvres.
Après que Caribert, mort sans postérité,
Eut laissé le champ libre à votre avidité,
Agissant en silence, à l'insu de vos frères,
Vous avez sur Paris mis vos mains téméraires.

Emportés tous les deux par leur ressentiment,
Ils vous auraient frappé d'un rude châtiment,
Si je n'avais pas fait contre leur alliance
Mouvoir tous les ressorts de mon expérience.
De ce péril à peine étiez-vous dégagé,
Que dans un pire encor vous vous êtes plongé,
En faisant étrangler dans son lit Galeswinthe.
De sa femme écoutant l'impérieuse plainte,
Et cédant aux conseils que lui dictait son cœur.
Sighebert s'élança contre vous en vainqueur.
Votre sanglante audace allait être punie :
Habilement gagné par votre bon génie,
Gonthramn mit entre vous sa médiation ;
Il exigea de vous la restitution
Du présent du matin, qu'après son mariage
L'époux à son épouse offre suivant l'usage,
Et fit ainsi tomber dès son commencement
Une guerre entreprise avec acharnement.
D'un meurtre si flagrant le prix était modique :
Mais vous, trouvant bientôt cette rançon inique,
Et regrettant les biens qui vous étaient ravis,
Vous avez confié des troupes à Clovis,
Et sans même en avoir prévenu votre frère,
Vous avez contre lui recommencé la guerre.
Mais votre lâcheté ne vous réussit pas :
Clovis, après avoir tout détruit sous ses pas,
Avoir dans l'Aquitaine étendu ses ravages,
Et s'être fait haïr par d'affreux brigandages,
Accomplit vainement vos ordres absolus :
Il fut complétement battu par Mummolus,
Et par ce seul combat privé de son armée.
En vain pour étouffer la guerre rallumée,
Je vous persuadai de demander la paix.
D'une nouvelle armée assemblée à grands frais,
Théodebert par vous nommé le capitaine,
Comme Clovis son frère, envahit l'Aquitaine ;

Il porta, comme lui, le ravage en tous lieux.
De tant de trahison Sighebert furieux,
Marcha sur vous, suivi d'une foule infinie
De barbares venus des bois de Germanie,
Et le prudent Gonthramn, redoutant son courroux,
Avec lui sur-le-champ se ligua contre vous.
Seul vous ne pouviez plus par votre diligence
De vos deux ennemis éviter la vengeance,
Et vous alliez par eux de votre iniquité
Recevoir sans retard le prix bien mérité.
Heureusement pour vous je suis intervenue :
Une nouvelle paix par moi fut obtenue.
Mais vous, loin de songer à vous mieux garantir
Des périls, dont, sans moi, vous n'auriez pu sortir,
Au mépris de la foi jurée à votre frère,
Vous avez contre lui recommencé la guerre.
D'une dernière armée immédiatement
Théodebert encore eut le commandement ;
Mais il fut aussitôt vaincu par Gonthramn Boze,
Et le roi d'Orléans déserta votre cause.
Sighebert, transporté d'un violent courroux,
D'un pas victorieux s'élança contre vous.
Alors moi, vous voyant englouti sans ressource
Dans le torrent des maux dont vous étiez la source,
Et souffrant plus que vous en vous voyant souffrir,
Je voulus avec vous triompher ou mourir ;
Je voulus partager vos soucis et vos craintes ;
Ma voix sut ranimer vos forces presque éteintes.
J'affrontai les périls où vous étiez tombé ;
Je fis bien plus encor, je vous y dérobai.
Ainsi qu'un animal, traqué dans sa tanière,
Qui se voit arriver à son heure dernière,
Vous attendiez la mort dans les murs de Tournay,
Vous vous pensiez perdu quand je la détournai :
Tandis que Sighebert recevait en Neustrie
Des hommages poussés jusqu'à l'idolâtrie,

Tandis que déjà sûr de demeurer vainqueur.
Il se faisait choisir pour votre successeur,
Tandis que, reconnu par un peuple rebelle,
Il célébrait déjà sa royauté nouvelle,
Et donnait audience à ses nouveaux sujets,
Moi seule, osant braver ses terribles projets,
Je fis soudain tomber tous ses plans sanguinaires,
En le faisant frapper par deux de mes sicaires.
Ce meurtre fit cesser votre cruel état :
Non-seulement il eut pour premier résultat
De vous faire éviter des affronts, des injures,
Et peut-être un trépas précédé de tortures,
Mais de vos ennemis encore il vous vengea,
A l'heure où de vous vaincre ils se flattaient déjà ;
A votre beau royaume il en joignit un autre,
Plus riche, plus puissant et plus grand que le vôtre ;
Il mit entre vos mains ceux qui, pour vous l'ôter,
Sans cesse contre vous auraient osé lutter,
Je veux dire la femme à nous perdre acharnée,
Que j'ai pour votre bien à mourir condamnée,
Et son fils qui plus tard pourra bien se venger,
Si vous ne décidez de le faire égorger.

Voilà ce que j'ai fait. Voici, pour votre honte,
Comment votre belle âme a su m'en tenir compte :
A peine m'aviez-vous donné votre faveur,
Qu'après avoir tout fait pour garder votre cœur,
Et m'être à vous charmer sans cesse étudiée,
Je me vis sans motif par vous répudiée.
Imitant Sighebert, que le grand roi des Goths
Avait choisi pour gendre entre mille rivaux,
Vous fîtes, comme lui, prier Athanagilde
De vouloir vous donner la sœur de Brunehilde.
Elle vous fut unie, et, sans m'en irriter,
Je descendis du trône, et l'y laissai monter.

5.

Mais vous, dans vos amours constamment infidèle,
Au bout de quelques mois vous fûtes lassé d'elle.
Sa tendresse et ses soins ne purent vous fixer ;
Désirant au plus tôt vous en débarrasser,
Vous la fîtes périr sans respecter sa race,
Et je fus invitée à reprendre ma place.
Moi, m'abusant toujours sur votre naturel,
Je me suis aussitôt rendue à votre appel.
Je crus qu'en votre cœur j'étais réintégrée ;
Mais Dieu seul sait combien je me suis égarée !
Rempli de défiance et de mauvaise foi,
Vous n'avez jamais eu de franchise avec moi ;
Vous ne supportez plus mon aspect qu'avec peine :
Pour me dissimuler votre implacable haine,
Vous prenez des détours dépourvus de succès ;
Car vous me détestez à la mort, je le sais,
Et si je n'avais su vous tenir par la crainte,
J'aurais déjà subi le sort de Galeswinthe.
Jusqu'ici vos désirs sont restés impuissants ;
Mais aujourd'hui, toujours esclave de vos sens,
Et toujours captivé, quand votre œil le rencontre,
Par le dernier objet que le hasard vous montre,
Vous voulez épouser celle qui, sans remord,
Aurait, victorieuse, ordonné votre mort ;
Et moi qui n'ai jamais songé qu'à votre gloire,
Moi qui vous ai toujours assuré la victoire,
Moi qui vous ai sans cesse affranchi du danger,
Vous osez méditer de me faire égorger !...

CHILPÉRIC.

Moi ! que jamais j'aie eu tant de noirceur dans l'âme !
Moi, vous faire égorger ? L'avez-vous cru, madame ?

FRÉDÉGONDE.

Oui, vous !

CHILPÉRIC.

Qui vous l'a dit ?

FRÉDÉGONDE.

Je dis la vérité ;
Qu'importe donc celui qui me l'a répété.
Si, pour vous disculper, vous osez me répondre,
Je m'en vais à l'instant sans pitié vous confondre.
Cela vous suffit-il?

CHILPÉRIC.

Je suis anéanti !
Nier encor serait de ma part trop hardi.
Oui, madame, il est vrai que je vous ai haïe ;
J'ai désiré vous perdre, et je vous ai trahie :
Mais par mon repentir je suis assez brisé
Pour que vous vouliez bien oublier le passé.

FRÉDÉGONDE.

Eh bien ! soit ; j'y consens, seigneur, et je l'oublie :
Avec vous aujourd'hui je me réconcilie.
Mais, pour me renverser quand je vous affermis,
Ne vous alliez plus avec mes ennemis ;
Comptez sur votre femme, et ce qu'elle commande,
Soyez sûr que toujours votre bien le demande.

CHILPÉRIC.

Puisque vous avez tant de générosité,
Vous pouvez vous fier à ma sincérité ;
Et, pour vous assurer de ma reconnaissance,
Je veux que vous ayez une entière puissance,
Que tout le monde cède à vos vœux absolus,
Et que personne ici ne les contrôle plus.

FRÉDÉGONDE, à part.

J'ai donc enfin sur lui recouvré mon empire !

CHILPÉRIC, à part.

O Frédégonde, en vain tu penses me réduire,
Et puisque tu prétends ainsi régner sans moi,
Je m'en vais me hâter de m'affranchir de toi.

ACTE CINQUIÈME

La scène, d'abord obscure, s'éclaire graduellement.

—

SCÈNE PREMIÈRE

BRUNEHILDE, ROSAMONDE.

BRUNEHILDE, *se parlant à elle-même.*

Me voici donc ici seule et sans espérance,
Attendant que la mort termine ma souffrance!
Pour m'arracher la vie on n'attend que le jour,
Et l'aurore déjà m'annonce son retour.
C'en est fait, du bourreau la hache déjà prête
Va sur le froid billot faire bondir ma tête,
Et mon malheureux fils, soumis au même sort,
En même temps que moi va recevoir la mort.
Par sa compassion entraîné, Mérovée
S'est sans doute perdu sans m'avoir préservée.
Que pouvait-il aussi sans secours, sans amis,
Entreprendre pour moi contre mes ennemis,
Contre un père barbare et contre son épouse,
De ma grandeur passée aveuglément jalouse?
Je n'ai plus nul espoir, mes vœux sont superflus;
Quelques instants encor, et je ne vivrai plus!

S'il est vrai que je sois à mon heure dernière,
Seigneur, je t'en conjure, exauce ma prière :
Je crains que tout à l'heure au pied de l'échafaud
Mon courage épuisé ne me fasse défaut;
Veuille donc empêcher qu'en marchant au supplice,
Aux yeux d'un peuple entier ma vertu ne faiblisse!

Fais que, tout en voyant égorger Childebert,
Je conserve un maintien digne de Sighebert,
Et que les descendants du grand Athanagilde
N'aient pas lieu de rougir au moins de Brunehilde.

(A Rosamonde.)
Puisque tu m'as fait voir un si grand dévoûment.
Ne m'abandonne pas à mon dernier moment ;
C'est à toi que je dois ce que j'ai de courage,
Achève, Rosamonde, achève ton ouvrage.

ROSAMONDE.

S'il faut vous alléger le poids de vos malheurs,
Je veux bien m'efforcer d'adoucir vos douleurs ;
Mais je n'essairai pas, pour calmer vos souffrances,
De vous bercer encor de vaines espérances ;
Loin de vous soulager et de vous secourir,
Ce serait vous ôter la force de souffrir.

BRUNEHILDE.

Non, tu te donnerais une inutile peine :
Je ne sais que trop bien que ma mort est certaine,
Et pourtant, si mon fils ne devait pas périr,
Tu ne me verrais pas craindre de la souffrir.
Mais ce qui maintenant m'abreuve d'amertume,
Ce qui m'anéantit, me ronge, me consume,
Ce qui m'est mille fois plus affreux que la mort,
C'est cette incertitude où je suis sur son sort.
De soldats bien armés une troupe trop forte
De son cachot gardait probablement la porte,
Pour qu'enfin Mérovée, afin de l'en tirer,
Ait pu dans sa prison lui-même pénétrer.
Pauvre et malheureux fils ! innocente victime !
Par de lâches parents que la vengeance anime,
En ennemi mortel je vais te voir traité,
Sans pouvoir te soustraire à leur férocité.
Obtenir ton salut était ma seule envie ;
Quand même il m'eût fallu le payer de ma vie,

Je l'aurais aussitôt livrée avec bonheur,
J'aurais donné pour toi tout, excepté l'honneur.
Peut-être était-ce là le seul sacrifice
Que, pour te dérober à leur lâche injustice,
J'étais déterminée à ne point accorder,
Et c'est celui-là seul qu'on vient me demander !

ROSAMONDE.

Puisque vous ne pouvez changer votre infortune,
Chassez de votre esprit cette idée importune ;
Occupez-vous plutôt de vous mettre en état
De pouvoir soutenir votre dernier combat.

BRUNEHILDE.

Ton conseil est rempli de raison, Rosamonde ;
Au terme qu'à ma vie a prescrit Frédégonde
Nous allons arriver dans quelques courts instants,
Et je n'ai plus à vivre encore bien longtemps.
Je devrais donc user des moments qu'on me laisse
Pour me bien préparer à mourir sans faiblesse.
Mais, malgré mes efforts pour suivre tes avis,
Je ne puis m'empêcher de songer à mon fils,
Et de me rappeler que, par ma résistance,
Moi-même hier au roi j'ai dicté sa sentence.
C'est moi qui, persistant toujours à refuser
Le nœud que Chilpéric cherchait à m'imposer,
Ai, pour ne pas prêter mon concours à ce crime,
De ma triste vertu rendu mon fils victime.
Mais puisque je n'ai pas avec toi de secrets
Je dois te confesser que j'ai d'affreux regrets
De n'avoir pas usé du moyen que peut-être
Dieu, pour sauver mon fils, me faisait apparaître.

ROSAMONDE.

Quoi ! vous auriez donc pu, madame, vous donner ?...

BRUNEHILDE.

Écoute-moi, plutôt que de me condamner.

Cette nuit, pour sortir d'une longue insomnie,
Qui me l'a fait paraître un siècle d'agonie,
J'ai prié, j'ai pensé, j'ai répandu des pleurs,
J'ai déploré tout bas mes terribles malheurs ;
Mille réflexions, mille sombres pensées
Se sont dans mon esprit sans relâche pressées.
Je me suis épuisée en vain à les chasser ;
Malgré tous mes efforts je n'ai fait que passer
Et repasser sans cesse au fond de ma mémoire
Cette prospérité, devenue illusoire,
Ces honneurs qui m'étaient incessamment rendus,
Ces richesses, ces biens, que j'ai si tôt perdus,
Ces fêtes, ces plaisirs, dont j'étais enivrée,
Cet amour d'un époux dont j'étais adorée,
Ces projets de vengeance ardemment poursuivis,
Qu'un affreux attentat m'a tout à coup ravis,
Cet espoir de régner sur un double royaume,
Qui s'est anéanti comme un vague fantôme,
Et ce triomphe enfin que je croyais certain,
Et qui m'est enlevé par un coup du destin.
Et de tant de grandeurs comparant l'étendue
A l'avilissement où je suis descendue,
Je suis restée en proie au découragement ;
Mais ce qui met le comble à mon abattement,
Ce qui laisse à mes maux encore moins de trève
Que mon bel avenir dissipé comme un rêve,
C'est un cruel regret qui m'est venu saisir,
Et ne me laisse plus un instant de loisir.
Pendant qu'à ma douleur je demeurais en proie,
J'ai compris tout à coup qu'une infaillible voie
S'était ouverte à moi pour dérober mon fils
Aux sanguinaires mains de mes deux ennemis.
Que j'aurais aisément pu lui sauver la vie,
Et que l'occasion m'en est enfin ravie.
Voici donc le moyen qui m'était entr'ouvert,
Et que, pour mon malheur, je n'ai pas découvert :

A Chilpéric j'aurais bien pu me voir unie,
Et ne pas pour cela braver l'ignominie.
Au lieu de le blesser par mon constant dédain,
J'aurais pu consentir à lui donner ma main,
Faire évader mon fils avant d'être menée
A l'autel préparé pour mon triste hyménée,
Recevoir pour époux mon cruel suborneur,
Et par un prompt trépas conserver mon honneur.
Voilà ce qu'il aurait fallu que j'accomplisse ;
J'eusse ainsi dérobé mon enfant au supplice,
A des gens dévoués je l'eusse abandonné ;
Par eux en Austrasie il eût été mené.
Soudain les Austrasiens, en le voyant paraître,
Auraient en eux senti l'espérance renaître ;
Ils se seraient rangés en foule autour de lui,
Se seraient empressés de lui prêter appui,
Et de son père en lui reconnaissant l'image,
L'auraient réintégré dans son vaste héritage.
Ce n'est pas tout : tandis que mon fils évadé
Sur le trône à son père eût ainsi succédé,
A l'heure qu'elle avait pour notre mort choisie,
Ici, j'aurais pu voir périr notre ennemie.
J'aurais ainsi vengé ma sœur et mon époux !
A ce prix le trépas m'aurait semblé bien doux !
Pourquoi donc, ô mon Dieu ! mon âme déchirée
N'a-t-elle pas été par vous mieux inspirée?
En me montrant trop tard ce moyen de salut,
D'augmenter ma douleur avez-vous eu le but ?

ROSAMONDE.

Cessez donc d'irriter le mal qui vous dévore...

BRUNEHILDE.

S'il n'était pas trop tard, si je pouvais encore
Saisir l'occasion qui vient de se montrer,
Je n'hésiterais plus à m'en bien emparer.
Mais non, je ne dois pas garder cette espérance,

Je ne puis désormais croire à ma délivrance ;
Ayant de son mari découvert les secrets,
Frédégonde l'observe, et le garde de près,
Et si, se repentant de m'avoir fait outrage,
Il voulait me sauver de mon prochain naufrage,
Il ne pourrait pas même arriver jusqu'ici.

ROSAMONDE.

Non, désabusez-vous, madame ; le voici.

SCÈNE II

LES MÊMES, CHILPÉRIC.

BRUNEHILDE, *à part.*

Ah ! ciel ! oui, c'est lui-même ; en voyant son visage,
Je sens s'évanouir soudain tout mon courage,
Et sortir de mon cœur la résolution
De mettre mon projet en exécution.

CHILPÉRIC.

Je viens ici, madame, à votre heure suprême
Tenter sur votre esprit une entreprise extrême.
Si vous désirez fuir le sort qui vous attend,
Veuillez vous prononcer sans perdre un seul instant ;
De soldats amenant une nombreuse escorte,
Frédégonde bientôt vá franchir votre porte,
Et vous faire par eux entraîner à la mort ;
Veuillez donc vous hâter de fixer votre sort.

BRUNEHILDE.

Seigneur, au nom du ciel, soyez moins implacable
Contre une belle-sœur que l'infortune accable.

CHILPÉRIC.

Répondez sans délai, madame, et choisissez
Entre les deux partis que je vous ai laissés.

BRUNEHILDE.

Apprenez-moi d'abord, avant que je choisisse

Si mon fils peut encore échapper au supplice,
S'il est encore en vie, et si vous espérez
L'arracher aux bourreaux pour sa mort préparés.

CHILPÉRIC.

Je réponds de l'ôter des mains de Frédégonde.
Mais vous, délibérez sans perdre une seconde.
J'ai des hommes tout prêts pour le moment fatal,
Où je dois de sa mort leur donner le signal,
Et pour le leur donner, je n'attends plus moi-même
Que votre obéissance à l'homme qui vous aime.
Parlez, m'accordez-vous votre main en retour ?

BRUNEHILDE.

Si vous m'aimiez, seigneur, d'un véritable amour,
Avant de consentir à me rendre service,
Vous n'exigeriez pas de moi ce sacrifice.

CHILPÉRIC.

Madame, c'est avoir trop de témérité
Que de payer ainsi ma générosité.
Il est temps à la fin que ma colère éclate
Sans aucune pitié contre une femme ingrate.
A tarir ma bonté vous avez réussi ;
Vous m'avez dédaigné ; je vous dédaigne aussi ;
Vous m'avez méprisé, c'est moi qui vous méprise.
Ma résolution est maintenant bien prise ;
Vous vous efforceriez en vain de la plier,
J'ai souffert des affronts qu'on ne peut oublier.
Puisque par un orgueil dont vous êtes victime,
Vous avez refusé mon secours dans l'abîme,
Madame, je vous laisse à votre triste sort.
Adieu ; préparez-vous à marcher à la mort.

ROSAMONDE.

Fléchissez-le, madame, où vous êtes perdue.

BRUNEHILDE.

Seigneur, ayez pitié d'une femme éperdue,

Qui contre vos désirs ne se révolte plus.

CHILPÉRIC.

Madame, il est trop tard ; vos pleurs sont superflus ;
Vous avez à mes vœux refusé de vous rendre ;
C'est moi qui ne veux plus à mon tour vous entendre.

ROSAMONDE.

Madame...

BRUNEHILDE, à *Rosamonde*.

Tu vois bien que je le prie en vain.

(A Chilpéric.)

Seigneur, au nom du ciel soyez moins inhumain.
Exprimez vos désirs, et pour les satisfaire,
Vous allez me trouver disposée à tout faire ;
Vous désiriez me voir vous prendre pour époux.
Je ne refuse plus de m'allier à vous ;
Si ce n'est pas assez, exigez autre chose,
Je ne reculerai devant aucune clause.
Serez-vous insensible, et ma position
N'obtiendra-t-elle pas votre compassion ?

CHILPÉRIC.

Faut-il vous répéter que vous avez, madame,
Trop longtemps refusé de répondre à ma flamme ?

BRUNEHILDE.

Mais poignardez-moi donc ici de votre main ;
Je souffrirai bien moins ; ce sera plus humain.

CHILPÉRIC.

Eh bien ! madame, eh bien ! puisqu'il faut m'y résoudre,
Je cède à votre instance, et veux bien vous absoudre.
Quoique tous vos dédains m'aient rempli de courroux,
Je n'exigerai pas autre chose de vous
Que votre main, qu'enfin vous avez accordée
A celui qui vous l'a si longtemps demandée.
Mais si, lorsque j'aurai détruit vos ennemis,
Vous refusez les nœuds que vous m'avez promis,

Souvenez-vous-en bien, j'en tirerai vengeance.

BRUNEHILDE.

Je ne tromperai point, seigneur, votre indulgence ;
Mais vous avez encor quelques instants bien courts,
Mettez-les à profit pour nous sauver...

CHILPÉRIC.

J'y cours.

SCÈNE III

LES MÊMES, FRÉDÉGONDE, SOLDATS.

FRÉDÉGONDE.

Où courez-vous, seigneur ? Que veut dire ce trouble ?
D'où vient cette pâleur, que mon aspect redouble ?
Avez-vous oublié ces mots de repentir,
Qui d'un cœur converti semblaient si bien partir ?
Que dois-je en augurer ? Tandis que je m'immole,
Osez-vous violer si tôt votre parole ?

CHILPÉRIC, *à Frédégonde.*

Calmez-vous : si je suis ici si tôt venu,
C'est que de mes serments je me suis souvenu ;
Ma pensée est vraiment par vous bien mal comprise ;
J'ai désiré vous faire une douce surprise.
Connaissant vos projets, j'ai voulu vous ôter
Le soin embarrassant de les exécuter.
Vous avez eu trop vite une crainte illusoire.

FRÉDÉGONDE, *à Chilpéric.*

Avant peu je saurai ce que je dois en croire.
(A Brunehilde.)
Madame, quant à vous, vous savez qu'il vous faut,
Sans vous faire prier, aller à l'échafaud ;
Sans délai, s'il vous plaît, hâtez-vous de me suivre.

BRUNEHILDE.

Madame, à vos bourreaux de plein gré je me livre ;
Mais mon fils n'a rien fait, vous devez l'épargner.

FRÉDÉGONDE.

A voir tomber sa tête, il faut vous résigner.

BRUNEHILDE.

Madame, au nom du ciel !...

FRÉDÉGONDE.

Soldats, qu'on la saisisse,
Et que d'ici sur l'heure on la mène au supplice.

SCÈNE IV

LES MÊMES, MÉROVÉE.

MÉROVÉE.

Non, n'obéissez point, soldats ! entendez-vous ?
Gardez-vous d'y toucher, ou craignez mon courroux.
(A Frédégonde.)
Et quant à vous, malgré cette grande puissance
Que vous donna l'intrigue et non pas la naissance,
Malheur à vous aussi si, loin de la servir,
Contre elle vous osez essayer de sévir !
Envers votre ennemie ayez plus d'indulgence,
Ou craignez pour vous-même une juste vengeance.
Son fils est à l'abri de vos cruelles mains,
Et ne redoute plus vos ordres inhumains.
Il est déjà trop loin pour être, dans sa fuite,
Arrêté par des gens lancés à sa poursuite ;
Vous pouvez envoyer vos hommes sur ses pas :
Mais, je vous en réponds, ils ne l'atteindront pas.

BRUNEHILDE.

Quoi ! mon fils est sauvé, Mérovée ? Est-ce un songe ?

MÉROVÉE.

Non, non, rassurez-vous, ce n'est point un mensonge.

BRUNÉHILDE, *à Mérovée.*

Puisse le ciel, seigneur, vous rendre vos bienfaits !
Grâce à vous, maintenant je vais mourir en paix !

FRÉDÉGONDE, *à Mérovée.*

Vous êtes un menteur, ou vous êtes un traître !

MÉROVÉE, *à Frédégonde.*

Madame, respectez le fils de votre maître.
Si dans vos cruautés je vous avais servi,
Vous ne songeriez pas à me nommer ainsi.

CHILPÉRIC, *à Mérovée.*

Si c'est vous qui m'avez dépouillé de ma prise,
Vous apprendrez où mène une telle entreprise.

MÉROVÉE, *à Chilpéric.*

Ma vie est en vos mains, vous pouvez me l'ôter ;
Mais vous ne serez pas longtemps sans regretter
Un fils, qui, vous voyant dans le chemin du crime,
A retenu vos pas sur les bords de l'abîme.
Et que d'avoir trop bien servi votre intérêt
Vous aurez châtié par un coupable arrêt.
Oui, je vous le proteste, et vous pouvez m'en croire,
Je n'ai jamais songé qu'à sauver votre gloire :
J'ai vu que vous n'étiez qu'un docile instrument,
Dont une femme impie usait adroitement ;
Que, demeurant toujours soumis à son caprice,
Vous vous laissiez mener par elle au précipice ;
Que, plein d'aveuglement, vous alliez vous grever
D'un déshonneur dont rien ne pourrait vous laver,
Et qu'enfin, dans le but de plaire à Frédégonde,
Vous alliez vous salir à la face du monde.
A suivre ses desseins vous voyant résolu,
A tout prix, en bon fils, mon père, j'ai voulu
Que vous ne fussiez pas accusé par l'histoire
D'avoir iniquement usé de la victoire.

FRÉDÉGONDE, *à Mérovée.*

Lâche! je te ferai cruellement payer
L'affront que tu te plais à me faire essuyer.

MÉROVÉE, *à Frédégonde.*

A vos cris vous pensez en vain me voir répondre :
C'est par mon seul mépris que je veux les confondre.

FRÉDÉGONDE.

L'effronté! (*A Chilpéric*). Mais, seigneur, ne délibérons
Peut-être Childebert peut-il être rejoint.   [point;
Afin de l'arrêter au milieu de sa fuite,
Hâtons-nous d'envoyer nos gens à sa poursuite.

CHILPÉRIC, *à Frédégonde.*

Je cours les y lancer.

MÉROVÉE

Non, quittez cet espoir,
Mon père ; Childebert fuit depuis hier soir,
Et vous pouvez me croire avec toute assurance ;
Car moi-même j'ai pris part à sa délivrance.
Vous vous souvenez bien qu'abattus par l'effroi
Dont les avait saisis le meurtre de leur roi,
Les leudes Austrasiens vinrent vous rendre hommage,
Mais que quelques-uns d'eux, montrant plus de courage,
S'abstinrent de venir saluer le vainqueur ;
Gondobald se trouvait parmi ces gens de cœur.
Voulant dédommager par un service insigne
La famille d'un roi mort par un meurtre indigne,
Pour vous ôter des mains Brunehilde et son fils,
Avec quelques amis il marcha sur Paris.
Mais, en entrant une heure avant lui dans la ville,
Vous rendîtes d'abord son dessein inutile.
Cependant cet échec ne le rebuta pas ;
Apprenant qu'à Paris j'avais suivi vos pas,
Il conserva toujours dans son cœur l'espérance
D'obtenir des captifs l'heureuse délivrance.

Par un de ses agents il me fit demander
Que je voulusse bien dans ses projets l'aider.
Désirant à la mort dérober vos victimes,
J'acceptai sur-le-champ ses offres magnanimes :
Je dis à l'envoyé que de tout mon pouvoir
Je servirais un plan conforme à mon devoir ;
Et que, quand je verrais son intrépide maître
Sous les murs du château vers le soir apparaître
J'userais d'un moyen, qui me restait ouvert,
Pour remettre en ses mains le jeune Childebert
Il fallait une audace à nulle autre pareille ;
Mais le ciel à mes vœux daigna prêter l'oreille,
Et mon plan réussit malgré vos soins jaloux.
Dès que j'eus vu le duc exact au rendez-vous,
Plein d'ardeur, je courus, sans tarder davantage,
Au cachot, où pleurait le captif en bas âge ;
Les gens qui le gardaient voulurent m'expulser ;
Mais ils n'osèrent pas longtemps me repousser,
Je sus leur inspirer une frayeur si forte,
Que, sans plus résister, ils m'ouvrirent la porte.
Après l'avoir placé dans le fond d'un panier,
Je fis le long des murs glisser le prisonnier.
Gondobald l'emporta, favorisé par l'ombre ;
Aux portes de Paris ses amis en bon nombre
Attendaient son retour pour partir avec lui ;
Dès qu'il les eut rejoints, avec eux il a fui.
Avant que le soleil ait fini sa carrière,
Ce soir, de l'Austrasie il verra la frontière,
Et l'on vous apprendra bientôt que Childebert
Est monté sur le trône où régnait Sighebert.

FRÉDÉGONDE, *à Mérovée.*

Puisque tant de fureur contre moi vous anime,
C'est vous, qui maintenant deviendrez ma victime.

(A Brunehilde.)

Et quant à vous, madame, en vain vous espérez

Échapper aux tourments qui vous sont préparés ;
Votre fils s'est enfui, mais vous êtes sa mère ;
C'est donc sur vous que va retomber ma colère.

MÉROVÉE, *à Chilpéric.*

Seigneur, opposez-vous à ce lâche attentat,
Si vous ne voulez pas aggraver votre état,
Et voir son jeune fils, au milieu des batailles,
Exercer contre vous de justes représailles.

FRÉDÉGONDE.

Soldats, accomplissez l'ordre que j'ai donné !

(Les soldats font un mouvement pour obéir à Frédégonde :
mais ils s'arrêtent aussitôt devant un signe de Chilpéric.)

CHILPÉRIC, *à Frédégonde.*

Non, madame, je suis las d'être dominé.
Il est temps qu'à la fin j'agisse sans entrave,
Et que de votre joug je ne sois plus l'esclave.
Rempli de confiance en vous, j'avais voulu
Vous donner sur le trône un pouvoir absolu ;
Mais, puisque, unie à moi malgré votre naissance,
Vous ne m'en conservez nulle reconnaissance,
A tout ce qui m'entend ici je fais savoir
Qu'à vos mains je retire aujourd'hui tout pouvoir.
Soldats, n'obéissez qu'à votre unique maître,
Et s'il est un de vous qui se montre assez traître
Pour respecter l'épouse au mépris de l'époux,
Qu'il s'éloigne sur l'heure, ou craigne mon courroux.

FRÉDÉGONDE, *aux Soldats.*

Soldats, exécutez l'ordre de votre reine.

(A part.)

Ils n'obéissent point, et ma colère est vaine,

(A Chilpéric.)

Eh bien, tant mieux ! Tu n'as que le prix qui t'est dû ;
Je voulais te sauver, lâche, et tu t'es perdu !

6

CHILPÉRIC, *à Brunehilde.*

Et vous, madame, vous que l'infortune accable,
Puisque le ciel pour vous se montre favorable,
Je ne veux point aller contre sa volonté :
Je vous permets de vivre avec sécurité.
Quant à la liberté, je voudrais vous la rendre,
Mais ma tranquillité m'oblige à vous la prendre.
Pour vous la conserver dans un certain degré,
Je ferai cependant tout ce que je pourrai.
Vous aurez à Rouen, lieu que je vous assigne,
Une position qui de vous sera digne,
Et pour vous témoigner ma sincère amitié,
De vos riches trésors je vous rends la moitié.

BRUNEHILDE, *à Chilpéric.*

Serait-il vrai, seigneur? Que le ciel vous bénisse !

FRÉDÉGONDE, *à Brunehilde.*

Vous triomphez, madame, au moment du supplice,
Et, lorsque vous étiez tout près de succomber,
Chilpéric à la mort vient de vous dérober.
Mais ne célébrez pas trop tôt votre victoire :
Je ne tarderai pas à la rendre illusoire.
En mettant votre espoir dans le secours du roi
Et de son lâche fils acharné contre moi,
En vain vous vous flattez d'échapper à ma haine :
Je veux que ma fureur contre vous se déchaîne,
Au fond de votre exil aille vous torturer,
Et ne vous laisse pas un instant respirer,
Et que, toujours livrée à mon cruel caprice,
Votre vie à Rouen ne soit qu'un long supplice,
Dont l'affreuse rigueur vous fasse regretter
D'avoir fui le trépas, au lieu de l'accepter.

BRUNEHILDE, *à Frédégonde.*

Le ciel, qui m'a soustraite à des maux sans remède,
Dans mon exil encor viendra bien à mon aide.

FRÉDÉGONDE.

Malgré son vain appui, je vous y poursuivrai.

BRUNEHILDE, *à Mérovée.*

Seigneur !...

MÉROVÉE.

Ne craignez rien, je vous y rejoindrai.

LA SŒUR & L'AMANTE

COMÉDIE EN TROIS ACTES, EN PROSE.

—

OCTOBRE 1853

6.

PERSONNAGES

EUGÈNE DORVAL, avocat, 26 ans.

MARCEL, père de Catherine, 50 ans.

AGATHE, gouvernante de Catherine, 37 ans.

MÉLANIE MAUBEC, sœur d'Eugène Dorval, 30 ans.

CATHERINE, fille de Marcel, 18 ans.

La scène est à Paris.

LA SŒUR ET L'AMANTE

ACTE PREMIER

La scène représente la chambre d'Agathe.

—

SCÈNE PREMIÈRE

AGATHE, EUGÈNE DORVAL.

EUGÈNE.

Bonjour, ma chère Agathe !

AGATHE.

Comment ! c'est toi, Eugène ! Que tu es imprudent de venir ici ! Qu'as-tu donc de si pressant à m'apprendre ?

EUGÈNE.

Laisse-moi t'embrasser, et tu te fâcheras après.

AGATHE, *se laissant embrasser.*

Allons, je te pardonne ; mais au moins explique-moi le motif de ta visite.

EUGÈNE.

Tu devrais le deviner ; tu m'as écrit que tu viendrais chez moi dans la journée pour m'entretenir d'une affaire importante. Je me suis aussitôt perdu en conjectures ; j'ai craint que tu ne fusses malade, et que tu ne voulusses me le dissimuler, tout en me le laissant pressentir ; j'ai pensé aussi que tu pourrais bien t'être brouillée avec monsieur Marcel ou avec sa fille, que pourtant je crois aussi aimable et facile à gouverner que jolie. Enfin, ne sachant à quelle idée m'arrê-

ter, et trop impatient pour t'attendre, j'ai pris le parti le plus
court pour me tranquilliser, c'est-à-dire que je suis venu te
trouver dans ta chambre.

AGATHE.

Mais, mon cher ami, es-tu bien sûr que personne ne t'ait
vu entrer? Monsieur Marcel n'apprendrait pas avec plaisir
que la gouvernante de sa fille eût été de si bonne heure visi-
tée par un jeune homme.

EUGÈNE.

Ne crains rien: depuis le bal qu'il a donné pour montrer
sa belle Catherine, et auquel j'ai été invité par ton entremise,
je connais tous les êtres de la maison, et je sais le moyen
d'entrer ici sans être aperçu.

AGATHE.

Tu me rassures.

EUGÈNE.

A mon tour de te questionner. De quelle affaire si importante voulais-tu me parler?

AGATHE.

Devines, je préfère cela; tu as l'esprit si inventif, tu trouveras facilement.

EUGÈNE.

Non, dis-le-moi.

AGATHE.

Non, cherche.

EUGÈNE.

Es-tu malade?

AGATHE.

Non.

EUGÈNE.

As-tu quelque chagrin?

AGATHE.

Non.

EUGÈNE.

Es-tu fâchée avec monsieur Marcel?

AGATHE.

Non.

EUGÈNE.

Tu n'as eu aucun démêlé avec sa fille ; cela n'est pas possible, elle est trop accomplie. T'aurait-on donné ton congé?

AGATHE.

Non.

EUGÈNE.

Alors c'est toi qui l'as donné?

AGATHE.

Non.

EUGÈNE.

Est-ce que, par hasard, quelqu'un s'aviserait de te faire la cour sans ma permission?

AGATHE.

Non ; tu y es de moins en moins.

EUGÈNE.

Ah! bien, j'y renonce; parle, ma chère Agathe , c'est ton Eugène qui t'en prie.

AGATHE.

Je le veux bien, mais promets-moi de ne pas te fâcher, et de ne laisser paraître ton impatience et ton étonnement qu'après m'avoir complétement entendue.

EUGÈNE.

C'est conclu.

AGATHE.

Tu m'aimes, mon cher Eugène...

EUGÈNE.

En as-tu jamais douté?

AGATHE.

Tu m'interromps déjà.

EUGÈNE.

Parle ; je ne dirai plus rien, je te l'assure.

AGATHE.

Tu m'aimes ; six ans se sont passés depuis le jour où ont
commencé nos relations intimes, et pendant tout ce laps de
temps aucun nuage n'a rembruni l'horizon de notre amour ;
au contraire, il n'a semblé que s'épurer de plus en plus ; né
peut-être d'un sentiment d'égoïsme, il a fini par devenir
une pensée de dévouement. Toutefois, quelque solide qu'il
soit, il ne doit pas toujours durer ; il a contre lui des obstacles insurmontables ; le mariage est aujourd'hui dans nos
mœurs, au point d'être indispensable à celui qui ne veut
pas briser son avenir ; tôt ou tard il faudra donc que tu te
maries, et, par suite, que tu me délaisses...

EUGÈNE.

Moi, te quitter ! Qu'oses-tu dire là ?

AGATHE.

Écoute jusqu'à la fin : il faudra un terme à nos relations,
et tu dois en comprendre la cause. J'ai déjà trente-sept ans,
et toi, tu n'en as que vingt-six ; voilà déjà une première barrière à la consécration publique de notre union. Si tu avais
mon âge, et moi le tien, un mariage serait possible entre
nous ; mais, avec nos âges réciproques, nous unir devant la loi, ce serait nous mettre dans la triste alternative
ou d'être à l'index, ou de fuir le monde pour ne pas en
être la risée. Tous ces inconvénients ne seraient rien pour
moi auprès du bonheur de t'appartenir ; je sais que de ton
côté tu serais prêt à les supporter pour conserver mon
amour. Mais je t'aime trop pour te vouloir tant de mal. Tu
es jeune, intelligent, laborieux ; tu as de l'avenir ; le titre
d'avocat, que tu viens d'acquérir, peut te faire aspirer à la
main d'une jeune fille, qui, à tout ce qui te charme en moi,
ajoutera l'avantage d'une belle fortune. Or, tu sais que moi,
au contraire, je n'ai rien à te donner, et que même, pour ne

pas t'être à charge, j'ai été obligée de prendre dans cette maison une place de gouvernante.

EUGÈNE.

Ma tendre Agathe, l'abnégation que tes conseils laissent percer me touche profondément; mais, loin de me porter à les suivre, elle m'attache à toi plus que jamais. Je t'en prie, éloigne de ton esprit les tristes idées que tu y fais germer sans raison, par une vaine prévoyance de l'avenir; jouis du présent, et ne t'inquiète pas de ce que je deviendrai.

AGATHE.

Si notre séparation ne devait avoir lieu que dans un temps plus ou moins éloigné, je me garderais bien de troubler par un semblable langage le bonheur que nous goûtons ensemble. Bien des fois même, s'il faut ne te rien céler, la pensée que nous ne pourrions pas toujours être l'un à l'autre m'a traversé l'esprit, et cependant, malgré le tourment que j'en ai ressenti, je me suis jusqu'à ce jour bien gardée de te la communiquer. Aujourd'hui donc, si je te fais envisager les choses dans leur réalité, c'est que le moment est venu pour toi de rompre la chaîne qui nous lie. Le bonheur de ta vie entière t'oblige à ne pas laisser échapper l'occasion qui se présente. Comme je sais que tu n'aurais pas la force nécessaire pour te soustraire à mon joug, je t'offre mon secours sans arrière-pensée; ne le refuse pas; car il me sera bien doux de me sacrifier, si ta félicité peut en être le prix.

EUGÈNE.

Ma chère Agathe, tu es trop bonne; je ne souffrirai jamais un pareil dévouement.

AGATHE.

Laisse-moi achever. Tu connais ma charmante élève, Catherine, la fille unique de monsieur Marcel; c'est sur elle que j'ai des vues pour toi. Tu lui as parlé avant-hier au bal que donnait son père; tu as admiré sa grâce et son affabilité; elle t'a séduit, comme elle séduit tous ceux qui la voient. Tu ne peux pas le nier ; tout à l'heure tu m'as avoué toi-même que tu l'avais trouvée accomplie.

EUGÈNE.

J'en conviens, et, si jamais une autre femme que toi devait avoir une place dans mon cœur, ce serait elle ; mais, rassure-toi, la mort seule nous désunira.

AGATHE.

Allons, pas de serments. Ce qui fait que je songe sérieusement à te la faire épouser, c'est que j'ai de bonnes raisons de croire que mon dessein s'accomplira. Le jour du bal, elle t'a distingué parmi les autres jeunes gens. N'ayant rien de caché pour moi, et me regardant comme sa mère que j'ai en effet mission de remplacer, elle m'en a fait la confidence, et, comme son père l'aime éperdument, j'espère qu'il se conformera à mon choix.

EUGÈNE.

Y songes-tu ? Tu m'aimes, et c'est toi qui te cherches une rivale ! Ne prends pas cette peine ; tant que tu vivras, je n'aimerai que toi.

AGATHE.

Mon ami, j'aime Catherine comme ma fille. Depuis un an qu'elle est sous ma direction, son zèle, sa douceur, les efforts constants qu'elle a faits pour alléger ma tâche me l'ont fait chérir chaque jour de plus en plus, et ce n'est que l'amour tout maternel que je lui porte qui peut me faire accepter l'idée qu'une autre t'appartiendra ! Elle mariée, je resterai toujours sa meilleure amie ; elle me verra dans ta maison sans en avoir d'ombrage, tandis qu'une autre femme ne pourrait m'y supporter ; quant à toi, après t'avoir aimé comme un amant bien fidèle, je te chérirai comme un fils bien affectueux.

EUGÈNE.

A cette condition, je ferai tout ce que tu voudras.

AGATHE.

A la bonne heure. Maintenant il n'y a pas de temps à perdre ; la main de Catherine est promise à un jeune homme nommé Georges de la Saussaye. Il faut donc te hâter de gagner l'esprit de monsieur Marcel, avant que les affaires de ton rival ne soient trop avancées. Il a sur toi l'avantage d'avoir devant son nom un *de*, qui flatte l'amour-propre du père de Catherine, et de posséder de belles terres, mais toutes hypothéquées pour payer des dettes de jeu. C'est un jeune fat, qui est tout enflé du nom qu'il porte, et qui croit s'abaisser en s'alliant à un roturier, mais qui n'en courtise pas moins sa fille à cause de sa belle dot. Tu n'as pas comme lui un titre de noblesse ; mais tu as le titre d'avocat, qui te sera beaucoup plus utile pour ton avenir. Tu n'as pas de grands biens ; mais, comme tu n'as pas non plus de dettes, ta fortune vaut la sienne. Tu as donc des chances de te faire agréer par monsieur Marcel, et, quand il aura bien compris qu'en somme tu lui présentes plus de garantie que ton rival, je ne doute pas qu'il ne sacrifie son désir d'anoblir sa fille à celui de la laisser suivre son inclination. Tu n'as plus maintenant qu'à me laisser diriger mon entreprise : je m'en vais parler de toi à ton futur beau-père au nom de sa fille, et, comme tu as ici une sœur mariée et bien posée, je lui dirai où elle demeure, pour qu'il puisse connaître la position de ta famille. Va-t'en donc avertir sur-le-champ ta sœur pour qu'elle ne soit pas prise au dépourvu.

EUGÈNE.

C'est entendu, j'y cours.

SCÈNE II

AGATHE, *seule*.

Dieu seul connait l'étendue de mon sacrifice ! Pour avoir son amour, j'ai renoncé à la possibilité de me marier et de me soustraire à une position équivoque ; et maintenant, dans

7

l'intérêt de son bonheur, je renonce à cet amour pour lequel j'avais tout abandonné. Femmes vertueuses, épouses fidèles, mères vigilantes, vous qui me jetteriez la pierre si vous saviez que j'ai été la maîtresse d'un jeune homme, seriez-vous capables d'une pareille abnégation?

SCÈNE III

AGATHE, MARCEL.

MARCEL.

Ma visite doit vous étonner à pareille heure, mademoiselle Agathe?

AGATHE.

Il est vrai que d'ordinaire je ne vous vois pas si tôt.

MARCEL.

Ah! c'est que je suis en proie à une vive contrariété; si vous me le permettez, je vais vous en toucher quelques mots; car vous seule pouvez la faire disparaître.

AGATHE.

Monsieur, votre confiance m'honore.

MARCEL.

Vous savez que ma fille m'a été demandée en mariage par monsieur de la Saussaye; il est riche et noble; la lui accorder, c'était donc jeter un bon reflet sur ma maison. Toutefois, aimant trop Catherine pour l'empêcher de suivre son inclination, je la priai de me dicter la réponse que je devais faire à son prétendant, et de son consentement j'avertis ce dernier que sa demande était agréée. Comme il doit venir aujourd'hui la voir, j'ai été ce matin dans sa chambre. l'en informer, pour qu'elle se tînt prête à le recevoir. Mais voilà qu'à mon grand étonnement elle m'a déclaré net qu'elle ne consentirait jamais à l'épouser. Vous comprenez sans peine que j'en suis tombé de mon haut. J'ai cherché à savoir la cause de son aversion subite pour monsieur de la Saussaye ; mais j'ai eu beau tempêter, la menacer de la laisser fille, de la mettre au couvent, etc., je n'ai pu rien lui arracher. Je présume qu'elle a en tête un nouvel amour qu'elle n'ose m'avouer, et que le jour du bal que j'ai donné pour elle, elle s'est éprise de quelque séduisant jeune homme. Elle a une grande confiance en vous ; rendez-moi le service de tirer d'elle un aveu ; car, autant que possible, je ne veux point contrarier son goût, et, si elle aime un jeune homme qui soit dans une position à peu près égale à la sienne, je lui permettrai de l'épouser, quelque pénible qu'il me doive être de lui voir perdre le titre de marquise qui l'attend

AGATHE.

Monsieur, rien n'est plus facile que de vous satisfaire. Votre fille s'est ouverte à moi, et elle m'a confié qu'elle aimait M. Eugène Dorval, ce jeune homme qui se trouvait à votre bal parmi les personnes invitées par moi, d'après votre désir, pour rendre la réunion plus animée.

MARCEL.

Que les jeunes filles sont ennuyeuses de se passionner ainsi pour le premier venu, et qu'un père est malheureux quand il en a seulement une à surveiller ! Du reste, j'avoue que Catherine n'a pas mauvais goût. Ce jeune homme m'a beaucoup plu ; il est assez sérieux, et ne ressemble point à ces têtes éventées, si communes aujourd'hui.

AGATHE.

Je suis de votre avis.

MARCEL.

Êtes-vous sûre que ma fille en soit bien éprise ?

AGATHE.

Elle l'aime éperdûment.

MARCEL.

Puisqu'il en est ainsi, je vais prendre des renseignements sur ce jeune homme et sur sa famille, et, si j'en obtiens de passables, je laisse ma fille maîtresse de sa main.

AGATHE.

C'est, je crois, le parti le plus sage. Pour faciliter vos recherches, je vous dirai que M. Eugène Dorval a ici, à Paris,
une sœur, Mme Mélanie Maubec, femme d'un commerçant
bien posé.

MARCEL.

Très-bien ; et le jeune homme a-t-il une position quelconque ?

AGATHE.

Il est avocat ; il n'a pas encore beaucoup d'affaires ; mais
cela viendra avec le temps. Quelques maisons seulement le
séparent de la vôtre.

MARCEL.

Cela suffit; avec ces données, je vais prendre les infor-
mations qui me sont nécessaires, et bientôt je saurai à quoi
m'en tenir.

SCÈNE IV

AGATHE, *seule*.

Mon entreprise commence bien ; M. Marcel est vraiment
un homme raisonnable. S'il va directement chez Mme Maubec,
il trouvera un intérieur de bonne apparence, et une sœur,
qui, nécessairement, dira tout le bien possible de son frère,
et qui, étant prévenue, le dira habilement. S'il s'adresse aux
voisins, comme la maison de commerce est avantageuse-
ment connue, il recevra encore des réponses satisfaisantes.
Le plus difficile de mon plan est fait ; le reste ira tout seul.
Que le sacrifice coûte peu, quand le résultat qu'on en veut
tirer est si facilement obtenu ! Mais voici Catherine qui vient
bien à propos.

SCÈNE V

AGATHE, CATHERINE.

AGATHE.

Réjouissez-vous, ma chère Catherine !

CATHERINE.

Qu'y a-t-il donc ? Seriez-vous parvenue à détourner mon père de me faire épouser M. de la Saussaye ?

AGATHE.

J'ai fait mieux que cela : je lui ai découvert l'amour que vous n'osiez lui révéler.

CATHERINE.

Imprudente ! Qu'avez-vous fait ! Il va encore s'emporter contre moi.

AGATHE.

Nullement. Vous savez qu'il a beaucoup de déférence pour mes conseils ; j'ai profité de mon influence sur lui pour servir votre passion, et je l'ai si bien harangué que, si la position d'Eugène Dorval lui paraît à peu près en rapport avec la vôtre, il vous laisse libre de l'épouser.

CATHERINE.

Et c'est vous qui avez obtenu cela de lui ?

AGATHE.

Moi-même.

CATHERINE.

Que de remercîments ne vous dois-je pas, ma chère Agathe !

AGATHE.

C'est cela, appelez-moi toujours votre chère Agathe, et non plus mademoiselle, comme vous avez fait jusqu'à présent.

CATHERINE.

Puisque vous y consentez, j'userai de votre permission ; car vous êtes ma meilleure amie.

AGATHE.

Vous me parlez ainsi aujourd'hui ; mais, quand vous serez mariée, les choses changeront bien, vous serez tout entière à votre époux, et vous m'oublierez.

CATHERINE.

Moi, vous oublier, après tout ce que vous faites pour moi ! Le pensez-vous ? Non, jamais je ne serai ingrate à ce point. Au contraire, si mon mari me rend heureuse, je me souviendrai toujours que c'est à vous que je dois ma félicité. Pardonnez-moi de m'appesantir toujours sur le même sujet ; mais je n'ose croire à la bonne nouvelle que vous m'apprenez, j'ai besoin que vous me la confirmiez. Êtes-vous bien sûre d'avoir assez convaincu mon père, pour que, le dos tourné, il n'en revienne pas à sa première idée ?

AGATHE.

Rassurez-vous. Il est déjà sorti pour s'enquérir de la position de M. Dorval ; dans quelques instants il sera de retour, et il vous dira lui-même qu'il est content de ce qu'on lui a appris sur ce jeune homme, et qu'il vous permet de lui accorder votre main. Tenez, puisque vous êtes si impatiente, restez ici, dans ma chambre ; car en arrivant, c'est moi sans doute qu'il voudra instruire la première du résultat de ses recherches. Je crois avoir entendu sonner ; c'est sans doute votre père qui rentre ; je vous laisse. Vous savez que vous avez eu une petite brouille avec lui ; vous lui devez quelques excuses ; un tiers pourrait vous gêner pour les lui faire ; je m'en vais.

CATHERINE.

Que vous êtes bonne !

SCÈNE VI

CATHERINE, *seule.*

Que je suis heureuse, et comme je vais embrasser mon père de bon cœur, pour le dédommager de la contrariété que je lui ai causée!

SCÈNE VII

CATHERINE, MÉLANIE.

MÉLANIE.

C'est vous, mademoiselle, qui êtes la fille de monsieur Marcel?

CATHERINE.

Oui, madame; mais, si c'est à mon père que vous désirez parler, je vais vous conduire dans son salon, où vous pourrez l'attendre; car il est sorti.

MÉLANIE, *à part.*

Très-bien! Il est impossible de mieux tomber. (*A Catherine.*) Mademoiselle, je vous remercie bien; mais il est inutile que vous preniez cette peine; c'est à vous que je veux parler, et nous sommes fort bien ici.

CATHERINE, *à part.*

Peste soit de la fâcheuse visite! Mais enfin, il faut en passer par là. (*A Mélanie.*) Madame, je vous écoute; qu'avez-vous à me dire?

MÉLANIE.

Des choses fort délicates, qui exigent toujours beaucoup d'abnégation de la part de la personne qui se hasarde à les dire; car, en agissant dans une bonne intention, elle s'attire souvent des haines implacables.

CATHERINE.

Vos paroles sont bien vagues ; je ne vois pas où vous voulez en venir.

MÉLANIE.

Votre père, mademoiselle, songe à vous marier.

CATHERINE.

Vous êtes bien informée, madame ; mais qu'est-ce que cela vous fait ?

MÉLANIE.

Cela m'intéresse beaucoup, vu que je suis la sœur de votre prétendant, de monsieur Eugène Dorval, et que, par conséquent, vous pouvez devenir ma très-proche alliée.

CATHERINE.

Excusez-moi, madame, de vous avoir si froidement reçue ; je ne savais pas que vous fussiez la sœur de monsieur Dorval ; je vous avouerai qu'au moment où vous êtes arrivée, j'attendais mon père, et que la vue d'une personne qui m'était inconnue m'avait causé une petite déception que j'ai aissée paraître malgré moi.

MÉLANIE.

Mademoiselle, vous avez la réputation d'une personne trop aimable pour que vos excuses soient nécessaires ; je conçois et pardonne facilement la préoccupation d'un jeune cœur agité pour la première fois par une pensée d'amour. Du reste, il suffit de vous voir pour juger que vous êtes une personne parfaite sous tous les rapports, et supérieure encore à sa haute réputation.

CATHERINE.

Vous me flattez, madame.

MÉLANIE.

Non, mademoiselle ; je ne fais qu'exprimer sincèrement ma pensée, et, je vous le proteste, je n'aurais rien de plus à cœur que de vous voir entrer dans ma famille, si c'était chose possible.

CATHERINE.

Madame, vos vœux et les miens seront comblés ; mon père s'est laissé gagner, et, loin de les entraver, il travaille lui-même à leur accomplissement.

MÉLANIE.

Vous ne me comprenez pas, mademoiselle. Ce n'est pas à un pareil obstacle que je fais allusion ; malgré toute mon affection pour mon frère, malgré tout le bien que je lui désire, malgré le bonheur que j'éprouverais à pouvoir vous nommer ma belle-sœur, comme il s'agit pour vous d'accomplir un acte qui serait le bonheur ou le malheur de votre vie, ma conscience me fait un devoir de vous ouvrir les yeux.

CATHERINE.

Parlez moins, madame, et instruisez-moi davantage.

MÉLANIE.

Je crois donc devoir vous dire que le cœur d'Eugène est pris, que depuis plusieurs années il aime une autre femme, qu'il n'aimera jamais qu'elle, que le mariage auquel il aspire avec vous n'est, suivant l'expression consacrée de nos jours, qu'un mariage de raison, et que......

CATHERINE.

C'est assez, madame ; je vous dispense de m'en dire davantage. Vous êtes une femme ou bien perverse ou bien consciencieuse, et je ne veux vous croire ni l'une ni l'autre, tant que vous ne m'aurez pas donné les preuves de ce que vous m'avancez, et cité le nom de la femme qu'aime votre frère.

MÉLANIE.

Mademoiselle, je ne le connais pas ; mais le fait est certain. J'espère, du reste, réussir à vous satisfaire. Eugène a des amis ; il en est parmi eux à qui il doit avoir confié le secret de ses amours, et à qui je pourrai sans doute l'arracher.

7.

CATHERINE.

Ce n'est qu'alors que je vous croirai ; mais soyez prompte ;
car je ne pourrai supporter longtemps l'affreuse incertitude
où vous me jetez. En attendant que vous reveniez pour me
prouver l'existence d'un malheur que je ne puis encore me
résoudre à considérer comme certain, je vous quitte pour
aller dans ma chambre cacher à tous les yeux, et surtout à
mon père, les larmes qui m'étouffent.

MÉLANIE.

A bientôt, mademoiselle.

SCÈNE VIII

MÉLANIE, seule.

Ah ! monsieur mon frère, vous pensiez que j'allais me
prêter à votre mariage, et participer à vous élever au-dessus
de moi. En faisant mousser votre titre de chicaneur breveté,
vous espériez pouvoir épouser un riche parti. Vous n'y réus-
sirez pas, c'est moi qui vous le jure ; et dussè-je le forger,
je découvrirai à votre prétendue le nom de votre maîtresse.
Mais allons hors de ces lieux achever notre ouvrage.

ACTE DEUXIÈME

La scène se passe dans le salon de M. Marcel, toujours dans la même maison.

—

SCÈNE PREMIÈRE

MARCEL, AGATHE.

MARCEL.

Mademoiselle Agathe, vous voyez devant vous un homme tout à fait content des découvertes qu'il a faites. Toutes les personnes à qui je me suis adressé m'ont dit le plus grand bien de monsieur Eugène Dorval et de sa famille.

AGATHE.

Eh bien! n'avais-je pas raison, quand je vous conseillais de laisser votre fille suivre son goût?

MARCEL.

J'en étais déjà bien convaincu; mais le mariage est un acte si grave, une loterie dans laquelle on tire si souvent un mauvais numéro, qu'on ne peut jamais prendre trop de précautions; aussi j'espère bien que vous ne m'en voulez pas de ne pas m'en être aveuglément rapporté à vous?

AGATHE.

Vous avez agi en père sensé et prudent; je serais coupable de vous en vouloir.

MARCEL.

Je suis tellement satisfait des renseignements qu'on m'a donnés, que je serais désolé que le mariage ne se conclût pas. Aussi, comme on ne sait ce qui peut arriver, comme le jeune homme pourrait battre en retraite s'il savait qu'il a un rival, il faut mener l'affaire rondement. En conséquence, puisque vous connaissez monsieur Dorval, je vous prie d'aller vous-même l'avertir immédiatement qu'il peut se présenter chez moi.

AGATHE.

J'y vais tout de suite.

MARCEL.

Et comme il ne faut pas qu'il rencontre ici son concurrent, veuillez, en vous en allant, remettre cette lettre à Mathurin, pour qu'il la porte à monsieur de la Saussaye; c'est la notification de mon changement d'avis. Vous me pardonnez de vous donner tant de peine?

AGATHE.

Vous plaisantez, monsieur; c'est moi qui vous remercie de me faire la messagère d'une si heureuse nouvelle.

SCÈNE II

MARCEL, *seul.*

Il ne me reste plus maintenant qu'à avertir ma fille de la détermination que je viens de prendre. Elle ne s'y attend pas, va-t-elle être heureuse! Pauvre enfant! je l'aime tant! Je crois que je vais être encore plus content qu'elle. Mais je l'ai fait appeler, pourquoi ne vient-elle pas? Ah! la voici.

SCÈNE III

MARCEL, CATHERINE.

MARCEL.

Eh bien! arrive donc, ma fille! Que faisais-tu dans ta chambre? J'ai à t'annoncer une bonne nouvelle, et tu te fais désirer.

CATHERINE, *à part.*

Que va-t-il me dire?

MARCEL.

Tu as l'air de trembler ; voyons, ne crains rien, viens,
embrasse-moi ; j'ai oublié notre querelle de ce matin. (*Marcel embrasse sa fille.*) Je te pardonne ; mais ce n'est pas
bien d'être dissimulée avec son père.

CATHERINE, *avec embarras.*

Moi ! mon père ? que vous ai-je caché ?

MARCEL.

Allons, ne feins pas ; je sais pourquoi tu ne veux plus de
monsieur de la Saussaye. Mademoiselle Agathe me l'a dit.

CATHERINE.

Mademoiselle Agathe est une indiscrète.

MARCEL.

Calme-toi, je t'accorde la main de monsieur Dorval.

CATHERINE.

Mon père, je n'en veux pas !

MARCEL.

Tu n'en veux pas ! Es-tu folle ?

CATHERINE.

Mon père, je suis tout ce que vous voudrez ; mais je ne
vous ai jamais dit que je voulusse me marier, et je ne sais
pas pourquoi vous m'offrez monsieur Dorval.

MARCEL.

En voilà une autre ! Et moi qui viens d'écrire à monsieur
de la Saussaye une lettre de remercîment.

CATHERINE.

Vous avez bien fait ; je ne veux pas de lui non plus.

MARCEL.

D'accord ; mais est-ce que tu n'aimes pas monsieur
Dorval ?

CATHERINE.

Non, mon père.

MARCEL...

Mais enfin ta gouvernante m'a affirmé que tu étais éprise de lui.

CATHERINE.

Elle a eu tort de vous dire cela.

MARCEL.

Ma fille, tu récompenses bien mal ma bonté. Par amour pour toi, et pour ne te contraindre en rien, je vais chercher des renseignements sur le compte de ce jeune homme, on m'en donne de bons, je reviens à la hâte t'en faire part, j'espère que tu vas être joyeuse et que tu vas me combler de caresses, et c'est ainsi que tu me reçois! Je ne m'attendais pas à cela.

CATHERINE.

Avant de prendre tant de peine, vous auriez dû me demander mon avis.

MARCEL.

Je savais que tu avais une entière confiance en mademoiselle Agathe; elle-même je la croyais incapable d'inventer une pareille fable; voilà pourquoi je ne t'ai averte de rien. Par excès de sollicitude j'ai voulu te ménager le plaisir de la surprise, et tu ne réponds à ma tendresse que par des paroles de mécontentement. Ce n'est pas bien.

CATHERINE.

J'avoue, mon père, que je vous donne bien du tourment, et j'en suis vivement désolée; mais, comme je n'en suis que la cause innocente, j'espère que vous me le pardonnez.

MARCEL.

Sans doute, je te le pardonne sans peine, mais au moins, à ton tour, fais quelque chose pour moi.

CATHERINE.

Je ne demande pas mieux, mon bon père.

MARCEL.

Monsieur Dorval va sans doute se présenter ici tout à

l'heure sur l'invitation que je viens de lui faire adresser ; promets-moi de ne lui rien manifester et de le recevoir convenablement. Si nous lui faisons mauvais visage, nous nous exposons à passer pour des fous, pour des girouettes, pour des gens qui ne savent pas ce qu'ils veulent.

CATHERINE.

Songez-vous à ce que vous m'ordonnez? Vous voulez que je fasse l'aimable avec un jeune homme qui va venir ici me faire la cour sans mon consentement. Mon père, malgré tout le désir que j'ai de vous complaire, je ne puis me résoudre à exécuter votre volonté.

MARCEL.

Ah! pour le coup, c'est trop fort! Eh bien! mademoiselle, puisqu'il est impossible de venir à bout de vous par la douceur, j'emploierai les grands moyens. Je vous ordonne de faire un accueil convenable à monsieur Dorval, et, si vous vous montrez rebelle à l'autorité paternelle, je saurai vous la faire respecter.

SCÈNE IV

LES MÊMES, EUGÈNE.

CATHERINE, *sans voir Eugène.*

Vous ferez tout ce que vous voudrez; mais vous ne me contraindrez point à souffrir la présence de monsieur Dorval.

EUGÈNE, *à Marcel.*

Monsieur, je vous présente mes respects.

MARCEL, *sans voir Eugène.*

Mademoiselle, je vous enverrai au couvent.

CATHERINE.

J'aime mieux cela.

EUGÈNE, *à Marcel.*

Monsieur, j'ai bien l'honneur de vous saluer.

MARCEL, *apercevant Eugène.*

Ah! mon cher monsieur Dorval, que je suis charmé de
vous voir! (*A Catherine.*) Reste donc.

CATHERINE, *apercevant Eugène.*

Non, je m'en vais.

SCÈNE V

MARCEL, EUGÈNE.

EUGÈNE.

Monsieur, vous m'avez fait savoir que je pouvais me présenter chez vous.

MARCEL.

Oui, monsieur, c'est très-vrai; asseyez-vous donc.

EUGÈNE, *s'asseyant.*

Vous connaissez le motif de ma visite.

MARCEL.

Oui, monsieur. (*A part.*) Cette chienne de Catherine qui
ne veut pas de lui! Je ne sais quoi lui dire en vérité.

EUGÈNE.

Est-ce que je vous ai surpris à l'improviste? Mademoiselle votre fille a pris la fuite dès qu'elle m'a aperçu.

MARCEL.

Oh! non, monsieur...... Au contraire, nous vous atten-
dions tous les deux; mais ma fille s'est trouvée gênée;
peut-être est-ce le résultat de l'émotion qu'elle éprouvait à
la pensée d'une entrevue avec vous. Les jeunes filles sont,
vous le savez, très-sujettes aux impressions de ce genre;
aussi vous demanderai-je la permission de vous quitter un
instant pour aller voir comment elle se trouve.

EUGÈNE.

A votre aise, monsieur.

SCÈNE VI

EUGÈNE DORVAL, *seul, se levant avec colère.*

On ne se moque pas des gens à ce point-là! Me faire
venir, et me recevoir de la sorte! C'est par trop violent!
Vraiment c'est à n'y rien comprendre. Voilà donc la figure
que me fait cette incomparable Catherine, cet ange de douceur et d'amabilité, qui, au dire d'Agathe, m'aime si éperdûment. Ma foi, si elle m'aime tant, elle a une singulière
façon de me le montrer.

SCÈNE VII

MÉLANIE, EUGÈNE.

EUGÈNE, *sans voir Mélanie.*

Que les gens qui vous veulent trop de bien sont détestables!

MÉLANIE, *à part, entendant Eugène.*

Oh! oh! Il paraît que ses affaires vont mal.

EUGÈNE, *sans voir Mélanie.*

Agathe aurait mieux fait de n'avoir pas tant de dévouement; je serais heureux de la posséder; je l'aimerais seule,
je ne songerais pas au malencontreux amour qu'elle m'a
fourré dans la tête, et je n'éprouverais pas aujourd'hui de
pareils déboires.

MÉLANIE, *à part.*

Bien, voilà qu'il se trahit.

EUGÈNE, *sans voir encore sa sœur.*

Que j'ai eu de malheur, le jour que je lui ai laissé prendre cette place de gouvernante chez monsieur Marcel!

MÉLANIE, *à part.*

A merveille! Il m'apprend tout ce dont j'ai besoin. Ah!

monsieur Eugène, je vous tiens; vous n'avez plus qu'à plier bagage.

EUGÈNE, *apercevant Mélanie.*

Tiens, te voilà! Comment se fait-il que nous nous rencontrions ici?

MÉLANIE, *à part.*

Que lui dire? (*A Eugène.*) Ton futur beau-père est venu, en mon absence, pour me parler de toi sans doute; je viens d'en être informée, et j'accours, comme tu vois, pour te servir auprès de lui, si cela est possible.

EUGÈNE.

Je te remercie de ton zèle; mais c'est peine perdue.

MÉLANIE.

Pourquoi donc? Qu'est-il arrivé?

EUGÈNE.

Imagine-toi que tout à l'heure je me suis présenté dans cette maison avec la permission de monsieur Marcel, et qu'à mon aspect le père et la fille ont tous deux pris la fuite, comme s'ils eussent vu la peste devant eux; c'est un tour qui m'est très-sensible, et qu'on ne me jouera plus. Du reste, je m'en console; je n'aurais jamais pu m'entendre avec des originaux de cette force-là.

MÉLANIE.

Mais, mon frère, tu as voulu aussi aspirer à plus haut que toi. Je me suis bien gardée de te faire des observations à ce sujet; tu m'aurais crue jalouse de toi; tu vois pourtant la conséquence de ta trop grande ambition.

EUGÈNE.

Ah! madame ma sœur, si vous n'avez pas d'autres consolations à m'apporter, vous pouvez bien les garder pour vous. Je ne suis point du tout en humeur de me laisser admonester.

MÉLANIE.

Monsieur, je sais bien que vous avez coutume de ne

répondre que par des sottises aux bons conseils qu'on vous donne ; aussi je vous quitte. (*A part.*) C'est égal, je te tiens.

SCÈNE VIII

EUGÈNE, *seul.*

Il ne manquait plus que le sentencieux bavardage de ma sœur pour mettre le comble à mon ennui. Je crois vraiment que la fatalité s'en mêle. Mais voici Agathe : j'ai aussi bien des remercîments à lui faire, à elle.

SCÈNE IX

AGATHE, EUGÈNE.

AGATHE.

Eh bien ! mon cher Eugène, es-tu content de l'accueil que tu as reçu ?

EUGÈNE.

Oui, il est soigné ; je te conseille de m'en demander des nouvelles.

AGATHE.

Qu'as-tu donc ? Est-ce que tu as été mal reçu ?

EUGÈNE.

Certainement, et très-mal même. Le père et la fille, qui étaient ici quand je suis arrivé, ont disparu à ma vue, presque sans vouloir me répondre.

AGATHE.

Cela n'est pas possible.

EUGÈNE.

Te moques-tu de moi aussi, toi ? Puisque je te le dis, tu peux bien me croire ; il me semble que je n'ai pas perdu la raison.

AGATHE.

Je ne m'explique pas cela.

EUGÈNE.

Moi, je me l'explique : dans ton ardeur exagérée de me servir, tu n'auras pas attendu la permission de monsieur Marcel pour m'avertir que j'étais attendu chez lui.

AGATHE.

Je t'assure, mon ami, que c'est lui-même qui m'a chargée de t'informer qu'il était prêt à te recevoir ; il m'a même priée de ne pas perdre un instant dans l'accomplissement de ma mission.

EUGÈNE.

Eh bien ! puisque c'est réellement lui qui s'est moqué de moi, je vais lui montrer à qui il a affaire. En rentrant chez moi, je vais lui écrire que je renonce à l'espérance d'épouser sa fille.

AGATHE.

Mon petit Eugène, je t'en conjure, calme-toi ; il y a sans doute eu quelque malentendu ; Catherine va m'éclairer sur ce point, et très-certainement ce petit incident n'aura pas de conséquence fâcheuse.

EUGÈNE.

Non, je t'en supplie, tiens-toi tranquille ; c'est une affaire rompue ; tu me désobligerais en essayant de la renouer ; je suis trop irrité contre ces gens-là, je n'en veux plus entendre parler.

AGATHE.

Mon Eugène......

EUGÈNE.

Je m'en vais ; adieu.

SCÈNE X

AGATHE, seule.

Décidément, mon œuvre n'est pas si facile que je l'avais cru d'abord ; mais ne nous décourageons point, et travail-

lons à son bonheur en dépit de lui-même. L'énigme est tout
de même incompréhensible : je ne conçois pas comment Catherine a pu le recevoir de la sorte, elle qui paraissait tant
l'aimer ; et monsieur Marcel, qui semblait si pressé de voir le
mariage se conclure !...

SCÈNE XI

AGATHE, CATHERINE.

CATHERINE.

C'est vous, mademoiselle Agathe ?

AGATHE.

Oui, c'est moi ; cela vous étonne ?

CATHERINE.

Ah ! c'est que je pensais trouver ici mônsieur Eugène.
Mon père m'a dit qu'il était resté dans cette pièce, et m'a
fait une telle guerre pour avoir évité sa présence, que, dans
le désir d'avoir la paix, je revenais le trouver.

AGATHE.

En effet, je viens de le voir ici ; mais vous lui avez fait
une réception qui ne l'a pas engagé à rester. Quelle raison
avez-vous donc eue de changer ainsi à son égard ?

CATHERINE.

Je suis bien aise de vous rencontrer pour m'épancher avec
vous ; car c'est un secret qui me pèse. Je viens d'apprendre
qu'Eugène a une maîtresse qu'il connaît depuis plusieurs
années, et qu'il aime éperdûment ; qu'il n'aimera jamais
qu'elle, et qu'il ne songe à m'épouser que par spéculation.

AGATHE, à part.

Ah ! tout est perdu !

CATHERINE.

Vous concevez quel trouble j'ai éprouvé à cette nouvelle,
moi qui déjà me sentais une affection si vive pour ce jeune
homme, et qui tout à l'heure n'ai fui sa présence que pour

lui cacher ma faiblesse ! Toutefois, il ne m'a pas encore été prouvé que ces accusations fussent bien fondées, et je crains tant de voir s'évanouir mon bonheur, que je fais tous mes efforts pour rester dans l'illusion ; mais je n'en éprouve pas moins un affreux malaise, et je sens qu'il me faut à tout prix, et le plus promptement possible, sortir d'un doute qui me tuerait. En attendant, je vous confie, comme à ma meilleure amie, le chagrin qui m'accable ; il me semble par là en alléger le poids.

AGATHE.

Catherine, ma chère Catherine, ne vous désolez donc pas de la sorte. Je connais Eugène, et je puis vous assurer qu'il ne mérite pas d'être ainsi diffamé. Aussi suis-je convaincue que de pareils propos ne vous ont été tenus sur son compte que par des personnes qui cherchaient à lui nuire.

CATHERINE.

Ma bonne Agathe, s'il n'avait été accusé que par des gens que je pusse soupçonner de haine ou de jalousie à son égard, croyez-vous que j'aurais eu la sottise de m'inquiéter de leurs discours ? Ce qui m'a causé une si grande perturbation, c'est que la personne qui m'a détournée de l'épouser était intéressée à m'y engager, et qu'elle n'a dû me parler ainsi d'Eugène que pour accomplir un devoir sacré.

AGATHE.

Voilà qui dépasse toute limite. Comment ! on s'est plu à vous le noircir par de méchantes paroles, et l'on a osé vous insinuer qu'on n'y avait été conduit que par scrupule de conscience ! Je serais vraiment curieuse de savoir qui a pu abriter tant de perversité sous tant d'hypocrisie.

CATHERINE.

Je ne sais si je puis vous satisfaire. Si l'on m'avait dit la vérité, ce serait mal payer un conseil, qui m'aurait été donné pour me rendre service.

AGATHE.

On n'a pas songé à dire la vérité; on n'a voulu que nuire à votre prétendant; j'ose vous l'affirmer.

CATHERINE.

Je désire qu'il en soit ainsi, et, pour vous montrer combien j'ai confiance dans votre assertion, je consens à vous apprendre quelle est la personne qui m'a plongée dans une si douloureuse incertitude; mais à la condition que vous garderez le secret tant qu'il ne sera pas avéré qu'elle a eu recours à la calomnie.

AGATHE.

Soit, parlez.

CATHERINE.

Eh bien! la personne qui a si gravement accusé Eugène, c'est sa sœur elle-même, madame Mélanie Maubec.

AGATHE.

Ciel! est-il possible?

CATHERINE.

J'avoue que j'ai été bien surprise d'apprendre de pareilles choses de la bouche d'une sœur. Aussi lui ai-je témoigné peu de confiance, et lui ai-je déclaré que je ne pourrais me résoudre à la croire tant qu'elle ne parviendrait pas à me nommer la maîtresse de son frère.

AGATHE, à part.

Voilà le comble! (A Catherine.) Et que vous a-t-elle répondu?

CATHERINE.

Elle m'a répondu que, dès qu'elle le saurait, ce qui ne tarderait pas sans doute, elle se hâterait de venir me l'apprendre.

AGATHE.

Je suis atterrée de tant de perfidie!

CATHERINE.

Apaisez-vous, ne jugez pas si mal cette dame, avant de savoir comment elle prouvera ce qu'elle a avancé.

AGATHE.

Je n'ai pas besoin d'en connaître davantage pour être en état d'affirmer que cette femme agit sous l'influence d'une odieuse jalousie, et la preuve, si vous la voulez, c'est moi qui vais vous la donner : Cette femme, dont la conscience semble si timorée, avait promis à son frère de le seconder dans ses intentions sur vous, et ce frère, qui a en elle une confiance aveugle, qui lui a fait connaître franchement son projet de mariage, qui, dans mille circonstances, lui a montré le plus grand dévouement, elle le trahit à son insu, en lui faisant croire qu'elle le sert.

CATHERINE.

Il suffit ; je n'ai plus aucun doute.

AGATHE.

Puis-je, en conséquence, informer Eugène de votre retour à de meilleurs sentiments envers lui ?

CATHERINE.

Oui, et pourtant, je ne sais pourquoi, je voudrais auparavant attendre les preuves que madame Maubec m'a promises.

AGATHE.

Vous êtes libre, Catherine ; cependant, si vous ne voulez pas perdre sans retour l'espérance de vous unir à l'homme que vous aimez, vous devez prendre un parti immédiat. Malgré tout ce que j'ai pu faire pour le calmer, il m'a quittée avec la ferme résolution d'écrire à votre père une lettre de remercîment. Je n'ai pas une minute à perdre, si vous voulez que j'arrive chez lui avant que la lettre ne soit partie. Décidez-vous.

CATHERINE.

Fais ce qu'il te plaira ; je suis trop troublée pour être capable de me décider moi-même. Que le ciel t'inspire ! Au revoir.

SCÈNE XII

AGATHE, *seule*.

Je n'ai plus qu'une ressource, c'est de faire conclure le mariage le plus vite possible, pour que la sœur ne sache pas à temps que c'est moi qu'Eugène a aimée ; sans quoi tout est perdu pour lui, et mon dévouement tourne à ma honte. Quelle peine je me donne pour me priver du bonheur dont j'ai joui jusqu'à ce jour !

ACTE TROISIÈME

La scène se passe dans la même salle que dans l'acte précédent.

—

SCÈNE PREMIÈRE

MÉLANIE, CATHERINE.

MÉLANIE.

Mademoiselle, vous voyez que je ne vous ai pas fait attendre longtemps. l'exécution de mon engagement.

CATHERINE.

Je n'en suis pas fâchée, madame ; car vous avez fait naître dans mon cœur un doute mortel.

MÉLANIE.

Ce doute va se changer en certitude ; je vous apporte des paroles plus précises qu'à ma première visite, et j'ose me flatter d'avoir été au delà de vos exigences ; car ce que je vais vous apprendre, je ne le tiens pas des amis de mon frère, je le tiens de mon frère lui-même.

CATHERINE.

Madame, je vous en prie, ne me faites pas languir.

MÉLANIE.

Sans être vue de lui, je l'ai écouté, tandis qu'il exhalait des plaintes sur la manière dont vous l'aviez reçu ; j'ai prêté l'oreille, et je lui ai entendu prononcer distinctement le nom de la femme qu'il aime, et dont il semblait plus épris que jamais.

CATHERINE.

Et ce nom, quel est-il ?

MÉLANIE.

Vous désirez bien vivement le savoir ?

CATHERINE.

Mais sans doute, madame.

MÉLANIE.

Puisque vous y tenez, je vais vous satisfaire, quoiqu'il
me répugne de divulguer de pareils secrets. Ce nom, c'est
Agathe, et la femme qui le porte est votre gouvernante.

CATHERINE.

Ma gouvernante ! Agathe, la maîtresse de votre frère !
cela est faux.

MÉLANIE.

, Non, mademoiselle, cela est vrai, malheureusement pour
vous et pour moi. Au surplus, si vous ne me croyez pas
encore, faites appeler mon frère, répétez-lui ce que je vous ai
appris sans lui dire de qui vous le tenez, et vous le verrez
se troubler sans oser vous démentir.

CATHERINE.

Hélas ! je vois bien que j'aurais tort de chercher à me
faire illusion. Quel coup vous me portez !

MÉLANIE.

Je comprends, mademoiselle, l'étendue de votre douleur ;
je la partage même. Je voulais vous l'épargner, c'est vous-
même qui m'avez forcée à vous la causer.

CATHERINE.

Une femme que j'aimais tant, et que je me croyais si dé-
vouée !

MÉLANIE.

Vous aviez mal placé votre affection et votre confiance. Il
ne faut pas tant vous en affliger ; c'est un malheur qui
arrive tous les jours à bien d'autres qu'à vous.

CATHERINE.

Être ainsi jouée ! et par celle que j'appelais ma chère
Agathe, ma meilleure amie !

MÉLANIE.

Par elle-même.

CATHERINE.

Il faut que j'aille la trouver et que je la confonde ; j'ai envie de voir comment elle soutiendra mes regards.

MÉLANIE.

C'est votre affaire. Quant à moi, mon devoir est accompli ; permettez-moi donc de me retirer, et de vous exprimer combien je regrette de ne pouvoir devenir votre alliée.

CATHERINE.

Et vous, madame, souffrez que je vous remercie de l'intérêt sans exemple que vous m'avez témoigné.

SCÈNE II

CATHERINE, *seule*.

Que de déceptions dans la vie ! Ce n'est pas assez de m'être abusée sur le compte de l'homme que j'aimais ; ma gouvernante elle-même, cette femme que je considérais comme une seconde mère, est en secret ma rivale ; elle me trahit, et ne cherche à me faire épouser son amant que pour l'enrichir en un jour, et aller avec lui jouir loin de moi du fruit de son artifice. Que de perversité !

SCÈNE III

CATHERINE, MARCEL.

MARCEL.

Eh bien ! ma fille, où en sommes-nous ? As-tu fait à monsieur Dorval les excuses que tu lui devais ?

CATHERINE.

Non, mon père ; il avait déjà quitté notre maison quand j'ai été le retrouver.

MARCEL.

Par conséquent, nous en sommes toujours au même point.

CATHERINE.

Vous l'avez dit, mon père.

MARCEL.

Mademoiselle, ma patience est à bout; je me démène pour
satisfaire vos volontés, et, quand je pense y être parvenu,
vos idées ont changé, et il se trouve que j'ai fait précisément
tout le contraire de ce qui vous convenait. Il faut en finir et
faire en sorte de savoir ce que vous voulez.

CATHERINE.

Mon père, pour le moment je ne veux rien que du repos;
c'est ce dont j'ai le plus grand besoin.

MARCEL.

Mais enfin, vous savez qu'il s'agit de vous marier? Ac-
ceptez-vous monsieur Dorval?

CATHERINE.

Non, moins que jamais, mon père.

MARCEL.

Mais alors, pour qui donc vous décidez-vous?

CATHERINE.

Pour personne.

MARCEL.

Il faut pourtant bien choisir quelqu'un.

CATHERINE.

Choisissez qui vous voudrez, mais ne me parlez pas de
monsieur Dorval.

MARCEL.

Allons, je vois bien qu'il faut en revenir à monsieur de la
Saussaye. Je vais me rendre chez lui moi-même, pour tâcher
de lui faire oublier la lettre que je lui ai écrite; mais c'est
la dernière fois que je cède à ton caprice.

SCÈNE IV

CATHERINE, *seule*.

Qu'il aille où il voudra, qu'il fasse ce que bon lui semblera, peu m'importe. L'essentiel pour moi, c'est de tâcher de trouver dans l'isolement un peu de tranquillité. Quel affreux destin me poursuit ! Ah ! si ma mère vivait encore, sa sollicitude m'aurait mise à l'abri de tant d'épreuves ; mon père n'aurait pas eu besoin de recourir pour mon éducation à une gouvernante avide et hypocrite, qui, au lieu de la remplacer, ne cherche qu'à spéculer sur moi.

SCÈNE V

AGATHE, CATHERINE.

AGATHE.

Mademoiselle, je n'ai pas trouvé monsieur Dorval chez lui.

CATHERINE.

Tant mieux, madame.

AGATHE.

Qu'avez-vous donc? Pourquoi m'appelez-vous madame?

CATHERINE.

Il vous sied bien de me le demander, perfide !

AGATHE.

Je n'ai rien fait, je pense, qui puisse vous irriter contre moi.

CATHERINE.

Vous osez dire que vous n'avez rien fait ! Eh bien ! puisqu'il le faut, je m'en vais vous confondre. Vous vous souvenez que, dans mon aveuglement pour vous, je vous ai toujours témoigné la plus grande confiance. Aujourd'hui encore, vous considérant comme ma meilleure amie, je vous ai révélé ce que la sœur de monsieur Dorval m'avait dit confidentiellement. Craignant de voir votre perfidie découverte, vous avez usé de votre influence sur moi pour me porter à ne faire aucun cas des accusations dirigées contre votre amant, quand mieux que personne vous en connaissiez l'exacte véracité. Vous ne vous en êtes pas tenue là : pour empêcher que votre plan ne fût déjoué, vous avez voulu brusquer mon mariage, et vous m'avez extorqué la permission de faire vous-même les démarches nécessaires pour le renouer au moment même où il venait d'être rompu. Et pourquoi attachiez-vous tant de prix à me faire épouser un homme que vous aimiez? C'était pour vous enrichir à mes dépens, et jouir avec lui d'un luxe que votre condition vous refuse. Est-ce vrai? Répondez.

AGATHE.

Je conviens que les apparences sont contre moi ; aussi j'excuse le courroux qui vous anime et les injures qu'il m'attire. Mais, puisque vous le permettez, j'essayerai de détruire les préventions de votre esprit avec le secours de la pure vérité. Mon plus grand crime, c'est d'avoir trop de cœur, et d'en avoir trop montré dans les circonstances importantes de ma vie. J'avoue cette assertion peu modeste ; mais l'explication que je veux vous donner de ma conduite la rend nécessaire. Il y a déjà six ans, le jeune homme qui aspirait tout à l'heure à devenir votre mari me rencontra dans le monde et s'éprit de moi ; il n'avait que vingt ans, et moi j'en avais trente et un. Je pouvais encore espérer de me marier ; l'aimer, c'était m'en ôter la possibilité et briser tout mon avenir. Néanmoins son cœur trouva de l'écho dans le mien. Aujourd'hui, l'amour que j'avais pour lui est devenu tout à fait maternel, et je l'ai engagé à se marier pour lui éviter le malheur auquel je m'étais résignée, c'est-à-dire la perte d'une position avouable. Cet amour que j'ai pour lui, je le ressens de même pour vous ; vous l'avez acquis par votre douceur et votre bonté ; voilà pourquoi j'ai songé à vous unir tous deux par des liens sacrés et indissolubles. J'espérais jouir en secret de votre bonheur ; le ciel n'a pas favorisé mon entreprise ; de basses jalousies de famille ont fait tomber un projet à l'exécution duquel j'attachais plus de prix qu'à tous les trésors du monde. Madame Maubec a craint de voir son frère s'élever au-dessus d'elle par un mariage avantageux, et elle a fait tous ses efforts pour y mettre obstacle. Voilà l'explication simple et vraie de faits que je ne vous avais cachés que par amour pour vous...

CATHERINE.

Ma pauvre amie, que je suis coupable !

AGATHE.

Maintenant vous connaissez tout. Je savais à quoi la découverte de mes projets m'exposait; j'en accepte les conséquences avec résignation; chassez-moi de votre maison, si bon vous semble, je ne vous en voudrai nullement.

CATHERINE.

Moi! vous chasser! Quand votre franchise me révèle en vous une âme si généreuse! Oh! pardonnez-moi plutôt d'avoir été si prompte à vous mal juger, et de m'être si injustement emportée contre vous. Aujourd'hui que je connais votre cœur, j'attache la plus grande importance à réaliser vos désirs : j'épouserai Eugène, et vous serez notre mère d'adoption.

AGATHE.

Ma chère Catherine, que je suis sensible à tant de bonté !

CATHERINE.

Il ne reste plus qu'à savoir si, après tant de tergiversations de ma part, Eugène voudra encore de moi.

AGATHE.

N'en doutez pas; s'il me résiste, je lui ferai une telle guerre qu'il faudra bien qu'il me cède.

SCÈNE VI

LES MÊMES, MARCEL.

MARCEL.

Ma fille, j'arrive de chez monsieur de la Saussaye; je l'ai prié d'oublier la lettre de remercîment que je lui avais écrite, et, après m'avoir assez mal reçu, il s'est enfin rendu

à mes instances; je lui ai promis ta main, et il l'a accepté.
Il faut te disposer à l'épouser.

CATHERINE.

Mon père, que de contrariétés votre sollicitude me fait
éprouver aujourd'hui! Est-ce que je vous avais chargé
d'aller retrouver monsieur de la Saussaye?

MARCEL.

Décidément tu as juré de trouver mal tout ce que je fais.
Est-ce que je ne t'avais pas avertie de ma démarche?

CATHERINE.

Oui, mais je n'y avais pas adhéré.

MARCEL.

Non, mais tu ne t'y étais pas opposée non plus, et ton
silence m'a fait croire à une adhésion.

CATHERINE.

Enfin, mon père, c'est monsieur Eugène Dorval que
j'aime, et je n'appartiendrai jamais à d'autre qu'à lui.

MARCEL.

As-tu ta raison? Tout à l'heure tu ne voulais seulement
pas en entendre parler, et maintenant tu n'en veux pas
d'autre que lui! J'y perds mon latin.

CATHERINE.

C'est que tout à l'heure j'avais des raisons pour le refuser, et que maintenant je n'en ai plus. Je vous expliquerai
plus tard ce mystère; actuellement je n'en ai pas le temps.
Il faut qu'on aille tout de suite chez lui pour lui faire oublier,
s'il est possible, tous les mécomptes qu'il a eus avec nous.

MARCEL.

Ma fille, tu te ravises trop tard; je reçois de lui, à l'instant même, une lettre de remercîment.

CATHERINE.

Serait-il vrai?

MARCEL.

Tiens, lis plutôt.

CATHERINE, *prenant la lettre.*

Quelle fatalité! (*Lisant.*) « Monsieur..... » Prenez, Agathe, et lisez vous-même, car je n'en ai pas le courage.

AGATHE.

Voyons, consolez-vous; tout n'est pas perdu. (*Lisant.*) « Monsieur, m'étant rendu chez vous sur votre invitation, » je ne m'attendais pas à la réception qui m'a été faite; un » pareil accueil est toujours désagréable et à celui de qui il » émane et à celui qui en est l'objet. Il nous importe donc » à tous deux qu'il ne se renouvelle pas; en conséquence, » je préviens vos désirs en vous avertissant que je renonce » à mes prétentions sur votre fille. Je vous salue. Eugène » Dorval. »

MARCEL.

Eh bien! qu'en dis-tu, ma fille?

CATHERINE.

Rien, sinon que, si vous m'aimez, vous ferez tous vos efforts pour faire revenir monsieur Dorval sur sa détermination.

MARCEL.

Et moi, je te dirai net que je suis las d'être le jouet de tes caprices, que j'ai donné ma parole à monsieur de la Saussaye, et que tu l'épouseras bon gré mal gré.

CATHERINE.

Mon père, laissez-vous attendrir; je vous jure que c'est la dernière fois que j'abuserai de votre complaisance.

MARCEL.

Je suis inflexible.

CATHERINE.

Je suis confuse, ma chère Agathe, de toujours m'adresser à vous; mais vous voyez combien mon père est inexorable; rendez-moi le service qu'il me refuse.

AGATHE, *à Catherine.*

Je ne le puis sans l'approbation de monsieur votre père. (*A Marcel.*) Monsieur, je ne veux rien faire contre votre volonté;

mais au moins donnez-moi votre consentement, votre fille vous en sera reconnaissante. Vous savez qu'en la mariant contre son gré, vous compromettez son bonheur pour la vie.

MARCEL.

Eh ! mon Dieu, je le sais bien ; c'est aussi pour cela que jusqu'à présent je me suis montré si commode ; mais maintenant je suis las de l'être.

AGATHE.

N'aurez-vous pas de cruels regrets si, pour ne lui avoir pas assez cédé, vous la voyez plus tard malheureuse ?

MARCEL.

C'est vrai. Mais qu'y faire ? Elle ne sait pas ce qu'elle veut.

AGATHE.

Qu'importe ? Conformez-vous encore une fois à son caprice, et ensuite vous lui tiendrez rigueur.

MARCEL.

Eh bien ! ma fille, je me laisse fléchir par les instances d'Agathe. Je ne te force plus d'épouser monsieur de la Saussaye ; mais tire-toi d'affaire comme tu pourras, je ne veux plus me mêler de rien.

AGATHE.

Puisque vous faites tant, poussez la bonté jusqu'à la fin. Vous savez que c'est en apparence vous qui avez mal reçu monsieur Dorval ; il est convenable que ce soit vous qui alliez le chercher.

MARCEL.

Il y a de quoi y renoncer.

AGATHE.

Allons, du courage !

MARCEL.

Vous savez si bien demander qu'on est obligé de se rendre. (A *Catherine*.) Quant à toi, ma fille, sache bien que c'est la dernière fois que je te cède.

CATHERINE.

Mon père, que vous êtes bon! Comme je vous dédommagerai de la peine que je vous donne!

MARCEL.

Je vais faire avertir monsieur de la Saussaye de ce nouveau changement; je vous avoue que je serais honteux de le lui faire connaître moi-même; et quant à monsieur Dorval, je cours chez lui.

SCÈNE VII

AGATHE, CATHERINE.

CATHERINE.

Quel tourment je lui cause! Mais vous, mon incomparable amie, comment m'acquitterai-je jamais envers vous?

AGATHE.

Vous n'avez point de dette à acquitter, ma chère Catherine. Si je n'avais pas été dans la triste nécessité de vous révéler des secrets que je voulais vous cacher dans votre intérêt autant que dans le mien, j'aurais trouvé ma récompense dans la seule permission que vous m'auriez donnée de rester auprès de vous. Mais la réalisation de mon rêve est devenue impossible. Je dois me séparer de vous; le ciel m'en donnera la force.

CATHERINE.

Vous séparer de nous? Comment pouvez-vous avoir de pareilles idées? Votre dévouement vous a liée à moi pour la vie; vous avez été mon ange gardien, vous le serez jusqu'à votre dernier jour.

AGATHE.

Ne combattez pas ma résolution; elle est inébranlable. Il m'est bien pénible de résister à votre désir. Mais je suis d'un âge auquel l'irréflexion n'est pas permise; ma présence dans votre maison aurait de graves inconvénients; tôt ou tard vous jetteriez des regards inquiets sur le passé; je deviendrais pour vous un objet de méfiance, et je troublerais la pureté de votre bonheur.

CATHERINE.

Vous me jugez bien mal, Agathe. Je vous jure que jamais la moindre arrière-pensée ne traversera mon esprit.

AGATHE.

Vous êtes sincère, j'en suis sûre; vous êtes dans l'enivrement de la joie et vous croyez que vos sentiments actuels ne se modifieront jamais. Vous êtes dans l'erreur : le changement est une loi de la nature que vous connaîtrez mieux à mesure que vous avancerez dans la vie. Je serais coupable si je l'oubliais, et vous, plus tard vous pourriez à juste titre me reprocher de n'avoir pas de ma raison éclairé votre inexpérience. Je ne dois pas m'y exposer. Ma tâche de gouvernante, malgré votre charmante douceur, m'a déjà fait contracter l'habitude du dévouement; je vais tâcher, sous l'habit de sœur de charité, de donner à cette habitude une satisfaction plus large.

CATHERINE.

Que dites-vous? Ah! vous m'affligez, ma bonne Agathe.

AGATHE.

Chère Catherine, ne vous chagrinez pas; chacun de nous a ici-bas sa mission à remplir; vous n'avez pas à me plaindre; la mienne est belle.

CATHERINE.

Pourrons-nous du moins nous voir encore quelquefois?

AGATHE.

Oui, Catherine; mais, je vous en prie, pour le moment ne vous occupez plus de moi, et pensez à vous.

CATHERINE.

Il est vrai que moi aussi j'ai ma bonne part de tourments. Je ne sais pas encore en effet quel est le sort qui m'est réservé. Eugène a été vivement blessé; si sa résolution était irrévocable, ma pauvre Agathe, je crois que j'en mourrais de désespoir.

9

AGATHE.

Allons, ma chère enfant, ne vous chagrinez pas ainsi à plaisir, et attendez avec plus de calme le retour de votre père.

SCÈNE VIII

LES MÊMES, MARCEL.

MARCEL.

Ma fille, tu me donnes bien du mal pour rien. J'ai couru chez monsieur Dorval, j'ai frappé à sa porte, et l'on m'a répondu qu'il n'était visible pour personne.

CATHERINE.

Ah! je le pressentais! Que je suis malheureuse! Et quand je pense que sans la maudite jalousie de sa sœur, tout cela n'arriverait pas! Quel affreux défaut! Dieu veuille qu'il ne me souille jamais!

AGATHE.

Ma chère enfant, ne vous désolez pas ainsi. Je m'en vais moi-même trouver monsieur Dorval; je lui expliquerai le motif de la mauvaise réception qui lui a été faite, et j'espère bien qu'il ne me résistera pas.

CATHERINE.

Quoi! vous consentez à me rendre encore ce service, ma bonne Agathe! Je n'osais vous le demander; mais, puisque vous me le proposez, je l'accepte avec reconnaissance.

SCÈNE IX

MARCEL, CATHERINE.

MARCEL.

Je t'avoue, ma fille, que je désire autant que toi que mademoiselle Agathe réussisse dans sa mission. Monsieur Eugène Dorval est un jeune homme qui me plaît. Mais explique-moi pourquoi tu as ainsi tergiversé à son égard.

CATHERINE.

Ne m'en veuillez pas, mon père; c'est sa sœur qui en est cause; elle m'a tenu sur son compte des propos dictés par une basse jalousie.

MARCEL.

Ah! je me doutais de quelque histoire de ce genre-là! On t'a sans doute dit que ton prétendant avait une maîtresse, et qu'il n'aimerait jamais qu'elle, et tu t'es laissé prendre à de pareilles balivernes! Tu ne sais donc pas que ce sont toujours là les discours adressés aux jeunes filles par les gens qui cherchent à faire manquer les mariages?

CATHERINE.

N'ayant pas votre expérience, mon père, j'ai été prise au piége; mais tout s'est expliqué, et maintenant je n'ai plus que de l'amour pour le frère et du mépris pour la sœur...

MARCEL.

Si tu t'étais confiée à moi, tu m'aurais épargné bien des contrariétés, et tes affaires n'en iraient pas plus mal.

CATHERINE.

Mon intention était bonne; je voulais vous épargner la douleur dont j'étais frappée.

MARCEL.

C'est possible, mais avec toutes tes bonnes intentions, il se pourrait bien que ton mariage fût complétement rompu.

CATHERINE.

J'en tremble. Agathe ne revient pas; cela ne me présage rien de bon.

MARCEL.

J'y ai toujours mis assez du mien; tu n'auras rien à me reprocher.

CATHERINE:

Je n'en serai pas mieux.

SCÈNE X

Les Mêmes, AGATHE, EUGÈNE.

AGATHE.

Réjouissez-vous, j'ai gagné mon procès.

CATHERINE.

Eugène! Ah! merci, Agathe!

MARCEL.

Touchez là, monsieur, et promettez-moi d'oublier le passé.

EUGÈNE.

Si cela n'était pas déjà fait, je ne serais pas ici.

CATHERINE.

Et moi, me pardonnez-vous aussi?

EUGÈNE.

C'est moi, mademoiselle, qui vous demande pardon de m'être fâché contre vous avant d'avoir cherché à découvrir le motif de votre froideur.

MARCEL.

Ainsi, monsieur Dorval, vous consentez à devenir mon gendre?

EUGÈNE.

C'est moi qui sollicite de vous cet honneur.

MARCEL.

Tandis que vous êtes tous les deux dans de si bonnes dispositions, dépêchons-nous d'aller signer le contrat.

AGATHE.

Voilà le plus beau jour de ma vie!

EUGÈNE.

Et maintenant, qu'on ose considérer les liens du sang comme plus sûrs que ceux du cœur!

ÉTIENNE MARCEL

DRAME HISTORIQUE EN CINQ ACTES ET EN PROSE

—

OCTOBRE 1856

HISTOIRE

ET CHRONIQUE MÉMORABLE

DE

MESSIRE JEHAN FROISSART [1]

EXTRAIT DU PREMIER VOLUME

---

*Comment les trois Estats de France s'assemblèrent à Paris,
après la bataille de Poictiers.*

CHAPITRE CLXX.

En ce temps que la besongne de Poictiers advint, estoit le
duc de Lanclastre en la comté d'Evreux, & sur les
marches de Constantin, & delez luy messire Philippe de
Navarre, & monseigneur Godeffroy de Harcourt, & là
ils guerroyoient la Normandie, & avoient guerroyé toute
la saison, pour la cause du roy de Navarre, que le roy
de France avoit emprisonné. Et avoyent mis grande
peine ces trois seigneurs, comme ils peussent avoir esté
en la chevauchée du prince ; mais ils n'y peurent parvenir,
car les passages de la rivière de Loire avoient esté si bien

---

1. Édition de Denis Sauvage, 1574.

gardez de tous costez, qu'ils ne peurent passer. De quoy, quand ils ouïrent dire que le prince avoit prins le roy de France, & la vérité de la besongne de Poictiers, ainsi qu'elle se porta, si en furent grandement réjouis ; & rompirent leur chevauchée, pourtant que le duc de Lanclastre & monseigneur Philippe de Navarre voulurent aller en Angleterre, ainsi qu'ils firent, & envoyèrent messire Godeffroy de Harcourt tenir frontière à Saint-Sauveur-le-Vicomte. Or diray des trois enfants·du roy Jehan de France, c'est assavoir Charles, Louis & Jehan, qui retournez estoient de la déconfiture de Poictiers. Or moult estoient jeunes d'aage, & de conseil. Si avoit en eux petit recouvrer, ne nul d'eux ne vouloit entreprendre le gouvernement du royaume de France, & avecques ce, les chevaliers & escuyers (qui retournez estoient de la bataille) en estoient tous hays & blasmez des communes : tant qu'enuis ils s'embattoyent es bonnes villes. Si advint que tous les prélats de Saincte-Église, évesques & abbez, tous les nobles seigneurs & chevaliers, le prévost des marchans, & les bourgeois de Paris : & les consuls des bonnes villes du royaume, furent tous ensemble en la cité de Paris : & vouloyent savoir & ordonner comment le royaume de France seroit bien gouverné, jusques à tant que le roy Jehan, leur seigneur, seroit délivré. Et voulurent encore savoir, plus avant, qu'estoit devenu le grand trésor, qu'on avoit levé au royaume de France, le·temps passé, en dismes, en maletostes, en subsides, en forges de monnoyes, & en toutes autres extorsions : dont les gens avoyent esté fort mal-menez & triboulez, & les soudoyers mal payez, & le royaume mal gardé & deffendu. Mais de ce ne savoit nul rendre compte. Si s'accordèrent que les prélats éliroyent douze personnes, bonnes & sages, entre eux : qui auroyent pouvoir, de par eux, & de tous les clergez, d'ordonner & adviser voyes convenables pour ce faire. Les barons & les chevaliers aussi éleurent douze chevaliers, les plus sages & les plus discrets, pour entendre à ces besongnes : et les bourgeois douze, en autelle manière. Ainsi fut ordonné & confermé d'un commun accord. Lesquelles XXXVI personnes devoyent estre moult souvent à Paris ensemble, & là parler. & ordonner les besongnes du royaume : & toutes manières de choses se devoyent rapporter par ces trois Estats : et devoyent obéyr tous autres prélats, tous autres seigneurs, toutes autres communautez des citez, & des bonnes villes, à tout ce que ces trois Estats feroyent & ordonneroyent. Toutesfois, en ce commencement, il y en eut plusieurs en celle élection, qui ne pleurent mie bien au duc de Normandie, n'a son conseil. Au chef premier les trois Estats deffendirent à forger la monnoye, qu'on forgeoit : & saisirent les coings. Après requirent au duc de Normandie, qu'il fust saisi du chancelier du roy son père, de monseigneur Robert de Lorris, de monseigneur Robert de Bucy de Pouellement, & des autres maistres des comptes, & conseillers du temps passé dudit roy : par quoy ils rendissent bon compte de tout ce qu'on avoit prins & levé au royaume, par leur conseil. Quand tous ces maistres & conseillers entendirent ce, ils s'en partirent du royaume de France plus tost qu'ils peurent, & s'en allèrent en autres nations demourer, tant que ces choses fussent revenues en autre estat.

Comment les trois Estats envoyèrent Gens d'armes contre messire Godeffroy de Harcourt.

CHAPITRE CLXXI.

Après, ces trois Estats ordonnèrent & establirent de par eux & en leurs noms, receveurs, pour recevoir

9.

toutes maletostes, dixièmes, subsides, & toutes autres
droitures, appartenant au roy & au royaume : & firent
forger nouvelle monnoye de fin or : qu'on clamoit mou-
tons : & eussent volontiers veu que le roy de Navarre
fust délivré de prison, du chastel de Crèvecœur en Cam-
brésis : où il estoit emprisonné, car il sembloit à plusieurs
de ceux des trois Estats, que le royaume en seroit plus
fort, & mieux deffendu, au cas qu'il voudroit estre bon
& loyal, pourtant qu'il y avoit peu de nobles au royaume
de France, à qui on se peust r'allier, que tous ne fussent
morts, ou prins, à la bataille de Poictiers. Si requirent
au duc de Normandie qu'on le vousist délivrer ; car il
leur sembloit qu'on lui faisoit grand tort : ny ne savoient
pour quoy on le tenoit. Le duc respondit qu'il n'oseroit
mettre conseil à sa délivrance, car le roy son père le
faisoit tenir, ne savoit pour quoy, n'a quelle cause. En
ce temps veindrent nouvelles au duc, & aux trois Estats,
que monseigneur Godeffroy de Harcourt guerroyoit mal-
lement le bon pays de Normandie : & couroyent ses gens
(qui n'estoient pas grande foison) deux ou trois fois la
semaine, jusques es-fauxbourgs de Caen, de Saint-Lou,
d'Évreux, & de Coustances : & si ne leur alloit nul au
devant. Si ordonnèrent le duc & les trois Estats une chevauchée de gens d'armes, de bien trois cens lances, &
cinq cens armeures de fer : & y establirent quatre capi-
taines : c'est assavoir le sire de Rameval, le sire de Kenny,
le sire de Riville, & le sire de Frianville. Si se partirent ces gens d'armes de Paris, & s'en vindrent à Rouen :
& là s'assemblèrent de tous costez : & y eut plusieurs
chevaliers d'Artois & de Vermandois, tels comme monseigneur de Kyneky, monseigneur Louis de Hanetklie,
monseigneur Édouard de Roucy, monseigneur Jehan de
Fiennes, monseigneur Enguerran de Hedin, & plusieurs
autres : & aussi, de Normandie, moult d'apperts gens

d'armes & exploitèrent tant ces seigneurs & leurs routes, qu'ils vindrent en la cité de Coustances : & en firent leur garnison.

. . . .

. . . .

Cy parle du prévost des marchans et de ceux de Paris : et comment ils occirent trois chevaliers en la chambre du régent.

CHAPITRE CLXXIX.

Au temps que ces trois Estats régnoient, se commencèrent à lever telles manières de gens : qui s'appeloient les Compaignies : & avoient guerre à toutes manières de gens, qui portoient malettes. Or vous dy que les nobles du royaume de France, & les prélats de Saincte-Église se commencèrent à ennuyer de l'emprise & ordonnance des trois Estats : si en laissoient le prévost des marchans convenir, & aucuns des bourgeois de Paris : pour ce qu'ils s'entremettoient plus avant, qu'ils ne vousissent. Si advint un jour que le régent de France estoit au palais à Paris, à tout grand'foison de chevaliers, de nobles & de prélats. Le prévost des marchans aussi assembla grand'-foison des communes de Paris : qui estoient aussi de son accord, & portoient chapperons semblables : afin que mieux se recognussent. Si vint le prévost au palais, environné de ses hommes : & entra en la chambre du duc, & lui requit moult aigrement, qu'il vousist entreprendre de faire des besongnes du royaume de France, & y mettre conseil : pourtant que le royaume (qui à lüy devoit parvenir) fust si bien gardé, que telles manières de compaignons (qui régnoient) n'allassent mie gastant le pays. Le duc respondit qu'il le feroit volontiers s'il avoit la mise, par quoy il le peust faire : mais celuy qui faisoit lever les profits & les droitures, appartenantes au royaume, le devoit faire. S'il le fit, je ne say pourquoy ne comment ce fut : mais les parolles multiplièrent tant, & si haut que là endroit furent occis trois des plus grans du conseil du duc, si près de luy, que sa robe en fut ensanglantée : & en fut luy-mesme en grand péril. Mais on lui donna un des chapperons à porter ; & si convint qu'il pardonnast illec la mort de ses trois chevaliers : les deux d'armes, & le tiers de loix. Si on appeloit monseigneur Robert de Clermont, gentil & noble grandement : l'autre, le seigneur de Conflans, & le chevalier de loix, monseigneur Simon de Bucy.

Cy dit comme le roy de Navarre issit hors de la prison du roy de France.

CHAPITRE CLXXX.

Après ceste adventure, advint qu'aucuns chevaliers (monseigneur Jehan de Piquigny & autres) veindrent, sur le confort du prévost des marchands, & des consuls d'aucunes des bonnes villes, au fort chastel d'Allères en Paillens, séant en Picardie : où le roy de Navarre estoit pour le temps emprisonné, & en la garde de monseigneur Tristan Du Bois. Si apportèrent les dits exploiteurs telles enseignes, & si certaines au chastellain, & si bien espièrent, quand monseigneur Tristan n'y estoit point, que par ceste emprise fut le roy de Navarre délivré hors de

prison, & amené, à grand'ioye en la cité d'Amiens : où il
fut liement recueilli & receu. Si descendit chez un chanoine (qui grandement l'aimoit) appelé monseigneur Guy
Kyrec : & fut le roy de Navarre amené par monseigneur
Jehan de Piquigny : & fut chez ce chanoine plus de
quinze jours, tant qu'il eut appareillé tout son arroy, &
qu'il fut tout asseuré du duc de Normandie : car le prévost des marchans (qui moult l'aimoit) lui impétra sa paix
devers le duc & ceux de Paris. Puis fut le roy de Navarre
par monseigneur Jehan de Piquigny, & autres bourgeois
d'Amiens, mené en la cité de Paris : où il fut volontiers
veu de toutes gens : & mesmement le duc de Normandie
le festoya : car faire lui convenoit : pour ce que le pre-
vost et ceux de sa secte lui exhortèrent de ce faire. Si se
dissimuloit le duc au gré du prévost & d'aucuns de Paris.

Comment le roy de Navarre prescha solennellement à Paris.

CHAPITRE CLXXXI.

Quand le roy de Navarre eut esté un espace de temps
à Paris, il fit un jour assembler toutes manières de gens,
prélats, chevaliers, & clercs de l'Université. Et prescha
& remonstra sagement en latin, présent le duc de Normandie, sa complainte des griefs & violences qu'on lui
avoit faits, à tort & sans raison. Et dit que nul ne vousist douter : & qu'il vouloit vivre & mourir en deffendant
le royaume de France, & la couronne : & le devoit bien
faire : car il en estoit extrait de père & de mère, & de
droite lignée & en ancestres. Et donna adonc assez à
entendre, par ses parolles, que, s'il vouloit chalenger le

royaume de France & la couronne, il monstreroit bien par droit qu'il en seroit bien plus prochain que le roy d'Angleterre n'estoit. Et sachez que son sermon & son langage, fut volontiers ouy, & moult recommandé. Ainsi petit à petit entra il en amour de ceux de Paris : tant qu'ils avoient plus de faveur & d'amour en luy, qu'ils n'avoient au régent le duc de Normandie : & aussi plusieurs autres villes & citez du royaume de France. Mais (quelque semblant ne quelque amour, que le prévost des marchans, ne ceux de Paris, monstrassent au roy de Navarre) oncques monseigneur Philippe de Navarre ne s'y voulut assentir : n'y ne voulut venir à Paris : & disoit qu'en communautez n'avoit nul certain arrest, fors que pour tout honnir.

Cy parle du commencement de la mauvaise Jacquerie
de Beauvoisin.

CHAPITRE CLXXXII.

Assez tost après la délivrance du roy de Navarre advint une merveilleuse & grand'tribulation au royaume de France : si comme en Beauvoisin, en Brie, sur la rivière de Marne, en Laonnois, & entour Soissons; car aucunes gens des villes champestres, sans chef, s'assemblèrent en Beauvoisin : & ne furent mie cent hommes les premiers. Et disoient que tous les nobles de France, chevaliers & escuyers, honnissoient le royaume : & que ce seroit grand bien qui tous les destruiroit : & chacun de eux dit, Il dit vray. Honny soit celuy, par qui il demoura que tous les gentils-hommes ne soient détruits. Lors se cueillirent :

& allèrent sans autre conseil & sans nulles armeures, fors
que de bastons ferrez & d'autres cousteaux, en la maison
d'un chevalier : qui près de là demouroit. Si brisèrent la
maison, & là tuèrent le chevalier, la dame & tous les
enfans, petits & grans : & ardirent la maison. Seconde-
ment ils allèrent en un autre fort chastel : & prindrent
le chevalier, & le lièrent à une attache, bien & fort : &
violèrent sa femme, & sa fille, les plusieurs, voyant le
chevalier. Puis tuèrent la dame, & la fille, & tous les
enfans, & puis le chevalier à grand martire : & ardirent
& abbattirent le chastel. Ainsi firent-ils en plusieurs chasteaux & bonnes maisons : & multiplièrent tant, que ils
furent bien six mille : & par tout, où ils arrivoient, leur
nombre croissoit : car chacun de leur semblance les suy-
voit : ainsi que chacun autre les fuyoit : & emportoient
les dames & damoiselles leurs enfans dix lieues & vingt
lieues loing, où ils se pouvoient garantir : & laissoient
leurs maisons toutes vagues & leur avoir dedans. Et ces
méchans gens, assemblez sans capitaine & sans armeures,
roboient, ardoient, & occioient tous gentils-hommes qu'ils
trouvoient, & efforçoient toutes dames & pucelles : &,
qui plus faisoit de maux & de villains faits, tels que créa-
ture humaine ne devroit, n'oseroit penser, celuy estoit le
plus prisé entre eux, & le plus grand maistre. Je n'ose-
roye escrire les horribles faits, & inconvenables, qu'ils
faisoient aux dames. Entre les autres désordonnances, ils
occirent un chevalier, & le boutèrent en un haste, & le
rostirent au feu, voyant la dame & ses enfans : &, après
ce que la dame eut esté efforcée de dix ou de douze, ils
lui en firent manger par force : puis la firent mourir de
malle mort. Si avoient fait un roy entre eux (qui estoit de
Clermont en Beauvoisin) & l'éleurent le pire des pires : &
estoit appelé ce roy Jacques Bonshoms. Ces méchans
gens ardirent & destruirent au païs de Beauvoisin, & en-

viron Corbie & Amiens, & à Montdidier, plus de soixante
maisons bonnes & forts chasteaux. En telle manière si
fausses gens estoient aussi au pays de Brie & d'Artois :
& convint toutes les dames du pays, & les chevaliers &
escuyers, qui échapper pouvoient, fuir à Meaux en Brie,
l'un après l'autre, ainsi qu'ils pouvoient : & aussi la duchesse de Normandie, & la duchesse d'Orléans, comme
plusieurs autres dames : si elles se vouloient garder d'être
violées, &, après, meurtrées par ces maudites gens : qui
se maintenoient ainsi entre Paris & Noyon, & entre Paris
& Soissons, & par toute la terre de Coucy : & destruirent, entre la comté de Valois, entre l'évesché de Laon,
de Noyon, & de Soissons, plus de cent chasteaux &
bonnes maisons de chevaliers & d'escuyers.

*Comment le roy de Navarre défit plusieurs Jacques en
Beauvoisin, et comment le prévost des marchans fit faire
murs entour la cité de Paris.*

CHAPITRE CLXXXIII.

Quand les gentils-hommes de Beauvoisin, de Courbois,
de Vermandois, & des terres où ces méchans gens con-
versoient, veirent ceste forfenerie, ils mandèrent secours,
à leurs amis : comme en Flandres, en Brabant, en Hay-
naut, & en Behaigne. Si en vint tantost assez de tous
costez : & s'assemblèrent ces gentils-hommes estrangers
avec ceux du pays. Si commencerent à tuer & découpper
ces méchans gens : & les tuoient & pendoient, par troupeaux, aux arbres qu'ils trouvoient. Mesmement le roy
de Navarre en meit un jour à fin plus de trois mille,
assez près de Clermont en Beauvoisin : mais ils estoient

jà tant multipliez, que, s'il eussent esté tous ensemble, ils eussent esté bien cent mille ; &, quand on leur demandoit pourquoy ils faisoient ainsi, ils respondoient qu'ils ne savoient : mais qu'ils faisoient ainsi qu'ils veoient les autres faire : & pensoient qu'ils deussent en telle manière destruire tous les nobles & gentils-hommes du monde. En ce temps se partit le duc de Normandie de la cité de Paris : & se douta du roy de Navarre, du prévost des marchans, & de ceux de sa sécte (car ils estoient tous d'un accord) & s'en vint au Pont-de-Charenton sur Marne : & fit un grand mandement de gentils-hommes : & défia le prévost des marchans, & ceux qui luy vouloient aider ; & adonc le prévost se douta que de nuict on vensist courir à Paris : qui adonc n'estoit point fermé. Si meit ouvriers en œuvre, ce qu'il en peut avoir de toutes parts : & fit faire grans fossez autour de Paris, & murs, & portes : & y eut le terme d'un an, tous les jours trois cens ouvriers : dont ce fut grand fait, que de fournir une armée, & environner, de toute deffense, une telle cité comme Paris : & vous dy que ce fut le plus grand bien, qu'oncques prévost des marchans fit : car autrement elle eust esté depuis gastée & robée par moult de fois, & par plusieurs actions.

Cy parle de la bataille de Meaux en Brie : où les Jacques furent déconfits par le comte de Foix et le captal de Buz.

CHAPITRE CLXXXIV.

En ce temps, que ces méchans gens couroient, reveindrent de Pruce le comte de Foix & le captal de Buz, son cousin. Si entendirent en leur chemin (si comme ils de-

voient entrer en France), la pestilence, qui couroit sur
les nobles hommes. Si sceurent en la cité de Chaalons,
que la duchesse de Normandie, la duchesse d'Orléans, &
bien trois cens dames & damoiselles, & le duc d'Orléans
aussi, estoient à Meaux en Brie, pour celle Jacquerie.
Lors s'accordèrent ces deux chevaliers qu'ils iroient voir
ces dames & les renforceroient à leur pouvoir, combien
que le captal fust Anglais : car il y avoit trêves entre le
roy de France & d'Angleterre. Si pouvoient estre en leur
route environ soixante lances. Quand ils furent à Meaux
en Brie, ils furent moult bien venus de ces dames & damoiselles. Ces Jacques & villains de Brie (qui entendirent
qu'il y avoit à Meaux grand' foison de dames & damoiselles & de jeunes & gentils enfants), s'assemblèrent, &
avecques eux ceux de Valois : & veindrent devant Meaux.
Et d'autre part ceux de Paris (qui savoient bien ceste
assemblée), se partirent un jour de Paris, par troupeaux :
& veindrent avecques les autres : & furent bien neuf mille
tous ensemble : & toujours leur venoient gens de divers
chemins. Si vindrent jusques aux portes de la ville. Les
gens de la ville ouvrirent les portes, & les laissèrent
entrer. Si entrèrent si grand' planté, que toutes les rues
en estoient pleines, jusques au marché. Quand ces nobles
dames (qui estoient logées au marché de Meaux, qui est
assez fort, mais qu'il soit gardé : car la rivière de Meaux
l'environne), veirent si grande multitude de gens accourir
sur elles, si furent moult ébahies ; mais ces deux seigneurs
& leur route veindrent à la porte du marché, qu'ils firent
ouvrir, & se meirent au devant de ces villains (qui
estoient mal armez) avec la bannière du comte de Foix,
& celle du duc d'Orléans, & le pennon du captal de Buz.
Quand ces méchans gens veirent ces gens armez, & bien .
appareillez pour garder le marché, si commencèrent les
premiers à reculer, & les gentils-hommes à les pour-

suyvir, & à lancer sur eux de leurs lances, & de leurs
espées. Adonc ceux qui estoient devant, & qui sentirent
les horions, reculèrent de hideur, tous à un faix : &
cheoient l'un sur l'autre. Lors issirent toutes manières de
gens d'armes hors des barrières, & gaignèrent tantost la
place : & se boutèrent dedans ces méchans gens. Si les
abbattoient à monceaux, & les tuoient ainsi comme bestes ;
& reboutèrent tous hors de la ville, qu'oncques nul d'eux
n'y tint ordonnance, ne conroy ; & en occirent tant qu'ils
en estoient tous ennuyez : & si les faisoient saillir à monceaux dedans la rivière. Brièvement, ils en meirent ce
jour à fin plus de sept mille : & n'en fust nul échappé,
s'ils les eussent voulu suyvir plus avant. Et, quand les
gens d'armes retournèrent, ils meirent le feu en la des-
soustrame ville de Meaux, & l'ardirent toute, & tous les
vilains du bourg, ce qu'ils en peurent dedans enclorre,
pour ce qu'ils estoient de la partie des Jacquiers. Depuis
ceste déconfiture (qui fut faite à Meaux), ne se r'assemblèrent ils nulle part : car le jeune Enguerrand, sire de
Coucy, avoit foison de gentils-hommes de lez luy : qui
les mettoient à fin, partout où ils les trouvoient, sans
nulle mercy.

*Comment Paris fut assiégé du duc de Normandie, régent
de France.*

CHAPITRE CLXXXV.

Assez tost après celle advenue, le duc de Normandie
assembla tous les nobles & gentils-hommes, qu'il peut
avoir, tant du royaume comme de l'empire, parmi leurs
soudées payant : & estoient bien trois mille lances : &

s'en vint assiéger Paris, par devers Sainct-Anthoine, con-
treval la rivière de Seine ; & estoit logé à Sainct-Mor, &
ses gens là environ, qui couroient tous les jours jusques à
Paris. Et se tenoit le duc aucunes fois au pont de Cha-
ranton, & autres fois à Sainct-Mor : & ne venoit riens à
Paris de ce costé, ne par eaue, ne par terre (car le duc
avoit prins les deux rivières, Marne & Seine), & ardirent
ses gens autour de Paris : tous les villages qui n'estoient
fermez, pour mieux chastier ceux de Paris : &, si la ville
de Paris n'eust esté adonc fortifiée, ainsi qu'elle estoit,
elle eust esté destruite : & n'osoit nul saillir, n'entrer à
Paris, pour paour des gens du duc : qui couroient d'une
part & d'autre Seine, ainsi qu'ils vouloient, ne nul ne
leur venoit au devant. Le prévost des marchans tenoit en
amour le roy de Navarre ainsi qu'il pouvoit, & son conseil, & la communauté de Paris : & faisoit (comme des-
sus est dit) de nuict & de jour ouvrer à la fermeté de
Paris : & y faisoit tenir grand' foison de gens d'armes &
de soudoyers navarrois, & anglois archers, & autres
compaignons avec lui. Si y avoit en la ville de Paris aucuns suffisans hommes (tels comme Jehan Maillard, Simon
son frère, & plusieurs de leur lignage), ausquels il déplai-
soit grandement de la haine du duc de Normandie : mais
le prévost des marchands avoit si tiré à lui toutes manières de gens, que nul ne l'osoit dédire, s'il ne se vouloit faire tuer sans mercy.

Le roy de Navarre (qui veoit les variemens entre ceux
de Paris & le duc de Normandie), si pensoit & suppo-
soit que cette chose ne se pouvoit longuement tenir en cet
estat : & n'avoit mie grand' fiance à la communauté de
Paris. Si s'en partit de Paris, au plus courtoisement qu'il
peut : & s'en vint à Sainct-Denys : & là tenoit foison de
gens d'armes, aux gages de Paris. En ce poinct furent
bien six semaines le duc à Charenton & le roy à Sainct-

Denis : & mangeoient & pilloient le pays de tous costez.
Entre ces deux s'embesongnèrent l'archevesque de Sens,
l'évesque d'Ausserre, l'évesque de Beauvais, le sire de
Montmorency, le sire de Fiennes, & le sire de Sainct-
Venant : & tant allèrent de l'un à l'autre & si sagement
exploitèrent que le roy de Navarre, de bonne volonté,
sans nulle contrainte, s'en vint à Charenton, devers le
duc de Normandie, son serourge : & s'excusa de ce, dont
il estoit soupçonné : & premièrement de la mort de ses
deux maréchaux, & de maistre Simon de Bucy, & du
despit que le prévost des marchans luy avoit fait au palais de Paris ; & jura que ce fut sans son sceu ; & pro-
meit au duc qu'il demourroit de lez luy, à bien & à mal
de celle entreprinse ; & fut là entre eux la paix faicte. Et
dit le roy de Navarre qu'il feroit amender à ceux de Paris,
la félonie qu'ils avoient faite ; & devoit la communauté
demourer en paix ; parmy ce que le duc devoit avoir le
prévost des marchans, & douze bourgeois de Paris (desquels qu'il voudroit élire dedans Paris), & les corriger
à sa volonté. Ces choses accordées, le roy de Navarre retourna à Sainct-Denys ; & le duc vint à Meaux en Brie ; &
donna congé à tous gens d'armes ; & fut le duc prié d'aucuns bourgeois de Paris (qui ce traité avoient aidé à enta-
mer), qu'il vensist seurement à Paris, & qu'on lui feroit
tout l'honneur qu'ils pourroient. Le duc respondit qu'il
tenoit bien la paix à bonne, qu'il avoit jurée ; ne jà par
luy (si Dieu plaisoit), ne seroit enfreinte ; mais jamais à
Paris n'entreroit, s'il n'avoit eu satisfaction de ceux qui
courroucé l'avoient. Le prévost des marchans & ceux de
sa secte visitoient souvent le roy de Navarre à Sainct-
Denys ; & lui remonstrèrent comment ils estoient en l'indignation du duc, pour cause de luy (car ils l'avoient délivré de prison, & amené à Paris), & que pour Dieu il ne
vousist mie avoir trop grand' fiance au duc, n'à son con-

seil. Le roi dit, Certes, seigneurs & amis, vous n'aurez ja
mal sans moy; & quand vous avez de présent le gouvernement de Paris, je conseille que vous vous pourvoyez
d'or & d'argent : tellement que, s'il vous vient besoing,
vous le puissez retrouver; & l'envoyez hardiment cy à
Sainct-Denys, sur la fiance de moy; & je vous le garderay
bien; & entretiendrai toujours des gens d'armes secrettement, & des compaignons aussi, dont au besoing vous
guerroyerez vos ennemis. Ainsi fit depuis le prévost des
marchans, toutes les semaines deux fois, mener deux
sommiers chargez de florins, à Sainct-Denys, devers le
roy de Navarre : qui les recevoit moult liement.

Des Parisiens : qui furent occis vers Sainct-Cloud, par
Anglois, qui avoient esté soudoyers à Paris.

CHAPITRE CLXXXVI.

Or advint qu'il estoit demouré à Paris grand' foison de
soudoyers anglois & navarrois, ainsi que le prévost des
marchans & la communauté de Paris les avoient retenus
à gages, pour eux aider contre le duc de Normandie : &
moult bien & loyaument s'y estoient portez, la guerre
durant. Quand l'accord fut faict des Parisiens & du duc,
aucuns de ses soudoyers se partirent de Paris, & aucuns
non. Ceux, qui s'en partirent, veindrent devers le roy de
Navarre : qui tous les retint : & encore en demoura à
Paris plus de trois cens, qui là débattoient, & despen-
doient leur argent liement. Si s'émeut débat entre eux &
ceux de Paris : & y eut de morts plus de soixante Anglois.
Parquoy le prévost des marchans blasma ireusement ceux
de Paris; & toutesfois pour appaiser la communauté il

print plus de cent cinquante Anglois, & les fit emprisonner en trois portes : & dit à ceux de Paris (qui estoient
tous émeus d'iceux occire) qu'il les corrigeroit selon leur
forfait : &, parmi ce, se r'apaisèrent ceux de Paris. Quand
vint à la nuict, le prévost les fit délivrer, & aller leur
voye. Si veindrent à Sainct-Denys, au roy de Navarre :
qui tous les receut. Au matin, quand ceux de Paris sceurent la délivrance des Anglois, ils en furent moult cour-
roucés contre le prévost : mais il qui estoit sage homme,
s'en sceut a donc bien oster & dissimuler, tant que cette
chose s'oublia. Or vous dirai de ces soudoyers anglois &
navarrois. Quand ils furent à Sainct-Denys, & remis
ensemble, ils se trouvèrent plus de trois cens. Si s'advi-
sèrent qu'ils contrevengeroient leurs compaignons, & les
despits qu'on leur avoit faits. Si commencèrent tantost à
défier ceux de Paris, & courir aigrement, & à faire guerre
à ceux de Paris, & à occire & découper toutes manières de gens de Paris, qui issoient; ne nul n'osoit vui-
der hors des portes. Lors ceux de Paris requirent au prévost des marchans, qu'il vousist faire armer une partie
de la communauté, & mettre hors aux champs : car ils
vouloient combattre ces Anglois. Le prévost leur accorda
& dit qu'il iroit avec eux. Et fit une journée armer une
partie de ceux de Paris, & en fit partir jusques à douze
cens : &, quand ils furent aux champs, ils entendirent
que ces Anglois, qui les guerroyent, se tenoient vers Sainct-
Cloud. Si se partirent en deux (afin qu'on ne leur peust
échapper), & se devoient trouver à un certain lieu, assez
près de Sainct-Cloud. Lors se sépara une partie de l'autre : & veindrent par deux chemins. Si se promenèrent ces
deux parties tout le jour environ Montmartre : & ne trouvèrent point leurs ennemis. Advint que le prévost (qui
avoit la moindre partie), entour remontée entra à Paris
(sans avoir rien fait) par la porte Sainct-Martin. L'autre

partie qui point ne savoit le retour du prévost, se tint
sur les champs jusques sur le vespre, qu'ils se meirent au
retour, sans ordonnance, n'arroy (comme ceux qui n'a-
voient & ne cuidoient point avoir d'empeschement), &
revenoient par troupeaux, ainsi comme tous lassez : &
portoit l'un son bacinet en sa main, & l'autre sur son
col : l'un par ennuy traînoit son épée, & l'autre la pendoit
en écharpe : & avoient prins leur chemin, pour rentrer
en Paris, par la porte Sainct-Honoré. Si trouvèrent ces
Anglois au fons d'un chemin : qui estoient bien quatre
cens tous d'une sorte : lesquels écrièrent ces François, &
se férirent entre eux, & les reboutèrent diversement. Si en
y eut d'abbattus, de première venue, plus de deux cens,
ces François (qui ne se donnoient garde) furent si ébahis,
qu'ils ne tindrent point de conroy : ainsi se meirent en
fuite, & se laissèrent occire & découper comme bestes, &
s'enfuirent. Si en y eut de morts en cette chace plus de
six cens : & furent poursuits jusques dedans les barrières
de Paris. De ceste adventure fut moult blasmé le prévost
des marchans de la communauté de Paris : & dirent qu'il
les avoit trahis. Le lendemain au matin les prochains pa-
rens & amis de ceux qui estoient tuez issirent de Paris,
pour aller querir les corps des morts en chars & en char-
rettes pour les ensevelir ; mais les Anglois avoient mis une
embusche sur les champs, si qu'ils en tuèrent & méhai-
gnèrent plus de six vingts. Et en ce trouble & méchef
estoient écheus ceux de Paris : & ne savoient de qui garder. Si estoient nuict & jour en grand soupeçon. Car le
roy de Navarre se refroidoit d'eux aider, pour cause de la
paix qu'il avoit jurée au duc de Normandie, & pour l'outrage que les Parisiens avoient fait aux soudoyers anglois.
Si consentoit bien que ceux de Paris en fussent chastiez.
D'autre part, le duc de Normandie souffroit assez que les
Parisiens fussent endommagez : pourtant que le prévost

des marchans avoit encore le gouvernement d'eux : léquel prévost & ceux de sa secte n'estoient mie bien à leur aise. Car ceux de Paris les déprisoient vilainement : si comme ils estoient informez.

La mort du prévost des marchans.

CHAPITRE CLXXXVII.

Le prévost des marchans & ceux de sa secte avoient souvent entre eux plusieurs conseils secrets, pour savoir comment ils se pourroient maintenir; car ils ne pouvoient trouver, par nul moyen, mercy au duc de Normandie : qui mandoit généralement à tous ceux de Paris que nulle paix ne leur tiendroit : jusques à tant que douze hommes de Paris (lesquels qu'il voudroit élire) luy fussent livrez pour faire sa volonté. Laquelle chose ébahissoit moult le prévost & ceux de sa secte. Si regardèrent finalement qu'il valoit mieux qu'ils demourassent en vie, & en bonne prospérité du leur & de leurs amis, que ce qu'ils fussent destruits : & que mieux leur valoit occire, que d'estre occis. Lors traittèrent secrettement devers ces Anglois, qui guerroyent durement ceux de Paris, & se porta certain accord entre eux : c'est que le prévost & ceux de sa secte devoient estre au-dessus de la porte Sainct-Honoré & de la porte Sainct-Anthoine : si qu'à l'heure de minuict, Anglois & Navarrois, tous d'une sorte, y devoient entrer, si pourveus, que pour courir & destruire Paris partout : sinon là où certain signe (que les ennemis devoient cognoistre entre eux) seroit trouvé aux fenestres & huis de Paris : & partout ailleurs où le signe ne seroit trouvé, ils devoient tout mettre à l'espée, hommes & femmes.

10

Celle propre nuict, que ce devoit advenir, inspira Dieu
aucuns des bourgeois de Paris : qui toujours avoient esté
de l'accord du duc : c'est assavoir Jehan Maillard, Simon
son frère, & plusieurs autres : lesquels par inspiration di-
vine (ainsi le doit on supposer) furent informez que Paris
devoit estre couru & destruit. Tantost s'armèrent, &
firent armer ceux de leur costé : & réveillèrent secrettement ces nouvelles en plusieurs lieux, pour avoir plus de
confortans. Si veindrent, tous pourvus de ce qu'il leur
falloit, un petit avant mi-nuict, à la porte Sainct-Anthoine:
& trouvèrent le prévost des marchans, les clefs de la
porte en sa main. Si dit Jehan Maillard au prévost, en le
nommant son nom, Estienne, que faites-vous cy à cette
heure? Le prévost dit, Jehan, à vous qu'en monte de le
savoir? Je suis cy pour prendre garde à la ville, dont
j'ay le gouvernement. Pardieu (dit Jehan) il n'en va mie
ainsi : ains n'estes icy à ceste heure pour nul bien : & je
vous monstreray (ce dit-il à ceux qui estoient empres luy)
comment il tient les clefs de la porte en ses mains, pour
trahir la ville. Le prévost dit, Jehan, vous mentez. Jehan
respondit, Mais vous, Estienne, mentez. Et tantost ferit
sur luy : & dit à ses gens, A la mort, à la mort. Chacun
frappe de son costé : car ils sont traistres. Là y eut grand
hutin : & s'en fust volontiers fuy le prévost. Mais Jehan
le frappa d'une hache sur la teste : si l'abbattit à terre
(quoyqu'il fust son compère), & ne s'en partit tant qu'il
l'eut occis, & six de ceux qui là estoient : & furent les
autres menez en prison. Puis ils commencèrent à émouvoir & éveiller les gens, parmy les rues de Paris : & veindrent Jehan Maillard & ceux de son accord à la porte
Sainct-Honoré : & y trouvèrent gens de la secte du
prévost. Si les encoulpèrent de trahison; n'excusation,
qu'ils fissent, ne leur valut riens. Là en y eut plusieurs
prins, & envoyez en divers lieux en prison : & ceux qui

ne se laissoient prendre, estoient occis sans merci. Celle nuict aussi en furent prins dans leurs licts & maisons, qui tous furent encoulpez de la trahison, dont le prévost des marchans estoit mort : car ceux, qui prins estoient, confessoient tout le fait. Lendemain au matin, Jehan Maillard fit assembler la plus grande partie de la communauté de Paris au marché des halles. Là monta sur un échafaut : & remonstra généralement la cause pourquoy ils avoient tué le prévost des marchans. Puis furent jugez à mort, par le conseil des preud'hommes de Paris, tous ceux qui avoient esté de la secte au prévost, si furent tous exécutez en divers tourmens de mort. Ces choses faites, Jehan Maillard (qui très grandement estoit en la grâce de ceux de Paris) & aucuns preud'hommes, adhérans à luy, envoyèrent Simon Maillard & deux maistres de parlement (messire Jehan Alphons, & maistre Jehan Pastorel) devers le duc de Normandie : qui se tenoit à Charenton. Ceux luy recordèrent l'adventure de ceux de Paris; & prièrent au duc qu'il vousist venir à Paris, pour aider à conseiller la ville dorénavant, quand tous ses adversaires estoient morts. Le duc respondit qu'aussi feroit il très volontiers : lors vint à Paris, & avec luy messire Arnoult d'Andreghen, le seigneur de Roye & autres chevaliers : & se logea au Louvre.

PERSONNAGES

--

ÉTIENNE MARCEL, prévôt des marchands de Paris.

CHARLES, fils aîné du roi Jean le Bon, duc de Normandie, Dauphin de France et régent du royaume.

JEAN MAILLARD, échevin.

ROBERT LE COQ, évêque de Laon, président clerc au Parlement de Paris et membre des États généraux et du conseil des États.

CHARLES MAILLARD, fils de Jean Maillard.

JEANNE, fille d'Étienne Marcel.

PEPIN DES ESSARTS,
JEAN DE CHARNY, } chevaliers.

SEIGNEURS, BOURGEOIS, ARCHERS, GARDES.

L'action a lieu le 31 juillet 1358.

ÉTIENNE MARCEL

ACTE PREMIER

Le théâtre représente la grande salle de l'hôtel de ville, à Paris.

—

SCÈNE PREMIÈRE

PEPIN DES ESSARTS, JEAN DE CHARNY,
BOURGEOIS, ARCHERS.

PEPIN DES ESSARTS, *tendant la main à Jean de Charny.*

C'est vous, de Charny ; je suis heureux de vous rencontrer.

JEAN DE CHARNY.

Le plaisir est partagé, chevalier des Essarts.

PEPIN DES ESSARTS.

Vous venez de bonne heure faire votre cour au prévôt.

JEAN DE CHARNY.

Il me semble que je pourrais vous en dire autant.

PEPIN DES ESSARTS.

C'est vrai ; mais que voulez-vous ? Les rôles sont intervertis. Aujourd'hui, c'est la bourgeoisie qui commande et la noblesse qui obéit. Au surplus, quand on ne peut rien changer aux événements, le plus sage est de s'y conformer, et si le prévôt ne rejette pas ma demande, je lui pardonnerai de m'avoir obligé à me courber devant lui.

10.

JEAN DE CHARNY.

Que désirez-vous donc ?

PEPIN DES ESSARTS.

Je voudrais une charge de conseiller à la Cour des comptes. Comme on vient de destituer en masse ceux qui avaient été nommés par le roi Jean, et qu'ils n'ont pas encore été tous remplacés, j'espère qu'il ne me refusera pas la dépouille d'un des officiers royaux.

JEAN DE CHARNY.

Et quels sont vos titres pour aspirer à une pareille fonction ?

PEPIN DES ESSARTS.

Je suis noble, et, en demandant une place à Marcel, je satisfais son orgueil, j'humilie devant lui la noblesse dont je fais partie; je lui rends un service qui vaut bien sa récompense. Aussi, je crois qu'il s'empressera de m'être agréable. Mais vous, vous sollicitez aussi un emploi ?

JEAN DE CHARNY.

Oui ; j'ai appris qu'il s'agissait actuellement d'envoyer des maîtres des requêtes dans les provinces pour y réformer les abus. Je me sens l'aptitude nécessaire pour remplir convenablement cette mission, et je viens, comme il est tout-puissant, le prier de me la confier.

PEPIN DES ESSARTS.

Et quels titres faites-vous valoir ?

JEAN DE CHARNY.

Les mêmes que vous, je crois. Je suis chevalier, et je lui fournis l'occasion qu'il doit désirer, de voir la noblesse à ses pieds.

PEPIN DES ESSARTS.

Très-bien ; mais il me semble qu'il tarde bien à nous donner audience.

JEAN DE CHARNY.

Il ne faut pas s'en étonner ; il est accablé de travail.

PEPIN DES ESSARTS.

Attendons. (*Ils se retirent dans le fond de la scène.*)

SCÈNE II

Les Mêmes, JEAN MAILLARD, CHARLES
MAILLARD.

JEAN MAILLARD.

Nous voilà dans la grande salle du palais municipal. C'est
ici que les solliciteurs attendent le prévôt.

CHARLES MAILLARD.

Je tremble, mon père, en me voyant dans les lieux où mon
sort va se décider. Si vous ne réussissez pas auprès de Marcel, s'il me refuse la main de Jeanne, je ne sais ce que je
deviendrai ; je n'ose y songer. Mais vous, mon père, qu'avez-
vous qui vous chagrine, et pourquoi votre figure devient-
elle si sombre ?

JEAN MAILLARD.

Pourquoi ? Tu me le demandes ? Ah ! tu es bien heureux
de ne pas le comprendre. A ton âge, tu ne connais d'autre
passion que l'amour ; il peut donner la mort ; mais il ne déchire pas le cœur aussi cruellement que l'ambition.

CHARLES MAILLARD.

Vous m'inquiétez, mon père ; expliquez-vous ?

JEAN MAILLARD.

Tu le veux ?

CHARLES MAILLARD.

Oui, de grâce.

JEAN MAILLARD.

Soit ; je me fie à ta discrétion, et veux bien te faire connaître les motifs qui me rendent soucieux.

CHARLES MAILLARD.

Dites...

JEAN MAILLARD.

L'homme qui habite ici est aujourd'hui le véritable roi du pays. Il commande en dictateur. Sa voix seule est écoutée. Le duc de Normandie, le Dauphin de France, n'est régent que de nom. Les États n'ont aucun pouvoir ; leurs ordonnances sont la reproduction des volontés de Marcel. La noblesse et le clergé, réduits à garder le silence, laissent le tiers état gouverner seul, et celui-ci n'est, sous la main du prévôt, qu'un instrument souple et docile. C'est de l'hôtel de ville que partent tous les ordres ; c'est là que tout retourne, là que tout s'organise et se décide.

CHARLES MAILLARD.

Ne serez-vous pas fier de me voir uni à la fille d'un homme si puissant ?

JEAN MAILLARD.

Ignores-tu donc que cet homme n'était, il y a deux ans, qu'un échevin comme moi ?

CHARLES MAILLARD.

Qu'importe, mon père ? Sa splendeur actuelle n'en est pas moindre, et le reflet qu'elle jettera sur vous n'en sera pas moins brillant.

JEAN MAILLARD.

J'admire ta naïveté, qui t'empêche de comprendre la cause de ma rage secrète. Pendant de longues années, Étienne Marcel n'a été que mon égal ; nous étions alors de sincères amis ; il m'appelait son *compère ;* nos deux familles n'en faisaient qu'une ; il s'était établi entre elles presque des liens de parenté. Il m'avait invité et j'avais consenti à être le parrain de sa fille. Nous nous promettions déjà tout bas, sans nous le dire, de resserrer nos liens par un mariage entre nos enfants.

CHARLES MAILLARD.

Pourquoi n'auriez-vous plus aujourd'hui le même désir ?

JEAN MAILLARD.

Pourquoi? Tu ne l'as pas encore deviné?

CHARLES MAILLARD.

Non, mon père.

JEAN MAILLARD.

Oublies-tu donc que j'avais autant de droits que lui à devenir prévôt des marchands? Ma candidature a failli balancer la sienne, et parce qu'il m'a manqué quelques voix, je n'ai qu'un rôle secondaire, et lui, tout le monde lui cède; la noblesse et le clergé n'osent lutter contre lui; le régent est presque son prisonnier; le parlement est à ses pieds; il s'érige en protecteur du roi de Navarre; il est l'idole de la bourgeoisie. Je ne puis lui pardonner sa gloire; je me crois volé de tous les honneurs qu'on lui rend, et chacun de ses triomphes est pour moi une nouvelle cause de haine contre lui. Voilà pourquoi, je dois te le dire aujourd'hui franchement, jamais, non jamais, je ne pourrai consentir à une alliance entre nos deux familles.

CHARLES MAILLARD.

Jamais! Vous n'y songez pas? Vous voulez m'éprouver? Ah! mon père, ce n'est pas de vous que j'attendais le coup de grâce, et je ne croyais pas que vous voudriez avoir à vous reprocher ma mort.

JEAN MAILLARD.

L'amour d'un jeune homme se passe. Une autre femme t'inspirera la même passion que Jeanne, et tu oublieras ta première ardeur. La haine n'est pas comme l'amour : quand elle s'est enracinée dans le cœur, rien ne saurait l'en arracher, et c'est surtout à mon âge que cela est vrai. Veux-tu donc causer le malheur de ton père et abréger les jours qui lui restent à vivre? Songe à mes tortures, si je suis obligé d'embrasser le parti d'un homme que je hais.

CHARLES MAILLARD.

Mon père, votre haine pour le prévôt ne peut pas être plus forte que votre amour pour moi.

JEAN MAILLARD.

Je donnerais ma vie pour sauver la tienne ; mais ne peux-tu faire un sacrifice pour ton père ?

CHARLES MAILLARD.

Ce sacrifice est celui de ma vie, qui vous est si chère. Songez-y !

JEAN MAILLARD.

Tu t'abuses et tu veux m'abuser moi-même.

CHARLES MAILLARD.

Réfléchissez un peu, je vous en prie, sur la nature des sentiments qui vous animent, et vous ne pourrez point persévérer dans votre résolution. La passion qui me dévore est honnête et pure. Vous, mon père, quelle est l'idée qui vous domine ? Je n'ose la qualifier, par respect pour vous. Mais, dût-elle causer le malheur de votre existence, vous ne devez pas céder aux funestes inspirations qu'elle vous donne. Il vaut mieux encore mourir de regret de n'avoir pas fait de mal à votre ennemi, que de remords de l'avoir injustement poursuivi. Soyez-en bien persuadé, si vous conspirez sa perte, le cri de votre conscience, qui vous reprochera d'avoir mal agi envers un ami, vous causera un plus cruel supplice qu'un mouvement de jalousie que vous n'aurez pas satisfait.

JEAN MAILLARD.

Tu le veux donc, Charles ?

CHARLES MAILLARD.

Pouvez-vous encore hésiter ?

JEAN MAILLARD.

Je te cède, mon fils. Mais hâtons-nous d'en finir ; car l'aspect de ces lieux me ramène involontairement à des idées que je voudrais bannir.

CHARLES MAILLARD.

Et moi, mon père, je vous quitte ; car mon émotion redouble à mesure que le moment terrible approche, et je sens qu'ici je ne pourrais m'en rendre maître. A bientôt donc; hâtez-vous de me rapporter une réponse que j'attends avec anxiété.

SCÈNE III

LES MÊMES, *moins* CHARLES MAILLARD, UN ARCHER.

L'ARCHER.

Messieurs, le prévôt des marchands a le regret de vous faire annoncer qu'il ne pourra recevoir ce matin.

PEPIN DES ESSARTS, *à Jean de Charny*.

Il faut s'attendre à tout d'un bourgeois parvenu. Il n'était pas si difficile à aborder avant d'être prévôt, et maintenant qu'il se voit dans les honneurs, il n'est plus possible de lui parler.

JEAN DE CHARNY.

Laissez faire, chevalier; il veut nous faire sentir le prix de ce que nous lui demandons; mais il n'en sera pas moins obligé de nous satisfaire.

PEPIN DES ESSARTS.

Que lui coûtait-il de nous satisfaire tout de suite?

JEAN DE CHARNY.

Les affaires ne lui laissent aucun loisir.

PEPIN DES ESSARTS.

Vous l'excusez à tort. Oh! puisqu'il prend ces airs-là avec moi, il me le payera cher. (*Les bourgeois et les archers se retirent.*)

SCÈNE IV

JEAN MAILLARD, L'ARCHER.

L'ARCHER.

Monsieur, il faut vous retirer comme tout le monde.

JEAN MAILLARD.

Cet ordre n est pas fait pour moi; annoncez, s'il vous plaît, au prévôt des marchands que l'échevin Maillard désire lui parler.

L'ARCHER.

Excusez mon erreur, monsieur; je vous obéis.

SCÈNE V

JEAN MAILLARD, *seul.*

Mon fils avait raison; j'ai eu tort de laisser percer devant lui ce mouvement de jalousie. Je ne puis que gagner à une union qui va m'élever au niveau de l'homme le plus puissant du royaume.

SCÈNE VI

ÉTIENNE MARCEL, JEAN MAILLARD.

ÉTIENNE MARCEL.

Comment allez-vous, mon vieil ami? Je viens d'apprendre que vous êtes ici, et j'accours au-devant de vous. J'avais dit de ne laisser pénétrer personne jusqu'à moi; mais cet ordre n'était pas fait pour vous, vous avez bien fait de n'en pas tenir compte.

JEAN MAILLARD.

Vous êtes trop gracieux, mon cher prévôt.

ÉTIENNE MARCEL.

Accablé par le poids des affaires, et découragé par de mauvaises nouvelles que je viens d'apprendre, je ne voulais recevoir personne aujourd'hui, pensant que mes visiteurs n'étaient pour la plupart, suivant l'usage, que ces gens incapables qui n'aspirent qu'à mettre leur nullité au service et surtout aux gages de l'État.

JEAN MAILLARD.

Vous m'honorez ; mais, puisque vous me témoignez tant
de confiance, quelles sont les fâcheuses nouvelles que vous
avez reçues ?

ÉTIENNE MARCEL.

Je vous les cacherais vainement ; elles seront bientôt con-
nues de tout le monde. Le pays est partout désolé. Ici, ce
sont les Anglais qui commettent des brigandages ; là, ce sont
les grandes compagnies ; ailleurs, ce sont les Jacques. J'apprends que ces derniers viennent de se porter, dans le Beauvoisis, à d'épouvantables violences. Les maîtres des requêtes
que j'ai envoyés dans les provinces n'y font rien de bon :
les uns sont impuissants à réprimer les abus, les autres
livrent au pillage les localités qu'ils ont mission de protéger.
A Paris, le Dauphin est incapable de gouverner ; la noblesse
et le clergé, au lieu de songer au bien du pays, se liguent
pour rebuter le tiers. état. J'en suis réduit à me faire dictateur d'un peuple que je veux conduire à la liberté. Ah ! mon
cher Maillard, je ne sais si mon autorité inspire de la con-
voitise ; mais je puis vous assurer qu'elle n'est guère à envier
et que j'aurais bientôt abdiqué le pouvoir, si je n'avais fait
le sacrifice de mon repos et de ma vie même pour la réalisation de mon but. Mais, pendant que je me perds dans des
réflexions qui m'absorbent, j'oublie de vous demander ce
qui me vaut ce matin le plaisir de vous voir.

JEAN MAILLARD.

Le motif qui m'amène est bien étranger à la politique. Au
milieu de vos graves préoccupations, peut-être trouverez-
vous un peu intempestive la demande que je vais vous faire.

ÉTIENNE MARCEL.

Expliquez-vous sans crainte.

JEAN MAILLARD.

Vous avez une fille...

ÉTIENNE MARCEL.

Et vous, vous avez un fils ; je vous entends.

11

JEAN MAILLARD.

Puisque vous me comprenez, je n'ai plus qu'à attendre votre réponse.

ÉTIENNE MARCEL.

Ma réponse? Vous la connaissiez à l'avance; autrement vous ne m'auriez point fait la demande. Ma fille est à votre fils, mon cher Maillard; car je ne doute pas qu'il ne soit digne de vous. Je me réjouis de voir que des nœuds formés par une estime et une sympathie réciproques vont se resserrer encore. L'idée d'un mariage entre nos enfants avait toujours été mon plus doux rêve. Il me semblait la consécration naturelle de l'amitié qui nous avait toujours unis. Cette espérance, j'ai continué à la nourrir depuis que ma position a changé. Peut-être aujourd'hui pourrais-je trouver dans la noblesse un mari pour ma fille; mais la noblesse que je préfère est celle du cœur, et je ne serais pas aussi certain de la rencontrer dans cette classe d'hommes que dans une famille toute bourgeoise comme la vôtre. Touchez là, Maillard, c'est une affaire conclue; vous étiez le parrain de ma fille, vous en êtes maintenant le beau-père.

JEAN MAILLARD.

Je n'attendais pas moins de vous, Marcel. Permettez-moi de vous parler sincèrement à mon tour : la simplicité que vous conservez dans la grandeur montre que vous avez le cœur à la hauteur de votre position.

ÉTIENNE MARCEL.

Je vais annoncer à ma fille cette heureuse nouvelle, et reprendre mes pénibles travaux. Au milieu de mes contrariétés, j'aurai du moins la consolation de savoir que tout le monde n'est pas malheureux autour de moi. Au revoir

SCÈNE VII

JEAN MAILLARD, seul.

Quelle noblesse de sentiments, et que j'étais coupable

d'envier son élévation à un homme qui en est si digne! Oh! oui, ce sera pour moi un véritable honneur que d'être le beau-père de sa fille.

SCÈNE VIII

JEAN MAILLARD, LE DUC DE NORMANDIE.

LE DUC, *enveloppé dans un grand manteau et couvert d'un chaperon rouge et bleu, comme les partisans de Marcel.*

Enfin je parviens à vous trouver, Maillard; écoutez-moi, j'ai deux mots à vous dire.

JEAN MAILLARD.

Que me voulez-vous, monsieur, et d'où vient?...

LE DUC.

Vous allez le savoir.

JEAN MAILLARD.

Quoi! vous ici, monseigneur! et sous ce costume?

LE DUC.

Oui, c'est moi, le Dauphin. Mais sortez de votre étonnement : le temps est précieux. Aussi bien je ne suis pas en sûreté dans ce lieu, et je ne veux pas y séjourner.

JEAN MAILLARD.

Je vous écoute, monseigneur.

LE DUC.

Depuis que la captivité de mon père a mis dans mes mains les rênes du gouvernement, vous m'avez témoigné quelque sympathie : je vous ai compris sans que vous m'ayez fait aucune protestation; et aujourd'hui je viens avec confiance mettre votre dévouement à l'épreuve.

JEAN MAILLARD.

Vous ne vous êtes point trompé, monseigneur, et il ne tient qu'à vous d'avoir immédiatement la preuve de mon dévouement.

LE DUC.

Je vous prends au mot. Vous savez toutes les infamies que Marcel m'a fait souffrir?

JEAN MAILLARD.

Le mot est dur, monseigneur, pour un homme qui, dans tous ses actes, ne s'est jamais laissé guider que par son patriotisme.

LE DUC.

Son patriotisme! Que dites-vous, Maillard? Est-ce par patriotisme ou par ambition qu'il m'a dépouillé, pour se l'attribuer, d'une autorité qui n'appartient qu'à moi? Est-ce son patriotisme qui l'a conduit à faire décréter par les États la mise en liberté du roi de Navarre, ce démon de la France? Est-ce par patriotisme qu'il s'en est servi pour m'en faire un rival et pour renverser la dynastie des Valois? Et quand il m'a imposé la ratification des ordonnances des États, et quand, sous prétexte que je n'empêchais pas les grandes compagnies de désoler le pays, il est venu dans mon palais, à l'hôtel de Soissons, avec ses sicaires, égorger sous mes yeux mes deux maréchaux, Robert de Clermont et Jean de Conflans, répondez, Maillard, a-t-il commis tous ces crimes pour le salut de l'État?

JEAN MAILLARD.

Je sais, monseigneur, que Marcel a la fougue et les passions d'un tribun; mais ses intentions sont pures, et quant à ses actes, ils ont, pour la plupart, été provoqués par des circonstances qui l'absolvent.

LE DUC.

Vous parlez bien hardiment aujourd'hui, et j'espérais vous trouver plus disposé à me servir.

JEAN MAILLARD.

Pardonnez-moi, monseigneur, si j'ai été trop loin; je n'ai point eu l'intention de vous blesser.

LE DUC.

Vous êtes excusé. Mais répondez : l'occasion se présente pour vous de me rendre un signalé service. Vous en sentez-vous le courage ?

JEAN MAILLARD.

Je suis à vous corps et âme, monseigneur ; vous ne vous étonnerez donc pas si, avant de vous répondre, je me permets de vous demander quel service vous exigez de moi ?

LE DUC.

Je ne puis m'expliquer sans être sûr de vous. Commencez par me dire si vous êtes prêt à m'aider dans mes projets contre Marcel ?

JEAN MAILLARD.

Contre Marcel ?

LE DUC.

Oui, contre le prévôt des marchands.

JEAN MAILLARD.

Monseigneur, une question si directe m'oblige à vous parler sans détour. Il y a un quart d'heure, ma réponse aurait été affirmative ; maintenant, je ne puis que vous donner un refus.

LE DUC.

Vous vous rétractez déjà ; mais au moins puis-je savoir le motif de ce refus ?

JEAN MAILLARD.

Je ne vous en ferai pas un mystère. J'ai un fils qui est éperdument épris de la fille de Marcel. Cédant aux instances de ce fils, je suis venu ce matin demander pour lui au prévôt des marchands la main de sa fille. Ma demande a été gracieusement accueillie. Puis-je maintenant me liguer avec vous contre lui ?

LE DUC.

Mais cet homme, puisque vous m'obligez à vous le dire, cet homme, qui va devenir le beau-père de votre fils, vous ne l'aimez pas, vous ne pouvez pas l'aimer ! Il occupe une place que vous posséderiez sans doute, si elle ne lui avait pas été donnée. Il est votre ennemi naturel ; une union avec lui serait pour vous une source de contrainte pénible et de remords affreux.

JEAN MAILLARD.

Que voulez-vous ? Le sort en est jeté ; je me suis trop avancé pour pouvoir reculer.

LE DUC.

Si vous voulez embrasser mon parti, vous n'aurez pas même besoin de reculer. Nous nous serons débarrassés de lui bien avant la conclusion de ce mariage qui vous lie. Mais j'ai tort de vous solliciter : ma cause est la vôtre ; car en vain vous voudriez me dissimuler votre haine pour Marcel, je l'ai lue plus d'une fois dans vos yeux. Je ne me suis pas trompé, convenez-en ; je suis son ennemi, vous pouvez me faire cet aveu sans crainte.

JEAN MAILLARD.

Je ne sais sur quels indices monseigneur se fonde pour prétendre découvrir ainsi ma pensée.

LE DUC.

C'est bien, Maillard, vous êtes sincère, vous ne me démentez pas. Au point où en sont vos relations avec Marcel, je conçois que vous hésitiez à vous liguer contre lui ; je comprends le sacrifice que je vous demande ; mais je ne réclame pas de vous un service gratuit, et si vous voulez me servir dans mes desseins, je vous en donne ma parole, demain vous remplacerez ici le prévôt des marchands.

JEAN MAILLARD.

Eh bien ! monseigneur, puisque vous avez si bien pénétré ma pensée, je n'essayerai pas de vous rien dissimuler. Oui, je le déteste ; je le déteste parce qu'il occupe ici la place que je devrais posséder, parce qu'il ne laisse pas même à ses échevins l'autorité qu'ils devraient avoir, parce qu'il soumet despotiquement toutes les volontés à la sienne. Je sens que jamais je n'aurai d'affection sincère pour un pareil homme, et quels que soient vos projets, je vous en donne ma parole, je vous aiderai à les accomplir.

LE DUC.

Vous me le promettez ?

JEAN MAILLARD.

Je vous le jure.

LE DUC.

Vous savez combien la noblesse a été irritée de l'ascendant que Marcel a fait prendre au tiers état, et des violences si injustes auxquelles il s'est porté contre moi. Plusieurs nobles, fidèles à leur devoir, ont résolu de me soustraire à sa tyrannie. Parmi eux se trouvent les sires de Montmorency, de Fienne, de Saint-Venant, d'Andreghen et de Roye, qui ont secrètement rassemblé au pont de Charenton des forces considérables. Ils m'en ont fait donner avis ce matin, et je cours les rejoindre. Mais auparavant je veux me ménager des intelligences dans Paris ; car, quelles que soient les forces qui m'attendent, je doute qu'elles soient assez considérables pour pouvoir réduire cette ville. Voilà pourquoi j'ai besoin de votre concours et pourquoi, après avoir été chez vous ce matin, je vous ai suivi ici, sur l'indication qu'on m'en a donnée.

JEAN MAILLARD.

Et quelle mission me confiez-vous ?

LE DUC.

Il ne manque pas à Paris de bourgeois mécontents. Marcel, par ses crimes, a éloigné de lui tous les hommes modérés. Ceux-ci n'attendent qu'une occasion pour lui être hostiles, qu'un chef pour s'unir contre lui. Il faut les rassembler, leur parler, réveiller leur indignation, et leur faire jurer la perte d'un homme qui ne leur parle de liberté que pour les tyranniser plus aisément.

JEAN MAILLARD.

Et quand j'aurai ainsi réuni et excité les ennemis de Marcel, que faudra-t-il, en définitive, que je fasse ?

LE DUC.

Je ne puis vous le dire encore ; le parti que je vais prendre
dépendra des forces qui m'attendent à Charenton. Employez
votre journée à vous faire des partisans, et ce soir, quand
la nuit commencera à tomber, qu'un des vôtres, chargé de
vos instructions, sorte de la ville par la porte Saint-Antoine ;
il y trouvera un de mes gens, à qui il communiquera ce que
vous aurez fait, et demain matin je vous ferai connaître le
plan que j'aurai conçu.

JEAN MAILLARD.

Je suivrai fidèlement vos ordres ; je vous en donne ma
parole.

LE DUC.

Très-bien ; mais sortons. J'oubliais que je suis chez mon
ennemi. Si j'étais reconnu, tout serait perdu. (*Le duc en-
fonce son chaperon sur ses yeux et s'enveloppe dans son
manteau.*)

JEAN MAILLARD.

Je vous suis. Mais que vois-je ? Mon fils !

SCÈNE IX

LES MÊMES, CHARLES MAILLARD.

CHARLES MAILLARD.

Mon père, excusez mon impatience, je n'ai pas eu le courage d'attendre votre retour, et je viens vous demander quel
est le résultat de votre tentative.

JEAN MAILLARD.

En effet, mon fils, tu as eu tort de ne pas m'attendre. Je
ne puis te rien dire ici.

CHARLES MAILLARD.

Par un mot du moins tirez-moi de mon incertitude.

LE DUC, *à Jean Maillard.*

Venez, hâtons-nous.

CHARLES MAILLARD.

Mon père, un seul mot, je vous en conjure!

SCÈNE X

CHARLES MAILLARD.

Il s'enfuit sans vouloir me répondre. Ah! je ne comprends que trop bien son silence : il a éprouvé un refus, et il n'ose me l'apprendre ou du moins il veut me préparer au coup qui m'attend. Pauvre père! il souffre sans doute autant que moi; mais sa douleur n'apaise pas la mienne, et, je le vois, il ne me reste plus qu'à mourir. Ah! si du moins je pouvais encore une dernière fois voir celle que j'aime, s'il m'était permis de baiser sa main, je mourrais moins malheureux. Mais voici Jeanne; que va-t-elle m'apprendre? Mon émotion redouble.

SCÈNE XI

CHARLES MAILLARD, JEANNE.

JEANNE, *à part, en s'arrêtant.*

Charles!...

CHARLES, *à part.*

Son silence et sa confusion me confirment déjà ce que j'avais deviné. Mon Dieu! que vous ai-je fait pour être si malheureux? (*S'adressant à Jeanne.*) Mademoiselle, je comprends la cause de votre embarras; les précautions que vous prenez pour m'annoncer mon malheur me font voir combien votre âme est sensible; mais elles sont inutiles; je sais tout ce que vous hésitez à m'apprendre. Aussi bien étais-

11.

je fou d'aspirer à votre main. Comment pouvais-je croire
que votre père consentirait à me la donner, et que vous-
même vous accepteriez celle d'un jeune homme dont la position est si inférieure à la vôtre.

JEANNE.

Que signifie, Charles, ce que vous me dites, et d'où vient
votre désespoir?

CHARLES.

Ne vous riez pas de moi, mademoiselle; si vous saviez
quelle est ma souffrance, vous en auriez pitié.

JEANNE.

Mais encore, quelle peut être la cause de votre désespoir?
Votre père a-t-il agi à votre insu ou contre votre gré? S'il
en est ainsi, soyez tranquille, votre volonté sera respectée.

CHARLES.

Hélas! ma bien-aimée; mon désespoir ne vient que du
refus que mon père vient d'essuyer.

JEANNE.

Que dites-vous? Je ne comprends rien à ce mystère : mon
père lui-même vient de m'apprendre qu'il vous avait accordé
ma main, sur la demande du vôtre; et, comme je croyais mon
cher parrain encore ici, je venais le remercier de sa démarche et le charger de mes vœux pour vous. Mais je suis folle
de vous faire de pareils aveux.

CHARLES.

Oh! non, non, vous n'êtes pas folle; non, mais vous
ajoutez la bonté à toutes les qualités imaginables, et vous
adoucissez la rigueur de mes maux. Mais, je vous en prie,
pour que je vous croie, expliquez-moi pourquoi vos regards
exprimaient tant d'embarras tout à l'heure, quand vous
m'avez aperçu.

JEANNE.

Pourquoi? Pouvez-vous me le demander? Ne le sentez-
vous pas vous-même, et faut-il vous découvrir des impres-

sions qu'il est permis de surprendre sur le visage d'une jeune fille, mais que sa pudeur lui défend de vous révéler?

CHARLES.

Je suis indiscret, mademoiselle; mais mon angoisse n'est pas encore calmée : car la gêne que vous avez trahie tout à l'heure à ma vue, mon père, que je viens de rencontrer ici, l'a éprouvée comme vous, et, au lieu de répondre à mes questions pressantes, il s'est esquivé pour s'y soustraire. Il y a là-dessous une énigme qui me cause la plus vive inquiétude.

JEANNE.

Vous m'effrayez à votre tour, Charles. Comment, tout à l'heure votre père, par ses réticences, vous aurait donné lieu de croire que sa demande n'avait pas été agréée? Ah! si cela était, mon pauvre ami... j'en mourrais. Car, à quoi bon vous le dissimuler? je vous aime avec toute l'effusion de mon âme, et cet amour, né des relations de nos familles et des jeux de notre enfance, fortifié par le temps et la sympathie réciproque, je sens que je ne pourrais l'arracher de mon cœur qu'avec ma vie. Mais non, mes craintes ne sont pas fondées; j'ai tort de m'y arrêter. Si mon père avait fait essuyer un refus au vôtre, il ne serait pas venu m'apprendre une union à laquelle je ne m'attendais pas, pour avoir ensuite à éteindre dans mon cœur un incendie qu'il y aurait allumé lui-même.

CHARLES.

Faut-il, ma chère Jeanne, que ce soit moi, à mon tour, qui vous donne du courage? Évitez-moi cette peine, prenez patience, et dans quelques instants j'aurai vu ce qu'il y a sous ces ténèbres.

SCÈNE XII

LES MÊMES, ÉTIENNE MARCEL.

ÉTIENNE MARCEL.

C'est vous, mon cher fils, je ne vous savais pas ici; mais

soyez le bienvenu ; car vous êtes presque mon enfant maintenant. Je vous tiens bon compte de votre empressement à venir nous voir ; il me justifie ce que votre père m'avait dit de votre tendresse pour ma fille.

CHARLES.

Tant de bienveillance me rend confus ; j'en suis vraiment indigne, et je sens que, quels que soient mon dévouement pour vous et ma tendresse pour votre fille, je ne pourrai jamais m'acquitter envers vous.

ÉTIENNE MARCEL.

Je serai suffisamment récompensé si je vous vois tous deux heureux, mes chers enfants.

JEANNE.

Notre bonheur serait sans égal si nous étions bien sûrs qu'il ne pût pas nous échapper. Mais l'incertitude où nous sommes de bien le tenir, en trouble la pureté.

ÉTIENNE MARCEL.

Qui pourrait vous en ravir la possession ? Vous ignorez les maux qui m'assiégent ; l'ambition vous est étrangère ; vous vous aimez, vous ne vivez que pour cela ; vous désirez être unis, vos souhaits vont s'accomplir ; que voulez-vous de plus pour être heureux ?

CHARLES.

Je ne demande rien de plus, et si vos promesses se réalisent, je serai le plus fortuné des hommes. Mais excusez-moi, les émotions que je viens d'éprouver aujourd'hui me causent un trouble que j'ai besoin de calmer. Souffrez donc que je me retire, en vous offrant mes plus tendres hommages. Mademoiselle, je vous salue.

ÉTIENNE MARCEL.

Au revoir, mon cher fils.

SCÈNE XIII

ÉTIENNE MARCEL, JEANNE.

ÉTIENNE MARCEL.

Le trouble de Charles ne me paraît pas naturel. Je ne sais si je me trompe; mais il me semble que, dans son émotion, il y avait plutôt de la tristesse qu'un excès de joie. Jeanne, tu dois connaître ce mystère; sois confiante, révèle-le-moi.

JEANNE.

Je ne vous le cacherai point, mon père, vous avez deviné.

ÉTIENNE MARCEL.

Parle donc.

JEANNE.

Charles n'est pas venu ici, conduit par le besoin d'épanchement que lui aurait donné le premier moment de la joie. Quand je l'ai trouvé seul dans cette salle, il était en proie au désespoir. Il était persuadé que son père avait éprouvé un refus.

ÉTIENNE MARCEL.

Mais qui avait pu l'induire en erreur à ce point?

JEANNE.

Son père lui-même, Maillard, que, dans son impatience, il était venu rejoindre ici.

ÉTIENNE MARCEL.

Quoi! Maillard, à qui j'ai donné ma parole, a pu le tromper! Qu'est-ce que cela cache? Mais non, j'aurais tort de faire des conjectures; Charles a mal compris son père.

JEANNE.

Non, il ne l'a pas mal compris; son père l'a volontairement abusé.

ÉTIENNE MARCEL.

Mais encore, qu'est-ce que Maillard lui a dit?

JEANNE.

Maillard paraissait très-pensif. Il avait l'air d'un homme

qui n'avait pas été heureux dans sa mission, et à toutes les
questions de son fils il n'a fait que des réponses dilatoires ;
enfin il s'est esquivé sans lui avoir rien appris.

ÉTIENNE MARCEL.

J'avoue que ce que tu me dis, ma fille, confond ma raison.
Je ne puis comprendre comment Maillard, qui paraissait si
heureux de mon adhésion à ses vœux, a pu paraître ainsi
préoccupé.

JEANNE.

Charles l'a trouvé ici avec un jeune homme, à qui il par-
lait mystérieusement. Peut-être est-ce cette conversation
qui, en le ramenant à des pensées tristes, lui a fait offrir à
son fils un front si soucieux.

ÉTIENNE MARCEL.

Ce que tu me racontes devient de plus en plus incompréhensible. Je ne devine pas quel pouvait être ce jeune homme,
et quel démêlé Maillard pouvait avoir ici avec lui. Est-ce
que Maillard ne serait pas un ami sincère ? Mais non ; je ne
puis m'arrêter à un pareil soupçon. Ce n'est pas cinq minutes
après m'avoir demandé pour son fils la main de ma fille
qu'il peut avoir eu la pensée de me trahir. Et qui sait ?
Peut-être cette demande n'était-elle qu'une ruse employée
par lui pour capter ma confiance. Je le saurai.

JEANNE.

Ne vous alarmez pas ainsi d'avance. Charles est allé demander à son père le résultat de son entretien avec vous. Il
faudra bien que Maillard lui réponde catégoriquement, et il
s'empressera de me rapporter cette réponse.

ÉTIENNE MARCEL.

Tu as raison, ma fille, j'attendrai pour juger.

JEANNE.

C'est le plus sage parti. Mais j'aperçois l'évêque de Laon ;
il vient sans doute causer d'affaires avec vous ; je vous
laisse.

SCÈNE XIV

ÉTIENNE MARCEL, ROBERT LE COQ.

ROBERT LE COQ.

La journée commence mal, mon cher Marcel.

ÉTIENNE MARCEL.

Que peut-il être arrivé de pire que ce que j'ai déjà appris ?

ROBERT LE COQ.

Le Dauphin s'est enfui ce matin de Paris. Il est sorti de la ville sous le costume d'un simple bourgeois, pour n'être point reconnu.

ÉTIENNE MARCEL.

Est-ce possible ? Mais que pense-t-il faire ? Pourquoi a-t-il ainsi quitté furtivement la ville ?

ROBERT LE COQ.

Il est allé rejoindre, à ce qu'il paraît, un gros parti de nobles qui s'est formé au pont de Charenton, et à la tête duquel il espère sans doute rentrer dans Paris, pour écraser la bourgeoisie.

ÉTIENNE MARCEL.

Le fou ! En voulant éviter l'antre du lion, il y donne tête baissée. Quand donc aurons-nous, pour nous gouverner, des hommes qui en seront dignes ? Oublie-t-il les traditions suivies par des rois dont malheureusement nous ne pouvons évoquer aujourd'hui qu'un souvenir inutile ? Est-ce ainsi qu'agissaient, dans les temps difficiles, Louis le Gros, Philippe Auguste, saint Louis et Philippe le Bel ? N'est-ce pas au peuple et à la bourgeoisie qu'ils demandaient un appui pour lutter contre les empiétements de la féodalité ? Et depuis deux siècles le tiers état n'a-t-il pas été le plus ferme soutien de la royauté ? Qu'il triomphe, et il verra ce qu'il en coûte à chercher du secours dans la noblesse !

ROBERT LE COQ.

Marcel, je comprends votre indignation. Mais nous n'a-
vons pas de temps à perdre : les députés des États se réunis-
sent en ce moment à la Tournelle ; la nouvelle de la fuite du
régent leur sera connue ; le clergé et la noblesse vont s'agi-
ter. Arrêtons l'effervescence par notre fermeté ; exposons
franchement la situation ; montrons-nous confiants dans la
justice de notre cause. Au surplus, Marcel, n'est-ce pas
vous qui depuis deux ans gouvernez sous le nom du Dauphin? Quel changement réel son départ va-t-il opérer?

ÉTIENNE MARCEL.

Aucun en fait ; mais il ne manque pas de gens aveugles
qui vont croire l'État perdu.

ROBERT LE COQ.

Personne n'ignore que depuis longtemps le régent a
abandonné les rênes du gouvernement. .

ÉTIENNE MARCEL.

Ceux qui n'ignorent pas cela n'en croient pas moins que
les autres sa présence nécessaire pour rassurer les masses
aveugles et pleines de préjugés.

ROBERT LE COQ.

Je combattrai ces préjugés dans l'assemblée.

ÉTIENNE MARCEL.

Partons donc, mon cher évêque ; le salut de l'État dépend
aujourd'hui de votre éloquence.

ACTE DEUXIÈME

Même décor que dans le premier acte.

—

SCÈNE PREMIÈRE

JEANNE.

Charles ne revient pas. Aurait-il trouvé son père inflexible? S'il en était ainsi, je ne sais ce que je deviendrais; je n'ose y songer. O mon Dieu! pourquoi avez-vous allumé dans mon cœur un si violent amour? Tout à l'heure encore, j'étais heureuse; j'aimais Charles sans m'en douter, sans m'en rendre compte. Habituée dès mon enfance à le voir tous les jours, et à partager avec lui mes plaisirs, je ne songeais pas que tous les deux nous avions grandi, que notre sympathie réciproque avait changé de caractère, et je continuais à goûter dans sa société un bonheur toujours aussi naïf et aussi pur de tout trouble. Depuis deux ans, le changement survenu dans la situation de notre famille avait relâché les nœuds qui l'unissaient à celle de Maillard. Je ne songeais pas à la possibilité d'un mariage entre Charles et moi. Mon père aujourd'hui vient m'en parler à l'improviste. A cette idée tous les souvenirs de mon enfance se retracent à ma pensée; toutes les fibres de mon cœur vibrent à la fois; au bonheur que j'éprouve, je sens que je portais en moi les germes d'un amour qu'un mot a suffi à développer; je m'abandonne à toute ma joie, et au moment où je ne songe qu'à lui donner un libre cours, Charles vient me donner des craintes qui me plongent dans les plus insupportables angoisses. Oh! qu'il me tarde de savoir à quoi m'en tenir! Mais que vois-je? Maillard? Oui, lui-même.

SCÈNE II

JEANNE, JEAN MAILLARD.

JEANNE.

C'est Dieu qui vous envoie, mon cher parrain, pour me soustraire à mes mortelles inquiétudes !

JEAN MAILLARD.

Qu'avez-vous donc, ma chère enfant ?

JEANNE.

Vous êtes venu ce matin demander à mon père ma main pour votre fils ?

JEAN MAILLARD.

Cela est vrai.

JEANNE.

Et mon père a consenti !

JEAN MAILLARD.

Oui, de la meilleure grâce du monde.

JEANNE.

Comment se fait-il donc que Charles soit venu tout éploré me dire que vous l'aviez laissé croire à un refus ? Répondez, ne me faites pas languir ; je vous en supplie.

JEAN MAILLARD, *à part*.

Ne nous déconcertons pas. (*A Jeanne.*) Charles s'est trompé, ma chère Jeanne ; il n'a pas eu la constance d'attendre mon retour ; il est venu ici me demander le résultat de mon ambassade. J'ai voulu tout simplement le punir de son impatience, en retardant le moment de son bonheur. A cette heure, il m'attend encore ; depuis que je l'ai quitté dans ces lieux, je ne l'ai point revu, et il est probable qu'il languit chez moi dans une cruelle incertitude.

JEANNE.

Pouvez-vous faire souffrir ainsi un fils que vous aimez ? Mais permettez-moi encore une question : pourquoi paraissiez-vous si préoccupé quand il vous a trouvé ici? Avec qui étiez-vous? Vous causiez vivement avec un jeune homme qu'il n'a pas reconnu. Qui était-ce?

JEAN MAILLARD, *à part*.

Fils imprudent! je suis perdu! (*A Jeanne.*) Je vois, ma fille, que vous me considérez déjà comme un second père; vous me pressez de questions avec une familiarité dont je vous remercie; mais quand j'y répondrais, vous n'en seriez guère plus avancée. Contentez-vous de savoir que vos craintes n'étaient pas fondées, et que Charles vous appartient aussi bien par ma volonté que par son amour.

JEANNE.

Que vous me soulagez, mon bon parrain! J'étais indiscrète, je le reconnais; mais mon indiscrétion doit vous paraître bien excusable, puisque mon amour pour Charles en est la cause.

JEAN MAILLARD.

Ma chère Jeanne, loin d'avoir à vous pardonner, j'ai à vous remercier de l'affection que vous avez pour mon fils, et que votre émotion m'a si bien montrée.

JEANNE.

Que vous êtes indulgent pour moi! Mais, je vous en supplie, soyez-le de même pour votre fils, qui est sans doute en ce moment plongé dans de poignantes angoisses.

JEAN MAILLARD.

Je vais vous obéir. Mais auparavant je voudrais voir votre père, avec qui j'ai rendez-vous ici.

JEANNE.

Il n'est pas, je crois, encore revenu de l'assemblée des États généraux. Mais je vais m'en assurer; car je veux abréger autant qu'il m'est possible la souffrance de mon pauvre Charles.

SCÈNE III

JEAN MAILLARD.

Pourquoi Étienne m'a-t-il aujourd'hui, dans l'assemblée, fait passer un mot pour me prier de venir lui parler? Est-ce qu'il me soupçonne de trahison? Est-ce qu'il a des indices certains? Il y a tant de traîtres partout, qu'il ne serait pas étonnant qu'il eût découvert ma conférence avec le duc. La fille elle-même sait que j'étais ici avec un inconnu ce matin; le père doit en savoir davantage; peut-être n'ignore-t-il pas le nom de cet inconnu. S'il en était ainsi, je serais perdu. Mais que je suis prompt à m'effrayer! Si j'avais la conscience nette, je trouverais tout naturel qu'Étienne voulût me parler. Au fait, qu'y a-t-il d'étonnant à ce qu'il désire conférer avec moi après la terrible séance d'aujourd'hui. Au moment où la noblesse et le clergé abandonnent les États généraux, où la division se met jusque dans les rangs de la bourgeoisie, qui commence à désespérer de sa cause, il n'est pas étonnant qu'il veuille réunir ses échevins, pour aviser avec eux au moyen de soutenir la lutte. J'ai pris, je le crois, le bon parti en répondant à son appel; s'il ne se doute de rien, mon absence aurait pu lui donner des soupçons. S'il se méfie de quelque chose, je saurai par ma fermeté faire disparaître ses arrière-pensées. Apprêtons-nous donc à faire bonne contenance à tout événement.

SCÈNE IV

JEAN MAILLARD, LE DUC DE NORMANDIE.

JEAN MAILLARD.

Quoi! vous encore ici, monseigneur! Quelle imprudence!

LE DUC.

Marcel doit être encore à l'assemblée; nous n'avons rien à craindre.

JEAN MAILLARD.

Il m'a donné rendez-vous ici, et je crois qu'il ne se fera pas attendre longtemps. La séance des États a été courte aujourd'hui. L'assemblée est complétement désorganisée. Votre fuite était connue avant la réunion. La noblesse en a profité pour lever le masque, et s'est abstenue d'y paraître. Le clergé ne s'y est rendu que pour faire de l'opposition au tiers état et protester contre les décisions qui seraient prises en l'absence d'un des trois ordres. La bourgeoisie elle-même, effrayée de la responsabilité qu'elle a assumée sur elle, a opposé la force de l'inertie à l'éloquence entraînante de Robert le Coq et à la volonté fougueuse et despotique du prévôt. La confusion règne partout.

LE DUC.

Mon évasion a produit plus de résultats que je ne l'espérais. Les choses sont en bonne voie; avec la grâce de Dieu, elles arriveront à bonne fin.

JEAN MAILLARD.

Ne perdons pas de temps; Marcel peut rentrer d'un instant à l'autre et nous surprendre. Quel motif vous ramène si vite?

LE DUC.

Le désir d'en finir avec mon ennemi. J'ai trouvé au pont de Charenton, comme je l'espérais, des forces considérables; mais elles sont loin d'être suffisantes pour assiéger Paris. Je n'ai d'espoir qu'en vous, Maillard. Il s'agit de savoir si vous pouvez vous composer ici, dans l'intérieur même de la ville, un parti assez puissant pour renverser Marcel.

JEAN MAILLARD.

Le parti que j'espère rallier à votre cause sera puissant; mais lutter à main armée contre les forces du prévôt ne me paraît pas une entreprise exécutable. Ce serait soulever une moitié de Paris contre l'autre et arriver à un épouvantable massacre. Quand même vos partisans seraient plus nombreux, il ne faut pas se dissimuler que le plan serait encore difficile à réaliser. Le prévôt est entouré d'hommes résolus, qui vendraient chèrement leur vie. Lui-même, il sait qu'il joue sa tête; il a fait le sacrifice de son existence, et tout homme qui ne craint pas la mort est un redoutable ennemi.

LE DUC.

Soit; ne vous mettez pas en hostilité ouverte avec lui. Mais nous pouvons arriver à nos fins par un autre moyen. Il suffit d'un homme pour en tuer un autre qui ne s'attend à rien.

JEAN MAILLARD.

Je vous comprends; mais il faut encore, en s'arrêtant à ce parti, pouvoir se préserver de sanglantes représailles.

LE DUC.

Rien de plus facile. Choisissez, pour le faire égorger, l'heure où il sort d'ici pour aller à la séance des États. C'est le matin, à dix heures, qu'il s'y rend. Faites poster demain sur la Grève, à l'endroit où il passe, quelques hommes déterminés : ils n'auront pas de peine à exécuter vos ordres. Lui mort, les siens ne seront plus à craindre. Cependant, par prudence, employez le temps qui vous reste à vous faire des partisans avec lesquels vous pourrez au besoin tenir tête aux plus forcenés des amis de Marcel. A la même heure se trouveront placés par vos soins, à la porte Saint-Antoine, des gens qui me l'ouvriront, et j'arriverai avec mon escorte à l'hôtel de ville un quart d'heure après que le prévôt aura cessé de vivre.

JEAN MAILLARD.

Je préfère ce plan, monseigneur, et vous pouvez compter sur moi pour l'exécuter. Demain matin, à dix heures, le prévôt n'existera plus, et la porte Saint-Antoine vous sera ouverte.

LE DUC.

Je puis y compter?

JEAN MAILLARD.

Je vous en donne ma parole.

LE DUC.

Je m'y confie, et maintenant je retourne auprès de mes
gens ; prudence et courage, et à demain.

JEAN MAILLARD.

A demain, monseigneur.

SCÈNE V

JEAN MAILLARD.

Le sort en est jeté ; je suis entré dans la conspiration qui
va se tramer contre le prévôt. Il faut que j'y marche jusqu'au bout, et le meilleur moyen d'arriver à bon terme,
c'est d'en finir promptement. Tout retard peut amener la
découverte du complot. Agissons donc sans différer. Mais
voici Marcel, faisons bonne contenance.

SCÈNE VI

JEAN MAILLARD, ÉTIENNE MARCEL.

JEAN MAILLARD.

Vous m'avez, par un mot, prié de venir ici ; vous voyez,
Marcel, que je suis exact au rendez-vous.

ÉTIENNE MARCEL.

Je vous en remercie, Maillard. Je n'ai pas été aussi exact
que vous. Vous m'excuserez, je l'espère ; j'ai été retenu aux
États ; vous savez dans quelle agitation ils étaient aujour-
d'hui, et quelle peine j'ai eue à calmer l'orage ; encore Dieu
sait comment j'y ai réussi !

JEAN MAILLARD.

Vous aviez sans doute à me parler ?

ÉTIENNE MARCEL.

Je serai franc, Maillard ; j'ai à vous entretenir, en effet. Je
ne demande pas mieux que de croire à votre attachement

sincère à la cause que je défends ; mais encore me faut-il quelques explications, que vous ne me refuserez pas.

JEAN MAILLARD.

Je suis à vos ordres.

ÉTIENNE MARCEL.

Comment se fait-il qu'après m'avoir vu accueillir avec empressement l'idée par vous émise d'une union entre nos enfants, comment se fait-il que vous ayez laissé croire à votre fils que j'avais repoussé votre demande, et quelle raison, quelle arrière-pensée ont pu vous conduire à porter dans son cœur, par une fausse nouvelle, ce désespoir dont j'ai été témoin ?

JEAN MAILLARD.

Votre fille, que je viens de voir ici tout à l'heure, m'a posé la même question ; je vous dirai, comme à elle, la vérité, et vous sourirez, Marcel, quand vous verrez qu'il n'y a rien sous ce grand mystère qui, malgré vos soucis politiques, a le pouvoir d'absorber votre pensée. J'ai voulu tout simplement donner à mon fils une petite leçon ; j'ai voulu lui apprendre à savoir attendre patiemment la fortune. Après avoir obtenu votre gracieux consentement, j'ai été fâché de voir que Charles n'avait pas eu assez d'empire sur lui-même pour rester chez moi jusqu'à mon retour, et que, pour être plus tôt instruit de son bonheur, il avait fait une démarche inconvenante, en venant me demander votre réponse dans le lieu même où je l'avais reçue.

ÉTIENNE MARCEL.

Je reconnais bien là votre rigidité paternelle ; mais je suppose que vous n'avez pas eu la barbarie de le maintenir dans son erreur.

JEAN MAILLARD.

Il ignore encore que je l'ai trompé. Je ne l'ai pas vu depuis la leçon que je lui ai donnée. En sortant d'ici ce matin, je suis allé directement à la Tournelle, où les États ont tenu leur déplorable séance. Mais mon intention n'est pas de le laisser plus longtemps dans son erreur; car je craindrais les suites du chagrin qu'il éprouve.

ÉTIENNE MARCEL.

Je crois entièrement, Maillard, tout ce que vous venez de me dire; mais je vous ai averti que je vous parlerais franchement; vous ne m'en voudrez donc pas de vous poser une seconde question. Dans la situation terrible où je me trouve, vous m'excuserez d'être un peu soupçonneux envers un vieil ami, à qui d'ailleurs je ne demande aucune preuve, et dont la parole d'honneur sera pour moi la meilleure garantie de son dévouement. Avec qui causiez-vous ici quand votre fils vous y a rejoint, et pourquoi paraissiez-vous si vivement préoccupé?

JEAN MAILLARD.

J'étais avec Pepin des Essarts, qui, vous le savez, quoique noble, est un de nos plus chauds partisans, et qui venait ici pour vous apprendre la malencontreuse évasion du Dauphin. C'est cette nouvelle qui nous préoccupait si vivement tous deux. Comme vous vous étiez retiré chez vous, et que l'heure de la séance approchait, il est parti avec moi, sans remplir l'objet de sa mission.

ÉTIENNE MARCEL.

Cela est bien vrai, Maillard?

JEAN MAILLARD, *avec indignation*.

Vos doutes, Marcel, deviennent outrageants. Ce n'est pas ainsi qu'un honnête homme se comporte envers celui qu'il appelle un vieil ami, et dont il n'a jamais reçu que des témoignages d'attachement.

ÉTIENNE MARCEL.

Votre noble colère vous justifie, Maillard; donnez-moi la main et pardonnez-moi mes soupçons; ils sont bien excusables. La révolution que je dirige, au moment de s'achever, n'a jamais couru de plus grands périls. Si les députés des États avaient été honnêtes et courageux, ils auraient imposé au Dauphin les sages réformes qui lui ont été proposées.

12

Mais les hommes de cœur sont rares, et l'assemblée n'en compte pas assez pour qu'elle puisse exercer une influence utile sur les destinées du pays.

JEAN MAILLARD.

Cela est vrai.

ÉTIENNE MARCEL.

Que demandait le tiers état? Il ne voulait que sortir de l'abrutissement où la noblesse le retient par calcul; il ne prétendait pas démembrer l'autorité royale, qui est son œuvre. Les nobles, qui en sont les seuls ennemis, n'ont insinué cette fausseté au Dauphin que pour conserver sur les masses toutes ces prérogatives absurdes qui sont la honte de la féodalité. Le Dauphin les a crus, et il s'est follement ligué avec eux pour achever d'écraser les véritables soutiens du trône.

JEAN MAILLARD.

Tout n'est pas encore perdu. Nous sommes actuellement les maîtres de la situation. Peut-être le régent ne tentera-t-il pas de nous réduire par la force, et si, pour reprendre les rênes du gouvernement, il essaye de traiter avec nous, il faudra bien qu'il en arrive à ratifier les ordonnances des États.

ÉTIENNE MARCEL.

Je ne me dissimule pas les écueils qui menacent notre cause, et la tournure fâcheuse que prennent nos affaires. Tant que le duc de Normandie est resté dans Paris, il paraissait gouverner, et mes actes ne semblaient pas émaner de ma seule volonté. Cette apparence, sans donner le change aux esprits, les rassurait. En m'obéissant, il ne semblait pas qu'on désobéît au régent. Aujourd'hui les choses ont changé de face : la noblesse s'est complétement retirée des États ; le clergé n'y est resté que pour paralyser le tiers état; la plupart des députés des provinces, appartenant au troisième ordre, sont retournés dans leurs foyers pour employer plus utilement leur courage à combattre les Anglais, les Jacques

et les grandes compagnies. Il ne reste plus que la bourgeoisie
de Paris pour achever l'œuvre commencée par le tiers état
tout entier; et celle-ci, affaiblie par des défections conti-
nuelles, redoutant un désastre, le considérant déjà peut-être
comme certain, se divise, cherche par sa lâcheté à détourner
la colère du Dauphin, et ne me fournit plus qu'un petit
nombre de partisans avec lesquels il faut que je fasse tête à
tous les obstacles, à tous les besoins, à tous les dangers.

JEAN MAILLARD.

Il ne faut pas vous effrayer des périls, Marcel ; une cause
juste finit toujours par triompher. Croyez-en ma parole,
quelque difficile que soit notre entreprise, nous en viendrons
à bout.

ÉTIENNE MARCEL.

Si j'avais autour de moi tous hommes tels que vous, je ne
douterais pas du succès. Malheureusement il en est peu qui
aient votre courage. ·

JEAN MAILLARD.

Il suffit qu'il y ait quelques hommes de cœur pour conduire ceux qui n'en ont pas.

ÉTIENNE MARCEL.

C'est parler dignement, Maillard. Au surplus, je n'ai pas
besoin de pareils encouragements pour continuer bravement
mon entreprise. J'ai consacré ma vie au salut de mon pays ;
je ne reculerai point dans la tâche que je me suis imposée,
et j'en poursuivrai l'accomplissement jusqu'à ce que je
succombe ou que je triomphe. Les instants sont comptés.
Tandis que je vais m'occuper de constituer un nouveau gouvernement, mettez la ville en état de défense, armez les
bourgeois, faites leur distribuer les armes qui sont dans les
caves de l'hôtel de ville.

JEAN MAILLARD.

J'y cours.

SCÈNE VII

ÉTIENNE MARCEL.

Allons, mettons-nous à l'œuvre. Elle ne sera pas facile :
point de finances, point d'armée, point d'hommes capables
et dévoués ; et il faut que je change tous les fonctionnaires
publics, il faut que j'envoie des forces contre les Anglais, les
Jacques et les grandes compagnies, il faut que je pourvoie à
tous les ressorts du gouvernement !

SCÈNE VIII

ÉTIENNE MARCEL, UN ARCHER.

L'ARCHER.

Un chevalier demande à vous parler.

ÉTIENNE MARCEL.

A-t-il dit son nom ?

L'ARCHER.

Il dit se nommer Pepin des Essarts.

ÉTIENNE MARCEL.

Qu'il entre.

SCÈNE IX

ÉTIENNE MARCEL.

Que me veut-il ? Il vient sans doute pour solliciter un
emploi ; car je crains que ce ne soit là ce qu'il cherche sous
ses airs de libéralisme.

SCÈNE X

ÉTIENNE MARCEL, PEPIN DES ESSARTS.

PEPIN DES ESSARTS.

Les grandes compagnies viennent de se répandre dans la

plaine Saint-Denis, et elles commencent à la dévaster. Les bourgeois, instruits de cette nouvelle, se sont réunis à Saint-Jacques de l'Hôpital pour délibérer sur ce qu'il y aurait à faire, et, comme c'est vous qui avez maintenant le gouvernement, ils m'ont délégué vers vous pour vous prier de prévenir les brigandages auxquels ils vont être exposés.

ÉTIENNE MARCEL.

Dites à ceux qui vous ont envoyé que je vais y mettre ordre; dans une heure j'irai moi-même avec douze cents bourgeois donner la chasse aux pillards.

PEPIN DES ESSARTS.

Le péril presse; la ville est dans une profonde inquiétude, et je suis envoyé pour vous prier de prendre sans délai les mesures nécessaires.

ÉTIENNE MARCEL.

La ville est trop exigeante.

PEPIN DES ESSARTS.

Il lui serait difficile de ne pas l'être, dans sa position.

ÉTIENNE MARCEL.

Elle ne l'était pas tant, hier encore.

PEPIN DES ESSARTS.

C'est qu'elle ne courait pas d'aussi grands dangers qu'aujourd'hui.

ÉTIENNE MARCEL.

Les dangers étaient les mêmes.

PEPIN DES ESSARTS.

Enfin elle est lasse d'attendre, et elle veut qu'on veille tout de suite à sa sûreté.

ÉTIENNE MARCEL.

Elle a bien attendu deux ans sous le gouvernement du Dauphin; elle saura bien supporter une heure d'attente avec moi.

12.

PEPIN DES ESSARTS.

Je ne vois pas pourquoi vous ne feriez pas tout de suite ce que vous pourrez faire dans une heure.

ÉTIENNE MARCEL.

Je n'ai point d'ordres à recevoir de vous.

PEPIN DES ESSARTS.

Mais encore...

ÉTIENNE MARCEL.

Assez !

SCÈNE XI

LES MÊMES, JEAN MAILLARD.

JEAN MAILLARD, *à part*.

Pepin des Essarts ici ! Tout est perdu !

ÉTIENNE MARCEL.

Que venez-vous m'apprendre, Maillard ?

PEPIN DES ESSARTS, *à part*.

Rien de bon, s'il faut en croire son attitude.

JEAN MAILLARD,

Les mercenaires anglais qui se trouvent dans la ville se sont querellés avec des bourgeois ; une rixe s'en est suivie ; elle a pris les proportions d'un massacre. Les bourgeois que je viens de faire armer arrivent de tous côtés sur le lieu du combat, et finiront sans doute par triompher ; mais le sang coule, et vous n'avez pas de temps à perdre si vous voulez éviter de plus grands malheurs.

ÉTIENNE MARCEL.

Que me dites-vous, Maillard ? est-ce possible ?

JEAN MAILLARD.

Ce n'est que trop vrai.

ÉTIENNE MARCEL.

Et la mêlée, quel en est le théâtre ?

JEAN MAILLARD.

Le marché des Innocents.

ÉTIENNE MARCEL.

Restez ici ; j'y vole.

SCÈNE XII

JEAN MAILLARD, PEPIN DES ESSARTS.

PEPIN DES ESSARTS.

Il paraît que vous prenez bien à cœur la cause du prévôt !

JEAN MAILLARD.

Sur quoi jugez-vous cela ?

PEPIN DES ESSARTS.

Sur l'émotion qui se trahissait en vous tout à l'heure.

JEAN MAILLARD.

Vous n'en avez pas deviné la cause ?

PEPIN DES ESSARTS.

Quelle est-elle donc ?

JEAN MAILLARD.

C'est un mystère. Avant de vous l'expliquer, je vous demanderai si Marcel vous a parlé de moi.

PEPIN DES ESSARTS.

Non.

JEAN MAILLARD.

Il ne vous a pas demandé si vous m'aviez rencontré ici ce matin ?

PEPIN DES ESSARTS.

Nullement.

JEAN MAILLARD.

Cela est bien vrai ?

PEPIN DES ESSARTS.

Foi de chevalier.

JEAN MAILLARD.

Vous me rassurez.

PEPIN DES ESSARTS.

En quoi cela peut-il vous rassurer ? Je ne vous comprends pas.

JEAN MAILLARD.

C'est que...

PEPIN DES ESSARTS.

C'est que ?...

JEAN MAILLARD.

Soyez franc, Pepin. Êtes-vous sincèrement dévoué à Marcel ?

PEPIN DES ESSARTS.

Je puis vous parler à cœur ouvert ?

JEAN MAILLARD.

Ne craignez rien.

PEPIN DES ESSARTS.

Vous devez bien penser que mon amitié pour Marcel ne peut pas être sincère, et que si la vue d'un simple bourgeois qui prend des airs de dictateur est insupportable à tout le monde, elle me l'est surtout à moi, qui de cœur et de naissance appartiens à la noblesse.

JEAN MAILLARD.

Je puis donc, de mon côté, vous parler sans détour ?

PEPIN DES ESSARTS.

Vous le devez ; la confiance que je viens de vous témoigner doit être le prix de la vôtre.

JEAN MAILLARD.

Sachez donc que ce matin le duc de Normandie, désirant me voir à tout prix avant sa fuite, a commis l'imprudence de venir me trouver jusque dans ce lieu.

PEPIN DES ESSARTS.

Le Dauphin !

JEAN MAILLARD.

Lui-même.

PEPIN DES ESSARTS.

Et que pouvait-il vouloir de vous?

JEAN MAILLARD.

Il venait me prier de veiller à ses intérêts dans l'intérieur de la ville, de lui gagner des partisans et de travailler à la chute du prévôt.

PEPIN DES ESSARTS.

Et votre mission s'accomplit-elle?

JEAN MAILLARD.

Elle est en bonne voie, et, s'il plaît à Dieu, elle sera bientôt terminée. Mais je reviens à vous : Marcel apprit que j'avais conversé ici avec un inconnu; il me questionna; je lui répondis que c'était vous qui étiez avec moi. En vous voyant tout à l'heure seul avec lui, j'ai tremblé qu'il n'ait voulu vérifier ce que je lui avais dit. Voilà le motif de mon émotion.

PEPIN DES ESSARTS.

Le message dont vous étiez porteur n'y entrait donc pour rien.

JEAN MAILLARD.

Il s'en faut bien, puisque c'est moi qui ai provoqué le sanglant conflit dont je lui ai apporté la nouvelle. Mais vous, Pepin, ne serez-vous pas des nôtres? Vous le voyez, Marcel ne pourra surmonter tous les embarras que je vais lui susciter. La noblesse et le clergé sont ses ennemis jurés; la bourgeoisie des provinces a cessé de le soutenir; la moitié de Paris, dans la prévision de l'issue inévitable des événements, s'est déjà ralliée au duc de Normandie. Quand ce ne serait pas par sympathie, vous devriez encore, par intérêt, vous rapprocher du parti du Dauphin.

PEPIN DES ESSARTS.

C'est raisonner juste, Maillard; et je m'empresse de me conformer à votre conseil, puisque vous me donnez le moyen de le suivre.

JEAN MAILLARD.

A la bonne heure ! C'est agir sagement. Mais, puisque nous sommes amis, il faut que je vous fasse part du plan que le duc et moi nous avons arrêté pour en finir avec le prévôt des marchands.

PEPIN DES ESSARTS.

Dites.

JEAN MAILLARD.

Je dois le faire poignarder demain sur la place de Grève, au moment où il quittera l'hôtel de ville pour se rendre à l'assemblée.

PEPIN DES ESSARTS.

C'est un moyen, en effet, d'en finir promptement. Mais sur qui comptez-vous pour exécuter ce projet ?

JEAN MAILLARD.

Je n'en sais rien encore ; sur vous, si vous voulez.

PEPIN DES ESSARTS.

Sur moi ?

JEAN MAILLARD.

Oui ; vous paraissez déjà trembler.

PEPIN DES ESSARTS.

Non ; mais j'avoue que l'entreprise est délicate et qu'elle mérite réflexion. Et quelle sera ma récompense si je me charge d'un pareil coup de main ?

JEAN MAILLARD.

Ne vous inquiétez pas de cela. Le Dauphin se chargera de vous payer, et il sera généreux.

PEPIN DES ESSARTS.

Eh bien ! c'est entendu ; j'accepte la proposition, je me charge de recruter les hommes qui devront m'assister, et si vous le permettez, je vais m'assurer d'eux tout de suite. A tantôt, Maillard.

JEAN MAILLARD.

A tantôt, chevalier.

SCÈNE XIII

JEAN MAILLARD.

Les choses vont le mieux du monde : je ne pensais pas pouvoir me mettre si promptement en état d'exécuter les instructions du Dauphin.

SCÈNE XIV

JEAN MAILLARD, ÉTIENNE MARCEL.

ÉTIENNE MARCEL.

Je suis bien aise, Maillard, de vous retrouver ici. Au milieu des complications qui surgissent partout, j'ai besoin de me convaincre qu'il y a encore autour de moi quelques gens dévoués, et que je ne suis pas tout à fait seul à poursuivre mon œuvre.

JEAN MAILLARD.

Êtes-vous parvenu à rétablir l'ordre?

ÉTIENNE MARCEL.

Oui, Dieu merci; mais non pas sans peine. J'ai fait emprisonner les Anglais pour qu'il leur soit fait justice régulière. Mon intention est de faire procéder sur cette triste affaire à une instruction minutieuse. Je suis persuadé que cette rixe a été excitée par quelques bourgeois jaloux de moi, et heureux de pouvoir ajouter de nouveaux embarras à ceux qui m'environnent. Je le saurai; et, si mes soupçons se vérifient, malheur à celui qui aura été le fauteur de ce sanglant désordre. Je serai impitoyable!

JEAN MAILLARD.

Et vous aurez raison; ce n'est qu'à force d'énergie que vous parviendrez à faire respecter votre autorité.

ÉTIENNE MARCEL.

Il n'y a pas d'autre moyen; mais tu vois à quoi m'obligent

des hommes que je veux rendre libres; il me faut les gouverner avec rigueur.

JEAN MAILLARD.

Qu'importe, s'il n'y a que ce moyen d'assurer l'avenir.

ÉTIENNE MARCEL.

Il faudra bien que j'y recoure; mais tu vois comme le sort de ceux qui gouvernent est peu digne d'envie; ils sont tyrans malgré eux. (*On entend des cris tumultueux venant du dehors.*)

SCÈNE XV

Les Mêmes, UN ARCHER.

L'ARCHER.

Une masse confuse de bourgeois se presse aux portes de l'hôtel de ville. Ils vous demandent à grands cris et cherchent à pénétrer jusqu'à vous.

ÉTIENNE MARCEL.

Que veulent-ils?

L'ARCHER.

Il m'a été impossible de savoir la cause de leur agitation.

ÉTIENNE MARCEL.

Dites-leur que je ne réponds pas à de pareilles démonstrations, et que, s'ils veulent se faire écouter, ils aient à déléguer vers moi un des leurs.

L'ARCHER.

Je vous obéis. (*Les clameurs recommencent.*)

SCÈNE XVI

ÉTIENNE MARCEL, JEAN MAILLARD.

JEAN MAILLARD.

Ils rugissent encore! Quelle audace! quelle ingratitude!

ÉTIENNE MARCEL.

J'ai toujours suivi les inspirations de ma conscience, sans compter sur la reconnaissance de ceux pour qui je me dévoue. Au surplus, je leur pardonne leur aveuglement : ils en sont les premières victimes. Ils sont sans doute les dupes de quelques meneurs, des ennemis que ma position a pu me faire, ou de quelques viles créatures gagnées et payées par le Dauphin.

JEAN MAILLARD.

Le croyez-vous, et n'est-il pas plus vraisemblable que ces cris soient le résultat de l'instabilité des masses, à qui il faut toujours des victimes?

ÉTIENNE MARCEL.

Les masses ne sont point aveugles au point de se ruer sur celui qu'elles savent dévoué à leur cause. Pour que tous ces hommes réunis devant l'hôtel de ville vocifèrent ainsi contre moi, il faut qu'ils aient été trompés, et ils ne peuvent l'avoir été que par ces êtres méprisables qui traîneraient, pour de l'argent, leurs pères à l'échafaud. Aussi, malheur à eux; si je les découvre, ils payeront pour tous!

SCÈNE XVII

Les Mêmes, JEAN DE CHARNY.

JEAN DE CHARNY.

Les bourgeois, réunis sur la place de la Grève, me chargent, monsieur le prévôt, de vous exprimer leur volonté, et de vous la motiver.

JEAN MAILLARD.

En voilà encore un qui ne me semble pas ennemi du régent.

ÉTIENNE MARCEL.

Un peuple soulevé pour défendre ses droits légitimes, peut exprimer une *volonté;* mais quand, au contraire, les hommes

13

qui parlent ne sont, comme je crains que ne soient vos
mandants, que des émeutiers, des fauteurs de trouble, s'agi-
tant sans cause avouable, ils n'ont pas le droit d'exprimer
une volonté. Mais continuez, quel est le motif de tant de bruit?

JEAN DE CHARNY.

La confusion la plus affreuse afflige le royaume; les Anglais occupent déjà tout le nord de la France; les grandes
compagnies, devenues inactives, la désolent plus qu'eux, et
étendent leurs ravages jusqu'aux portes de Paris; les Jacques
commettent dans le Beauvoisis les plus effroyables violences;
les fonctions publiques sont désertées; les fonctionnaires
restés dans leurs charges se livrent aux plus honteuses
exactions; les États généraux, réunis pour remédier aux
malheurs du pays, se sont presque dissous sans avoir rien
amélioré; les rênes du gouvernement ont été abandonnées
par le prince qui les tenait; partout règnent le désordre, le
meurtre et le pillage.

ÉTIENNE MARCEL.

Je connais mieux que vous la situation du pays. Hâtez-
vous de me dire l'objet de votre mission ; si vous ne voulez pas me faire perdre patience.

JEAN DE CHARNY.

Le peuple, las de tant de malheurs et pressé d'en voir le
terme, n'a plus d'espoir que dans le retour du régent, et me
charge de vous dire qu'il compte sur vous pour obtenir à
tout prix la rentrée de ce prince dans Paris.

ÉTIENNE MARCEL.

Les hommes de votre caste ne sont pas ordinairement les
loyaux et dévoués mandataires du peuple; mais enfin le
peuple, si c'est lui qui vous envoie, a vu le Dauphin à l'œuvre. Il sait parfaitement que ce n'est pas lui qui rétablira
ici l'ordre et la sécurité.

JEAN DE CHARNY.

Si le pays a souffert pendant le gouvernement du duc, il
souffre plus encore depuis sa retraite.

ÉTIENNE MARCEL.

Vous jugez bien promptement des conséquences de cette
retraite; vous oubliez, ce me semble, que le duc n'a quitté
la ville que ce matin.

JEAN DE CHARNY.

Je juge d'après ce que je vois : au surplus, il est inutile
d'entrer dans de pareilles appréciations; j'ai rempli ma mission, c'est à vous de me dire si vous voulez en tenir
compte.

ÉTIÉNNE MARCEL.

Pour faire revenir le duc à Paris il faudrait que cela me
fût possible. Le peuple oublie que je ne puis ramener à son
poste celui que ni moi ni d'autres n'ont pu y retenir. (*Les
cris se font de nouveau entendre du dehors.*)

JEAN DE CHARNY.

Vous le voyez, mes mandants s'impatientent. Il faut me
donner une réponse définitive.

JEAN MAILLARD, *à Marcel.*

Cédez.

ÉTIENNE MARCEL.

Eh bien! oui, je cède; non point parce que j'ai peur de
ces vaines clameurs, mais parce que je veux vous rendre
tous honteux de votre folie. Qu'il rentre, s'il le veut, qu'il
reprenne les rênes du gouvernement après les avoir lâchement abandonnées, et vous verrez si vous vous en trouvez
mieux. Mais alors, quand vous regretterez votre faute, ne
venez plus me demander mon appui; car, je vous le jure,
je vous laisserai dans l'abîme dont vous ne voulez pas que je
vous préserve.

JEAN DE CHARNY.

Ne vous préoccupez pas tant des suites; le peuple sait ce
qu'il veut, et il saura supporter les conséquences de ses
actes.

ÉTIENNE MARCEL.

Eh bien! puisqu'il en est ainsi, je me décharge avec bon-

heur d'une responsabilité que je n'avais acceptée que par
patriotisme, et je vous prie, Maillard, d'aller sur-le-champ
dire au régent que le peuple soupire après son retour, et le
conjure de rentrer dans sa capitale.

JEAN MAILLARD.

Vous me l'ordonnez?

ÉTIENNE MARCEL.

Oui, et je compte même sur vous pour le persuader.

JEAN MAILLARD.

Je vous obéis.

JEAN DE CHARNY.

Serez-vous bientôt de retour?

JEAN MAILLARD.

Dans deux heures au plus.

JEAN DE CHARNY.

Dans deux heures je reviendrai ici vous demander le résultat de votre mission.

ÉTIENNE MARCEL.

Voilà le prix de mon dévouement! Que les hommes sont
lâches!

ACTE TROISIÈME

Même décor que dans les deux premiers actes.

—

SCÈNE PREMIÈRE

CHARLES MAILLARD, JEANNE.

JEANNE.

Eh bien! décidément vous étiez dans l'erreur, et nous sommes au comble de nos vœux. Vous devez être bien heureux maintenant?

CHARLES.

Heureux? Que me dites-vous là? Il s'en faut bien que je le sois.

JEANNE.

Vous n'avez donc pas encore vu votre père?

CHARLES.

Hélas! oui, je l'ai vu.

JEANNE.

Ne vous a-t-il pas expliqué le motif qui l'avait engagé à vous tromper ce matin?

CHARLES.

A me tromper? Plût au ciel qu'il m'eût trompé! Malheureusement il n'a fait que confirmer mes craintes.

JEANNE.

Est-ce possible? Je l'ai vu, il y a seulement quelques heures; il m'a affirmé que ce matin, en vous laissant croire à un échec, il avait voulu tout simplement vous punir de votre impatience, qui ne vous avait pas permis de l'attendre au foyer paternel.

CHARLES.

Ce que vous me dites ne m'étonne pas. L'explication qu'il vous a donnée de sa conduite envers moi n'avait pour but que de le soustraire aux plaintes et aux récriminations, que vous auriez pu lui faire entendre, C'est vous qu'il a trompée.

JEANNE.

C'est donc lui qui met obstacle à notre union ?

CHARLES.

Oui, c'est lui, lui seul qui refuse son consentement.

JEANNE.

Mais cela est inexplicable. Pourquoi donc est-ce lui qui a fait les premières ouvertures à mon père ?

CHARLES.

Il n'avait fait que céder à mes pressantes sollicitations ; sa tendresse paternelle avait été un instant plus forte que sa répugnance pour notre union. Mais bientôt... Non, je m'égare, ne me croyez pas, je ne sais ce que je vous dis.

JEANNE.

Oh ! oui ! vous le savez bien, vous le savez trop bien ; ne me cachez pas la cause qui le rend contraire à notre mariage. Charles, confiez-la-moi, je vous en supplie. Pour vous fléchir, faut-il me jeter à vos pieds ?

CHARLES.

Puisque vous le voulez, je vous la dirai ; car je n'ai point de secret pour vous ; mais promettez-moi de ne la répéter à qui que ce soit au monde.

JEANNE.

Je vous le jure.

CHARLES.

Vous saurez donc que mon malheureux père est dévoré du démon de la jalousie. Il voit avec des yeux d'envie la position élevée du vôtre. Il n'y a qu'un pas de ce sentiment à la haine ; vous comprenez maintenant la cause de son mauvais vouloir.

JEANNE.

Quel coup affreux vous me portez, Charles! Mais ne serait-il pas possible de calmer la passion qui le dévore?

CHARLES.

Je l'ai déjà tenté, je le tenterai encore; mais je crains de
ne pas y parvenir.

JEANNE.

Oh! oui, mon ami, je vous en conjure, renouvelez vos
efforts sur son cœur.

CHARLES.

Je vais vous obéir; mais, en vous quittant, oserai-je vous
rappeler votre promesse? Mon père, après m'avoir formelle-
ment exprimé sa volonté, m'a enjoint sous peine d'encourir
sa colère, de ne point vous voir et de ne divulguer à personne, jusqu'à nouvel ordre, les intentions qu'il m'avait
exprimées. Une parole inconsidérée sortie de votre bouche
ne pourrait qu'aggraver notre situation. Tout serait perdu
si votre père venait à apprendre la nature des sentiments du
mien à son égard. Je compte donc sur un silence absolu de
votre part.

JEANNE.

Vous n'avez pas besoin, Charles, de me faire de pareilles
recommandations; je saurai garder ma parole.

CHARLES.

Adieu, ma chère Jeanne, je vais de ce pas trouver mon
père, et bientôt je reviendrai vous apprendre le résultat de
ma nouvelle tentative.

JEANNE.

Que Dieu vous inspire! A bientôt.

SCÈNE II

JEANNE.

Voilà donc l'explication vraie de cette énigme qui tout à

l'heure encore confondait ma raison ! O mon Dieu ! pourquoi avez-vous mis la jalousie dans le cœur humain ? Pourquoi faut-il qu'un homme ne puisse voir son semblable s'élever au-dessus de lui sans l'envier et le haïr ? Encore si cette passion ne faisait le malheur que de celui qui en est dévoré, ce serait justice ; mais non, il parvient à rendre malheureux avec lui ceux dont le cœur encore candide et pur ignore l'ambition et les rivalités. Maillard nous rend, son fils et moi, victimes de son odieuse passion. Mais j'aperçois mon père ! Mon Dieu, ayez pitié de moi, et donnez-moi le courage de tenir ma promesse !

SCÈNE III

ÉTIENNE MARCEL, JEANNE.

ÉTIENNE MARCEL.

Je te cherchais ma fille, je suis bien éprouvé ; j'ai besoin de trouver un peu de calme et de repos auprès de toi. Mais que vois-je ? Tu me sembles triste aussi. Qu'as-tu donc ?

JEANNE.

Je ne sais ce que vous voulez me dire, mon père ; je ne ressens aucune tristesse.

ÉTIENNE MARCEL.

Tu n'es pas sincère, ma chère Jeanne ; cela n'est pas bien. Est-ce que tu n'aurais plus de confiance en moi ? Est-ce que je t'ai fait quelque peine qui puisse justifier ta réserve à mon égard ?

JEANNE.

Non, vous êtes le meilleur des pères, et si j'avais un chagrin..... sérieux, je vous en ferais le confident. Mais je n'en ai pas.

ÉTIENNE MARCEL.

Jeanne, je ne te crois pas. Tes dénégations ne sont pas fermes, et je suis sûr que tu me dissimules quelque chose.

JEANNE.

Cela est possible; mais pourquoi vous préoccuper des contrariétés puériles que je puis éprouver, vous qui avez à songer à des affaires si importantes et à de si hauts intérêts?

ÉTIENNE MARCEL.

C'est que je t'aime, ma fille, et que mon plus vif désir est de te voir contente.

JEANNE.

C'est aussi parce que je vous aime que je vous dissimule mes petits chagrins.

ÉTIENNE MARCEL.

Voyons : pour te donner l'exemple de l'épanchement, je vais te conter mes ennuis. Les affaires politiques tournent mal; je suis débordé par un torrent de difficultés toujours croissantes. Il se peut que dans quelques heures je quitte le pouvoir pour rentrer dans la vie privée.

JEANNE.

Il se pourrait, mon père? Ah! que je serais heureuse!

ÉTIENNE MARCEL.

Et pourquoi donc?

JEANNE.

Ah ! c'est que....

ÉTIENNE MARCEL.

Encore des réticences. Tu veux donc toujours m'affliger?

JEANNE.

Non, mon père; je songeais que quand vous ne seriez plus absorbé par les travaux politiques, vous m'appartiendriez davantage, et je m'en réjouissais. Mais, au même instant, une autre idée m'est survenue : c'est qu'il serait bien dommage d'interrompre sitôt le cours d'une si glorieuse carrière.

ÉTIENNE MARCEL.

Les hommes d'État ne doivent pas s'imposer à leurs

13.

concitoyens ; les esprits commencent à être las de moi : je
ne veux pas conserver des honneurs dont je ne parais plus
aussi digne qu'autrefois. Je suis animé du plus sincère
désir d'améliorer le sort de mon pays ; mais ce n'est pas là
une raison qui doive l'empêcher de choisir librement ceux à
qui il veut confier le soin de ses intérêts, d'autant plus qu'il
pourra trouver dans d'autres hommes plus d'habileté et autant de patriotisme. Je t'ai dévoilé mes peines ; j'attends tes
confidences à mon tour.

JEANNE.

Mon père, franchement, vos instances sont inutiles. Je ne
veux pas vous dissimuler davantage que j'ai mes tourments
comme vous ; vous les connaîtrez plus tard ; mais, je vous
en supplie, n'insistez pas ; car, malgré mon entière confiance en vous, il m'est impossible de vous rien dire.

ÉTIENNE MARCEL.

Tu es bien opiniâtre, ma fille ; veux-tu me mettre dans la
nécessité d'user de mon autorité paternelle ?

JEANNE.

Mon père, vous n'y avez jamais eu recours contre moi ; ne
commencez pas aujourd'hui et, pour vous en ôter la pensée,
permettez-moi de m'éloigner de vous quelques instants.

ÉTIENNE MARCEL.

Ma fille...

SCÈNE IV

ÉTIENNE MARCEL.

Elle s'en va. Quelle destinée est la mienne ! Je ne rencontre partout que du mystère et de la douleur, et quand je
viens auprès de ma fille dans l'espoir de trouver en elle la
même franchise que je lui témoigne, elle m'ôte, par sa dis-
simulation, le courage de lui raconter mes chagrins et de
m'épancher avec elle. Et cependant partout et en toute occasion je ne cherche qu'à faire le plus de bien possible ; je

me dévoue corps et âme au bien-être de tous; ma conscience est encore plus pure que mes actes. Je fais abstraction de moi-même pour ne songer qu'aux autres. Personne n'a jamais eu dés intentions plus honnêtes, personne n'a travaillé avec plus d'ardeur et d'abnégation à la prospérité de son pays. Dieu m'est témoin que je n'ai jamais eu qu'une seule pensée, abaisser l'orgueil des oppresseurs et améliorer le sort des opprimés. Tout le monde ne s'en ligue pas moins contre moi, et ceux que je protége sont ceux qui paraissent les plus acharnés à ma chute.

SCÈNE V

ÉTIENNE MARCEL, JEAN MAILLARD.

ÉTIENNE MARCEL.

Quelle réponse m'apportez-vous, Maillard? Le duc consent-il à rentrer dans Paris?

JEAN MAILLARD.

Il y consent; mais Dieu sait à quelles conditions.

ÉTIENNE MARCEL.

Mais encore, que demande-t-il?

JEAN MAILLARD.

Il veut une réparation que vous ne pourrez lui accorder; il veut que vous vous mettiez à sa disposition avec douze bourgeois qu'il se réserve d'indiquer.

ÉTIENNE MARCEL.

Je comprends : c'est-à-dire qu'il demande ma tête et celles des hommes de cœur qui ont osé, comme moi, montrer ouvertement qu'ils voulaient le bien de leur pays. Quelle lâcheté!

JEAN MAILLARD.

Le duc a été inflexible; je n'ai pu obtenir de réponse moins dure.

ÉTIENNE MARCEL.

Eh bien, tant mieux ! sa dureté me rend du cœur. Cédant aux clameurs d'une populace aveuglée, je consentais à m'annihiler et à lui restituer un pouvoir dont sa conduite l'avait rendu indigne ; je renonçais à sauver un pays qui semblait ne plus vouloir de moi pour libérateur. Mais puisqu'il en est ainsi, puisqu'il a l'audace d'exprimer de si cruelles exigences, je reste à ma place et je conserve un fardeau qui ne sera pas trop lourd pour mon courage. S'il veut ma tête, qu'il vienne la chercher ; il verra qu'il n'est pas si facile d'y toucher, et j'espère qu'avant qu'il y parvienne, j'aurai terminé mon œuvre.

SCÈNE VI

Les Mêmes, JEAN DE CHARNY.

ÉTIENNE MARCEL.

Vous êtes fidèle à votre parole, chevalier ; vous venez chercher la réponse du Dauphin. Vous arrivez bien, je viens de la recevoir.

JEAN DE CHARNY.

Quelle est-elle donc ?

ÉTIENNE MARCEL.

Elle est fort simple ; je vais vous la traduire : Après de longues années de guerre, les loups et les brebis firent la paix ; ils se donnèrent des otages ; les loups livrèrent leurs louveteaux, et les brebis, leurs chiens. Les chiens, une fois livrés, furent égorgés dans leur sommeil par les loups, et les brebis, privées de leurs défenseurs, devinrent la proie de leurs ennemis.

JEAN DE CHARNY.

Le duc demande donc des otages ?

ÉTIENNE MARCEL.

Il veut plus, il demande qu'on me livre à sa merci avec douze bourgeois dont il donnera la liste.

JEAN DE CHARNY.

C'est là son ultimatum ?

JEAN MAILLARD.

Mes efforts pour fléchir sa rigueur ont été inutiles.

JEAN DE CHARNY, à *Marcel*.

Que décidez-vous ?

ÉTIENNE MARCEL.

Osez-vous me le demander ?

JEAN DE CHARNY.

Puis-je le deviner ?

ÉTIENNE MARCEL.

Votre faux air d'ignorance me fait pitié.

JEAN DE CHARNY.

Vous oubliez mon caractère sacré.

ÉTIENNE MARCEL.

Quand la conduite d'un homme mérite d'être flétrie, ce n'est pas le caractère dont il est revêtu qui doit lui servir d'égide. Vous savez parfaitement, je l'ai assez prouvé, que je ne fais aucun cas de ma vie, et que je la donnerais sans hésiter, si je pouvais, par ce sacrifice, assurer le bonheur de la France. Mais vous n'ignorez pas non plus que le duc de Normandie, en demandant ma tête et celle de douze autres bourgeois, ne veut que la priver de ses défenseurs.

JEAN DE CHARNY.

Vous avez vos raisons pour interpréter ainsi la pensée du Dauphin. J'ai les miennes pour ne pas partager vos senti- ments.

ÉTIENNE MARCEL.

Sors d'ici, misérable, ou crains mon courroux ; et, puisque tu veux emporter ma réponse, va dire à ceux qui t'ont député vers moi que s'ils veulent se livrer pieds et poings liés au Dauphin, ils en sont libres, mais que, pour moi, jamais je ne tremperai les mains dans une pareille infamie.

SCÈNE VII

ÉTIENNE MARCEL, JEAN MAILLARD.

JEAN MAILLARD.

J'avoue qu'une telle insolence dépasse toutes bornes. Mais consolez-vous, Marcel ; si un homme, jaloux de vous, ose vous insulter, il en est assez d'autres qui vous entourent de leur estime.

ÉTIENNE MARCEL.

Je vous remercie, Maillard, de vos bonnes paroles ; mais rassurez-vous de votre côté ; on ne s'inquiète pas des injures quand on a le sentiment d'une conscience inattaquable. La seule chose qui me préoccupe, c'est que je crois sentir l'influence du régent dans cette insolence injuste. Ce Jean de Charny, qui prétendait tout à l'heure représenter les bourgeois de Paris, est un noble, un chevalier, qui doit avoir été chargé par lui de soulever la populace en sa faveur. Êtes-vous de mon avis ?

JEAN MAILLARD.

Je ne crois pas qu'il y ait dans la ville des émissaires du Dauphin ou des gens qui soient en relation directe avec lui ; je suis plutôt porté à penser qu'il n'a fait que suivre ses propres inspirations.

ÉTIENNE MARCEL.

Et ceux qui me l'ont envoyé, croyez-vous qu'ils se soient aveuglés eux-mêmes, et qu'ils auraient montré tant d'audace et de frénésie, s'il n'y avaient été secrètement poussés ?

JEAN MAILLARD.

Il y a toujours des agitateurs qui profitent des temps de crise pour se livrer impunément à leurs folles tendances ; mais il ne faut pas pour cela croire que le duc puisse exercer actuellement la moindre influence dans Paris.

ÉTIENNE MARCEL.

Je ne suis pas de votre avis, Maillard, et j'éclaircirai ce
point le plus tôt possible.

SCÈNE VIII

LES MÊMES, ROBERT LE COQ.

ROBERT LE COQ.

J'accours, Marcel, vous prévenir qu'un complot se trame
contre vous.

ÉTIENNE MARCEL.

Que vous disais-je, Maillard?

JEAN MAILLARD.

Attendez, vous ne savez pas encore de quoi il s'agit.

ROBERT LE COQ.

Le duc de Normandie a dans la ville de nombreux partisans, et voici le plan qu'il a arrêté avec eux : Demain, à dix
heures du matin, il doit se présenter à la porte Saint-Antoine avec des forces imposantes, et à la même heure, au
moment où vous quitterez l'hôtel de ville pour aller à la
Tournelle, des hommes postés sur la place de la Grève vous
attaqueront à l'improviste pour vous assassiner.

ÉTIENNE MARCEL.

M'assassiner!

JEAN MAILLARD, *à part.*

Je tremble.

ROBERT LE COQ.

Le duc veut se débarrasser de vous à tout prix.

ÉTIENNE MARCEL.

Et c'est en armant secrètement des assassins qu'il veut
triompher de moi, lui qui me reproche le sang que j'ai justement répandu!

JEAN MAILLARD, *à Robert.*

Êtes-vous bien renseigné? Ne vous a-t-on pas trompé?

ROBERT LE COQ.

Les renseignements qui m'ont été fournis ne sont pas douteux. Je les tiens d'un homme que les conspirateurs ont cherché à mettre dans leur parti. Ce misérable, qui ne vaut pas mieux qu'eux, après s'être fait bien payer le prix de sa trahison apparente, est venu me donner furtivement avis du complot, pour recevoir des deux mains.

JEAN MAILLARD.

Pouvez-vous faire cas des révélations d'un pareil homme !

ROBERT LE COQ.   -

Elles sont trop précises pour n'être pas exactes. Au surplus, il m'a promis de m'en donner la preuve.

ÉTIENNE MARCEL.

A-t-il pu vous dire les noms des chefs du complot ? Ce sont eux qu'il m'importe surtout de connaître.

ROBERT LE COQ.

Il n'en connaît que deux encore.

JEAN MAILLARD.

Et quels sont-ils ?

ÉTIENNE MARCEL.

Jean de Charny, sans doute, et peut-être aussi Pepin des Essarts.

ROBERT LE COQ.

Vous avez deviné.

ÉTIENNE MARCEL.

Deux de ces hommes, qui, trop nuls pour vivre de leur travail, ne songent qu'à se faire nourrir par leur pays, et qui sont devenus mes ennemis parce que je ne veux point leur donner des fonctions qu'ils seraient incapables de remplir. Il n'y a pas d'autres chefs ?

ROBERT LE COQ.

Il y en a un autre, et c'est le principal, celui qui est en relation directe avec le duc, et qui a la haute main dans le complot. Mais je ne le connais pas encore.

JEAN MAILLARD, *à part.*

Je respire.

ROBERT LE COQ.

Le révélateur qui m'a fourni ces détails n'a été en relation qu'avec Pepin des Essarts. Ce dernier voulait l'embau-
cher dans la bande d'assassins chargée d'attenter à votre vie,
et il paraît qu'il doit en prendre le commandement. Il saura
bientôt par Pepin lui-même [quelle est l'âme de la conspiration.

ÉTIENNE MARCEL.

Il est nécessaire d'arriver promptement à cette découverte.

ROBERT LE COQ.

Le péril qui nous menace rend les instants précieux. Il
faut que les chefs que je viens de vous signaler soient immédiatement arrêtés, et que nous nous mettions en mesure de
nous défendre.

ÉTIENNE MARCEL.

Maillard, puis-je compter sur votre zèle pour faire arrêter
les deux principaux moteurs du complot?

JEAN MAILLARD.

Vous savez que je suis à vous corps et âme.

ÉTIENNE MARCEL.

Hâtez-vous de me rendre ce service. Je vous donne à cet
effet tous les pouvoirs nécessaires.

JEAN MAILLARD.

J'y vais... (*A part*) pour les prévenir du péril qui les
menace.

SCÈNE IX

ÉTIENNE MARCEL, ROBERT LE COQ.

ROBERT LE COQ.

Et maintenant, sur qui comptez vous pour lutter avec
succès contre le Dauphin?

ÉTIENNE MARCEL.

Sur mon courage et sur la justice de ma cause.

ROBERT LE COQ.

Les causes justes ne sont pas toujours celles qui triomphent. Il faut, avant tout, qu'elles soient bien soutenues.

ÉTIENNE MARCEL.

Mes partisans diminuent malheureusement à mesure que les périls augmentent.

ROBERT LE COQ.

La trahison qui vous environne vous autorise à recourir aux moyens extrêmes. Il vous faut des forces imposantes pour combler les vides qui se font dans les rangs des vôtres. Prenez-les partout où vous les trouverez.

ÉTIENNE MARCEL.

Mais où puis-je les trouver?

ROBERT LE COQ.

Les Jacques ne sont-ils pas les maîtres des pays qui nous avoisinent? Ils forment, dans le Beauvoisis, une armée d'environ cent mille hommes; appelez-les à votre secours; ils s'empresseront d'accourir.

ÉTIENNE MARCEL.

Y songez-vous? Croyez-vous que je veuille m'allier à des hommes souillés par de si épouvantables excès?

ROBERT LE COQ.

Dans notre situation, avoir des scrupules, c'est vouloir succomber. Si vous vous laissez vaincre, vous ne l'ignorez pas, la révolution que vous avez commencée est ruinée, et vous perdez infailliblement le fruit de deux années de travaux et de dangers. Que peut-il résulter de pire de votre alliance avec les Jacques? Si la force matérielle qu'ils mettront à votre disposition vous fait triompher, ils voudront peut-être que le pillage soit pour eux le prix des services rendus. Mais, quand même vous ne pourriez empêcher de grands désordres, le mal temporaire qu'ils produiraient peut-il se comparer aux longues années, peut-être aux longs siècles de tyrannie, qui pourront s'écouler avant qu'un autre champion de la liberté ose ramasser le glaive échappé de vos mains? Songez-y, Marcel, le bonheur du peuple dépend de votre courage; vous seriez coupable de ne pas le lui assurer.

ÉTIENNE MARCEL.

Je me rends, et puisque ceux qui sont le plus intéressés à me prêter leur appui m'abandonnent ou même conspirent ma perte, recourons aux Jacques et faisons cause commune avec les campagnes soulevées. Allez traiter avec eux, engagez-les à venir défendre dans Paris, avec le prévôt des marchands, la cause du tiers état, gravement compromise, et si vous réussissez dans votre mission, le succès des réformes est à jamais assuré!

ROBERT LE COQ.

Ils sont sur la route de Meaux; j'espère que dans quelques heures j'aurai mis le pied dans leur quartier général.

ÉTIENNE MARCEL.

Partez vite; c'est à peine si vous pourrez les ramener assez tôt pour les employer à déconcerter, demain matin, les projets du régent.

ROBERT LE COQ.

Comptez sur moi.

SCÈNE X

ÉTIENNE MARCEL.

Les lâches! Quand tout le monde me délaisse, ils n'osent pas encore me faire une guerre loyale; c'est par l'assassinat qu'ils prétendent arriver à leurs fins. Ils n'y parviendront pas plus par ce moyen que par un autre; à force de courage je ferai face à tous les dangers et j'en sortirai victorieux.

SCÈNE XI

ÉTIENNE MARCEL, JEAN MAILLARD.

ÉTIENNE MARCEL.

Avez-vous pu faire arrêter les deux chefs du complot?

JEAN MAILLARD.

Non, malheureusement; ils ont disparu tous les deux. Ils auront sans doute appris que leurs noms étaient connus, et se seront enfuis pour se soustraire à votre justice. Leur disparition est une preuve de plus de l'existence d'une conspiration à laquelle j'avais tout d'abord refusé de croire.

ÉTIENNE MARCEL.

Sait-on s'ils ont pris la fuite?

JEAN MAILLARD.

Personne n'en sait rien.

ÉTIENNE MARCEL.

Il faudra faire continuer les recherches; il est indispensable qu'ils soient arrêtés aujourd'hui même.

JEAN MAILLARD.

Je ferai tous mes efforts pour découvrir où ils ont pu se cacher.

ÉTIENNE MARCEL.

Avez-vous fait armer les bourgeois?

JEAN MAILLARD.

La distribution des armes se fait en ce moment. J'ai défendu d'en délivrer aux bourgeois dont la conduite m'inspire de la méfiance, et dont j'ai moi-même dressé la liste.

ÉTIENNE MARCEL.

Vous savez qu'il faudra poster demain matin un bon nombre d'archers sur la place de Grève?

JEAN MAILLARD.

J'y ai songé; ils auront même l'ordre d'arrêter tout homme qui leur paraîtra suspect.

ÉTIENNE MARCEL.

Et la porte Saint-Antoine?...

JEAN MAILLARD.

La porte Saint-Antoine sera gardée par une troupe de bourgeois capable de faire bon accueil au duc dans le cas où il voudrait tenter quelque coup de main.

ÉTIENNE MARCEL.

Espérez-vous que nous puissions tenir, au besoin, deux jours contre les forces du régent et les émeutiers soulevés par lui dans l'intérieur de la ville?

JEAN MAILLARD.

Je n'en doute pas.

ÉTIENNE MARCEL.

Alors, Maillard, nous sommes sauvés.

JEAN MAILLARD.

Vous comptez donc recevoir bientôt des secours?

ÉTIENNE MARCEL.

L'évêque de Laon vient de partir pour aller traiter avec les Jacques.

JEAN MAILLARD.

Avec les Jacques? Mais ce sont des pillards!

ÉTIENNE MARCEL.

Je le sais; aussi mon intention est-elle bien de me séparer d'eux quand j'aurai employé leurs forces à nous délivrer des périls qui nous entourent.

JEAN MAILLARD.

Êtes-vous sûr de pouvoir les éloigner à votre gré quand leur concours vous sera devenu inutile?

ÉTIENNE MARCEL.

Ne vous inquiétez pas de cela à l'avance. Songeons au

danger qui nous menace, et quand nous n'aurons plus besoin
de ces pillards, le ciel nous inspirera le moyen de les éloigner sans incident fâcheux.

SCÈNE XII

LES MÊMES, ROBERT LE COQ.

ÉTIENNE MARCEL.

Quoi! déjà de retour!

ROBERT LE COQ.

C'est que je n'ai pas même eu la peine de quitter Paris.

JEAN MAILLARD.

Est-ce que les Jacques, eux aussi, seraient aux portes de
la ville? —

ROBERT LE COQ.

Il s'en faut bien : ils viennent d'être écrasés à Meaux, où
les seigneurs en ont fait un épouvantable massacre.

ÉTIENNE MARCEL.

Ainsi, ce dernier espoir nous échappe?

ROBERT LE COQ.

Il n'y faut plus compter.

ÉTIENNE MARCEL.

Quelle fatalité me poursuit!

JEAN MAILLARD, à part.

Décidément je crois que les affaires du régent sont en
bonne voie.

ROBERT LE COQ.

Rassurez-vous, tout n'est pas perdu. Le roi de Navarre
m'écrit qu'il vient d'arriver à Saint-Denis, où il a des forces
considérables, composées de Navarrois et d'Anglais. Il vous
a trop d'obligations pour pouvoir vous refuser son concours.

JEAN MAILLARD, à part.

C'est donc Satan qui est caché dans le corps de cet

homme! Il a toujours quelque ressource inattendue. (*A Robert.*) Y songez-vous? aller chercher l'appui d'un homme
qui est le mauvais génie de la France, et qui viendra nous
soutenir avec des étrangers, avec des Anglais, nos plus cruels
ennemis! Quel reflet jettera sur notre cause une pareille
alliance?

ROBERT LE COQ.

Ce n'est pas dans notre position que nous pouvons avoir
de pareilles susceptibilités. D'ailleurs ce ne sont point des
étrangers, des Anglais, comme vous le dites, que nous ap-
pellerons à notre secours, ce sont des mercenaires au service de Charles de Navarre, et cet homme a dans les veines
autant de sang français que le Dauphin lui-même. Il serait
sur le trône sans la loi salique, qui en a exclu la fille de
Louis X, Jeanne d'Évreux, sa mère; et peut-être avec lui
n'aurions-nous pas besoin d'une révolution pour obtenir les
légitimes réformes que nous demandons en vain. Qui sait si
nous ne serons pas obligés d'en arriver à le substituer au
Dauphin?

JEAN MAILLARD.

Osez-vous formuler de pareilles idées?

ROBERT LE COQ.

Dans l'extrémité où nous nous trouvons, nous devons nous
expliquer clairement. Il n'est point dans le caractère du commun des hommes, ni dans celui du roi de Navarre, de rien
faire gratuitement. Il faudra lui payer son concours. Vous savez
qu'il prétend avoir, du chef de sa mère, des droits sur la
Champagne et la Brie; promettez-lui de lui donner satisfaction, et à ce prix il ne manquera pas de vous seconder de
tout son pouvoir. Mais vous, Marcel, vous ne dites rien ;
rejetteriez-vous mes conseils?

ÉTIENNE MARCEL.

Je n'éprouve aucune répugnance à m'allier avec le roi de
Navarre : je sais qu'il a les tendances libérales qui conviennent à un prince ami de son peuple, et à ce titre il a toutes

mes sympathies. Mais je préférerais encore ne point obtenir son secours à l'acheter au prix d'un démembrement quelconque du domaine royal. Il me semble que, pour m'assurer son appui, je n'aurai pas besoin de lui faire de promesses ; il devra lui suffire de se rappeler le mal que le Dauphin lui a fait et les services que je lui ai rendus.

ROBERT LE COQ.

C'est mon avis. Mais si cela ne lui suffisait pas, vous connaissez la dernière ressource à employer. Maintenant, pour nous mettre en mesure de faire manquer le complot, nous n'avons pas de temps à perdre. Il faut que l'un de nous aille immédiatement s'entendre avec le roi de Navarre,

ÉTIENNE MARCEL.

Eh bien ! soit ; puisque le ciel nous offre cette dernière branche de salut, ne la repoussons pas. Vous, Robert, restez ici pour continuer vos investigations et veiller à la sûreté de la ville, et moi, je m'en vais avec Maillard demander au roi son concours. Partons, mon cher échevin, et vous, Robert, de la vigilance ; nous ne sommes pas encore vaincus.

ACTE QUATRIÈME

Le théâtre représente une des salles du château de Saint-Denis.

—

SCÈNE PREMIÈRE

LE DUC DE NORMANDIE.

Qui pourrait croire à quelles vicissitudes les rois sont soumis? Il y a deux ans, lorsqu'à Rouen, dans le palais ducal, au milieu des fêtes où je les avais attirés, mon père faisait charger de fers le roi de Navarre et décapiter sous ses yeux le comte d'Harcourt, son vassal et son ami, j'étais loin de prévoir qu'aujourd'hui, faisant un triste essai du pouvoir à la place de mon père, à son tour prisonnier, j'en serais réduit à venir prier celui que j'ai traité en ennemi de m'aider à ressaisir les rênes du gouvernement qu'un simple prévôt m'a arrachées des mains. J'ai été contraint de m'humilier ; mais je ne regrette rien, puisque j'ai obtenu ce que je désirais. J'ai eu de la peine à le gagner ; sa haine contre moi était encore vivace. Mais j'ai fait valoir des arguments sans réplique. Il y a longtemps qu'il convoite la Champagne ; je la lui ai promise ; il vaut mieux perdre un membre que la vie. Je ne regrette pas ce sacrifice. Je lui ai donné rendez-vous pour demain matin, à dix heures, à la porte Saint-Antoine. C'est l'heure où Marcel succombera sous la hache de ses anciens partisans. Si ses derniers amis veulent nous opposer quelque résistance, nous la dissiperons facilement. Enfin, si par hasard il échappait aux hommes chargés de lui ôter la vie, il ne tarderait pas à succomber sous mes forces réunies à celles du roi de Navarre. Ton règne expire, Marcel ; le moment approche où tu vas être puni de tes forfaits.

14

SCÈNE II

LE DUC DE NORMANDIE, ÉTIENNE MARCEL, JEAN MAILLARD.

JEAN MAILLARD.

Le Dauphin !

LE DUC.

Le prévôt !

ÉTIENNE MARCEL.

Je ne suis pas fâché de la rencontre.

JEAN MAILLARD.

Je me retire.

ÉTIENNE MARCEL.

Oui ; laissez-moi seul avec lui.

SCÈNE III

LE DUC DE NORMANDIE, ÉTIENNE MARCEL.

ÉTIENNE MARCEL.

Je ne m'attendais pas à vous trouver chez le roi de Navarre, monseigneur ; mais je remercie le ciel de la faveur
qu'il me fait en me fournissant l'occasion de conférer avec
vous.

LE DUC.

Tout entretien entre vous et moi serait inutile ; veuillez
m'en dispenser.

ÉTIENNE MARCEL.

Ne craignez rien ; nous sommes ici sur un terrain neutre,
et nous pouvons nous parler sans avoir rien à craindre l'un
de l'autre.

LE DUC.

Vous ne me comprenez pas, monsieur le prévôt, ou plutôt

vous feignez de ne pas me comprendre. J'ai fait connaître
mes intentions à votre ambassadeur ; je ne pourrais que
vous les répéter. Voilà pourquoi je vous ai dit qu'un entretien était inutile entre nous.

ÉTIENNE MARCEL.

Je connais en effet votre ultimatum, ou plutôt, pour l'appeler par son nom, votre déclaration de guerre. Votre réponse
à Maillard m'a montré que vous ne vouliez pas la paix, et
votre présence ici me le confirme. Mais, s'il m'est impossible
de vous ramener à des sentiments dignes de votre rang, au
moins pourrai-je satisfaire mon cœur indigné de votre conduite.

LE DUC.

Je crois que si quelqu'un a lieu d'être indigné, ce n'est
pas vous, mais moi.

ÉTIENNE MARCEL.

Vous ! Osez-donc me dire quels sont vos griefs.

LE DUC.

Vous les connaissez aussi bien que moi ; vous savez parfaitement que, depuis deux années entières, tous vos actes
n'ont été qu'une longue série d'attaques odieuses contre le
pouvoir sacré dont je suis dépositaire.

ÉTIENNE MARCEL.

Mais encore, ces attaques odieuses, pourriez-vous les énu-
mérer ?

LE DUC.

Si je le pourrais ! Votre audace me surpasse. Mais répondez, êtes-vous de ceux qui, dès la première convocation des
États généraux, ont profité des malheurs de mon père et de
sa captivité pour chercher à saper l'autorité royale ? Est-ce
vous qui avez demandé la mise en accusation de tous les conseillers du roi ? Est-ce vous qui avez réclamé la destitution
en masse des officiers de justice ? Est-ce vous qui avez voté
la création d'un conseil de réformateurs pour gouverner par
eux à ma place ?

ÉTIENNE MARCEL.

Ce sont là vos accusations? J'avoue qu'elles ne m'effrayent guère. La France aux abois était en droit de demander compte à la royauté de sa conduite. Elle l'a fait par ses mandataires, avec modération, en ne réclamant de vous que de justes réformes, qui, sans nuire à votre autorité, lui auraient donné quelques garanties. Disons tout : elle ne s'est pas bornée à requérir les mesures temporaires que vous venez de signaler et qui étaient une nécessitité du moment; elle a voulu, posant pour l'avenir de sages principes, faire déclarer son autorité souveraine en matière administrative, se réserver le vote de l'impôt, enfin faire reconnaître aux États généraux le droit de se réunir par leur seule volonté. J'ai été, je l'avoue, et je m'en fais gloire, le premier à appuyer de pareilles demandes. Et vous, en refusant d'y faire droit, en montrant que vous préfériez la ruine du pays à la perte pour vous de quelques priviléges abusifs et tyranniques, vous n'avez témoigné que dureté, égoïsme et perfidie.

LE DUC.

Vous avez beau jeu contre moi sur ce terrain. Vous me représentez comme un tyran; vous faites le libéral, parce qu'il ne vous en coûte rien, et, sous les fausses apparences du patriotisme, vous dissimulez votre haine pour le pouvoir royal. Mais je veux vous confondre et vous parler d'actes que ce patriotisme n'a pas pu vous inspirer.

ÉTIENNE MARCEL.

Je ne suis pas un hypocrite, et quand j'ai demandé des réformes au nom d'une nation épuisée, je me suis uniquement laissé guider par l'intérêt général.

LE DUC.

Oserez-vous dire que c'est dans l'intérêt général que vous avez fait voter la délivrance du roi de Navarre? N'était-ce pas plutôt pour braver la volonté de mon père et le pouvoir qu'il m'a laissé dans les mains? Ignorez-vous que ce prince avait été justement emprisonné, et ne saviez-vous pas que sa délivrance allait de nouveau mettre en péril l'autorité royale et replonger le pays dans les horreurs de la guerre civile?

ÉTIENNE MARCEL.

Je m'étonne à mon tour que vous osiez parler du roi de Navarre. N'est-ce pas une honte pour vous personnellement que le guet-apens dont il a été victime? Que pensez-vous de celui qui, pour abattre son ennemi, l'attire à lui par des paroles d'amitié? Comment nommez-vous un pareil homme?

LE DUC.

Vous m'insultez, vous prenez plaisir à m'accabler d'outrages.

ÉTIENNE MARCEL.

Non ; je remonte seulement un peu plus haut que vous pour expliquer les actes dont vous me faites des crimes. Quelque coupable qu'eût été Charles de Navarre, il ne devait pas être arrêté au milieu des fêtes auxquelles vous l'aviez invité, et les États généraux, en demandant avec moi son élargissement, ne faisaient que protester avec raison contre un acte que je ne veux pas qualifier.

LE DUC.

Pouvais-je empêcher mon père d'arrêter le roi dans mon château? N'était-il pas, de son côté, en droit de faire emprisonner de sa propre autorité un vassal rebelle qui depuis deux années entretenait la guerre civile dans le royaume? Et quand j'aurais prêté mon concours à une pareille arrestation, n'aurais-je pas été bien excusable d'avoir enfreint les règles judiciaires, pour procurer au peuple un peu de repos? Enfin, dites-le-moi, si l'on me blâme d'avoir, même dans l'intérêt de la nation, usé de ruse pour lui rendre la tranquillité, comment devez-vous être jugé, vous qui, sans motifs réels, êtes entré dans mon palais à l'improviste, avec une bande d'assassins, et qui les avez laissé égorger sous mes yeux mes deux maréchaux et presque attenter à ma

14.

vie? Aviez-vous, comme moi, l'excuse du bien public?
La mort de ces hommes éminents et les humiliations que
vous m'avez fait subir étaient-elles nécessaires au salut de
l'État?

ÉTIENNE MARCEL.

J'attendais ce dernier grief, et j'étais sûr que vous m'en
gardiez une rancune implacable! Mais je puis y répondre.
Si j'ai recouru à la violence, est-ce ma faute? Si j'ai sévi
contre des hommes dont les États généraux n'avaient demandé que l'éloignement, devez-vous me le reprocher?
Non; ce n'est pas à moi qu'il faut demander compte du
sang versé. Vous savez bien que je n'ai jamais demandé ni
même voulu la mort de personne, et qu'au fond, c'est
vous seul que vous devez accuser du meurtre des hommes
qui vous entouraient. Le peuple a vu en eux des obstacles à
son bien-être; il leur a justement attribué le mauvais vouloir que vous avez manifesté, et il les en a punis. Non-seulement, en effet, ils travaillaient à annuler les efforts des honnêtes gens qui composaient les États généraux; mais encore,
pour dominer le pays, ils le laissaient s'affaiblir; ils ne pre-
naient aucune mesure pour arrêter les dévastations des Anglais et des grandes compagnies. Voilà pourquoi les hommes
qui m'accompagnaient ont sévi contre ceux qu'ils considéraient
avec raison comme les instruments de leur malheur, et
pourquoi ils vous auraient égorgé vous-même sans moi,
moi que vous accusez de leur mort, et qui, dans cette circonstance, n'ai fait que vous adresser de justes remontrances et
vous sauver la vie.

LE DUC.

Ainsi vous avez l'audace de vous disculper du crime le
plus odieux qui se puisse imaginer?

ÉTIENNE MARCEL.

Je rends à mes actes leur véritable portée, et je n'ai point
d'effort à faire pour les montrer sous un jour qui me justifie.
Mais vous, comment sortirez-vous de toutes les accusations

dont je pourrais vous accabler? N'avez-vous pas, dès le principe, cherché systématiquement à vous opposer aux réformes trop légitimes que vous demandaient les États généraux au nom d'une nation périssant de misère? Au lieu de
les écouter, ne les avez-vous pas dissous par un coup
d'État? Quand la nécessité vous a obligé de les rappeler, ne
leur avez-vous pas fait de belles promesses qu'aucune exécution n'a jamais suivies? Au lieu de faire servir leurs
forces au bien public, n'avez-vous pas fait tous vos
efforts pour jeter la dissension dans les trois ordres?
N'avez-vous pas laissé le pays à l'abandon? N'est-ce pas
votre négligence qui m'a forcé à prendre les rênes du
gouvernement et à veiller à la sécurité publique? Avez-
vous jamais songé à remédier sérieusement à la situation
épouvantable des malheureux habitants des campagnes?
Non, jamais, dans vos actes, vous n'avez eu en vue le
bien du peuple ; vous n'avez été guidé que par cette
pensée égoïste dont le pays n'a pu vous distraire par ses
cris de douleur, maintenir dans son intégrité un pouvoir
que les rois prétendent avoir reçu de Dieu, pour se dispenser d'en rendre compte à leurs peuples. Voilà quel a été
l'unique objet de vos préoccupations, et c'est pour conserver ce triste pouvoir qu'aujourd'hui vous êtes venu ici
mendier l'alliance de votre plus grand ennemi.

LE DUC.

C'est trop longtemps m'injurier ; il faut que cet entretien
cesse, et si vous ne me respectez pas assez pour...

ÉTIENNE MARCEL.

Écoutez, monseigneur ; parlons sans haine, et oublions un
instant notre inimitié pour ne nous occuper que du salut de
la patrie. Dieu m'est témoin, et vous le savez bien vous-
même dans le fond de votre cœur, que je ne veux point
porter d'injustes atteintes au pouvoir royal, et que mon seul
but est d'établir un juste équilibre entre les droits saints du
peuple et ceux aussi inviolables du souverain. Souvenez-

vous que ce peuple, que ce tiers état que je représente
aujourd'hui, a été de tout temps le plus ferme appui du
trône ; qu'en l'affaiblissant, la royauté diminue ses propres
forces et s'expose à rester impuissante contre les empiétements de la féodalité, sa seule et véritable ennemie. Eh bien!
je vous en conjure au nom d'un pays que la misère décime,
adoptez, acceptez franchement et sincèrement les réformes
qui vous sont proposées. Cédez des prérogatives dont les
rois n'ont pas besoin pour être respectés et demeurer puis-
sants, et revenez prendre les rênes d'un État que vous avez
abandonné à son malheureux sort. Ne serez-vous pas bien
dédommagé du léger sacrifice qui vous est demandé, par le
bien-être que vous aurez rendu à toute une nation et par la
sécurité que vous vous serez donnée à vous-même? Et quand
votre auguste père, en revenant de l'exil, vous demandera
compte du dépôt qui vous est confié, pourra-t-il vous reprocher d'avoir marché dans la voie de l'équité? Répondez, monseigneur, vous consentez?

LE DUC.

C'est trop abuser de ma patience; je sais quelle est la
conduite que j'ai à tenir; je n'ai pas besoin qu'un prévôt me
l'apprenne.

ÉTIENNE MARCEL.

Les maux du pays ne vous touchent donc pas?

LE DUC.

Encore une fois, faut-il vous dire que je vous ai donné
ce matin ma réponse?

ÉTIENNE MARCEL.

Quelle dureté! Je vois que j'ai tort d'insister auprès de
vous. J'avais oublié qu'aucune corde sensible ne vibrait dans
votre cœur, et je cherchais follement à l'émouvoir. Mais
rassurez-vous, je n'ai plus l'intention d'en appeler à des
sentiments que vous ignorez. Vous croyez que je cherche à
vous fléchir pour échapper à la menace cruelle que vous
m'avez renvoyée par le brave Maillard. Vous ne me con-

naissez pas. Ce n'est pas moi qu'on effraye ainsi; il y a trop longtemps que je brave tous les genres de périls pour avoir peur d'un homme qui demande lâchement ma tête. Sachez donc qu'elle tient encore sur mes épaules, et qu'avant d'avoir pu l'abattre, vous m'aurez vu établir, sans vous et malgré vous, le bonheur du peuple sur des bases inébranlables.

LE DAUPHIN.

Et moi, puisque vous me défiez, je vous déclare que vous touchez au terme de vos infamies, et que bientôt j'aurai renversé votre pouvoir et reconquis mes droits. Vous avez commencé la guerre; je ne poserai les armes qu'après vous avoir vaincu. Vous avez compté sur ma faiblesse pour braver la dignité royale; je vous montrerai, par mon ardeur à la venger, que j'étais digne d'en être le dépositaire.

ÉTIENNE MARCEL.

Je sais quelle est votre haine pour moi, et vous n'avez pas besoin de me parler ainsi, pour me la faire connaître. Votre réponse à Maillard et votre présence ici me montrent assez ce que je dois attendre de vous. Mais si vous pensez avoir circonvenu le roi de Navarre et si vous comptez sur son appui pour vous défaire de moi, détrompez-vous; j'ai en lui un allié que vous ne parviendrez pas à me rendre infidèle.

LE DUC.

Votre impudence n'a plus de limite, et je sens que c'est me dégrader que de vous entendre. Je me retire, mais vous aurez bientôt de mes nouvelles.

ÉTIENNE MARCEL.

Je ne vous crains pas, et je saurai soutenir la guerre à mort que vous me déclarez.

SCÈNE IV

ÉTIENNE MARCEL.

Quel excès d'aveuglement! Pour me combattre, moi qui

ne demande qu'à le soutenir contre ses vrais ennemis, moi
qui ne réclame de lui que quelques réformes aussi utiles au
trône qu'au tiers état, il vient ici mendier le secours d'un
homme dont il a fait égorger l'ami et qu'il a fait traîner lui-
même en prison. Il me tarde de savoir ce qui peut avoir été
arrêté entre le roi de Navarre et lui.

SCÈNE V

ÉTIENNE MARCEL, JEAN MAILLARD.

JEAN MAILLARD.

J'ai fait annoncer au roi de Navarre que vous demandiez
à lui parler. Il vous attend.

ÉTIENNE MARCEL.

Je vous remercie; car j'ai hâte de le voir. J'espère que
mon entretien avec lui ne sera pas bien long; attendez-moi
ici, nous retournerons ensemble à Paris.

JEAN MAILLARD.

Je vous attends.

SCÈNE VI

JEAN MAILLARD.

J'ignore encore ce qui a été convenu entre le Dauphin et
Charles de Navarre. Au surplus, il est probable que le plan
de ce matin n'est pas changé; je me mettrai, quoi qu'il arrive, en mesure de l'exécuter.

SCÈNE VII

JEAN MAILLARD, LE DUC DE NORMANDIE.

LE DUC.

Êtes-vous seul, Maillard?

JEAN MAILLARD.

Oui, monseigneur, mais pour peu de temps. Étienne va revenir ici tout à l'heure. Il est en ce moment en conférence avec le roi de Navarre.

LE DUC.

Écoutez : le roi m'a promis de s'unir à moi demain pour entrer dans Paris, à l'heure convenue. Il est possible que Marcel parvienne à le ramener à lui. Quand il va revenir ici, tout à l'heure, faites en sorte de savoir le résultat de l'entrevue, et hâtez-vous de venir me l'apprendre; je vous attendrai dans la salle basse du château; et, s'il en est besoin, nous changerons nos dispositions.

JEAN MAILLARD.

Il sera fait comme vous désirez. Mais retirez-vous ; il serait imprudent de rester ici plus longtemps.

LE DUC.

Soit. Je compte sur vous.

SCÈNE VIII

JEAN MAILLARD.

Le Dauphin ne me ménage pas; il me fait courir bien des dangers. Heureusement mon œuvre touche à son terme. Allons, du courage; aucune récompense ne s'obtient sans peine.

SCÈNE IX

JEAN MAILLARD, ÉTIENNE MARCEL.

JEAN MAILLARD.

Eh bien! avez-vous détruit l'effet des efforts du régent auprès du roi de Navarre?

ÉTIENNE MARCEL.

Oui, et sans peine. Le roi de Navarre s'était laissé séduire

par de belles paroles. Le Dauphin lui avait promis le comté
de Champagne; mais c'est une promesse qu'il ne peut ni ne
veut exécuter, je le lui ai fait comprendre. Il a paru vivement regretter sa désertion momentanée; il a été le premier
à me rappeler les services que je lui ai rendus, et à me demander pardon d'avoir pu les oublier. Bref, il s'est mis à ma
disposition avec toutes ses troupes.

JEAN MAILLARD.

A merveille; mais son désintéressement n'est qu'appa-
rent. Une fois le service rendu, il faudra qu'il en soit payé,
et comment pensez-vous vous acquitter?

ÉTIENNE MARCEL.

Au point où nous en sommes, j'aurais tort de vous rien
dissimuler. Le roi de Navarre est libéral; s'il était roi de
France, il ratifierait, sans hésitation, les ordonnances des
États; peut-être, si je ne puis obtenir qu'à ce prix le salut
du pays, lui poserai-je sur la tête un diadème que lui seul
est aujourd'hui capable de porter.

JEAN MAILLARD.

Je vous entends; mais vous savez que nos instants sont
comptés; dites-moi de quoi vous êtes convenu avec le roi.

ÉTIENNE MARCEL.

Il doit se trouver à minuit précis à la porte Saint-Antoine
avec une moitié de ses forces. L'autre moitié se présentera
à la porte Saint-Honoré à la même heure. Les deux corps,
après être ainsi entrés dans la ville par les deux extrémités
opposées, massacreront et chasseront devant eux tous les
hommes vendus au duc, qui, se trouvant pris de deux côtés
à la fois, ne pourront leur échapper. Les maisons qui devront
être respectées seront marquées d'un signe facile à reconnaître.

JEAN MAILLARD, *à part.*

Ciel! (*A Marcel.*) Qui enverrez-vous au-devant de ces
deux corps d'armée?

ÉTIENNE MARCEL.

J'irai moi-même au-devant du roi. C'est vous, si vous y consentez, qui ouvrirez à l'autre partie de son armée la porte Saint-Honoré.

JEAN MAILLARD.

Je le veux bien; mais nous n'avons que le temps d'exécuter ce plan.

ÉTIENNE MARCEL.

Je le sais; devancez-moi à Paris, allez y organiser la petite troupe qui devra m'accompagner à la porte Saint-Antoine; qu'elle soit peu nombreuse, mais composée d'hommes sûrs.

JEAN MAILLARD.

Où devront-ils vous attendre?

ÉTIENNE MARCEL.

Derrière l'hôtel de ville, sur la place Saint-Jean.

JEAN MAILLARD.

A quelle heure?

ÉTIENNE MARCEL.

Quand onze heures sonneront à l'horloge du beffroi. Préparez-vous aussi une escorte bien armée, avec laquelle vous pourrez, de votre côté, vous rendre à la porte Saint-Honoré à la même heure.

JEAN MAILLARD.

Soyez tranquille, c'est mon affaire.

ÉTIENNE MARCEL.

Quand toutes vos mesures seront prises, venez me voir à l'hôtel de ville, avant de rien exécuter. Il est déjà huit heures; hâtez-vous.

JEAN MAILLARD.

Je serai chez vous avant dix heures.

SCÈNE X

ÉTIENNE MARCEL.

Dieu m'est témoin que je ne voulais pas la guerre civile, et que je suis innocent du sang qui va se répandre.

SCÈNE XI

ÉTIENNE MARCEL, CHARLES MAILLARD.

CHARLES MAILLARD.

Pardonnez-moi, monsieur le prévôt, de venir vous chercher jusque dans ces lieux ; mais il est des cas où les convenances sont impossibles à observer. En allant vous voir à l'hôtel de ville, où j'espérais vous trouver, j'ai rencontré monseigneur l'évêque de Laon, qui m'a prié de vous dire de revenir promptement, et de vous donner avis que la conspiration formée contre vous est puissante, qu'il y est entré un grand nombre de bourgeois, et que les conspirateurs semblent tellement sûrs du succès, qu'ils ne se donnent même plus la peine de cacher leurs desseins. Il craint qu'ils ne viennent à être instruits de votre absence, et qu'ils n'en profitent pour tenter un coup de main.

ÉTIENNE MARCEL.

Je vous remercie, mon cher enfant, de votre empressement à me rendre service. Je regrette que vous ayez pris tant de peine ; j'allais retourner à Paris ; mais je n'en suis pas moins touché de votre zèle. Je pars à la hâte ; pardonnez-moi de ne pouvoir être à vous. Nous aurons, espérons-le, des temps meilleurs, où je pourrai vous dédommager.

SCÈNE XII

CHARLES MAILLARD.

Homme vertueux et désintéressé ! Il ne mérite pas toutes

les épreuves qu'il subit. N'est-on pas dégoûté des honneurs quand on voit ce qu'ils coûtent, et peut-on comparer les jouissances qu'ils procurent au bonheur d'un amour calme et pur? Quelle différence entre ses préoccupations et les miennes! Si j'avais osé, je lui aurais parlé de ses intentions réelles à l'égard de Jeanne. Je l'aurais prié de fléchir mon père. Mais j'ai bien fait de résister à ma tentation; ne lui aurais-je pas paru insensé si je l'avais entretenu de mon amour au milieu de circonstances si terribles?

SCÈNE XIII

CHARLES MAILLARD, JEAN MAILLARD.

JEAN MAILLARD.

Qu'es-tu venu faire ici? Tu as dû parler au prévôt. Pendant que j'étais dans la salle basse du château, je t'ai vu entrer ici; je t'ai appelé, mais tu étais ou paraissais tellement préoccupé que tu ne m'as pas entendu; quelques minutes après, j'ai vu Marcel sortir précipitamment. Qu'es-tu venu lui annoncer!

CHARLES MAILLARD.

Mon père, si vous voulez que je n'aie rien de caché pour vous, promettez-moi d'avance de me pardonner ce que j'aurai pu faire contre votre volonté.

JEAN MAILLARD.

Allons, pas de préambules inutiles.

CHARLES MAILLARD.

Triste et errant sans but, je suis entré ce soir dans l'hôtel de ville. Au lieu de Jeanne que j'y cherchais, j'y ai rencontré Robert le Coq, le fameux orateur des États, qui paraissait en proie à de vives inquiétudes. Il m'a reconnu pour votre fils; il m'a dit qu'un parti puissant conspirait contre Marcel, et, craignant que son absence ne vînt à être connue, il m'a prié d'aller l'avertir de rentrer au plus tôt à

Paris. Voilà, mon père, pourquoi vous l'avez vu sortir d'ici si précipitamment.

JEAN MAILLARD.

Tu n'aurais pas dû te charger de ce message.

CHARLES MAILLARD.

Pourquoi donc? Peut-être ai-je rendu un grand service à la cause de la bourgeoisie.

JEAN MAILLARD.

Écoute, mon fils. Ma conduite à ton égard a pu te sembler incompréhensible aujourd'hui. Je ne veux pas qu'elle te paraisse davantage une énigme. Mais dis-moi d'abord si je puis compter sur toi?

CHARLES MAILLARD.

Sur moi? Que voulez-vous dire? Ne suis-je pas votre fils, et un père doit-il douter de son enfant?

JEAN MAILLARD.

Je t'ai découvert mon antipathie pour Marcel; mais je ne t'ai pas tout appris. Je ne me suis pas contenté de le haïr, je me suis ligué contre lui avec le duc de Normandie, et c'est moi, moi qui suis l'âme de la conspiration que tu es venu lui découvrir.

CHARLES MAILLARD.

Vous, mon père! Est-ce possible? Mais songez-vous à quel excès vous emporte votre haine irréfléchie? Songez-vous qu'en conspirant contre Marcel, vous conspirez contre la bourgeoisie, contre le tiers état tout entier, qu'il représente, contre le pays, en un mot, qui n'espère son salut que de lui? Non, vous n'y avez pas songé, autrement vous ne vous seriez pas engagé dans une pareille entreprise.

JEAN MAILLARD.

J'ai tout pesé, mon fils, tout considéré; et c'est après mûr examen que je me suis décidé à entrer dans une voie qu'il me faut maintenant suivre jusqu'au bout.

CHARLES MAILLARD.

Et qu'espérez-vous faire ?

JEAN MAILLARD.

Au point où en sont les choses, il faut que le prévôt périsse ; sinon il découvrira ma trahison, et c'est moi qui serai sa victime.

CHARLES MAILLARD.

Il est encore un autre moyen de sortir de cette impasse. Laissez-moi aller me jeter aux pieds de Marcel ; il est généreux, et je le supplierai avec tant d'âme, qu'il ne pourra me refuser votre pardon. Si vous craignez de ne pas l'obtenir, éloignez-vous et mettez-vous à tout hasard à l'abri de sa vengeance ; mais, je vous en supplie, ne restez pas dans la voie affreuse où vous êtes ; songez que c'est la mort d'un ami que vous conspirez ; songez qu'en le faisant périr vous ruineriez du même coup les espérances de tout un peuple épuisé, qui soupire après l'heure de sa délivrance !

JEAN MAILLARD.

Tes instances sont inutiles.

CHARLES MAILLARD.

Quoi ! vous êtes inflexible !

JEAN MAILLARD.

Tais-toi et prête-moi une oreille attentive ; car j'aurai bientôt besoin de ton bras. Marcel avait eu connaissance du complot avant de venir ici ; il a, pour le déjouer, voulu frapper un grand coup. Il est convenu avec le roi de Navarre que, cette nuit à minuit, il lui ouvrirait la porte Saint-Antoine, par laquelle il doit entrer dans la ville avec la moitié de ses forces, tandis que moi, j'irais, à la même heure, en recevoir l'autre moitié à la porte Saint-Honoré. Les troupes du roi doivent ainsi faire irruption dans Paris de deux côtés à la fois, fondre à l'improviste dans les maisons des conspirateurs, et en faire un massacre général. Je viens de faire part de ce projet au régent, et voici ce qui a été arrêté entre lui et moi : Marcel, pour n'inspirer de soupçons à personne, ne se rendra à la porte Saint-Antoine qu'avec cinq ou six hommes dévoués. Je réunirai, de mon côté, bon nombre des partisans du Dauphin, j'irai avec eux me poster auprès de cette porte quelques instants avant l'arrivée du prévôt, et je tomberai sur lui à l'improviste avec mes gens.

CHARLES MAILLARD.

Ainsi, c'est vous qui lui porterez le coup mortel !

JEAN MAILLARD.

Cela est possible ; mais que veux-tu dire par là ?

CHARLES MAILLARD.

Ce que je veux dire ? Je veux dire que vous méditez un crime !

JEAN MAILLARD.

Il n'en est pas moins vrai que je compte sur vous pour l'accomplir.

CHARLES MAILLARD.

Jamais je n'y tremperai les mains, dussiez-vous me donner votre malédiction !

JEAN MAILLARD.

Vous vous moquez de l'autorité paternelle ; prenez garde, mon fils ; si vous ne me prêtez pas votre concours, malgré mon affection pour vous, je ne vous permettrai pas de me désobéir impunément.

CHARLES MAILLARD.

Un fils n'est pas coupable, quand il refuse d'exécuter les ordres sanguinaires de son père. Vous pourrez vous venger de ma désobéissance ; mais vous ne pourrez me contraindre à m'associer à votre forfait.

JEAN MAILLARD.

Mon forfait! Oses-tu bien juger ainsi les actes de ton père? Sais-tu quels sont les sentiments que j'éprouve, quels sont les motifs secrets qui me font agir ? Et quand je te donne un ordre, as-tu le droit de le contrôler?

CHARLES MAILLARD.

J'ai reçu, comme tous les hommes, la faculté de discerner
le bien et le mal, et je ne puis me résoudre à faire le mal,
même pour obéir à des desseins secrets, que je ne connais
pas.

JEAN MAILLARD.

Tu m'as assuré que je pouvais compter sur toi ; tu n'es
plus libre de ne pas obéir.

CHARLES MAILLARD.

Si je me suis mis sans réserve à vos ordres, c'est que je
ne pensais pas, je n'aurais pas même osé soupçonner que
mon père voulût m'associer à des projets si criminels.

JEAN MAILLARD.

Misérable, crois-tu que je vais te prier longtemps ?
Crois-tu que je vais supporter longtemps tes injures ? Je
t'ai confié mon secret. Il faudra, bon gré mal gré, que tu
m'assistes dans mon entreprise. Et, je t'en avertis, si je
m'aperçois que tu veuilles me trahir, je te considérerai et
te traiterai comme un ennemi, et tu subiras le sort que je
réserve à Marcel.

CHARLES MAILLARD..

Mais, mon père, pensez-vous à ce que vous m'ordonnez ?
Oubliez-vous que Jeanne est la fille de Marcel, que cette
femme est le rêve de ma vie, et que ce serait le comble de
la barbarie que de m'obliger à être le meurtrier de son père.
Malgré tout le respect que j'ai pour vos volontés, je vous le
déclare, je me laisserais plutôt égorger par vos mains que
de participer à la mort de cet homme vénérable.

JEAN MAILLARD.

Mais veux-tu donc que je m'expose à manquer mon coup,
et que ce soit moi qui périsse ?

CHARLES MAILLARD.

Il n'est point, mon père, de calamité, qui puisse m'être
aussi douloureuse que votre mort ; mais croyez-vous que

c'est moi qui pourrai vous aider utilement? Pour exécuter votre dessein, mon appui ne peut vous être utile, et vous trouverez assez d'hommes, qui, à prix d'argent, mettront leur poignard à votre service. Employez-les de préférence; leur bras sera plus sûr que le mien.

JEAN MAILLARD.

Écoute, Charles, je t'aime, et je ne veux point te contraindre; mais, mon cher fils, tu as mon secret; ma vie est dans tes mains; un seul mot pourrait me perdre; promets-moi, jure-moi de ne parler à qui que ce soit au monde de la révélation, que je viens de te faire.

CHARLES MAILLARD.

Mais au moins, mon père, ne pourrai-je découvrir ce complot à Marcel, sans parler de vous?

JEAN MAILLARD.

C'en est trop; jure-moi sur l'heure de ne divulguer à personne le secret, que je t'ai confié, ou crains ma colère.

CHARLES MAILLARD.

Vous le voulez; eh! bien je vous le jure; mais maintenant je sais ce qui me reste à faire.

JEAN MAILLARD.

Songe que si tu violes ton serment, tu encourras tout ce que ma vengeance pourra inventer de plus terrible.

CHARLES MAILLARD.

Je m'en souviendrai, et pour ne point m'exposer à manquer à ma parole et à m'attirer votre colère, je me débarrasserai bientôt d'une vie qui ne peut plus que m'être insupportable.

ACTE CINQUIÈME

La scène est à Paris; même décor que dans les trois premiers actes. Il est
nuit; la grande salle de l'hôtel de ville n'est que faiblement éclairée.

—

SCÈNE PREMIÈRE

JEAN MAILLARD, ÉTIENNE MARCEL.

ÉTIENNE MARCEL.

Vous êtes exact, Maillard; c'est bien à vous; je n'attendais pas moins de votre zèle.

JEAN MAILLARD.

C'est qu'aujourd'hui l'exactitude est plus que jamais pré-
cieuse; le moindre retard pourrait nous perdre.

ÉTIENNE MARCEL.

Vous avez réuni au lieu convenu les hommes qui doivent
m'accompagner?

JEAN MAILLARD.

Ils sont prêts et vous attendent, silencieux et séparés
les uns des autres, pour ne donner l'éveil à personne.

ÉTIENNE MARCEL.

Quels gens m'avez-vous choisis?

JEAN MAILLARD.

Des hommes sur le courage et l'intelligence desquels
vous pouvez compter : votre frère Gilles Marcel, clerc de la
marchandise; Charles Toussac, Joceran de Mâcon et Jean
de l'Isle, mes collègues; Philippe Giffart et Simon le Paon-
nier, anciens échevins; Jean de Sainte-Aude et Robert de
Corbie, députés aux États généraux.

15.

ÉTIENNE MARCEL.

Vous ne pouviez mieux choisir. Est-ce tout?

JEAN MAILLARD.

Oui; votre escorte sera ainsi assez forte pour vous défendre au besoin, et assez faible pour passer inaperçue.

ÉTIENNE MARCEL.

Je m'en rapporte à vous; mais vous, vous savez que vous
devez vous rendre à la porte Saint-Honoré. Avez-vous préparé vos hommes?

JEAN MAILLARD.

Ils m'attendent à Saint-Jacques de l'Hôpital.

ÉTIENNE MARCEL.

Avez-vous fait mettre un signe distinctif sur les maisons
qui devront être respectées?

JEAN MAILLARD.

Oui, vous le reconnaîtrez vous même tout à l'heure en
suivant la rue Saint-Antoine. Mais je vous quitte; il est
onze heures; je n'ai que le temps de remplir ma mission.

ÉTIENNE MARCEL.

Allez, et du courage à tout événement.

JEAN MAILLARD.

Vous pourrez bientôt juger par vous-même que je n'en
manque pas.

SCÈNE II

ÉTIENNE MARCEL.

A quelle extrémité me réduit l'opiniâtreté du Dauphin!
Pour arriver à protéger les droits sacrés d'un peuple injustement opprimé, il faut que je verse le sang de mes concitoyens, que j'ôte le trône à la dynastie des Valois, et que
j'en établisse une autre à sa place. Que de maux peut causer l'aveuglement des rois!

SCÈNE III

ÉTIENNE MARCEL, ROBERT LE COQ.

ÉTIENNE MARCEL.

Vous voilà, Robert; m'apportez-vous quelque nouvelle?
Avez-vous découvert quelque chose?

ROBERT LE COQ.

Hélas! non ; je n'ai que de vagues indices sur le chef de
la conspiration ; mieux vaudrait une ignorance complète que
l'incertitude où je suis.

ÉTIENNE MARCEL.

N'importe! Nous touchons au moment décisif. Dites-moi
promptement ce que vous savez.

ROBERT LE COQ.

J'ai retrouvé l'homme à qui je devais les premières révélations que vous connaissez. Mais il n'a pas revu Pepin des
Essarts, qui nous croit sans doute instruits de sa trahison ;
car il a disparu tout à coup. Tout ce que j'ai pu savoir par
ce révélateur, c'est que le chef du complot est un des quatre
échevins, un des hommes sur lesquels vous deviez surtout
compter, qui connaissent vos secrets et peut-être même le
plan que vous avez arrêté pour ce soir. Qui sait si n'est pas
Maillard lui-même, en qui vous avez tant de confiance?

ÉTIENNE MARCEL.

Que dites-vous? Maillard est le dernier que je songerais
à accuser. S'il avait eu la pensée de me trahir, serait-il
venu ce matin me demander la main de ma fille pour son
fils Charles? Ignorez-vous, d'ailleurs, tout ce qu'il a fait
aujourd'hui pour me seconder dans mon entreprise? Non,
non, rassurez-vous, je connais Maillard; c'est un honnête
homme; il est incapable de me trahir.

ROBERT LE COQ.

Il suffit. Je ne prétends accuser personne ; mais j'éprouve

des doutes cruels. Peut-être, en ne les partageant pas, êtes-vous plus sage que moi.

ÉTIENNE MARCEL.

Je conçois vos craintes, Robert; quand on est si près du but, on tremble plus que jamais de ne pas l'atteindre. Mais, croyez-moi, ne nous arrêtons pas à des indices qui n'ont rien de précis. Nous avons fait tout ce qu'il était humainement possible de faire; abandonnons-nous maintenant à la volonté de la Providence, et marchons sans redouter les traîtres.

ROBERT LE COQ.

Marchons; le parti le plus prudent, c'est de ne pas différer. Si les conspirateurs connaissent notre plan, il faut, pour les empêcher de le faire avorter, en précipiter l'exécution.

SCÈNE IV

Les |Mêmes, JEANNE.

ÉTIENNE MARCEL, *à part.*

Ma fille! (*A Jeanne.*) Que veux-tu, ma chère enfant? Tu ne dors pas encore?

JEANNE.

Mon père, j'attendais que vous vinssiez m'embrasser. Ordinairement vos affaires ne vous absorbent pas jusqu'à une heure si avancée. Aujourd'hui, vous voyant attardé, et ne sachant pas combien de temps il faudrait vous attendre encore, je suis venue vous embrasser avant que d'aller me reposer. Monseigneur l'évêque m'excusera de l'avoir dérangé dans sa conversation avec vous?

ROBERT LE COQ.

Certainement, mademoiselle.

ÉTIENNE MARCEL, *embrassant sa fille.*

Va, va te reposer. Tu n'es pas raisonnable de m'avoir ainsi attendu.

ROBERT LE COQ.

Partons, le temps presse.

ÉTIENNE·MARCEL.

Je suis obligé de sortir un instant pour faire l'inspection des guets ; je reviens tout de suite. A mon retour, je veux te retrouver endormie. (*A Robert*.) Hâtons-nous ; le moment est venu de sauver la patrie.

SCÈNE V

JEANNE.

Que signifie tout ce que je vois ? Il se passe aujourd'hui quelque chose d'extraordinaire. Les contradictions de Maillard, le souci plus que jamais gravé dans les traits de mon père, son entretien avec l'évêque de Laon à cette heure avancée, sa sortie avec lui, tout cela m'annonce qu'il se trame quelque chose de mystérieux. Pourvu que mon pauvre père ne coure aucun danger et ne soit pas à la fin la victime de son patriotisme !... Je ne vis plus, je n'ai plus un instant de calme depuis deux ans qu'il est au pouvoir. Au milieu du luxe je regrette ma franche et pure gaieté d'autrefois, dont la crainte n'interrompait jamais le cours. Aujourd'hui que j'occupe une position enviée, je suis malheureuse ; à chaque moment je tremble pour les jours de mon père, et mon cœur, embrasé d'amour, soupire vainement après l'objet de ses vœux ! Ah ! faut-il qu'à mon âge la vie soit déjà un fardeau ? Mais je suis folle de toujours m'arrêter aux mêmes idées ; je le vois, le plus sage parti que j'aie à prendre, c'est de suivre le conseil de mon père et de chercher dans le sommeil l'oubli de mes maux.

SCÈNE VI

JEANNE, CHARLES MAILLARD.

CHARLES MAILLARD.

Ne vous effrayez pas de me voir chez vous à cette heure.

Avant de mourir, j'ai voulu vous voir une dernière fois ; j'ai voulu presser encore une fois sur mon cœur votre main chérie.

JEANNE.

Que signifient ces paroles ? D'où vous vient cette résolution ? Vous m'effrayez, expliquez-vous.

CHARLES MAILLARD.

Il n'était que trop vrai, ma chère Jeanne, que mon père était décidé à ne pas consentir à notre union. Désormais un mariage est devenu impossible entre nous. La volonté du destin est plus puissante que la nôtre ; rien ne peut plus nous réunir, et, pour mettre un terme à mon désespoir, il ne me reste plus qu'à mourir.

JEANNE.

Je vous en supplie, Charles, dites-moi vite quel est l'obstacle insurmontable qui s'est élevé entre nous.

CHARLES MAILLARD.

Vous ne tarderez pas à le connaître ; ne me forcez pas à vous l'apprendre.

JEANNE.

Vous ignorez donc les tortures auxquelles vous me soumettez ? Ah ! si vous avez quelque pitié pour moi, ne me laissez pas davantage dans mon ignorance. Je ne tiens pas plus que vous à la vie ; vous êtes le seul lien qui m'y attache, et si vous mourez, il sera rompu. Mais j'ai de sombres pressentiments et, sans savoir pourquoi, je tremble pour les jours de mon père. Tout aujourd'hui m'a paru mystérieux, incompréhensible. Je vous en supplie, au nom de notre amour, dites-moi la vérité.

CHARLES MAILLARD.

Je voudrais, au prix de ma vie, pouvoir vous la dire ; mais mon père m'a fait jurer de ne la révéler à personne.

JEANNE.

Mais alors, barbare, qu'es-tu venu faire ici ? Ne pouvais-tu te dispenser de me jeter dans de si affreuses angoisses ?

CHARLES MAILLARD.

C'est une folie que j'ai commise par excès d'amour ; ne me la faites pas expier cruellement en me forçant à être parjure au moment de rendre le dernier soupir.

JEANNE.

Si tu te rends parjure, j'en accepte la responsabilité devant Dieu.

CHARLES MAILLARD.

Non, je n'ai jamais manqué à ma parole, je n'y faillirai pas à ma dernière heure.

JEANNE.

Veux-tu donc emporter ma malédiction dans la tombe? Veux-tu que je te haïsse tous les jours de ma vie? Veux-tu, si mon père est en danger, que je te considère comme son meurtrier? Il le faut, il n'y a pas de parjure qui tienne. Tu es venu me jeter la mort dans le cœur; tu ne sortiras pas d'ici avant de m'avoir révélé tout ce que tu sais.

CHARLES MAILLARD.

Tu veux donc faire de moi un misérable?

JEANNE.

Tu le seras bien plus encore si ton silence opiniâtre doit causer le trépas de mon père.

CHARLES MAILLARD.

Il le faut donc?

JEANNE.

Oui, sans délai.

CHARLES MAILLARD.

Ah ! tu ne sais pas quel est le sacrifice que je te fais. Mais puisque tu veux que je te le dise, tu sauras que mon père conspire contre le tien, et que tout à l'heure peut-être ils vont s'égorger tous les deux !

JEANNE.

Ciel ! Mais où sont-ils? Il faut les empêcher de se rencontrer. Il faut protéger les jours de mon père.

CHARLES MAILLARD.

Hélas! je crains qu'il ne soit déjà trop tard.

JEANNE.

Tu restes ici! Ah! je t'en supplie, puisque tu sais où ils sont, cours donc, cours les séparer s'il en est temps encore.

CHARLES MAILLARD.

Je t'obéis, adieu!

SCÈNE VII

JEANNE.

Mon père est donc allé se jeter dans le plus infâme guet-apens. Malgré son courage, il faudra qu'il succombe sous le nombre de ses ennemis. Peut-être en ce moment expire-t-il sous les coups de celui qu'il croyait son partisan le plus fidèle et son meilleur ami. O mon Dieu! foudroyez-moi, ou mettez un terme à mes angoisses!

SCÈNE VIII

JEANNE, ROBERT LE COQ.

JEANNE.

Mon père?... qu'avez-vous fait de mon père? qu'est-il devenu? Ah! parlez...

ROBERT LE COQ.

J'aurais tort de vous rien dissimuler. Il vient de périr de la main du traître Maillard.

JEANNE.

Le monstre! Personne n'a donc pu sauver mon père?

ROBERT LE COQ.

Tous les amis de Marcel sont tombés à ses côtés; moi seul, grâce à l'obscurité, j'ai pu m'enfuir et vous apporter cette affreuse nouvelle.

JEANNE.

O mon Dieu ! est-ce là ta justice ?

ROBERT LE COQ.

Mademoiselle, je respecte, je partage votre douleur ; mais votre vie et la mienne sont en péril ; il faut vous hâter de me suivre.

JEANNE.

Vous suivre ! pourquoi faire ? Qu'ai-je à craindre désormais ?

ROBERT LE COQ.

Maillard vient d'ouvrir la porte Saint-Antoine au régent. Il n'est pas douteux qu'ils vont immédiatement se diriger sur l'hôtel de ville. S'ils nous trouvent ici, nous sommes perdus.

JEANNE.

Tant mieux ! qu'ils viennent, je serai plus tôt vengée.

ROBERT LE COQ.

Mademoiselle, le désespoir vous égare ; reprenez vos esprits ; suivez-moi au palais de justice, vous y trouverez un asile impénétrable.

JEANNE.

Non, vous dis-je, je veux rester ici.

ROBERT LE COQ.

Vous voulez donc vous livrer vous-même à vos ennemis ?

JEANNE.

Que m'importe ! S'ils m'arrachent la vie, ils ne pourront m'empêcher de leur cracher leurs infamies au visage.

SCÈNE IX

Les Mêmes, LE DUC DE NORMANDIE, *revêtu d'une cotte de mailles dorée*, JEAN MAILLARD, JEAN DE CHARNY, PEPIN DES ESSARTS, *armés de haches sanglantes*, Seigneurs *couverts d'armures d'acier*, ARCHERS ET GARDES, *portant des torches.*

ROBERT LE COQ.

Voici le duc !

JEANNE.

Sa vue redouble ma fureur.

LE DUC.

Qu'on saisisse ce traître.

ROBERT LE COQ.

Arrêtez, soldats ; je suis trois fois inviolable, et comme évêque, et comme président-clerc au parlement, et comme membre des États généraux et du conseil des États.

LE DUC.

Qu'on exécute mon ordre, et que ce vil rhéteur soit conduit au Châtelet. *(Des archers entraînent Robert.)*

SCÈNE X

LES MÊMES, *moins* ROBERT LE COQ.

JEANNE, *au Duc.*

Il ne te reste plus que moi à faire périr ; ce dernier trait de bravoure couronnerait dignement tes hauts faits ; mais j'aurai ta vie avant que tu aies pu m'arracher la mienne. *(Elle saisit rapidement le poignard de l'un des archers, et s'élance vers le régent.)*

LE DUC.

A moi, gardes. *(Les gardes, qui ont aperçu le mouvement de Jeanne, se jettent sur elle et l'arrêtent.)*

JEANNE.

Tes sicaires sont plus forts que moi ; je suis en ton pouvoir ; achève ton œuvre, trempe dans le sang de la fille tes mains encore fumantes de celui du père ; tu le peux ; mais je ne te crains pas et je me ris de tes tourmenteurs ; s'ils déchirent mon corps, ils ne pourront point, du moins, m'empêcher, moi aussi, de me venger, de te faire rougir devant eux, et de te dire enfin que, pour être Dauphin, tu n'en es pas moins lâche.

JEAN MAILLARD.

C'est trop de patience, monseigneur ; il faut en finir avec cette insensée.

LE DUC.

Allez, Maillard, à la Tournelle, et faites-lui préparer son cachot.

JEANNE.

Va, monstre ; cours exécuter les ordres de ton maître ; triomphe ; mais calme ta joie, ton sort est plus misérable que le mien ; mon supplice ne durera que quelques heures ; le tien sera aussi long que ta vie ! Tu as un fils ; s'il meurt, ta conscience te reprochera sans cesse d'avoir été son bourreau ; s'il survit, tu seras l'objet de son constant mépris.

LE DUC.

Ne lui répondez pas, Maillard, et hâtez-vous.

SCÈNE XI

LES MÊMES, *moins* JEAN MAILLARD.

PEPIN DES ESSARTS.

Monseigneur, vous pouvez maintenant rentrer au Louvre. La révolution bourgeoise est terminée, et c'est un bourgeois qui l'a tuée.

JEAN DE CHARNY.

Et si jamais elle recommence, Monseigneur, vous le voyez, elle ne sera pas à craindre ; il se trouvera toujours dans son sein des traîtres qui la feront avorter.

JEANNE.

Ne vous réjouissez pas tant ; c'est l'ignorance des masses

qui fait la force des traîtres ; mais elles ouvriront les yeux,
et le temps n'est peut-être pas loin où elles ne se laisse-
ront plus égarer par eux.

LE DUC.

C'est trop d'audace ; gardes, allez à la Tournelle remettre
cette femme aux mains de Jean Maillard.

JEANNE.

Oui, fais-moi mettre à mort, fais périr avec moi les derniers amis de mon père : un jour le sang versé fécondera
son œuvre.

PAUL ET PAULINE

COMÉDIE EN UN ACTE, EN VERS

PERSONNAGES

—

M. VALBRAY.
PAULINE.
PAUL.

PAUL ET PAULINE

SCÈNE PREMIÈRE

MONSIEUR VALBRAY, PAULINE

MONSIEUR VALBRAY.

Ma fille, il faut aller refaire ta toilette.

PAULINE.

Comment! pour ce matin n'est-elle pas bien faite?

MONSIEUR VALBRAY.

C'est vrai, ma chère enfant, et tu n'as pas besoin,
Pour éblouir mes yeux, d'y mettre tant de soin;
Mais, comme moi, le monde a-t-il les yeux d'un père?

PAULINE.

Le monde! Êtes-vous bon de songer à lui plaire?
Moi, de ses jugements je ne prends nul souci.

MONSIEUR VALBRAY.

Je ne t'entendrai pas parler toujours ainsi.

PAULINE.

Et moi, je crois qu'avant de changer de langage,
De jamais en changer j'aurai dépassé l'âge.

MONSIEUR VALBRAY.

De semblables propos ne te conviennent pas.
Va t'habiller.

PAULINE.

J'y vais, mon père, de ce pas.
Mais pourquoi ce matin faut-il que je m'habille?
Attendez-vous déjà des amis?

MONSIEUR VALBRAY.

Non, ma fille.
J'attends tout simplement un peintre de portraits,
Que, pour faire le tien, je fais venir exprès.

PAULINE.

Mon portrait! Je le vois, dans votre amour extrême,
Il vous faut mon image à défaut de moi-même,
Et, me couvant toujours des yeux comme un trésor,
Absente, vous voulez me contempler encor.
Ah! que vous êtes bon, et quelle douce ivresse
Répand dans tout mon être une telle tendresse!

MONSIEUR VALBRAY.

Oui, ma fille, je t'aime, et ta félicité
Est le seul bien que j'aie ici-bas souhaité.
Mais fais trêve un instant à ton élan candide;
Car tu n'as pas compris le motif qui me guide.

PAULINE.

Quel est donc ce motif?

MONSIEUR VALBRAY.

Je veux te marier.

PAULINE.

Avez-vous donc juré de me contrarier,
Mon père? Et, quand, depuis trois mois, je vous répète
Que, pour me marier, je ne me sens point faite,
Pourquoi sur ce sujet sans cesse revenir?

MONSIEUR VALBRAY.

C'est qu'un peu mieux que toi je lis dans l'avenir;
Un homme peut toujours songer au mariage,
Mais une fille en a bientôt dépassé l'âge.

PAULINE.

Et qu'est-ce que cela peut lui faire, après tout,
Quand pour le mariage elle n'a point de goût ?

MONSIEUR VALBRAY.

Le goût change à ton âge; aujourd'hui ce qui charme
Demain n'est déjà plus qu'une cause d'alarme.
Écoute mes conseils, et tu m'en sauras gré.

PAULINE.

Non, mon père, jamais je ne me marîrai.

MONSIEUR VALBRAY.

Mais que feras-tu donc, et quelle est ton envie?

PAULINE.

Sans souci, près de vous je passerai ma vie.

MONSIEUR VALBRAY.

Pourquoi former ainsi des projets superflus?
Tu seras jeune encor, quand je ne serai plus;
Et si je te laissais, en mourant, vieille fille,
Tu serais condamnée à vivre sans famille;
Tu n'aurais après moi nul parent qui pourrait
Diminuer le vide où ma mort te mettrait.

PAULINE.

Que voulez-vous me dire? expliquez-vous, mon père.

MONSIEUR VALBRAY.

Tu connais la moitié de ce triste mystère ;
Je dois t'en achever la révélation.
Écoute-moi, ma fille, avec attention.

PAULINE.

J'attends.

MONSIEUR VALBRAY.

Je suis ton père, et dans mon cœur je trouve
Pour toi des sentiments qu'un père seul éprouve.
Mais de la parenté qui nous unit tous deux
La nature a formé toute seule les nœuds.

16

Pour apprendre le droit et voir la capitale,
A vingt ans je partis de ma ville natale ;
Je rencontrai ta mère ; elle avait les attraits
Que je retrouve encore aujourd'hui dans tes traits ;
Et lorsque je te vois ou pleurer ou sourire,
Pour moi c'est elle encor qui rit ou qui soupire.
Je l'aimai, je lui fis l'aveu de mon amour ;
Elle y crut et bientôt le paya de retour.
Ma famille, en faisant épier ma conduite,
De cette liaison fut promptement instruite ;
Elle voulut la rompre, et fit tous ses efforts
Pour me faire cesser ces coupables rapports.
Ta mère, sans murmure, offrant de s'y résoudre,
De mon amour pour elle ainsi se fit absoudre,
Et depuis ce moment, pendant près de neuf ans,
Nous vécûmes tous deux sans autre contre-temps.
Auprès d'elle j'aurais passé ma vie entière ;
Mais il fallait enfin choisir une carrière ;
Ma famille y songea : par un ordre fatal
Elle me rappela dans mon pays natal ;
J'obéis, et, n'osant voir sa douleur amère,
La nuit, furtivement, j'abandonnai ta mère...
Sans pleurer aujourd'hui je ne puis y penser.

PAULINE.

Mon père, je suis là pour vous la remplacer ;
Calmez votre chagrin.

MONSIEUR VALBRAY.

　　　　J'aurais mieux fait peut-être
De garder le secret que je t'ai fait connaître.

PAULINE.

Non, mon père, achevez ; car le temps est venu
De ne plus me laisser ce secret inconnu.

MONSIEUR VALBRAY.

Je poursuis : à Rouen mon père était notaire ;
Son office était bon ; je le pris pour lui plaire,

Et peu de temps aprés, j'eus beau me récrier,
Pour lui complaire encor, je dus me marier.
Entre les mains de Dieu je mis mes destinées,
Je m'armai de courage, et pendant dix années
Je remplis chaque jour avec un soin jaloux
Mes devoirs de notaire et mes devoirs d'époux.
Mais, tout en demeurant à mes devoirs fidèle,
Je pensais à ta mère et n'aimais toujours qu'elle.

PAULINE.

Enfin qu'arriva-t-il ?

MONSIEUR VALBRAY.

Ma femme, après ce temps.
Mourut subitement, sans me laisser d'enfants.
Depuis longtemps déjà j'avais perdu mon père ;
Rien ne m'empêchait plus d'aller revoir ta mère.
A mon principal clerc aussitôt, à vil prix,
Je vendis mon étude, et partis pour Paris.....
Mais tantôt seulement je t'apprendrai le reste ;
En parlant, j'oubliais que l'heure fuit sans cesse
Et que, s'il est exact, ici dans peu d'instants
Nous allons voir entrer l'artiste que j'attends.

PAULINE.

Quoi ! vous n'achevez pas ?

MONSIEUR VALBRAY.

Non, mais tu peux me croire,
Je te dirai tantôt la fin de cette histoire.
Va donc t'habiller.

PAULINE.

Soit. Mais je n'irai qu'autant
Que vous m'expliquerez pourquoi vous tenez tant,
Quand vous me possédez près de vous en nature,
A voir encor mes traits reproduits en peinture.

MONSIEUR VALBRAY.

Je n'en ai vraiment pas maintenant le loisir ;
Mais bientôt je pourrai me rendre à ton désir.

PAULINE.

Non, ce n'est pas bientôt, c'est sur-le-champ, mon père,
Que de vous je désire apprendre ce mystère.

MONSIEUR VALBRAY.

Mais, quand je te promets...

PAULINE.

Non, c'est un parti pris;
Je ne bougerai point que je ne l'aie appris.

MONSIEUR VALBRAY.

Eh bien, puisqu'il le faut, je m'en vais te le dire.

PAULINE.

J'écoute.

MONSIEUR VALBRAY, à part.

Que le ciel en ce moment m'inspire !

PAULINE.

Vous dites ?

MONSIEUR VALBRAY.

A Rouen, grâce à mes fonctions,
Je m'étais fait jadis maintes relations.
J'en ai gardé beaucoup, et je pense, ma fille,
Que pour toi dans le sein d'une bonne famille,
J'ai, grâce à Dieu, trouvé le mari qu'il te faut.

PAULINE.

Ne vous ai-je pas dit déjà mon dernier mot ?
Faut-il vous répéter?...

MONSIEUR VALBRAY.

Avant de rien conclure,
On veut par ton portrait connaître la figure.
Rien n'est plus naturel.

PAULINE.

Faut-il donc vous crier
Que je ne me sens point prête à me marier?

MONSIEUR VALBRAY.

Par ton entêtement à la fin tu m'obsèdes ;
Bon gré mal gré, ma fille, il faudra que tu cèdes.
A ne plus t'écouter je suis bien résolu ;
Quatre ou cinq bons partis déjà ne t'ont pas plu ;
A tes caprices vains je ne veux plus me rendre ;
Un dernier se présente, il te faudra le prendre.

PAULINE.

Je ne le prendrai pas.

MONSIEUR VALBRAY.

           Et je te réponds, moi,
Qu'il te faudra le prendre, ou bien dire pourquoi,
Et tout à l'heure ici, lorsque viendra l'artiste,
Devant lui tu feras un visage moins triste.

PAULINE.

Vous vous moquez de moi, je ne poserai pas.

MONSIEUR VALBRAY.

Tu poseras, te dis-je, et tu me céderas.

PAULINE.

Non.

MONSIEUR VALBRAY.

    Tu lui souriras.

PAULINE.

      Je lui ferai la moue.

MONSIEUR VALBRAY.

De moi je n'entends pas que ma fille se joue.

PAULINE.

Moi, j'entends n'écouter que mon goût.

MONSIEUR VALBRAY.

                Le voici !
Ne songeons plus à rien.

PAULINE.

      Je m'en vais.

16.

MONSIEUR VALBRAY.

Reste ici.

SCÈNE II

Les Mêmes, PAUL.

MONSIEUR VALBRAY, *rappelant sa fille.*

Pauline!

PAULINE, *apercevant Paul.*

Ah!...

MONSIEUR VALBRAY, *à Pauline.*

Qu'as-tu donc? — Bonjour, monsieur l'artiste.

PAUL.

Monsieur, je vous salue.

MONSIEUR VALBRAY.

Une nouvelle triste
Tout à l'heure nous a tous deux mis en émoi.
Nous en sommes encor troublés, ma fille et moi ;
Vous nous excuserez?

PAUL.

Non, c'est moi qui regrette
De rendre ainsi chez vous ma présence indiscrète.
Mais, si vous le souffrez, je puis me retirer.

MONSIEUR VALBRAY.

Vous n'êtes point de trop, et pouvez demeurer.
Permettez seulement que, pour changer de robe,
Un instant à vos yeux ma fille se dérobe.
Va t'habiller, Pauline, et reviens promptement.

PAULINE.

J'y vais.

PAUL.

Il n'est besoin d'aucun ajustement;
— Restez, mademoiselle.

MONSIEUR VALBRAY.

En ce cas, à l'ouvrage !

(Bas, à Pauline.)

Et toi, ma chère enfant, désormais sois plus sage,
Et puisque je ne cherche et ne veux que ton bien,
Laisse-toi diriger, sans t'alarmer de rien.

PAULINE, *bas, à monsieur Valbray.*

Je voudrais à vos vœux être toujours docile.

MONSIEUR VALBRAY, *bas, à Pauline.*

En moi sois confiante, et ce sera facile.
Allons, n'en parlons plus. (*Haut.*) Vous pouvez commencer,
Monsieur.

PAUL.

Dans ce fauteuil, voulez-vous vous placer,
Mademoiselle ? — Bon ! — Tenez-vous sans contrainte.

PAULINE.

De cette façon ?

PAUL.

Oui. — Regardez-moi sans crainte.

PAULINE.

Ainsi ?

PAUL.

Très-bien. — Donnez à vos yeux plus de feu.
— Tout en me regardant, veuillez sourire un peu.
— C'est cela ; sans effort gardez cette posture.

MONSIEUR VALBRAY, *à Pauline.*

Que l'art peut ajouter de charme à la nature !
Jamais je n'avais vu tes attraits gracieux
Si bien qu'en cette pose où tu ravis mes yeux.

PAULINE.

Ne parlez pas, mon père, ou parlez d'autre chose ;
Autrement vous allez me gêner dans ma pose.

MONSIEUR VALBRAY.

Oui-dà; quel changement vient de se faire en toi?
Te voilà maintenant plus sage encor que moi.
Au fait, je ne dois pas y trouver à redire,
Et, pour ne point parler du tout, je me retire.
Au surplus, voici l'heure où mon courrier m'attend;
Je vais le faire, et suis à toi dans un instant.

SCÈNE III

PAUL, PAULINE.

PAUL.

Si vous vous sentez lasse, il n'est rien qui s'oppose
A ce que nous fassions une légère pause.

PAULINE.

Je suis infiniment sensible à tant de soin,
Monsieur; mais de repos je ne sens nul besoin.

PAUL.

Si je me suis trompé, veuillez, mademoiselle,
Excuser une erreur qui vous prouve mon zèle.

PAULINE, *baissant les yeux*.

Vous êtes excusé, monsieur; ne craignez rien.

PAUL.

J'ai vu que vous quittiez votre premier maintien,
Et j'ai cru que c'était un peu de lassitude
Qui vous faisait ainsi changer votre attitude.
Mais, puisque j'avais pu me faire illusion,
Reprenez, s'il vous plaît, votre position.

PAULINE.

Suis-je ainsi comme il faut? Veuillez bien me le dire.

PAUL.

Vous n'êtes pas encor comme je le désire.

PAULINE.

Comment donc me tenir?

PAUL.

Je vous trouverais mieux,
Si vous vouliez lever davantage les yeux.
—Vous les baissez toujours? (*Se levant.*) De votre résistance,
Hélas! je comprends trop ce qu'il faut que je pense.
Mais depuis trop longtemps je sens brûler mon cœur,
Pour que je puisse encore en comprimer l'ardeur,
Et dussé-je à jamais encourir votre blâme,
Il faut que je me livre aux élans de mon âme,
Il faut qu'enfin je l'ouvre à vous entièrement.

PAULINE, *se levant.*

Que veut dire, monsieur, un tel égarement?

PAUL.

Me le demandez-vous? A mon triste délire
Ne comprenez-vous pas ce que cela veut dire?
Et ne savez-vous pas que, depuis six longs mois,
Je ne puis m'empêcher de frémir chaque fois
Qu'à travers les carreaux de ma pauvre fenêtre
Je vous vois vers le soir à la vôtre paraître?

PAULINE.

Vous oubliez, monsieur, en me parlant ainsi,
Le but qui seul a dû vous amener ici.

PAUL.

Ce but était fictif; je n'en ai point eu d'autre
Que de pouvoir enfin ouvrir mon cœur au vôtre.
Je savais que le ciel, par un arrêt cruel,
Avait mis entre nous un abîme éternel,
Et qu'alors que j'étais sans argent ni famille,
Un père fortuné vous appelait sa fille.
Mais ce profond abîme, existant entre nous,
N'a pu me détourner de venir jusqu'à vous.

Souvent de ma fenêtre en vos yeux j'ai cru lire
Que vous étiez sensible à mon affreux martyre,
Et je n'ai point voulu décider de mon sort
Avant d'avoir été par vos mains mis à mort.

PAULINE.

Vous parlez de mourir. Ce n'est point à votre âge
Qu'il est permis, monsieur, de tenir ce langage.

PAUL.

Et moi, je vous le jure ici sur mon honneur,
Si mon amour a pu pénétrer votre cœur,
Il n'existera point au monde de barrière
Que pour vous posséder je ne mette en poussière.
Mais, si vous me laissez juger que mon amour
Ne doit être par vous payé d'aucun retour,
Il faudra, toute joie alors m'étant ravie,
Que de mes propres mains je m'arrache la vie.
Vous m'avez entendu : décidez de mon sort.

PAULINE.

Eh bien, je ne veux point vous livrer à la mort !

PAUL.

Ciel ! ai-je bien compris ? Vous m'aimez ? C'est vous-même
Qui me le déclarez en cet instant suprême ?
Vous m'aimez ?

PAULINE.

                Hé bien, oui.

PAUL.

                J'étouffe de bonheur.

PAULINE.

Lorsque l'amour est pur, une fausse pudeur
Ne doit pas arrêter les élans qu'il inspire.
Je sais que j'aurais dû, sans hésiter, vous dire
De quel amour mon cœur se sentait possédé :
Au préjugé commun, malgré moi, j'ai cédé,

Et maintenant encor, tandis qu'à vous je m'ouvre,
J'ai peine à surmonter la honte qui me couvre.
Près de mon père ayant vécu jusqu'à ce jour,
Je n'ai jamais parlé la langue de l'amour.
Vous m'excusez, monsieur?

PAUL.

Que parlez-vous d'excuse,
Lorsqu'en me dévoilant un cœur exempt de ruse,
Du plus parfait bonheur vous me faites jouir?

PAULINE.

Il ne faut pas pourtant vous laisser éblouir;
Il va contre vos vœux surgir bien des obstacles.

PAUL.

Pour en venir à bout, je ferai des miracles;
Faites-les-moi connaître, et j'en triompherai.

PAULINE.

Mon père a disposé de moi contre mon gré,
Et ce portrait, qu'ici vous êtes venu peindre,
Il est pour un rival que vous avez à craindre.

PAUL.

Un rival!

PAULINE.

Calmez-vous. Je ne souffrirai pas
Qu'un autre unisse aux miens ses jours jusqu'au trépas.

PAUL.

C'est peu que votre père à vos dégoûts se rende,
Il faut qu'à nos désirs encore il condescende:
Mais comment parvenir à son adhésion?

PAULINE.

Nous songerons plus tard à cette question.
Pour le moment, je crois, le parti le plus sage
Est d'aller sur-le-champ nous remettre à l'ouvrage:
Mon père à tout instant peut revenir ici,
Et tout serait perdu, s'il nous voyait ainsi.

PAUL.

Soit!—Alors reprenez votre ancienne posture.
Je vais pour mon rival peindre votre figure.
Mais, puisque je me vois maître de votre cœur,
Je puis vous assurer aujourd'hui, sur l'honneur,
Qu'avant même d'avoir achevé de vous peindre,
Cet homme pour nos vœux ne sera plus à craindre.

PAULINE.

Puisse votre serment du ciel être entendu !
Mais réparons le temps que nous avons perdu.

PAUL.

Oui.

(Une pause.)

PAULINE.

Vous ne faites rien ?

PAUL.

Je frémis de colère,
En me représentant l'aveuglement d'un père
Qui, lorsque pour sa fille il choisit un mari,
Regarde s'il est riche et non s'il est chéri.

PAULINE.

Que voulez-vous ? Mon père aux préjugés se fie ;
Il faut n'accuser qu'eux, lorsqu'il me sacrifie.
Le voici ; ne laissez surtout paraître rien.

SCÈNE IV

LES MÊMES, MONSIEUR VALBRAY.

MONSIEUR VALBRAY.

Hé bien ! ma chère enfant, as-tu par ton maintien
De ton peintre rendu la tâche plus légère ?

PAULINE.

J'ai fait tous mes efforts à cet effet, mon père.

MONSIEUR VALBRAY.

Et vous, mon cher monsieur, m'en direz-vous autant.
Et de votre modèle êtes-vous bien content?

PAUL.

Certes, mademoiselle, au cas de réussite,
Pourra s'attribuer presque tout le mérite.

MONSIEUR VALBRAY, *regardant la toile.*

Le portrait cependant n'est pas très-avancé.

PAUL.

Ah! c'est que par trois fois je l'ai recommencé.
Mademoiselle m'offre un rare caractère;
Je voudrais bien le rendre, et je n'y parviens guère;
Mais j'y réussirai, j'en suis sûr.

MONSIEUR VALBRAY, *se refroidissant.*

Je vous crois;
Mais en voici, monsieur, assez pour cette fois.
Pour ne pas abuser de votre complaisance,
Je renvoie à demain la seconde séance.

PAUL.

Ne craignez pas, monsieur, d'abuser de mon temps;
En ce moment je suis maître de mes instants,
Et si l'achèvement presse le moins du monde,
Je pourrai dès ce soir vous donner la seconde.

MONSIEUR VALBRAY.

Je vous suis obligé, monsieur; mais, entre nous,
Je songeais à ma fille en même temps qu'à vous;
Je craignais qu'éprouvant un peu de lassitude,
Elle n'eût plus ce soir toute son aptitude.

PAULINE.

Vous pensez trop, mon père, à ma tranquillité;
Je poserai tantôt avec facilité.
— Monsieur peut revenir ce soir, s'il le désire.

PAUL.

A ce que vous voudrez je suis prêt à souscrire.

17

MONSIEUR VALBRAY.

D'accord ! — Monsieur, à moins de quelque contre-temps,
Vers trois heures, ce soir, ici je vous attends.

SCÈNE V

MONSIEUR VALBRAY, PAULINE.

MONSIEUR VALBRAY, *à part.*

J'entrevois un secret qu'il faut que je pénètre ;
Tâchons de l'éclaircir sans laisser rien paraître.
(*Haut.*) Mon récit, lorsqu'ici l'artiste est arrivé,
A dû, tu t'en souviens, rester inachevé.

PAULINE.

C'est vrai ; j'avais, mon père, oublié cette histoire.

MONSIEUR VALBRAY.

Tu ne me parais pas avoir bonne mémoire.

PAULINE.

J'en conviens, mais...

MONSIEUR VALBRAY.

Mais, quoi ?...

PAULINE, *à part.*

Je suis folle vraiment.

Qu'allais-je dévoiler ?

MONSIEUR VALBRAY.

Parle-moi clairement,

Ma fille ; que dis-tu ?

PAULINE.

Je dis que c'est ma pose
Qui d'un pareil oubli doit seule être la cause.

MONSIEUR VALBRAY.

Soit. — Comme pour ma part je n'ai pas oublié
Que tantôt ma promesse envers toi m'a lié,

Je me fais un devoir d'y demeurer fidèle.
Puissé-je, à cet égard, te servir de modèle !

PAULINE.

Ce reproche m'afflige ; aussi, pour l'éviter,
Veux-je dorénavant ne plus le mériter.

MONSIEUR VALBRAY.

Je vais mettre bientôt ta constance à l'épreuve.

PAULINE.

De ma constance alors vous acquerrez la preuve.

MONSIEUR VALBRAY.

C'est ce que nous verrons.

PAULINE.

        Soit. Mais j'attends toujours
Que de votre récit vous repreniez le cours.
D'en connaître la fin je serais bien contente.

MONSIEUR VALBRAY.

Et moi, je ne veux pas prolonger ton attente ;
Écoute donc.

PAULINE.

      J'attends.

MONSIEUR VALBRAY.

            De retour à Paris,
Je courus, sans tarder, aux lieux toujours chéris
Où j'avais savouré, dans les bras de ta mère,
Un bonheur pour tous deux beaucoup trop éphémère;
Pauline (elle portait ainsi que toi ce nom)
Avait depuis longtemps déserté la maison.
Du portier d'autrefois un autre avait la place ;
De ta mère il ne put me donner nulle trace.
Il m'apprit seulement que son prédécesseur
Avait aux Quinze-Vingts l'asile du malheur.
Cette indication me rendit l'espérance :
Je dirigeai mes pas vers ce lieu de souffrance.

Mon vieux concierge était encore à l'hôpital.
Il m'apprit que, huit mois après le jour fatal
Où j'avais délaissé furtivement ta mère,
Par elle à mon insu j'étais devenu père.
C'est à toi que son sein avait donné le jour.....

PAULINE.

A moi! C'est moi qui fus le fruit de cet amour?
De ces tristes liens c'est moi que Dieu fit naître?
Quel terrible secret vous me faites connaître!
Achevez cependant : grâce à votre récit,
L'énigme du passé devant moi s'éclaircit.

MONSIEUR VALBRAY.

Réduite au désespoir par ma conduite lâche,
Ta mère se sentit trop faible pour sa tâche.
Elle te déposa dans le séjour d'horreur
Où se jettent les fruits du vice ou de l'erreur.
Puis, après quelques mois passés dans la détresse,
Elle-même finit par mourir de tristesse.
Ma fille, excuse-moi de te laisser tout voir :
Je ne puis maintenant encor, sans m'émouvoir,
Me rappeler la peine et la fin de ta mère.....

PAULINE.

Mon père, je comprends votre douleur amère.
De ma mère à jamais il faudra vous passer;
Mais ne suis-je pas là pour vous la remplacer?

MONSIEUR VALBRAY.

Que tu me fais de bien et que tu me consoles
Par l'essor spontané de tes bonnes paroles!
Tu me rends, cher enfant, la force d'achever.

PAULINE.

Parlez; il ne faut pas craindre de m'éprouver.

MONSIEUR VALBRAY.

A peine avais-je pu découvrir cet indice,
Que déjà je prenais le chemin de l'hospice

Où vivent ces enfants que, par un saint effort,
La charité publique a sauvés de la mort.
Je t'y cherchai : bientôt ton âge, ta figure,
Ton nom, peut-être aussi le cri de la nature,
Tout sans peine me fit voir en toi mon enfant.
Dans mes bras aussitôt je te pris triomphant ;
Je t'emportai chez moi ; là, pendant dix années,
Le soin de ton bonheur a rempli mes journées,
Et par le vif amour que ton cœur m'a rendu,
Tu m'as dédommagé de ce que j'ai perdu.

PAULINE.

C'est donc là le secret de ma triste naissance !
Je puis donc maintenant lire dans mon enfance,
Et j'y distingue enfin ce que toujours mes sens
Étaient à pénétrer demeurés impuissants !

MONSIEUR VALBRAY.

Il ne faut pas qu'au moins cela te désespère ;
Rien n'est changé pour toi : je suis toujours ton père.

PAULINE.

J'ai du cœur, et je n'ai besoin d'aucun effort,
Pour m'aider à lutter contre les coups du sort :
Je songe uniquement à la reconnaissance
Que m'inspire l'excès de votre confiance.
Sur l'heure je voudrais pouvoir vous la prouver.

MONSIEUR VALBRAY.

Puisqu'il en est ainsi, je m'en vais l'éprouver.

PAULINE.

Dites.

MONSIEUR VALBRAY.

Ce que de toi je désire en revanche,
C'est qu'à son tour ton âme en la mienne s'épanche,
Et qu'elle veuille bien à moi se laisser voir.
Conte-moi tes secrets.

PAULINE.

Quels secrets puis-je avoir ?

Vivant auprès de vous, je n'ai point de pensée
Qui par moi ne vous soit à chaque instant versée.

MONSIEUR VALBRAY.

Tu t'abuses, ma fille, ou tu veux m'abuser ;
A ton âge le cœur ne sait se maîtriser.

PAULINE.

Rien ne vous autorise à me croire si folle,
Mon père.

MONSIEUR VALBRAY.

Mon enfant, tu tiens mal ta parole.

PAULINE.

Que vous ai-je promis ?

MONSIEUR VALBRAY.

Tu m'as fait le serment
De ne plus oublier aucun engagement.

PAULINE.

A quel engagement ai-je omis de me rendre ?

MONSIEUR VALBRAY.

A celui que je t'ai tacitement fait prendre,
Quand tout à l'heure encor, ton cœur, en m'entendant,
De mes plus chers secrets s'est fait le confident.
Ne vous faites jamais le confident d'un autre
Si vous ne voulez pas qu'il devienne le vôtre ;
Si vous n'avez pas cru devoir vous récuser,
Vous n'êtes plus en droit de lui rien refuser.

PAULINE.

Lorsque le confident est sans pensée intime,
Il devient mal aisé d'appliquer la maxime.

MONSIEUR VALBRAY.

Sans doute ; mais ce cas est loin d'être celui,
Que je te crois, ma fille, applicable aujourd'hui.
Si tu voulais avoir un peu de confiance,
Tu me confirmerais bientôt dans ma croyance.

Parle sincèrement. Que peux-tu redouter ?
Un père n'est-il pas fait pour tout écouter ?

PAULINE.

Je ne crains rien, mon père, et cependant je n'ose,
Malgré tout mon désir, vous avouer la chose.

MONSIEUR VALBRAY.

Si c'est moi par hasard qui te gêne, en ce cas,
Pour me la raconter, ne me regarde pas.

PAULINE.

Vous me l'ordonnez donc ?

MONSIEUR VALBRAY.

Non ; mais je t'y convie.

PAULINE.

Apprenez que mon cœur est lié pour la vie.

MONSIEUR VALBRAY.

A qui donc ?

PAULINE.

A celui que, par un jeu du sort,
Malgré vous, ce matin, je voulais fuir d'abord.

MONSIEUR VALBRAY.

Tu ne veux pas parler du peintre ?

PAULINE.

De lui-même.

MONSIEUR VALBRAY.

Tu plaisantes, je crois ?

PAULINE.

Non, mon père, je l'aime,
Et je n'hésite pas à vous dire aujourd'hui
Que je n'en aimerai jamais d'autre que lui.

MONSIEUR VALBRAY.

Mais tu n'y songes pas ? A moins d'être insensée,
Tu ne peux pas nourrir dans ton cœur la pensée

De voir tes jours unis à ceux d'un malheureux,
Qui ne pourra jamais satisfaire tes vœux,
Et qui, pour vous la rendre à tous les deux commune,
Ne saura t'apporter rien que son infortune.

PAULINE.

L'aisance avec un autre est pour moi sans appas ;
La misère avec lui ne me déplaira pas.

MONSIEUR VALBRAY.

Tu parles, mon enfant, comme on parle à ton âge ;
Mais ton père, à ta place, est forcé d'être sage.

PAULINE.

Croyez-vous être sage, en combattant mes vœux ?
Et pensez-vous que l'or suffise à rendre heureux ?

MONSIEUR VALBRAY.

L'or est pour bien des maux un merveilleux remède ;
S'il ne fait le bonheur, presque toujours il l'aide.

PAULINE.

De deux êtres unis par les liens du cœur
Il peut, sans aucun doute, augmenter le bonheur ;
Mais, lorsque l'un pour l'autre ils n'ont que de la haine,
Il ne les aide pas à supporter leur chaîne.

MONSIEUR VALBRAY.

Tu parais oublier que tu n'es pas du tout
En état de pouvoir n'écouter que ton goût.

PAULINE.

Qu'est-ce donc qui s'oppose à ce que je l'écoute ?

MONSIEUR VALBRAY.

La raison, que tu dois suivre, coûte que coûte.

PAULINE.

La raison ne veut pas qu'on brise l'avenir
Par un nœud sur lequel on ne peut revenir.

MONSIEUR VALBRAY.

As-tu donc oublié ta malheureuse histoire ?

PAULINE.

Non, mon père, j'en ai conservé la mémoire.

MONSIEUR VALBRAY.

Ne comprends-tu donc point, en ce cas, qu'il te faut
Trouver dans ton mari ce qui te fait défaut !

PAULINE.

Et que me manque-t-il ?

MONSIEUR VALBRAY.

Il te manque, ma fille,
Un nom qui soit celui d'une bonne famille,
Et qui puisse effacer, au moins par son éclat,
Le ténébreux reflet de ton premier état.
Je l'ai trouvé : tu dois l'accueillir avec joie,
Comme un bien merveilleux que du ciel Dieu t'envoie.

PAULINE.

Je dois vous avouer qu'un tel raisonnement
Ne me fait point du tout changer de sentiment.
Pour avoir un beau nom il suffit d'être honnête ;
Sans être riche ou noble, on peut lever la tête.
Le nom d'un honnête homme, à mes yeux, vaut celui
D'un homme dont l'éclat n'émane pas de lui.

MONSIEUR VALBRAY.

Sans être noble ou riche, un homme exempt de faute,
Peut, comme tu le dis, marcher la tête haute ;
Mais, quelque pur qu'il soit, son nom ne pourra rien
Pour effacer la tache empreinte sur le tien.
Au contraire, il suffit que ton futur, ma fille,
Soit pauvre ou ne soit pas d'une bonne famille,
Pour que, dans ta naissance enfonçant son scalpel,
Le monde y mette à jour le principe mortel.
Je reconnais qu'il a des préjugés étranges ;
Mais je ne pense pas que jamais tu les changes.

PAULINE.

Je m'inquiète peu qu'il ait des préjugés,

17.

Et qu'ils puissent ou non être par moi changés.
Si, pour m'y conformer, je me rends malheureuse,
Croyez-vous qu'il me tende une main généreuse?

MONSIEUR VALBRAY.

Qu'il ait ou qu'il n'ait pas pitié de nos revers,
Nous n'en devons pas moins respecter ses travers.

PAULINE.

Ce n'est pas mon avis.

MONSIEUR VALBRAY.

C'est le mien, et je pense
Pouvoir m'en rapporter à mon expérience.

PAULINE.

Elle peut vous donner d'assez mauvais avis.

MONSIEUR VALBRAY.

Qu'ils soient mauvais ou bons, j'entends qu'ils soient suivis,
Et pour faire cesser toutes paroles vaines,
Tu prendras le mari que je veux que tu prennes.

PAULINE.

Et moi, je vous réponds que je le choisirai,
Ou que plutôt jamais je ne me marîrai.

MONSIEUR VALBRAY.

C'est ce que nous verrons.

PAULINE.

C'est déjà vu, mon père.

MONSIEUR VALBRAY.

Une telle impudence à la fin m'exaspère :
Je te déclare encore une seconde fois
Que tu n'épouseras qu'un homme de mon choix.

PAULINE.

Pour la seconde fois, je vous répète en face
Que je ne ferai rien qui ne me satisfasse.

MONSIEUR VALBRAY.

C'est trop fort !

PAULINE.

C'est ainsi.

MONSIEUR VALBRAY.

Tu m'obéiras !

PAULINE.

Non !

MONSIEUR VALBRAY.

De ton entêtement tu me rendras raison,
Et tu ne riras pas longtemps de ma faiblesse.

PAULINE.

La colère vous trouble ; il faut que je vous laisse.

SCÈNE VI

MONSIEUR VALBRAY, *seul.*

L'infâme ! Oser fouler à ses pieds toute loi,
Me manquer de respect, s'insurger contre moi !
Quelle conduite affreuse, et quelle ingratitude !
Est-ce donc là le prix de ma sollicitude,
Et n'ai-je répandu sur elle tant d'amour
Que pour être payé d'un si triste retour ?
Parce que j'ai toujours été trop bon pour elle,
Elle croit à mes vœux pouvoir être rebelle.
Mais, pour la faire agir selon ma volonté,
J'userai, s'il le faut, de mon autorité,
Et j'empêcherai bien, en dépit de sa flamme,
Que d'un chétif artiste elle ne soit la femme ;
Et quant au malheureux qui vient de m'outrager,
Il apprendra bientôt que je sais me venger.
L'impudent ! Le voici !

SCÈNE VII

MONSIEUR VALBRAY, PAUL.

PAUL.

Monsieur, je vous salue...
Vous voyez que j'arrive à l'heure convenue.

MONSIEUR VALBRAY, *froidement.*

Vous ne pouviez, monsieur, venir plus à propos ;
J'avais précisément à vous dire deux mots.

PAUL.

A moi, monsieur ?

MONSIEUR VALBRAY.

A vous.

PAUL.

Parlez, monsieur, de grâce.

MONSIEUR VALBRAY.

Je veux vous consulter sur un fait qui se passe,
Et sur lequel je tiens à votre sentiment.
Un jeune et pauvre artiste avait son logement
En face de celui d'un bourgeois honorable,
Qui chez lui possédait une fille adorable.
Douée au plus haut point des qualités du cœur,
Cette enfant de son père était tout le bonheur ;
Elle lui tenait lieu d'amis et de famille.
Le père, un jour, voulut le portrait de sa fille ;
Il dut choisir un peintre, et son cœur généreux
Donna la préférence au voisin malheureux...

PAUL.

C'en est assez, monsieur, et je crois vous comprendre.

MONSIEUR VALBRAY.

Pour mieux comprendre encore, achevez de m'entendre.
De son cœur n'écoutant que l'inspiration,
Le père avait donc fait une bonne action.

Du peintre savez-vous quelle fut la conduite?
Par lui, du bienfaiteur la fille fut séduite,
Et par lui, pour toujours, le trouble est désormais
Aux lieux que le bonheur n'aurait quittés jamais.

PAUL.

C'est trop fort !

MONSIEUR VALBRAY.

Quand un homme est sans nulle ressource,
Et que de son semblable il dérobe la bourse,
Il est répréhensible, et, malgré son malheur,
L'acte qu'il a commis est l'acte d'un voleur.
Mais lorsque, n'ayant pas, pour voler son semblable,
De la nécessité l'excuse misérable,
Il lui prend le bonheur, son plus précieux bien,
Et commet un larcin qui ne lui sert de rien,
Et que, par conséquent, nul motif ne colore,
Cet homme, répondez, n'est-il pas pire encore?

PAUL.

Vous m'insultez, monsieur.

MONSIEUR VALBRAY.

Vous ne répondez point,
Et vous êtes d'accord avec moi sur ce point?

PAUL.

Non, et sans le respect que m'inspire votre âge,
Je vous aurais déjà puni de cet outrage.

MONSIEUR VALBRAY.

De cet excès d'audace à la fin je suis las.
Sortez, monsieur, sortez.

PAUL.

Je ne sortirai pas.

MONSIEUR VALBRAY.

Sortez, vous dis-je.

PAUL.

Non.

MONSIEUR VALBRAY.

Quel comble d'impudence !

PAUL.

Puisque je suis privé de toute autre vengeance,
A votre tour, monsieur, vous m'entendrez aussi.
Eh bien ! sur mon honneur je vous l'atteste ici,
Si j'ai pour votre fille une amour insensée,
L'intérêt n'a jamais traversé ma pensée.
C'est sans aucun calcul que mon cœur est épris,
Et je puis vous jurer que je me suis surpris
A souhaiter de voir votre enfant ruinée,
Pour pouvoir à la sienne unir ma destinée.
Quand elle serait pauvre, et moi tout couvert d'or,
D'une aussi pure amour je l'aimerais encor,
Et pour rendre à tous deux l'existence commune,
Je courrais à ses pieds déposer ma fortune.

MONSIEUR VALBRAY.

Ce langage est celui que tient tout suborneur.

PAUL.

Monsieur, sachez-le bien, je suis homme d'honneur.
Jamais les sentiments que mes lèvres expriment
Ne sont en désaccord avec ceux qui m'animent ;
Et pour vous faire croire à ma sincérité,
De la position où le sort m'a jeté
Je ne veux maintenant vous faire aucun mystère :
Je n'ai jamais connu mon père, ni ma mère.

MONSIEUR VALBRAY.

Vous êtes orphelin ?

PAUL.

Je suis moins que cela.
Malgré tous mes efforts pour en arriver là,
J'ignore le secret qui couvre ma naissance ;

Du nom de mes parents je n'ai point connaissance,
Et tout ce que je sais, c'est qu'encor nouveau-né,
Par ma mère une nuit je fus abandonné.

MONSIEUR VALBRAY.

Comment! vous n'avez pas de nom ni de famille,
Et vous osez prétendre à la main de ma fille?
C'est en trop, et je sens ma patience à bout!

PAUL.

Attendez, s'il vous plaît ; ce n'est pas encor tout.

MONSIEUR VALBRAY.

De grâce, hâtez-vous.

PAUL.

La charité civile
Me recueillit mourant, me fit donner asile,
Et croyant rendre ainsi mon destin moins fatal,
Me conserva la vie au fond d'un hôpital.
Lorsque de le quitter j'eus enfin touché l'âge,
De ma mère on voulut me rendre l'héritage :
J'avais été trouvé porteur d'un anneau d'or ;
On me restitua ce modique trésor.....

MONSIEUR VALBRAY.

Un anneau? Se peut-il? Montrez-le moi bien vite.

PAUL.

Regardez. A le voir c'est moi qui vous invite.

MONSIEUR VALBRAY.

Dois-je en croire mes yeux? Est-ce une vision?
Mais non..... je ne me fais aucune illusion;
Cet anneau, c'est de moi que le reçut ta mère.....
Mon fils, mon cher enfant, viens embrasser ton père.

PAUL.

Mon père! Vous, mon père! Ah ! que je suis heureux !

SCÈNE VIII

LES MÊMES, PAULINE.

PAULINE.

Que vois-je? Quel spectacle apparaît à mes yeux?

MONSIEUR VALBRAY.

Viens, Pauline, viens voir ici mon fils unique ;
Viens admirer le sort, qui, par un coup magique ;
M'apprend de quel enfant fut payé mon amour
Par celle à qui j'ai cru que tu devais le jour !
Tu ne te trompais pas, quand ton âme inspirée
Vers lui si vivement se sentait attirée,
Et tu comprenais bien qu'il possédait en soi
Quelque chose de noble et de digne de toi.
Au lieu de ressentir une crainte illusoire,
A ta sagacité d'abord j'aurais dû croire.

PAUL, à *Pauline.*

Et moi, puisque le sort seconde mon amour,
Laissez-moi de nouveau vous l'offrir en ce jour.

PAULINE.

Monsieur, ne tenez plus un semblable langage ;
Il ne peut entre nous s'agir de mariage.
Toujours le même obstacle existe entre nous deux ;
C'est vous qui tout à l'heure étiez le malheureux,
C'est moi qui maintenant deviens la misérable.
La situation reste toujours semblable :
Aujourd'hui, comme alors qu'il se croyait le mien,
Votre père entre nous n'admettra nul lien.

MONSIEUR VALBRAY.

Pauline, est-ce bien toi qui parles de la sorte ?
Que les liens du sang n'existent plus, qu'importe !
Si nous ne sommes plus réunis par le sang,
Ne nous reste-t-il pas un lien plus puissant ?

Crois-tu sincèrement que, depuis dix années,
A veiller sur ton sort j'ai passé mes journées,
Pour qu'une découverte arrivée aussi tard
Me fasse tout à coup changer à ton égard?
Non, ces dix ans d'amour et de soins réciproques
Ne sont point à mes yeux des liens équivoques.
Tu demeures ma fille, et c'est en triomphant
Que je te vois par eux être encor mon enfant.

PAULINE.

D'épouser votre fils je suis donc toujours digne?

PAUL.

Et moi, vous m'accordez cette faveur insigne?

MONSIEUR VALBRAY.

Vos désirs, mes enfants, comblent mes propres vœux;
Soyez tous deux unis, tous deux soyez heureux.

L'INGRAT

COMÉDIE EN CINQ ACTES, EN VERS

—

JUIN 1859

PERSONNAGES

—

MONSIEUR LANGELET père (Félix). . . . . 58 ans.

MADAME LANGELET (Sophie). . . . . , ... 49 ans.

THÉODORE LANGELET. . . . . 28 ans.

ALBERT MARTIN. . . . . 26 ans.

MADAME LOMBARD. . . . . , . 45 ans.

CAMILLE, fille de Mme Lombard. . . . . 18 ans.

MONSIEUR HENRI GAUTHIER. . . ' . . . . 30 ans.

MADAME GAUTHIER (Suzanne). . . . . 24 ans.

—

La scène est à Paris.

L'INGRAT

ACTE PREMIER

La scène se passe chez M. Langelet.

—

SCÈNE PREMIÈRE

MONSIEUR LANGELET, MADAME LANGELET,
THÉODORE LANGELET.

THÉODORE.

Je suis las de ne voir ici qu'abus énormes.
Il est temps qu'à la fin j'opère des réformes ;
Rien ne marche à ma guise et tout va mal...

MADAME LANGELET.

En quoi ?

THÉODORE.

Je veux qu'on sache bien qu'on est ici chez moi.

MONSIEUR LANGELET.

Personne ne l'entend autrement, j'imagine.

THÉODORE.

Depuis trois mois je suis docteur en médecine ;
Je veux bien, avant tout écoutant la raison,
Habiter avec vous dans la même maison,
Et, pour vous faire voir à quel point je vous aime,
Consentir de moi-même à cette gêne extrême ;
Mais si vous me voyez cette abnégation,
Ce n'est, sachez-le bien, qu'à la condition

De pouvoir commander, sans craindre que personne
Ose se révolter contre ce que j'ordonne.

MONSIEUR LANGELET.

Bien !

MADAME LANGELET.

Il me semble aussi que, suivant ton désir,
Tout se règle en ces lieux selon ton bon plaisir.

THÉODORE.

Tout! Non, ma mère, non ! Quoi que vous puissiez dire,
Tout dans cette maison n'est pas sous mon empire.

MADAME LANGELET.

Dis-nous donc ce qui manque à ton autorité.

THÉODORE.

Eh bien! pour vous parler avec sincérité,
Il est ici des gens, que, si j'étais le maître,
Je ne tarderais pas à faire disparaître.

MADAME LANGELET.

De qui veux-tu parler ?

THÉODORE.

De madame Lombard
Et de sa fille, à qui je fais la même part.
Il me faut tous les jours essuyer leur visite.

MONSIEUR LANGELET.

Pour les voir, il n'est pas besoin qu'on les invite.

THÉODORE.

La crainte de les voir me tomber sur le dos
Loin d'elles ne me laisse encore aucun repos.

MADAME LANGELET.

Tu peux te dispenser de rester auprès d'elles.

THÉODORE.

La réponse, ma mère, est vraiment des plus belles.
Pour ne me pas sentir par ces dames gêné,
Faut-il que dans un coin je reste confiné.

MONSIEUR LANGELET.

Si chez lui, par hasard, quelque client se montre,
Faut-il qu'à son entrée ensemble il les rencontre ?

THÉODORE.

Mon père, taisez-vous. Votre approbation
N'ajoute aucune force à mon assertion.

MADAME LANGELET.

Pourquoi te fâches-tu, mon fils, lorsque ton père
N'a point d'autre désir que celui de te plaire ?

THÉODORE.

J'en suis persuadé ; mais pourquoi dans ce cas
Me parler de clients, lorsque je n'en ai pas ?

MONSIEUR LANGELET.

Oui, j'ai tort ; j'aurais dû mieux peser mes paroles.
Mais cela suffit-il pour que tu te désoles ?
Tu n'as pas de clients ; mais est-ce une raison
Pour qu'ils n'abondent pas bientôt dans ta maison ?

THÉODORE.

C'est parce qu'ils viendront, je l'espère, en bon nombre,
Que je veux la purger de tout ce qui l'encombre.

MADAME LANGELET.

Tu gardes donc rigueur aux deux dames Lombard.

THÉODORE.

Oui.

MADAME LANGELET.

Tu ne penses pas t'en repentir plus tard ?

THÉODORE, *accentuant ses paroles.*

Je ne veux plus les voir.

MADAME LANGELET.

Soit ; mais pour quelle cause ?

THÉODORE.

Vous ne l'ignorez pas plus que moi, je suppose ?

MADAME LANGELET.

Je l'ignore.

THÉODORE.

Comment? Ne voyez-vous donc pas
Ce que leur caractère a de vil et de bas?

MADAME LANGELET.

Non ; la mère me semble une femme agréable.

THÉODORE.

Parce qu'elle vous flatte, elle vous semble affable.
Mais ne voyez-vous pas que, semblable au limier
Qui sait flairer de loin le plus mince gibier,
A peine elle a senti chez vous quelque fortune
Que de soins assidus elle vous importune?
Elle ne connaît point d'autre dieu que l'argent ;
Elle encense le riche, et laisse l'indigent ;
Quels qu'ils soient, le premier pour elle est honnête homme,
Le second ne vaut pas la peine qu'on le nomme ;
Son unique mobile est toujours l'intérêt.

MADAME LANGELET.

Quel portrait tu m'en fais !

THÉODORE.

                              Je la peins comme elle est

MONSIEUR LANGELET.

Et moi qui la connais, je sais que la peinture
Se trouve de tout point conforme à la nature.

THÉODORE.

Vos interruptions, mon père...

MONSIEUR LANGELET.

                              Je me tais ;
Je voulais confirmer ce que tu nous disais.

MADAME LANGELET.

Il se peut que chez nous elle ne se faufile
Que dans une pensée entièrement servile,

Et qu'en nous fréquentant elle ne rêve rien
Que partager sans bruit avec nous notre bien.
Mais comme elle se montre à me plaire empressée,
J'aurais mauvaise grâce à scruter sa pensée,
Et s'il est vrai qu'elle ait peu de sincérité,
Ce défaut par sa fille est assez racheté.

THÉODORE.

Camille, suivant moi, ne vaut guère mieux qu'elle.

MONSIEUR LANGELET.

A la fille la mère a servi de modèle.

MADAME LANGELET, *à monsieur Langelet.*

Que lui reprochez-vous, Félix?

MONSIEUR LANGELET.

Rien... si ce n'est...

MADAME LANGELET.

Eh bien! quoi?

MONSIEUR LANGELET.

Je ne sais...

MADAME LANGELET.

Vous êtes un benêt.

MONSIEUR LANGELET.

Allons, ne te mets pas, je t'en prie, en colère.

MADAME LANGELET.

Quand on n'a pas d'idée, il faut au moins se taire.

MONSIEUR LANGELET.

Calme-toi, je me tais; ton fils va t'expliquer
Ce que je ne saurais moi-même t'indiquer.

THÉODORE.

Je n'ai rien pour ma part à dire de Camille,
Sinon que, quels que soient les dons de cette fille,
Je ne veux ni ne puis tolérer plus longtemps
Qu'elle m'apporte ici ses charmes éclatants.

18

MONSIEUR LANGELET.

D'autant plus qu'aujourd'hui Théodore est dans l'âge
Où l'on doit fortement songer au mariage.

THÉODORE.

C'est évident.

MADAME LANGELET.

Veuillez me dire au moins comment
Cela pourrait gêner son établissement.

MONSIEUR LANGELET.

C'est que, s'il arrivait qu'on eût dans la pensée
Que Camille pût être un jour sa fiancée,
Il ne faudrait peut-être aucune autre raison
Pour faire aux bons partis quitter cette maison.

THÉODORE.

Camille enfin pour moi pourrait être une entrave :
J'entends d'avance y mettre ordre.

MADAME LANGELET.

La chose est grave!
Je dois, mon cher enfant, t'avouer humblement
Que je ne songeais pas à ce désagrément.
Ta précoce raison me confond et m'oblige
A soumettre la mienne à tout ce qu'elle exige.

THÉODORE.

A la bonne heure!

MONSIEUR LANGELET.

Ainsi nous sommes tous d'accord ?

MADAME LANGELET.

Oui, si de votre fils pourtant j'obtiens d'abord
Une concession sur laquelle j'insiste.

THÉODORE.

Laquelle ?

MADAME LANGELET.

C'est qu'Albert, pour compléter la liste,
Se trouve aussi compris dans la proscription.

THÉODORE.

Je n'osais ajouter cette concession
A celle que j'avais moi-même demandée :
Elle vous est par moi de bon cœur accordée.

MONSIEUR LANGELET.

Et moi, si vous voulez mon approbation,
Je signe des deux mains sa condamnation.
C'est un petit faquin qui se croit quelque chose...

THÉODORE.

Et qui n'est, après tout, qu'un avocat sans cause.

MADAME LANGELET.

Un petit polisson qui se moque aujourd'hui
Du soin que si longtemps nous avons eu de lui.

THÉODORE.

Parce qu'un agréé l'a pris pour secrétaire,
Il fait plus l'important qu'un prince héréditaire,
Et ses airs familiers feraient penser, ma foi !
Qu'il se croit de beaucoup supérieur à moi.

MONSIEUR LANGELET.

C'est vrai ! ta patience est avec lui trop grande.

THÉODORE.

En vrai maître chez nous il s'érige et commande ;
Je ne suis plus chez moi, quand je le vois ici.
Non, cela ne peut pas continuer ainsi.
Qu'on s'y prenne avec lui comme on voudra, n'importe !
Mais à tout prix, il faut qu'on le mette à la porte.

MADAME LANGELET.

Et qui donc te défend de lui faire savoir
Que tu ne le peux plus désormais recevoir ?

THÉODORE.

Ce qui me le défend, ce sont les convenances :
Je désire et je dois sauver les apparences.
C'est lorsque nous étions au collége enfermés
Que de notre amitié les nœuds se sont formés.

MONSIEUR LANGELET.

Quoiqu'à votre projet en rien je ne m'oppose,
Je crois qu'il ne faut pas pourtant brusquer la chose.

MADAME LANGELET.

Pourquoi ?

MONSIEUR LANGELET.

Ne sais-tu pas que de notre procès
Il tient seul dans ses mains peut-être le succès ?

MADAME LANGELET.

C'est juste : j'oubliais cette fâcheuse affaire
De vos brevets qu'on a tenté de contrefaire.

MONSIEUR LANGELET.

Le tribunal l'a prise à son délibéré.
Albert, qui la connaît mieux que son agréé,
Devant le magistrat commis pour nous entendre
Au premier jour ira lui-même nous défendre.
Avant que d'en avoir appris le résultat,
Il faut donc éviter de faire aucun éclat.

THÉODORE.

Soit !

MADAME LANGELET.

Puisque ce procès est proche d'une issue,
Je veux bien différer; mais quand nous l'aurons sue,
Je vous le conduirai lestement hors d'ici.

MONSIEUR LANGELET.

Et tu feras fort bien.

THÉODORE.

Silence ! Le voici.

SCÈNE II

LES MÊMES; ALBERT MARTIN.

MADAME LANGELET.

Ce cher Albert !

ALBERT.

C'est moi! c'est votre ami fidèle,
Qui vient vous apporter une heureuse nouvelle !

MONSIEUR LANGELET.

Laquelle ?

ALBERT.

Apprenez donc que dans votre procès
Vous venez d'obtenir le plus complet succès.

MONSIEUR LANGELET.

Vraiment, mon cher enfant ! tu me combles de joie ;
Sans nul doute vers moi c'est le ciel qui t'envoie.

ALBERT.

Puissiez-vous dire vrai !

MONSIEUR LANGELET.

Quelle est donc la teneur
De ce beau jugement dont te revient l'honneur ?

ALBERT.

Votre prétention est tout entière admise.

MONSIEUR LANGELET.

Quoi ! j'aurais obtenu, grâce à ton entremise,
Un jugement portant pour condamnation
Quatre-vingt mille francs en réparation
Du tort que m'a causé mon adverse partie ?...

ALBERT.

Et pour que rien ne manque au gain de la partie,
Anéantissement de ses matériaux,
Extrait du jugement dans quatre ou cinq journaux,
Prise de corps, dépens, impenses accessoires,
Et même en cas d'appel mesures provisoires.

MONSIEUR LANGELET.

Quatre-vingt mille francs ! Je suffoque d'émoi.

ALBERT.

Vous pouvez être heureux, mais pas autant que moi.

18.

MONSIEUR LANGELET.

Tendre ami!

MADAME LANGELET, *à Théodore.*

Mon enfant, son amitié sincère
Exige qu'en retour tu l'aimes comme un frère.

THÉODORE.

Ce désir me paraît trop naturel.

ALBERT.

Aussi
Nous nous aimons déjà depuis longtemps ainsi,
Et nous nous chérissons, n'est-ce pas, Théodore,
Aujourd'hui, s'il se peut, plus qu'autrefois encore.

THÉODORE.

Je le crois.

ALBERT.

J'en suis sûr.

THÉODORE, *à part.*

Tu te trompes.

ALBERT.

Le temps
Ne peut qu'avoir rendu nos nœuds plus consistants.

THÉODORE.

D'une vraie amitié c'est l'effet ordinaire.

MONSIEUR LANGELET.

Et la tienne n'a pas cessé d'être sincère.

ALBERT.

Allons, ne laissons pas l'émotion venir ;
Bientôt nous n'allons plus pouvoir la contenir.
A propos, autre chose : il n'est point de fortune
Qui n'en amène au moins avec elle encore une.
C'est demain, vous savez, la Pentecôte.

MADAME LANGELET.

Et puis?

ALBERT.

J'ai deux jours de congé, que, s'il vous plaît, je puis
Vous consacrer. Et si, comme je le suppose,
De monsieur Langelet l'usine se repose,
Je ne vois pas pourquoi nous ne partirions pas
Pour prendre à la campagne ensemble nos ébats.
Ce projet vous va-t-il, monsieur Langelet?

MONSIEUR LANGELET.

Dame !

Il ne me déplaît pas, s'il convient à ma femme.

MADAME LANGELET.

Il me convient fort bien.

ALBERT.

A la bonne heure ! Et toi?

THÉODORE, *froidement.*

Je travaille, et vraiment j'ai peu d'instants à moi.

ALBERT.

Je n'admets pas, mon cher, une excuse pareille :
Tu te rattraperas par une nuit de veille.
Tu viens, c'est entendu.

THÉODORE, *froidement.*

Je ne puis.

ALBERT.

Franchement

Tu peux bien arrêter tes travaux un moment.

MADAME LANGELET, *bas, à Théodore.*

Ne lui résiste pas, consens.

THÉODORE.

Ton insistance

Me contraint de ne plus faire de résistance.

ALBERT.

Parbleu ! J'étais certain que je l'emporterais !
Maintenant, vite, amis, faites tous vos apprêts ;

Je vous accorde une heure, et vais, dans l'intervalle,
Annoncer à Gauthier votre chance infernale :
Vous savez l'intérêt qu'il porte à ce procès ;
Nous lui devons apprendre au moins votre succès.

MONSIEUR LANGELET.

C'est juste.

ALBERT.

Commencez vos apprêts tout de suite ;
Je serai pour ma part exact à l'heure dite.

SCÈNE III

MONSIEUR LANGELET, MADAME LANGELET,
THÉODORE.

THÉODORE.

Ma mère, j'ai promis tout ce qu'il vous a plu ;
Mais à ne point sortir je suis bien résolu.

MONSIEUR LANGELET.

Puisque enfin nous avons obtenu gain de cause,
Pour ménager Albert, nous n'avons plus de cause.

MADAME LANGELET.

Sans doute, et je voudrais trouver dès aujourd'hui
Un moyen spécieux de m'affranchir de lui ;
Mais encore faut-il, pour que ce soit possible,
Que j'en aperçoive un qui du moins soit plausible.

THÉODORE.

Pourquoi ?

MADAME LANGELET.

Parce qu'aux yeux du monde il faut d'abord
Paraître avoir raison, lors même qu'on a tort.

THÉODORE.

Cela n'est pas, je crois, chose très-difficile.

MADAME LANGELET.

C'est vrai ; mais il se peut qu'un prétexte futile

Ne réussisse pas selon notre désir.
Je connais bien Albert; il sait se contenir,
Et si je lui reproche un tort imaginaire,
Il le reconnaîtra pour éviter la guerre.

THÉODORE.

Tout cela me paraît raisonné sagement,
Mais n'atténue en rien mon premier sentiment.
Je veux être roué si jamais j'accompagne,
Pendant deux mortels jours, Albert à la campagne,
Et j'entends que la chose, en dépit de son art,
Soit avec lui réglée avant notre départ.

MADAME LANGELET.

Tu seras satisfait. Sois sans inquiétude ;
J'accomplirai ma tàche, encor qu'elle soit rude.
Seulement, pour m'aider dans tout cet embarras,
Des deux dames Lombard seul tu te chargeras.

THÉODORE.

Soit. Mais au plus pressé d'abord je m'intéresse,
Et c'est avec Albert que la rupture presse.
Les deux dames Lombard, pour avoir attendu,
S'apercevront plus tard qu'elles n'ont rien perdu.

MADAME LANGELET.

C'est bien ! Albert aura, j'espère, avant une heure,
Définitivement quitté notre demeure.

THÉODORE.

J'y compte, et je ne fais aucun préparatif.

SCÈNE IV

MONSIEUR LANGELET, MADAME LANGELET.

MADAME LANGELET.

Si pour rester ici vous n'avez nul motif,
Je ne vous retiens pas, Félix.

MONSIEUR LANGELET.

Chère Sophie,
Pour moi ta prévenance est vraiment infinie.

MADAME LANGELET.

De prévenance il n'est nullement question,
Et vous vous méprenez sur mon intention.
Albert va revenir, et pour vous en défaire,
Je me tirerai mieux toute seule d'affaire.

MONSIEUR LANGELET.

Je n'ai qu'à m'incliner devant cette raison.

MADAME LANGELET.

On sonne! C'est Albert sans doute qui revient.

MONSIEUR LANGELET.

Non.
C'est madame Lombard, qu'accompagne Camille.

MADAME LANGELET.

Que la peste extermine et la mère et la fille!

MONSIEUR LANGELET,

Je m'en vais.

MADAME LANGELET.

Demeurez. C'est le diable vraiment
Qui me les expédie en ce fâcheux moment.

SCÈNE V

LES MÊMES, MADAME LOMBARD, CAMILLE.

MADAME LANGELET.

Que je suis enchantée, et qu'il m'est agréable
De recevoir de vous cette visite aimable,
Chère madame!

MADAME LOMBARD.

Et moi, j'aurais voulu pouvoir
Venir avec Camille un peu plus tôt vous voir.

MADAME LANGELET.

Vous vous êtes toujours toutes deux bien portées ?

MADAME LOMBARD ET CAMILLE.

Très-bien.

MADAME LANGELET.

Quel incident vous a donc arrêtées ?

MADAME LOMBARD.

Je vous dirai cela.

MADAME LANGELET.

Si cette question
Vous semble contenir quelque indiscrétion,
Je ne la maintiens pas.

MADAME LOMBARD.

Quand par vous elle est faite,
Aucune question ne peut être indiscrète.
Vous prenez trop à cœur mes propres intérêts
Pour que je puisse avoir avec vous des secrets.

MADAME LANGELET.

Vous êtes trop polie.

MADAME LOMBARD.

Et vous trop scrupuleuse.

MADAME LANGELET.

Chère amie, entre nous la louange est oiseuse.

MADAME LOMBARD.

Ainsi que vous, je crois que nous nous connaissons
Assez pour nous parler sans aucunes façons,
Chère madame ; aussi dans notre causerie
Ne me voyez-vous pas user de flatterie.

MADAME LANGELET.

C'est vrai ! vous êtes franche, et, je le reconnais,
Vous parlez sans détour et ne flattez jamais.

MADAME LOMBARD.

A la conformité de nos deux caractères
Nous devons reporter nos liens si sincères.

MADAME LANGELET, *à part.*

Comment ferais-je bien pour m'en débarrasser ?

MADAME LOMBARD.

N'êtes-vous pas aussi portée à le penser ?

MADAME LANGELET.

Certe, et lorsqu'avec vous doucement je confère,
J'éprouve le plaisir le plus grand de la terre.

MADAME LOMBARD.

Et j'ai ma bonne part de votre grand plaisir.

MADAME LANGELET.

Voici l'été qui vient : nous pourrons à loisir,
Sous l'abri verdoyant des tonnelles fleuries,
Reprendre à mon jardin nos bonnes causeries.

MADAME LOMBARD.

Quel bonheur que d'avoir un jardin sous la main !

MADAME LANGELET.

C'est un bonheur qu'on trouve au faubourg Saint-Germain,
Mais qu'on y paye aussi par des désavantages.

MADAME LOMBARD.

Lesquels ?

MADAME LANGELET.

Vous savez bien quels en sont les usages.
Mais j'y songe, depuis que l'hiver a pris fin,
Vous n'avez pas encor mis les pieds au jardin.

MONSIEUR LANGELET.

Les arbres ont partout déployé leur feuillage.

MADAME LANGELET.

Voulez-vous en goûter quelques instants l'ombrage ?

MADAME LOMBARD.

Oui.

MADAME LANGELET.

Félix, à madame offrez donc votre bras.
Je donne un ordre ou deux et vous rejoins en bas.

SCÈNE VI

MADAME LANGELET, *seule*.

Ouf! Me voilà donc seule, et ce n'est pas sans peine.
Enfin, Dieu soit loué! personne ne me gêne.
Albert peut maintenant arriver; je l'attends.
Je m'en vais lui régler son compte en peu de temps.
Pourtant faut-il encor, pour lui chercher querelle,
Invoquer une cause apparente ou réelle.
Il vient de nous servir puissamment aujourd'hui ;
Je ne suis point fondée à me plaindre de lui,
Et si je chérissais un peu moins Théodore,
Comme par le passé, je l'aimerais encore.
Sans doute à le haïr je ne songerais pas,
S'ils me semblaient tous deux marcher du même pas.
Mais quoique plus d'écueils hérissent sa carrière,
Albert laisse bien loin Théodore en arrière.
C'est là le seul motif des sentiments haineux
Dont nous sommes pour lui dévorés tous les deux,
Et qui, pour s'exhaler avec toute assurance,
Chez moi de la franchise empruntent l'apparence.
Pour rompre, je n'ai donc nul motif sérieux ;
Mais j'en trouverai bien du moins un spécieux,
Et s'il me fait défaut, recourant aux injures,
Je l'amènerai bien à des paroles dures.
C'est tout ce qu'il me faut pour lui donner les torts ;
Oui, mais j'ai déjà fait d'inutiles efforts :
Par sa soumission, sincère ou calculée,
J'ai vu toutes les fois mon œuvre reculée.
Comment donc parvenir au but auquel je tends ?

19

SCÈNE VII

MADAME LANGELET, ALBERT MARTIN.

ALBERT.

Notre projet éprouve un fâcheux contre-temps,
Madame.

MADAME LANGELET, *à part.*

Bien ! (*Haut.*) Lequel ?

ALBERT.

Gauthier s'est mis en tête
De donner ce soir même une petite fête.

MADAME LANGELET.

Et puis ?

ALBERT.

Il a si bien insisté pour m'avoir
Que j'ai dû me lier envers lui pour ce soir.

MADAME LANGELET.

Et notre promenade ?

ALBERT.

Elle est aventurée,
Ou du moins elle va se trouver différée.

MADAME LANGELET.

C'est fort bien !

ALBERT.

Je n'ai pas manqué de lui parler
De tout ce qui pouvait servir à l'ébranler,
J'ai dit que, de Paris fuyant le bruit extrême,
Nous devions pour deux jours partir à l'instant même,
Et pour en revenir ensuite plus dispos,
Goûter à la campagne un moment de repos ;
J'ai dit que vous deviez commencer à m'attendre
Et qu'à tout prix chez vous il me fallait me rendre ;

J'ai dit... enfin j'ai dit ce qu'a pu m'inspirer
Le désir de pouvoir avec vous demeurer.

MADAME LANGELET.

Quoi que vous ayez dit, ce que je vois, en somme,
C'est que vous avez fait ce qu'a voulu cet homme.

ALBERT.

Autant que je l'ai pu, je me suis défendu ;
Mais j'ai dû lui céder, lorsqu'il m'a répondu
Que vous assisteriez vous-même à sa soirée.

MADAME LANGELET.

Moi-même ! Votre ruse est bien mal colorée,
Et vous avez vraiment peu d'estime pour moi
Si vous pensez qu'on trompe ainsi ma bonne foi.
Vous figurez-vous donc que j'ai perdu la tête,
Pour feindre d'avoir cru que j'irais à sa fête?
Évitez avec moi ces détours superflus,
Dites-moi franchement que vous n'entendez plus
Dans vos amis d'hier voir aujourd'hui les vôtres,
Et que vous les laissez pour courir après d'autres.

ALBERT.

Qu'entends-je? Est-ce bien vous qui me parlez ainsi?

MADAME LANGELET.

C'est moi-même.

ALBERT.

    De grâce, à quoi bon tout ceci ?
Ne savez-vous donc pas que, pour la voir suivie,
Vous n'avez qu'à me dire en deux mots votre envie?
Si j'avais cru vous faire un pareil déplaisir,
J'aurais de mon ami repoussé le désir,
Et ce que j'aurais fait, je puis encor le faire.

MADAME LANGELET.

Non, non, vous savez bien qu'avant tout je préfère
Me priver du bonheur que je m'étais promis
A gêner, pour l'atteindre, un seul de mes amis.

Je ne suis nullement, je le vois, la compagne
Qu'il vous faut pour passer deux jours à la campagne.
Si, par respect humain, avec nous vous partiez,
Je ne parviendrais pas, à force d'amitiés,
A vous faire oublier que vos condescendances
Vous ont fait au dehors manquer des contredanses.

ALBERT.

Vous me fendez le cœur ; je vous en prie, assez.
Depuis près de huit ans que vous me connaissez,
Je n'ai point été libre une seule journée
Sans l'avoir à vous seule entièrement donnée.
Après avoir perdu mes bien-aimés parents,
Je quittai le lycée, âgé de dix-neuf ans.
J'en avais vu sortir avant moi Théodore ;
Hors des lieux qui l'avaient autrefois vue éclore,
Notre douce amitié, loin de s'atrophier,
Ne pouvait dans nos cœurs que se fortifier.
Par lui j'en arrivai bientôt à vous connaître,
Et bientôt, subjugué par votre façon d'être,
En vous il me sembla que j'avais retrouvé
Les parents dont j'avais été sitôt privé ;
Théodore pour moi devint dès lors un frère,
Et vous, je vous aimai comme on aime une mère.
Heureux de voir qu'ainsi le ciel m'avait rendu
Le foyer paternel depuis longtemps perdu,
J'ai, huit ans, près de vous et loin des bruits du monde,
De mes trop courts loisirs passé chaque seconde.
Le monde s'irrita d'avoir ainsi perdu
Une proie à laquelle il avait prétendu ;
Plus d'une fois ses cris ont frappé mon oreille ;
Plus d'une fois j'ai pu l'écouter à merveille
Donner ouvertement à ma fidélité
Un travestissement plein de méchanceté.
Le cœur à plus d'un autre aurait manqué peut-être,
Mais je vous vénérais trop pour vous méconnaître,

Et quelques grands affronts qu'il m'ait fait éprouver,
J'ai, sans m'en émouvoir, toujours su les braver.
Pour moi vous êtes tout, à tout je vous préfère ;
Donnez-moi votre main, embrassons-nous, ma mère.

MADAME LANGELET.

Non, non, il est trop tard : plus de mots superflus ;
A vos grands sentiments, monsieur, je ne crois plus :
Trop longtemps avec eux vous m'avez abusée,
Mais j'ai pu lire enfin dans votre âme rusée ;
Le monde avait raison, le monde vous connaît :
Vous ne nous avez vus que par pur intérêt.

ALBERT.

Vous voyez bien pourtant les larmes que je verse :
En répandrais-je tant, si mon âme perverse
Voulait réellement vous induire en erreur ?

MADAME LANGELET.

Vous êtes un *ingrat!* Vous me faites horreur !

SCÈNE VIII

ALBERT MARTIN, *seul.*

Je suis anéanti ! Quoi que je puisse faire,
Je suis presque toujours certain de lui déplaire.
Il en était pourtant jadis différemment.
D'où peut donc provenir ce triste changement ?
A mon égard pourquoi n'est-elle plus la même ?
Elle n'ignore pas jusqu'à quel point je l'aime...
Et je n'en suis pas moins, sans aucune raison,
Obligé de quitter pour jamais sa maison.
Du foyer paternel j'y retrouvais l'image,
Et voilà qu'il m'en faut sortir ! Allons, courage !...
Je suis bien malheureux !

SCÈNE IX

ALBERT MARTIN, CAMILLE.

CAMILLE.

Vous, malheureux, Albert?
Pour être si chagrin, qu'avez-vous donc souffert?

ALBERT.

Camille! Quoi! c'est vous?

CAMILLE.

Oui, mon ami, moi-même.
Mais pourquoi donc vous vois-je en ce désordre extrême?

ALBERT.

Ah! pour l'amour de Dieu, ne m'interrogez pas.
Mais vous, qui vous conduit seule ici sur mes pas?

CAMILLE.

J'arrive du jardin, où j'ai laissé ma mère
Se promener avec monsieur Langelet père.
Et je viens pour savoir ce qui peut retenir
Madame Langelet, qui devait y venir.
C'est tout à l'heure ici que nous l'avions laissée,
Et j'ignore comment elle s'est éclipsée.
Mais encore une fois, qu'avez-vous?

ALBERT.

Je n'ai rien.

CAMILLE.

Vous n'êtes pas sincère, Albert; ce n'est pas bien.
Quoi que vous en disiez, vous avez quelque chose;
Si vous m'aimiez, déjà j'en connaîtrais la cause.

ALBERT.

Si je vous aime, moi! Pouvez-vous en douter?
Ai-je jamais cessé de vous le répéter!
Et quand ma bouche était contrainte de se clore,
Mes yeux ont-ils manqué de vous le dire encore?

N'avez-vous donc pas vu le feu de mon amour
A votre doux contact grandir de jour en jour?...

CAMILLE.

Vous n'osez plus nier que vous n'ayez des peines ;
Pourquoi donc employer ces réticences vaines?

ALBERT.

Parce qu'il suffit bien que je souffre tout seul,
Et que je ne veux pas dans le même linceul
Ensevelir ensemble et votre âme et la mienne.

CAMILLE.

Quelque grande que soit la douleur qui vous tienne,
Je souffrirai bien moins si j'en sais le motif.

ALBERT.

En me questionnant, à mon mal primitif
Vous ajoutez le mal plus déplorable encore
De contrister en vous la femme que j'adore.

CAMILLE.

Puisque vous m'adorez, montrez-le moi : parlez.

ALBERT.

Je ne puis satisfaire à ce que vous voulez.

CAMILLE.

Albert, mon cher Albert ! C'est moi qui vous en prie.

ALBERT.

Je ne puis.

CAMILLE.

Vous partez ! Ah ! quelle barbarie !

SCÈNE X

CAMILLE, *seule.*

D'où peut donc lui venir un si profond chagrin ?
Quel malheur assombrit son front toujours serein ?

De son trouble pourquoi me cache-t-il la cause?
Est-ce qu'il s'ourdirait contre nous quelque chose?
Vais-je rester longtemps dans cette anxiété?
Oh! non; je connaîtrai bientôt la vérité.
Mais ma mère m'attend, je retourne vers elle.

SCÈNE XI

CAMILLE, THÉODORE LANGELET.

CAMILLE.

Monsieur, je vous salue.

THÉODORE, *d'un ton ennuyé et bourru.*

Et moi, mademoiselle...

CAMILLE.

Achevez, s'il vous plaît.

THÉODORE.

Je vous salue aussi...

CAMILLE.

De quel ton singulier vous me dites ceci!

THÉODORE.

Je vous le dis du ton qu'il me convient de prendre
Et je n'ai pas, je crois, de comptes à vous rendre.

CAMILLE.

Pensez-vous que je manque assez de sens commun
Pour que de vous je veuille en réclamer aucun?
Vous ne m'avez jamais, monsieur, vue indiscrète;
Mais sans rendre de compte, on peut bien être honnête.

THÉODORE.

Je n'ai pas de leçons à recevoir de vous.
Je suis ici chez moi, mademoiselle, et tous
Ceux qui seront blessés de ma manière d'être,
Pour ne plus en souffrir, n'auront qu'à disparaître.

CAMILLE.

Voilà ce qui s'appelle une invitation
Remarquable, du moins, par la précision :
Et comme de vous voir je voulais me défendre,
Je suis on ne peut plus heureuse de m'y rendre.

THÉODORE.

Vous faites bien.

SCÈNE XII

THÉODORE LANGELET, *seul.*

Voilà le tour joué. Je crois
Qu'elle ne pense plus revenir cette fois,
Et quand sa mère aura connu notre querelle,
Il faudra qu'elle reste également chez elle.
Quand j'avais pour Camille un véritable amour,
Elle n'a pas voulu le payer de retour ;
Mes protestations, cent fois recommencées,
Par ses froideurs cent fois ont été repoussées ;
Avec rage elle a vu qu'éludant tout hymen,
J'aspirais à son cœur sans accepter sa main ;
Et quand je n'arrivais qu'à m'attirer sa haine,
Jusqu'à son âme Albert se faufilait sans peine.
Aujourd'hui je la hais, et je hais dans Albert
Le rival qui me vaut l'échec que j'ai souffert.
Mais je suis satisfait ; j'ai d'eux tiré vengeance :
Je me suis délivré de leur maudite engeance.

SCÈNE XIII

MONSIEUR LANGELET, MADAME LANGELET,
MADAME LOMBARD, THÉODORE LANGELET.

MADAME LOMBARD.

Cet excellent monsieur Théodore ! Vraiment
Je suis on ne peut plus... Comme il sort brusquement !

SCÈNE XIV

MONSIEUR LANGELET, MADAME LANGELET,
MADAME LOMBARD.

MADAME LOMBARD.

Qu'a-t-il donc?

MADAME LANGELET.

Presque rien. Chez lui cette attitude
Est l'ordinaire effet de la sollicitude,
Et si vous l'avez vu le front triste et rêveur,
C'est que de ses clients il prend les maux à cœur.

MONSIEUR LANGELET.

Pour eux son dévoûment est tellement extrême
Qu'à leur place il voudrait pouvoir souffrir lui-même.

MADAME LOMBARD.

C'est bien rare, et vraiment cette abnégation
Ne saurait exciter trop d'admiration.

MONSIEUR LANGELET.

C'est qu'il est, voyez-vous, le portrait de sa mère.

MADAME LANGELET, *rougissant.*

Mon ami!...

MADAME LOMBARD.

Je vous fais mon compliment sincère
A tous deux. Vous devez vous trouver bien heureux
D'avoir un fils doué d'un cœur si généreux.

MADAME LANGELET.

Certe, et vous ne pourriez même en juger, madame,
Que si vous connaissiez les trésors de son âme.

MADAME LOMBARD.

J'ai su les estimer à leur juste valeur.

MONSIEUR LANGELET.

Cet hommage, madame, est bien doux à mon cœur.

MADAME LANGELET.

A propos, par où donc a pu passer Camille ?

MADAME LOMBARD.

En même temps que vous je songeais à ma fille ;
Elle avait dû venir ici pour vous chercher.

MADAME LANGELET.

Où donc a-t-elle pu par hasard se cacher ?
Ah ! je vois : nous faisons des tours de passe-passe.
Camille, tout à l'heure, en poursuivant ma trace,
S'est croisée avec moi, quand je sortais d'ici,
Et jugeant que peut-être il en était ainsi,
Elle est pour le jardin sans doute repartie,
Mais n'a pu s'y trouver qu'après notre sortie.

MADAME LOMBARD.

Votre explication me tranquillise un peu.
Je n'ai rien pour Camille à craindre en pareil lieu.
La garde d'une enfant est chose délicate ;
Mais je vais m'affranchir de cette tâche ingrate :
Ma fille se marie...,

MADAME LANGELET.

A qui donc ?

MADAME LOMBARD.

A celui
Que pour elle de vous je réclame aujourd'hui.

MADAME LANGELET.

De qui prétendez-vous parler ?

MADAME LOMBARD

D'Albert lui-même.

MADAME LANGELET.

D'Albert ? Pour se donner à la femme qu'il aime,
Albert n'a pas besoin de mon adhésion.

MADAME LOMBARD.

C'est juste, à la rigueur. Mais par l'affection

N'avez-vous pas sur lui tous les droits d'une mère?
Et quand il se verrait devant monsieur le maire,
A Camille jamais oserait-il s'unir,
Si vous n'étiez pas là du moins pour le bénir.
Vous assisterez donc ce soir aux fiançailles,
Et, moins de quinze jours après, aux épousailles.

MADAME LANGELET.

Comment! il se marie et ne m'instruit de rien!
Voyez-vous, le sournois, comme il se conduit bien?

MADAME LOMBARD.

Comme à l'heure qu'il est, il ignore la chose,
Pour vous plaindre de lui vous n'avez nulle cause.

MADAME LANGELET.

Il ne sait pas encor qu'il va se marier?

MADAME LOMBARD.

Il l'ignore. Pour lui, c'est son ami Gauthier
Qui, sans l'en avertir, m'a demandé Camille.

MADAME LANGELET.

Mais d'abord savez-vous s'il pense à votre fille?

MADAME LOMBARD.

Oui; si monsieur Gauthier n'en eût été certain,
Il ne fût pas venu me demander sa main.
Comme cette demande était pressante, et comme
Albert, au demeurant, est un parfait jeune homme...

MADAME LANGELET.

Vous avez consenti?

MADAME LOMBARD.

Sans me faire prier.

MADAME LANGELET, *d'un ton fâché.*

Fort bien!

MADAME LOMBARD, *d'un ton patelin.*

Cela vous semble un peu contrarier?

MADAME LANGELET.

Non.

MADAME LOMBARD, *minaudant.*

Si ce mariage était, par impossible,
A vos intentions un obstacle nuisible,
Cet obstacle pourrait encore être éloigné :
Je ne suis pas liée, et je n'ai rien signé.

MADAME LANGELET.

Je ne vous comprends pas, et ne sais quelles vues
Vous vous imaginez que je puisse avoir eues.

MADAME LOMBARD, *à part.*

Au moins je sais à quoi maintenant m'en tenir.
(*Haut.*) C'est juste, j'étais folle, et dois en convenir.
Allons, n'en parlons plus et ménageons ma honte.
Pour ce soir, sur vous deux vous savez que je compte ?

MADAME LANGELET.

N'ayant encor reçu nulle invitation,
Je ne puis vous parler de mon intention.

MADAME LOMBARD.

Quoiqu'il fût superflu de vous en faire aucune,
Monsieur Gauthier a dû vous en adresser une.
Si ce n'est pas assez, il va venir vous voir.
C'est donc bien convenu, je vous attends ce soir.

SCÈNE XV

MONSIEUR LANGELET, MADAME LANGELET.

MONSIEUR LANGELET.

Eh bien ! que disons-nous, et que penses-tu faire ?

MADAME LANGELET.

De grâce, laissez-moi, monsieur ; c'est mon affaire.

SCÈNE XVI

LES MÊMES; THÉODORE LANGELET.

THÉODORE.

Enfin vous voilà seuls ; ce n'est pas malheureux :
Avez-vous travaillé comme il faut tous les deux?

MADAME LANGELET.

Albert a délogé sans tambour ni trompette.

THÉODORE.

Tout va bien ; grâce à Dieu, notre maison est nette ;
Car je dois vous apprendre, aussi que, pour ma part,
J'en ai déraciné les deux dames Lombard.

MADAME LANGELET.

C'est être expéditif, et je te félicite ;
Mais une autre nouvelle en ce moment m'agite :
Par madame Lombard n'ai-je pas découvert
Qu'à sa fille Gauthier veut marier Albert?

THÉODORE.

Comment! Albert, qui n'a même pas de famille,
Sans trouver plus d'obstacle, épouserait Camille !

MADAME LANGELET.

Oui ; madame Lombard m'a de plus fait savoir
Qu'on va les fiancer chez Gauthier dès ce soir.

THÉODORE.

Ce soir ! Ah ! c'est trop fort !

MADAME LANGELET.

                              Par elle tout à l'heure
J'ai de n'y pas manquer été mise en demeure.

THÉODORE, *tirant un billet de sa poche.*

Je comprends maintenant dans quelle intention
Gauthier nous a donné cette invitation.
Lisez, et vous verrez comment il nous invite.

MADAME LANGELET, *après avoir lu.*

Il aurait pu sans peine être plus explicite.

THÉODORE.

Si de ses protégés Gauthier ne parle point,
C'est qu'il n'a pas en nous confiance en tout point.
Mais à mieux se cacher encore je l'engage.

MONSIEUR LANGELET.

Pourquoi, mon cher enfant, tenir un tel langage?
Ne te suffit-il pas de t'être affranchi d'eux?
Que t'importe à présent qu'ils s'unissent tous deux?

THÉODORE.

Il m'importe pourtant qu'à leurs nœuds on s'oppose.

MONSIEUR LANGELET.

Si la bru te plaisait, je comprendrais la chose ;
Mais pour elle ton cœur n'a pas d'instincts bien vifs.

THÉODORE.

Il n'en est pas moins vrai que j'ai de bons motifs.

MADAME LANGELET, *à monsieur Langelet.*

Ne comprenez-vous pas qu'il est intolérable
Que Théodore avec son talent admirable
Voie Albert, bien moins riche et plus jeune que lui,
Prendre, malgré cela, les devants aujourd'hui?

THÉODORE.

Ma mère, je n'ai pas besoin que ma pensée
Soit de cette façon par vous outrepassée.
Je n'entends pas ainsi qu'on en sonde le fond,
Et qu'on tente d'entrer dans les raisons qui font
Que je veux empêcher leur prochain mariage.

MONSIEUR LANGELET.

Cela, crois-moi mon fils, ne serait pas fort sage.

THÉODORE.

Pourquoi donc?

MADAME LANGELET.

Dites-nous pourquoi rapidement.

MONSIEUR LANGELET.

Lorsque j'y réfléchis, je regrette vraiment
Que nous ayons sitôt mis Albert à la porte.
Il nous eût une fois encor prêté main-forte.
Pour te poser, mon fils, près notre tribunal
De toi je voudrais faire un médecin légal.
Lorsque Albert, au milieu d'une jeunesse folle,
Étudiait le droit sur les bancs de l'école,
Il avait pour ami le fils du président.
A cette fonction, pour nous intercédant,
Il aurait pu te faire arriver, Théodore ;
Peut-être voudrait-il la demander encore.

THÉODORE.

Mon père, y songez-vous, quand je veux avant tout
Briser son mariage, en frappant un grand coup ?

MONSIEUR LANGELET.

C'est toi-même, mon fils, qui dans cette réponse
Ne songe pas aux mots que ta bouche prononce.

THÉODORE.

Ah ! vous me fatiguez.

MADAME LANGELET.

                Et si je pouvais, moi,
Rompre le mariage et t'acquérir l'emploi ?...

THÉODORE.

Alors... j'accepterais.

MADAME LANGELET.

                Albert donc, quoi qu'il fasse,
Ne se marira pas et t'obtiendra la place.

ACTE DEUXIÈME

La scène se passe chez M. Gauthier.

—

SCÈNE PREMIÈRE

SUZANNE, *seule*.

Ma toilette est donc faite, et je puis maintenant
Faire de mon salon l'honneur à tout venant.
Mais évertuez-vous à comprendre les hommes ?
Dans quelle intention, à l'époque où nous sommes,
Henri, qui n'aime pas beaucoup à recevoir,
S'est-il imaginé de donner bal ce soir ?
Et pourquoi n'inviter que des gens détestables,
Les deux dames Lombard, femmes insupportables,
Et monsieur Langelet, qui, pour son plus grand bien,
Est mené par sa femme en laisse comme un chien,
Et leur fils Théodore, homme au cœur hypocrite,
Dont la fausse douceur sur son visage écrite
Sert de masque commode aux instincts les plus bas.
Il affecte surtout les vertus qu'il n'a pas :
Dans le monde, en tous lieux il fait le philanthrope,
Mais le bonheur d'autrui le met presque en syncope.
Il se pose partout en homme vertueux,
Il censure tout haut les gens voluptueux,
Pour moi devant les tiers sa réserve est extrême,
Et, s'il me trouve seule, il me jure qu'il m'aime.
Aussi je le déteste et lui porte, en retour,
Une haine plus grande encor que son amour.
Je compte heureusement qu'Albert par sa présence
Va me distraire un peu de cette affreuse engeance :

Il est bon, lui ; son cœur est tendre et généreux ;
De toutes les vertus il est l'emblème heureux.
Bienheureuse la femme à qui le ciel le garde !...
Mais malheureuse aussi celle qui se hasarde
A laisser pénétrer dans son cœur imprudent
Le feu mystérieux de son regard ardent !
Elle doit éprouver une atroce souffrance,
Si son amour pour lui reste sans espérance,
Ou si, pour demeurer fidèle à son devoir,
Elle n'ose, en l'aimant, le lui faire savoir !...
Et voilà cependant la douleur que j'endure... ·
Mais j'ai de mon courage épuisé la mesure...
Il faut... Qu'allais-je dire ?... Albert ! Remettons-nous.

SCÈNE II

SUZANNE, ALBERT MARTIN.

SUZANNE.

Vous venez de bonne heure, Albert ; c'est bien à vous.

ALBERT.

Un incident s'oppose à ce que je demeure,
Madame ; c'est pourquoi j'arrive de bonne heure.

SUZANNE.

Quoi ! Vous ne pourriez pas rester ce soir ici ?
Est-ce pour plaisanter que vous parlez ainsi ?

ALBERT.

Je ne plaisante pas, madame, et, sur ma vie,
Je n'en ai même pas la plus légère envie.
Vous me montrez toujours tant d'affabilité
Que je voudrais avoir un instant plaisanté.
Aussi, pour me résoudre à ne pas vous complaire,
Me faut-il un motif bien extraordinaire.

SUZANNE.

Quel est donc ce motif, Albert ?

ALBERT.

Pour vous il est
Très-vraisemblablement dénué d'intérêt.

SUZANNE.

Albert, vous savez bien, quand je vous questionne,
Que c'est parce qu'aussi je vous affectionne.
Pourquoi donc me parler si laconiquement?

ALBERT.

J'ai tort, et j'aurais dû m'exprimer autrement ;
Mais je vous en supplie, au nom du ciel, madame,
Veuillez ne pas m'astreindre à vous ouvrir mon âme.
Pour vous cacher les maux qui me tiennent étreint,
Il faut, n'en doutez pas, que j'y sois bien contraint.

SUZANNE.

Contraint! Vous m'abusez ; qui peut vous y contraindre?
Albert, est-ce avec moi qu'il vous convient de feindre?
Vous avez des chagrins ; ouvrez-moi votre cœur ;
Parlez, je tâcherai d'en adoucir l'aigreur.

ALBERT.

N'insistez pas ainsi; je ne puis rien vous dire :
Vos paroles ne font qu'accroître mon martyre.

SUZANNE.

Albert, je vous en prie...

ALBERT.

Assez, de grâce, assez !
Sans calmer mes ennuis, vous me bouleversez.

SUZANNE.

C'est vous, Albert, vous seul, qui par votre silence
De votre âme à plaisir aggravez la souffrance.

ALBERT.

Pour ne pas aggraver vous même mon tourment,
Ne m'en demandez pas la cause en ce moment.

SUZANNE.

Albert, de votre ami ne suis-je pas la femme,
Et ne devez-vous pas m'ouvrir toute votre âme?

ALBERT.

Nos amis sur la terre ont leur part de malheur;
Pourquoi donc de la nôtre accroître encor la leur?

SUZANNE.

Vous ne tiendriez pas un langage semblable,
Si mon affection vous semblait véritable.

ALBERT.

De votre affection je n'ai jamais douté.

SUZANNE.

Parlez donc.

ALBERT.

Impossible.

SUZANNE.

Ah! quelle dureté!

ALBERT.

Je souffre plus que vous de ne pouvoir rien dire.

SUZANNE.

Eh bien, si l'amitié sur vous n'a point d'empire,
Au moins vous céderez à l'amour!

ALBERT.

A l'amour?
Madame, expliquez-vous vous-même à votre tour.

SUZANNE.

Puisqu'il faut vous le dire, Albert, oui, je vous aime,
Et pour mieux achever de me trahir moi-même,
Je t'aime d'un amour qui me ronge le cœur,
Je t'aime sans remords, je t'aime avec fureur,
Et s'il faut renier mes père et mère eux-mêmes,
Je les désavoûrai pour t'aimer, si tu m'aimes.

ALBERT.

Madame, ce langage est-il bien sérieux?

SUZANNE.

En pouvez-vous douter, et déjà dans mes yeux
N'avez-vous donc pas lu l'amour qui me dévore?
Je vous aime! Faut-il vous le redire encore?

ALBERT.

Tout à l'heure pourtant, madame, c'était vous
Qui me nommiez ici l'ami de votre époux.

SUZANNE.

Est-ce pour vous jouer, Albert, de mon délire,
Que vous me rappelez ce que j'ai pu vous dire?

ALBERT.

C'est pour vous ramener dans un meilleur chemin.

SUZANNE.

Mais ne t'ai-je pas dit qu'aucun pouvoir humain
Ne saurait m'arrêter sur la pente où je roule?

ALBERT.

Pas même le devoir?

SUZANNE.

Non.

ALBERT, *à part.*

Ciel!

(*Froidement, à Suzanne.*)

Le temps s'écoule,
Madame; je ne puis demeurer plus longtemps.

SUZANNE, *lui saisissant la main.*

Albert! Quoi! tu t'en vas? Je t'en supplie, attends.

ALBERT.

Madame, je vous ai trop longtemps entendue.

SUZANNE, *se jetant à ses pieds.*

A tes genoux, Albert, tu me vois étendue;
Es-tu content?

ALBERT.

Madame, assez, relevez-vous ;
Je rougis pour Henri de vous voir à genoux.

SUZANNE.

Monstre ! —C'est vrai, j'étais lâche ; je me relève,
Et je veux à mon tour te poursuivre sans trêve,
Jusqu'à ce que je t'aie, en me moquant de toi ,
Enfoncé dans la boue encore plus que moi !

ALBERT.

Madame, c'est en vain que vous voudrez m'atteindre ;
Je suis trop innocent pour avoir à vous craindre.

SCÈNE III

ALBERT MARTIN, *seul.*

Quelle fatalité ! Me voici, sans raison,
Contraint d'abandonner aussi cette maison.
Pour complaire à celui que j'aimais comme un frère,
J'ai perdu l'amitié de ma seconde mère,
Et bien loin de pouvoir chez lui me consoler
D'une division qui vient de m'accabler,
Telle est l'atrocité du destin qui m'opprime,
Que je ne puis plus même y séjourner sans crime !
Voilà mon sort ! Mon Dieu, qu'ai-je fait, et comment
Ai-je pu mériter un pareil châtiment ?
Partons.

SCÈNE IV

LE MÊME; MONSIEUR GAUTHIER.

MONSIEUR GAUTHIER.

Comment ! c'est toi ? Pour que je me prélasse ;
De chez moi tu fais donc les honneurs à ma place ?

L'histoire est bonne. — Allons, commence, me voilà.
— Eh bien! Tu n'as pas l'air de voir que je suis là!
Tu ne dis rien. Qu'as-tu?

ALBERT.

Je n'ai rien.

MONSIEUR GAUTHIER.

Rien?

ALBERT.

Sans doute.

MONSIEUR GAUTHIER.

On te croirait frappé d'une attaque de goutte.

ALBERT.

C'est un mal qu'à notre âge on n'a pas.

MONSIEUR GAUTHIER.

Dieu merci!
Alors mets de côté cet air plein de souci.

ALBERT.

Inutile.

MONSIEUR GAUTHIER.

Pourquoi?

ALBERT.

Parce que je te quitte.

MONSIEUR GAUTHIER.

À minuit, d'accord.

ALBERT.

Non; je m'en vais tout de suite.

MONSIEUR GAUTHIER.

Tu ris?

ALBERT.

Je le voudrais.

MONSIEUR GAUTHIER.

Mais tu n'y penses pas,
Albert?

ALBERT.

Parfaitement; je m'en vais de ce pas.

MONSIEUR GAUTHIER.

Envers moi n'as-tu pas engagé ta parole ?
Tu ne peux y manquer pour un motif frivole.

ALBERT.

J'en conviens.

MONSIEUR GAUTHIER.

Quel est donc ce motif sérieux ?

ALBERT.

Je ne puis te l'apprendre.

MONSIEUR GAUTHIER.

Il est mystérieux ?

ALBERT.

Oui.

MONSIEUR GAUTHIER.

Je suis ton ami : j'ai droit, quel qu'il puisse être,
Albert, entends-tu bien, j'ai droit de le connaître.

ALBERT.

Je ne méconnais pas les droits de l'amitié ;
Mais son premier devoir, Henri, c'est la pitié :
Ne me tourmente pas.

MONSIEUR GAUTHIER.

Tu ne veux rien me dire ?

ALBERT.

Henri, n'augmente pas le mal qui me déchire.

MONSIEUR GAUTHIER.

Parle donc.

ALBERT.

Je ne puis.

MONSIEUR GAUTHIER.

Alors je te retiens.

ALBERT.

Ce soir, pourquoi vouloir qu'ainsi je sois des tiens ?

MONSIEUR GAUTHIER.

Mon Dieu, je désirais t'en laisser la surprise ;
Mais s'il me faut parler moi-même avec franchise,
Je suis prêt à répondre à cette question.

ALBERT.

Réponds.

MONSIEUR GAUTHIER.

Je veux, avec ton approbation,
Te faire contracter les nœuds du mariage.

ALBERT.

A moi ?

MONSIEUR GAUTHIER.

Sans doute ; avant d'avoir atteint ton âge,
N'étais-je pas déjà par l'hymen enchaîné ?

ALBERT.

Oui ; mais tu possédais de l'argent ; moi, je n'ai
Aucun bien, ni d'aucun même l'expectative.
Quelle femme voudrait de cette perspective ?
D'ailleurs, en fût-il une à qui la passion
Pût faire partager ma situation,
Les différents ennuis qui s'arrachent mon âme
Ne me laisseraient pas songer à cette femme.
Ainsi n'en parlons plus. Je m'en vais.

MONSIEUR GAUTHIER, *le retenant.*

Tu t'en vas ?
Pourquoi parler ainsi ? Je ne te comprends pas.
Avec moi l'on croirait que tu n'es plus le même.
Moi, cependant, je n'ai jamais changé, je t'aime ;
Et lorsque je te parle ainsi de l'avenir,
C'est mon cœur qui me porte à t'en entretenir.

ALBERT.

Je le sais, mais tu prends une peine inutile.

MONSIEUR GAUTHIER.

Pourquoi penser cela ?

20

ALBERT.

Parce qu'il est futile
De vouloir marier un homme sans un sou.

MONSIEUR GAUTHIER.

Écoute-moi. Parbleu ! je ne suis pas si fou :
Je sais parfaitement qu'à l'époque où nous sommes,
C'est sur leurs revenus qu'on mesure les hommes.
Il n'en est pas moins vrai que l'homme intelligent
Peut aussi se frayer son chemin sans argent.
Certes, en ce moment, tu ne dois pas prétendre
Qu'un roi de la finance acclame en toi son gendre.
Mais tu peux rencontrer, dans ta position,
Une fille joignant à l'éducation
Les qualités qui font la femme de ménage.

ALBERT.

Ton amitié pour moi dans des rêves t'engage ;
J'en suis vraiment touché ; mais la réalité
Me dit que je devrais t'avoir déjà quitté.
Je pars. Adieu.

MONSIEUR GAUTHIER, *l'arrêtant par le bras.*

De grâce, écoute-moi ; j'achève :
Je ne me laisse pas séduire par un rêve,
Albert ; j'ai rencontré la femme qu'il te faut.
Si tu veux seulement ne pas faire défaut,
Tu la verras se rendre ici dans la pensée
Qu'elle va devenir ce soir ta fiancée.
Elle t'aime ; j'ai lu son amour dans ses yeux ;
Pour elle tu nourris un feu silencieux.
Rien ne s'oppose donc à votre mariage.

ALBERT.

Pour la dernière fois, je m'en vais.

MONSIEUR GAUTHIER, *saisissant Albert par la main.*

Quelle rage !
Quand je donne soirée à ton intention,
Tu ne peux pas manquer à la réunion.

ALBERT.

J'y manquerai pourtant.

MONSIEUR GAUTHIER.

Au moins dis-moi la cause
De ta fuite.

ALBERT.

Jamais.

MONSIEUR GAUTHIER.

Apprends donc une chose
Que, pour te ménager un doux étonnement,
Je voulais te cacher jusqu'au dernier moment :
C'est que, mon cher ami, de cette jeune fille
Le nom cher à ton cœur est celui de Camille.

ALBERT.

Camille ! oh ! oui, je l'aime, et pour la captiver
J'ignore quels malheurs je n'oserais braver.

MONSIEUR GAUTHIER.

Alors tu restes ?

ALBERT.

Non.

MONSIEUR GAUTHIER.

Non ? Ah ! j'y perds la tête !
— Mais puisque je te dis, Albert, que cette fête,
Ce soir, n'a d'autre objet que de vous fiancer...

ALBERT.

Cela n'empêche pas que je te vais laisser.

MONSIEUR GAUTHIER.

Si tu n'écoutes pas une raison si bonne,
Qui donc pourra jamais te retenir ?

ALBERT.

Personne.

MONSIEUR GAUTHIER.

Quel démon ! — Si ma femme encore était ici,
Elle le convaincrait.

ALBERT.

Nullement.

MONSIEUR GAUTHIER.

La voici !

— Suzanne, viens m'aider. — Albert !... Comme il s'évade !

SCÈNE V

MONSIEUR GAUTHIER, SUZANNE.

MONSIEUR GAUTHIER.

Vois donc. Mais d'où lui peut venir cette boutade ?
Malgré tous mes efforts, je n'ai point réussi
A le persuader de demeurer ici.

SUZANNE.

Le mal n'est pas si grand.

MONSIEUR GAUTHIER.

Plus grand qu'il ne te semble :
C'est à cause de lui que ce soir je rassemble
Les personnes qui vont tout à l'heure arriver.

SUZANNE.

Comment cela ?

MONSIEUR GAUTHIER.

Je puis désormais t'en parler.
Pour Albert. le jugeant amoureux de Camille,
A madame Lombard j'ai demandé sa fille.
En lui probablement voyant un bon parti,
A ma demande elle a sur-le-champ consenti,
Et pour les fiancer j'ai pris cette soirée :
Comme tu vois, la chose était bien préparée.

SUZANNE, *comprimant son étonnement.*

Je le vois, et conduite avec discrétion.

MONSIEUR GAUTHIER.

Tu comprends quelle était ma situation :

Je devais, comme ayant tout seul couvé la chose,
N'en pas parler avant qu'elle ne fût éclose.
Madame Lombard seule était dans le secret,
Et, qui plus est, Albert lui-même l'ignorait ;
Ce n'est qu'en dernier lieu, pour lui calmer la tête,
Que je me suis ouvert à lui sur cette fête.

SUZANNE.

Et, si j'en juge bien, ta révélation
N'a point modifié sa résolution ?

MONSIEUR GAUTHIER.

Non...

SUZANNE, à part.

Le ciel soit loué !

MONSIEUR GAUTHIER.

Sur lui ton influence
De le voir revenir est ma seule espérance.
Si tu consens à m'être agréable, tu vas,
Suzanne, aller chez lui le trouver de ce pas.
Je te sais une verve assez persuasive
Pour que, sans grande peine, il y cède et te suive.

SUZANNE.

Il faut donc qu'après lui je coure ?

MONSIEUR GAUTHIER.

Il ne faut rien ;
Mais, si tu le voulais, tu m'obligerais bien.

SUZANNE.

De te désobliger je suis contrariée,
Mais je ne me suis pas avec toi mariée
Pour être l'instrument de caprices pareils ;
Et si tu crois devoir écouter mes conseils,
Pour lui tu cesseras de prendre tant de peine.

MONSIEUR GAUTHIER.

Tes paroles pour lui sentent presque la haine.
Pourquoi me détourner de servir, dans Albert,
Le seul ami que j'aie encore découvert ?

SUZANNE.

Parce que je le vois aujourd'hui méconnaître
L'amitié, que jadis il te faisait paraître.

MONSIEUR GAUTHIER.

Pourquoi, sans réfléchir plus scrupuleusement,
Porter sur sa conduite un pareil jugement?
Peut-être, quand il fuit et garde le silence,
Est-ce par amitié plus que par méfiance.
Peut-être, préférant notre repos au sien,
Aime-t-il mieux souffrir sans nous en dire rien.

SUZANNE.

Cela n'est pas probable.

MONSIEUR GAUTHIER.

                    Au moins est-ce possible.

SUZANNE.

Tu le dotes vraiment d'une âme bien sensible.

MONSIEUR GAUTHIER.

Mon Dieu! de quoi nous sert cette discussion?
Réponds tout simplement à cette question :
Veux-tu tenter sur lui l'effort dont je te prie?

SUZANNE.

Eh bien! pour couper court à la plaisanterie,
Non, cent fois non !

MONSIEUR GAUTHIER.

                    Alors n'en parlons plus; j'irai:
Peut-être que tout seul je le ramènerai.

SUZANNE.

Bonne chance !

MONSIEUR GAUTHIER.

                    Merci! Je cours à sa poursuite;
Reçois nos invités, je reviens tout de suite.

SCÈNE VI

SUZANNE.

Ah ! je respire. — Il peut courir après Albert.
Pour moi l'essentiel, c'est que j'ai découvert
Pourquoi d'un froid dédain je viens d'être outragée.
Je sais sur qui frapper pour être bien vengée.
S'il n'eût aimé Camille et voulu l'épouser,
Albert n'aurait jamais osé me mépriser.
— Mais non, non, je m'égare : il ignorait encore
Les desseins de Henri, que tout le monde ignore.
— Qu'importe ! pour Camille il avait de l'amour ;
Sans elle, il eût payé ma flamme de retour.
Il l'aime ! L'épouser est son rêve sans doute.
Qu'il ose ! Je suis là pour lui barrer la route.
— Oui, mais à quel moyen maintenant recourir ?
Je ne sais... Le hasard viendra me secourir.

SCÈNE VII

SUZANNE, THÉODORE LANGELET.

THÉODORE.

Daignez de mes respects agréer l'humble hommage.

SUZANNE, *à part.*

Il ne me manquait plus que de voir ce visage.
(*A Théodore, en s'inclinant cérémonieusement.*)
Vous allez bien, monsieur, et vos parents aussi ?

THÉODORE.

Madame, nous allons tous trois fort bien ; merci.

SUZANNE.

Vous venez donc tout seul, monsieur ?

THÉODORE, *embarrassé.*

Oui, mais j'espère
Que vous allez bientôt voir mon père et ma mère.

SUZANNE.

J'y compte. Ils n'ont donc pu vous suivre?

THÉODORE, *rougissant*.

Ils l'auraient pu ;
Mais alors mon projet aurait été rompu.

SUZANNE.

Quel était le dessein que vous aviez dans l'âme?

THÉODORE, *s'animant*.

Ne l'avez-vous pas lu dans mes regards, madame?
Faut-il de mon amour vous faire encor l'aveu?

SUZANNE, *à part*.

Quelle idée! Essayons. (*Haut.*) Vous m'aimez donc un peu?

THÉODORE.

Un peu! Que dites-vous, lorsque je vous adore,
Lorsque j'ai dans le cœur un feu qui le dévore,
Et lorsque, pour vous voir éprouver ce qu'il sent,
Je n'hésiterais pas à verser tout mon sang?

SUZANNE, *à part*.

O mon Dieu, sois béni! car je tiens ma vengeance.
(*Haut.*) Écoutez bien : en vous j'ai pleine confiance,
Et, pour vous accorder franchement mon amour,
Je ne demande pas un tel prix en retour.

THÉODORE.

Parlez donc! il n'est rien que pour vous je ne fasse.

SUZANNE.

Eh bien! pour vous parler sans aucune grimace,
Vous détestez Albert, n'est-ce pas?

THÉODORE.

Nullement ;
Albert est mon ami.

SUZANNE.

J'en jugeais autrement;

Mais j'ai dû me tromper. Peu m'importe, du reste ;
Comme deux je serai franche : je le déteste.

THÉODORE.

Madame, j'ignorais qu'il pût en être ainsi.
Si vous le détestez, je le déteste aussi.

SUZANNE.

Alors vous êtes prêt à servir ma colère ?

THÉODORE.

Je vous l'ai dit, j'entends faire tout pour vous plaire.

SUZANNE.

Avec Camille Albert songe à se marier.

THÉODORE.

Je sais.

SUZANNE.

Si vous voulez, pour le contrarier,
Vous porter avec lui prétendant de Camille,
Et lui ravir la main de cette jeune fille,
Je suis à vous ; je mets ce prix à mon amour.

THÉODORE.

Et s'il l'emporte, alors qu'obtiendrai-je en retour ?

SUZANNE.

Rien ; car il ne devra son succès qu'à vous-même.
Vous devez triompher : on peut tout quand on aime.

THÉODORE.

Camille, qui sait seule à quel point je la hais,
A s'unir avec moi n'adhérera jamais.

SUZANNE.

Qu'importe ce que veut ou ne veut pas Camille.
Tout dépend de la mère et non pas de la fille.
C'est la mère qui peut seule vous l'accorder,
Et vous n'avez, je crois, qu'à la lui demander.

THÉODORE.

Vous le croyez ?

SUZANNE.

Pour vous ce n'est pas un mystère,
Et vous n'ignorez pas quel est son caractère.
La gêne a desséché les fibres de son cœur ;
L'argent seul à ses yeux peut donner le bonheur ;
Et, comme elle optera pour la dot la plus forte,
Contre vous il n'est pas aisé qu'Albert l'emporte.

THÉODORE.

Vous me persuadez.

SUZANNE.

Alors vous consentez ?

THÉODORE.

Vos désirs, sans retard, vont être contentés.

SCÈNE VIII

Les Mêmes, MADAME LOMBARD, CAMILLE

SUZANNE.

Je soupirais, madame, après votre venue,
Et redoutais déjà quelque déconvenue.

MADAME LOMBARD.

J'étais impatiente encore plus que vous.

THÉODORE, *à madame Lombard.*

Madame, j'ai l'honneur de vous présenter tous...

MADAME LOMBARD.

Mais enfin nous voici.

SUZANNE.

Cette chère Camille,
Il faut que je l'embrasse ; on n'est pas plus gentille.

CAMILLE.

Vous voulez me flatter, madame.

THÉODORE, *à madame Lombard.*

J'ai l'honneur...

MADAME LOMBARD.

Elle est triste aujourd'hui, comme si, dans son cœur,
Elle dissimulait quelque peine secrète.

SUZANNE.

De cet état la cause aisément s'interprète :
Dans l'âme d'une enfant plus pure que le jour,
Toujours la rêverie est l'effet de l'amour.

THÉODORE, à *Camille*.

Et cette rêverie est, pour mademoiselle,
Un charme qui la rend peut-être encor plus belle.
C'est à vous que j'adresse ici ce compliment.

CAMILLE.

Je ne le méritais, monsieur, aucunement.

THÉODORE.

Vous êtes trop modeste.

CAMILLE.

Et vous trop peu sincère.

THÉODORE.

Vous êtes dans l'erreur.

MADAME LOMBARD, *bas à Camille*.

Ne sois pas si sévère.
Il ne faut pas, ma fille, aux gens même qu'on hait
Dire si franchement la chose comme elle est.

THÉODORE, *bas à Suzanne*.

Cet accueil-là n'est pas encourageant. N'importe !
Je l'ai mis dans ma tête, il faut que je l'emporte.

SCÈNE IX

LES MÊMES, MONSIEUR LANGELET, MADAME
LANGELET.

SUZANNE, *d'un ton badin, à Théodore*.

Monsieur, je vous présente à vos parents.

THÉODORE.

Toujours Aimable!

SUZANNE.

Et gracieuse?

THÉODORE.

Autant que les amours.

MONSIEUR LANGELET.

Vous allez bien, madame?

SUZANNE.

Oui, je vous remercie.

MADAME LANGELET.

Pour vous féliciter, à lui je m'associe.
Mais nous devons encor nous informer aussi
De notre ami Gauthier, qu'en vain je cherche ici.

SUZANNE.

Je vous suis obligée : il se porte à merveille ;
Personne n'eut jamais une santé pareille.
Il s'est vu tout à l'heure obligé de sortir.

MADAME LOMBARD.

Vraiment !

SUZANNE.

Oui, mais il va promptement revenir.

MADAME LOMBARD.

Fort bien.

MADAME LANGELET.

Puisqu'aux absents en ce moment je pense,
Il me semble qu'Albert brille par son absence.
D'après ce que je sais par madame Lombard,
Il doit pourtant du bal avoir sa bonne part.

MADAME LOMBARD.

Au fait, c'est vrai !

SUZANNE.

Je crois qu'il ne faut pas l'attendre.

MADAME LOMBARD.

Comment! que dites-vous, et que viens-je d'entendre?

SUZANNE.

A l'instant même il vient de nous faire savoir
Qu'il se trouve empêché d'être avec nous ce soir.

MADAME LOMBARD.

C'est trop fort! Il n'est pas d'empêchement qui tienne.
Il l'a promis; il faut, bon gré, mal gré, qu'il vienne.

CAMILLE, *bas.*

Si vous m'aimez un peu, ma mère, calmez-vous.

MADAME LOMBARD, *à Camille.*

Non, laisse-moi, j'éprouve un trop juste courroux.
(*A Suzanne.*) Quel motif donne-t-il?

SUZANNE.

Je ne saurais vous dire
Mais tout à l'heure Henri pourra mieux vous instruire.

MADAME LANGELET, *à part.*

Je devine: sachant que je devais venir,
Il a, pour m'éviter, préféré s'abstenir.

THÉODORE.

Il était l'invité le plus indispensable.
Quel que soit son motif, il n'est pas acceptable.

CAMILLE.

Il faudrait le connaître, avant de le juger..

THÉODORE.

Il n'en est pas qui soit propre à le décharger.

CAMILLE.

C'est ce que l'avenir nous apprendra sans doute.

THÉODORE.

J'y compte : l'avenir n'a rien que je redoute.

21

SCÈNE X

Les Mêmes, MONSIEUR GAUTHIER.

MADAME LOMBARD.

Eh bien! monsieur; Albert n'est pas encor venu.
Me direz-vous au moins ce qui l'a retenu?

MONSIEUR GAUTHIER.

Je ne sais.

MADAME LOMBARD.

Mais enfin pouvez-vous nous apprendre
S'il doit ou ne doit pas ce soir ici se rendre?

MONSIEUR GAUTHIER.

Madame, autant que vous j'en ressens de l'ennui;
Mais je pense qu'il faut ne pas compter sur lui.

MADAME LOMBARD.

Il vous avait pourtant bien donné sa parole?

MONSIEUR GAUTHIER.

C'est fort vrai.

MADAME LOMBARD.

Ce jeune homme a donc la tête folle!

CAMILLE.

Ma mère, sois plus calme.

MONSIEUR GAUTHIER.

À bien considérer,
Le mal est, après tout, facile à réparer.

MADAME LOMBARD.

Et comment, s'il vous plaît, pensez-vous vous y prendre?

MONSIEUR GAUTHIER.

Tout vient à temps, madame, à qui veut bien attendre :
Laissez donc s'écouler quelques jours, et je crois
Qu'Albert tiendra parole à la seconde fois.

MADAME LOMBARD.

En n'étant pas d'abord exact à la première,
Il m'a fait une injure au dernier point grossière.
Mais, s'il croit voir en nous des femmes que l'on peut
Traiter impunément aussi mal qu'on le veut,
Il se trompe ; je suis d'assez bonne famille
Pour n'être nullement en peine de Camille,
Et vous pourrez, monsieur, lui dire de ma part
Que, pour changer d'avis, il s'est levé trop tard.

MONSIEUR GAUTHIER.

Je connais mon ami : je le sais incapable
D'avoir à votre égard un dédain si coupable.

MADAME LOMBARD.

Sous son vrai jour alors il devrait s'exposer.

MONSIEUR GAUTHIER.

Aussi l'y verrez-vous, s'il vous plaît l'excuser.

MADAME LOMBARD.

Je ne puis l'excuser ; votre prière est vaine.

MONSIEUR GAUTHIER.

De grâce, envisagez...

MADAME LOMBARD.

Vous perdez votre peine.

MONSIEUR GAUTHIER.

Madame, à tout péché miséricorde !

MADAME LOMBARD :

Non.

MONSIEUR GAUTHIER.

Eh bien ! soit ! Après tout, je suis vraiment trop bon !
Je vous laisse le soin d'arranger vos affaires.

MADAME LOMBARD.

Vos conseils, cher monsieur, me sont peu nécessaires.

MONSIEUR GAUTHIER.

Tant mieux pour vous et moi.

MADAME LOMBARD.

Je vous salue.

MONSIEUR GAUTHIER.

Adieu,

Madame.

MADAME LOMBARD.

Viens, ma fille, et sortons de ce lieu.

SCÈNE XI

MONSIEUR LANGELET, MADAME LANGELET, THÉODORE LANGELET, SUZANNE, MONSIEUR GAUTHIER.

MONSIEUR GAUTHIER.

Avez-vous vu jamais une tête pareille?.

THÉODORE.

Je l'approuve; elle était dans son droit.

MONSIEUR GAUTHIER.

A merveille!

C'est moi qui seul ai tort. Je ne sais pas pourquoi,
Mais ici tout le monde est ligué contre moi.

SUZANNE.

Quand, de sang-froid, Henri, tu jugeras la chose,
Tu verras que personne à tes vœux ne s'oppose,
Et que si quelqu'obstacle a pu les déranger,
Tu le dois à celui que tu veux protéger.

MONSIEUR LANGELET.

C'est on ne peut plus clair; n'est-il pas vrai, ma femme?

MADAME LANGELET.

Taisez-vous.

THÉODORE, à Suzanne.

Vous parlez comme un livre, madame.

SUZANNE.

Je ne mérite pas, monsieur, ce compliment ;
Je ne fais que parler selon mon sentiment.

MONSIEUR GAUTHIER, *à part.*

Voilà qui va fort bien.

THÉODORE.

Veuillez, monsieur, m'entendre .

Je suis l'ami d'Albert...

MONSIEUR GAUTHIER, *à part.*

Ami sensible et tendre !

THÉODORE.

Vous comprenez donc bien qu'en cette qualité,
A lui donner raison je dois être porté.
Mais avant l'amitié doit passer la justice,
Et si je l'approuvais, je serais son complice.

MONSIEUR GAUTHIER.

Pour être son complice, il faudrait tout d'abord
Démontrer qu'en effet Albert est dans son tort.

THÉODORE.

Cela ressort assez, je crois, de sa conduite.

MONSIEUR GAUTHIER.

Pour le juger, il faut en attendre la suite.

THÉODORE.

Et moi, je ne crains pas de vous le répéter,
Il n'est pas de raison propre à l'innocenter.
Quand il est question d'une affaire si grave,
Je n'admets pas qu'on puisse alléguer une entrave.

SUZANNE.

C'est évident.

MONSIEUR LANGELET.

C'est vrai.

MADAME LANGELET.

Malgré mon amitié,

Qui de ses torts souvent me cache la moitié,
Je ne crois pas qu'Albert puisse être pardonnable.

MONSIEUR GAUTHIER.

Supposez qu'il vous donne un motif raisonnable ;
Vous vous reprocherez de l'avoir mal jugé.

THÉODORE.

Non, monsieur ; envers vous il s'était engagé.
Si, pour se délier, ce qui n'est pas possible,
Il avait à fournir un prétexte admissible,
Il est toujours coupable, incontestablement,
D'être resté muet jusqu'au dernier moment.

MONSIEUR GAUTHIER.

Savez-vous s'il a pu me prévenir plus vite ?

THÉODORE.

Non ; mais à le penser son silence m'invite.

MONSIEUR GAUTHIER.

Pour être franc, monsieur, tant de sévérité
Me porte à suspecter votre sincérité.

SUZANNE, *à monsieur Gauthier.*

Tais-toi.

THÉODORE, *à Suzanne.*

Ne craignez rien.

MADAME LANGELET.

Monsieur, je vous engage
A ne pas persister dans un pareil langage ;
Il est injurieux.

MONSIEUR GAUTHIER.

C'est possible ; après tout,
Peu m'importe qu'il soit ou non de votre goût.
Votre fils m'a contraint de dire ma pensée ;
Prenez-vous-en à lui, si je vous ai blessée.

MADAME LANGELET.

Ah ! monsieur, c'est trop fort !

MONSIEUR GAUTHIER.

Madame, c'est ainsi !

MADAME LANGELET.

Viens, Théodore, viens ; ne restons pas ici.

SCÈNE XII

MONSIEUR GAUTHIER, SUZANNE.

MONSIEUR GAUTHIER.

Pour n'avoir pas voulu près d'Albert t'entremettre,
Tu vois à quels ennuis tu viens de me soumettre.

SUZANNE.

Ce n'est donc pas assez que d'avoir querellé
Des gens fort étrangers à tout ce démêlé,
Il te faut donc répandre encor sur moi ta bile?

MONSIEUR GAUTHIER.

Non ; mais avoue aussi que, d'un seul mot habile,
Tu pouvais m'affranchir de tous ces embarras.

SUZANNE.

Tu te moques de moi ; je ne t'écoute pas.

ACTE TROISIÈME

La scène se passe chez madame Lombard

—

SCÈNE PREMIÈRE

MADAME LOMBARD, CAMILLE.

MADAME LOMBARD.

Allons, console-toi ; tu n'es pas raisonnable ;
Ta faiblesse finit par être impardonnable.
Si tu t'étais trouvée en butte aux vrais malheurs,
Pour les petits ennuis tu n'aurais point de pleurs.

CAMILLE.

Ne me consolez pas ; vous ne faites, ma mère,
Que rendre ma douleur encore plus amère.
Nous n'envisageons pas les choses du même œil,
Et notre divergence augmente encor mon deuil.

MADAME LOMBARD.

Je me mets à ta place. Écoute-moi, Camille ;
Comme à toi, mon enfant, quand j'étais jeune fille,
La satisfaction des caprices du cœur
Seule me paraissait la source du bonheur,
Et je ne croyais pas que l'adverse fortune
Jamais à deux amants pût paraître importune.
Depuis j'ai bien changé ! Ton père est mort ; je suis
Toute seule restée en proie à mille ennuis,
Feignant, pour conserver mon ancien entourage,
De vivre largement comme avant mon veuvage,
Contrainte, pour sembler riche comme jadis,
D'user d'expédients chaque fois plus hardis,

Pour satisfaire au luxe ôtant au nécessaire ;
Ici femme du monde, ailleurs homme d'affaire,
Faisant de mon mari saisir les débiteurs,
Lassant ses créanciers à force de lenteurs ;
Sans cesse enfin cherchant dans mon intelligence
Les moyens de cacher ma réelle indigence.
Ah ! si de cette vie, où je souffre tout bas,
Tu pouvais comme moi connaître les tracas,
Tu saurais qu'à côté de ces peines amères,
Toutes celles du cœur ne sont que des chimères.

CAMILLE.

Ma mère, vous pouvez avoir cent fois raison ;
Mais il n'en est pas moins vrai qu'en comparaison
De celles que mon cœur en ce moment endure,
Il n'en existe pas qui me semblerait dure.

MADAME LOMBARD.

Pour moi le seul malheur, c'est de manquer d'argent.

CAMILLE.

L'argent n'empêche pas le cœur d'être indigent.

MADAME LOMBARD.

Raisonnement qui peut séduire en théorie,
Mais qui ne tiendrait pas contre la pénurie !

CAMILLE.

Vous me martyrisez. (*On sonne.*)

MADAME LOMBARD.

Allons, sèche tes pleurs ;
J'entends sonner. On vient. Toujours de nos douleurs,
Quelque lourd qu'à nos yeux le fardeau puisse en être,
Il faut aux étrangers ne rien faire connaître.

CAMILLE.

Oui, ma mère, plus tard, quand l'âge ou le malheur
Aura pétrifié les fibres de mon cœur,
J'aurai peut-être assez d'empire sur moi-même
Pour ne point laisser voir que e souffre et que j'aime.

21.

Mais, pour y parvenir, aujourd'hui, je le sens,
Je me consumerais en efforts impuissants.
Aussi, pourvu qu'en rien cela ne vous déplaise,
Vais-je me retirer dans ma chambre.

MADAME LOMBARD.

A ton aise!

SCÈNE II

MADAME LOMBARD, MADAME LANGELET.

MADAME LANGELET.
Comment vous portez-vous depuis le bal d'hier?

MADAME LOMBARD.
Fort bien, et vous?

MADAME LANGELET.
De même. Eh bien! monsieur Gauthier,
Sans en dire de mal, nous a fait belle fête!
On aurait cru vraiment qu'il n'avait plus sa tête.

MADAME LOMBARD.
Je ne sais; mais, qu'il ait ou n'ait plus sa raison,
Je ne salirai pas de sitôt sa maison.

MADAME LANGELET.
Ni moi.

MADAME LOMBARD.
Comprenez-vous une telle boutade?

MADAME LANGELET.
Cet homme doit avoir l'esprit un peu malade :
Après votre départ, madame, croiriez-vous
Qu'il nous a querellés l'un après l'autre tous?
Et pourquoi, je vous prie? Ai-je fait quelque chose
Qui d'une humeur pareille ait pu donc être cause?

MADAME LOMBARD.
Et moi donc! Pourrez-vous me dire aussi pourquoi
Il a mis son plaisir à se moquer de moi?

Contre lui, j'en conviens, je me suis emportée ;
Mais il m'avait donné le droit d'être irritée.
Il ne devait risquer un pareil rendez-vous
Qu'après s'être assuré d'Albert comme de nous.
Il était tout au moins coupable d'imprudence.

MADAME LANGELET.

C'est juste ; heureusement, de son inconséquence
Vous n'avez pas beaucoup à redouter l'effet.

MADAME LOMBARD.

Je ne partage pas votre avis tout à fait.

MADAME LANGELET.

Écoutez. Vous savez que mon fils est en âge
De songer maintenant à se mettre en ménage.

MADAME LOMBARD.

Je le sais.

MADAME LANGELET.

Il aurait, je crois, tout ce qu'il faut
Pour pouvoir aspirer au parti le plus haut.

MADAME LOMBARD, *à part*.

Parlons-en.

MADAME LANGELET.

Il est jeune...

MADAME LOMBARD.

Oui.

MADAME LANGELET.

Plein d'expérience...

MADAME LOMBARD.

Je vous crois.

MADAME LANGELET.

Et savant !

MADAME LOMBARD.

C'est un puits de science.

MADAME LANGELET.

Si dans la médecine un point fait question,
Le premier il arrive à la solution :
Il cherche en ce moment, sûr d'ouvrir ce mystère,
Si la stérilité n'est pas héréditaire,
Et sur cette matière il va pouvoir bientôt
Dans un livre aux savants dire son dernier mot.

MADAME LOMBARD.

S'il n'est pas estimé tout comme il devrait l'être,
Ce livre achèvera de le faire connaître.

MADAME LANGELET.

Je l'espère; il serait déjà fort bien connu,
Si par sa modestie il n'était retenu.

MADAME LOMBARD, à part.

Qu'il est bien inspiré de se montrer modeste!

MADAME LANGELET.

L'excès en toute chose est un défaut funeste.
J'ai beau lui conseiller, pour vaincre ce défaut,
D'être modeste autant et pas plus qu'il ne faut,
Son ingénuité de mes conseils s'irrite;
Il veut que le succès ne soit dû qu'au mérite,
Et me dit que, s'il est des gens peu scrupuleux,
Ce n'est pas un motif pour procéder comme eux.

MADAME LOMBARD.

Cette délicatesse est aujourd'hui bien rare.

MADAME LANGELET.

Elle est exagérée, et si le ciel avare
En lui n'avait pas mis un talent surhumain,
Elle l'empêcherait de faire son chemin.

MADAME LOMBARD.

Heureusement le ciel l'a pétri dans un moule
Trop grand pour qu'il demeure oublié dans la foule.

MADAME LANGELET.

Sans nul doute ; au surplus, si la célébrité
Ne lui parvenait pas avec rapidité,
A son aise il pourrait l'attendre, et sa fortune
A l'attente ôterait sa tristesse importune.
Ne vous semble-t-il pas que je raisonne bien?
Qu'en dites-vous?

MADAME LOMBARD.

J'en dis... j'en dis... Je n'en dis rien,
Sinon que de bonheur vous devriez être ivre.

MADAME LANGELET.

Dans le même bonheur vous pouvez aussi vivre.

MADAME LOMBARD.

Moi?

MADAME LANGELET.

Vous ! De votre fille éperdument épris,
Théodore la veut pour sa femme à tout prix.

MADAME LOMBARD.

Est-ce possible? O ciel !

MADAME LANGELET.

Pour lui frayer la voie,
Auprès de vous c'est lui qui ce matin m'envoie.

MADAME LOMBARD.

C'est lui ! Pardonnez-moi mon incrédulité ;
Mais j'attendais si peu tant de félicité
Que, malgré moi, je doute et je n'ose vous croire.

MADAME LANGELET.

Je ne vous ferais point d'ouverture illusoire ;
Rassurez-vous.

MADAME LOMBARD.

Je suis rassurée ; en effet,
J'avais tort de ne pas vous croire tout à fait.
Mais pourquoi, si Camille avait touché son âme,
Votre fils si longtemps a-t-il caché sa flamme?

MADAME LANGELET.

C'est par pur dévoûment. Pensant qu'Albert l'aimait.
Il étouffait en lui l'amour qui l'animait.
Mais depuis qu'hier soir Albert, par sa retraite,
Pour Camille a fait voir sa volonté bien nette,
Il n'a plus de scrupule et vous fait aujourd'hui
Demander s'il vous plait qu'elle s'unisse à lui.

MADAME LOMBARD.

J'admire, en vérité, cette délicatesse;
Aussi, sans hésiter, à ses désirs j'acquiesce.

MADAME LANGELET.

Nous sommes d'accord?

MADAME LOMBARD.

Oui.

MADAME LANGELET.

Bien; sans perdre de temps,
Je vais vous présenter mon fils.

MADAME LOMBARD.

Je vous attends.

SCÈNE III

MADAME LOMBARD, *seule.*

Dieu soit loué! Je vais bien établir ma fille.
Ce n'est pas, il est vrai, que ce jeune homme brille
Par les dons séduisants du cœur et de l'esprit;
Mais ce n'est pas non plus par eux qu'on se nourrit.
Il est riche, et s'il est d'une humeur peu traitable,
Camille aura du moins bon gîte et bonne table.
Ni l'esprit ni le cœur ne font passer la faim;
Pour être heureux, il faut d'abord avoir du pain.
A produire ma fille ayant vidé ma bourse,
Avec elle j'allais demeurer sans ressource.

Et voilà qu'au moment où je me désolais,
La fortune me sert mieux que je ne voulais :
Aux charmes de Camille un niais vient se prendre.
Albert peut maintenant se passer d'y prétendre,
Et si son tendre ami vient me voir de sa part,
Je lui ferai savoir qu'il s'est levé trop tard.

SCÈNE IV

LA MÊME, MONSIEUR GAUTHIER.

MONSIEUR GAUTHIER.

Madame, excusez-moi si je vous importune ;
Mais, craignant avant tout votre juste rancune.
Je viens auprès de vous me faire pardonner
Les ennuis que j'ai pu, malgré moi, vous donner.

MADAME LOMBARD.

Monsieur, vous prenez là de bien stériles peines :
En présence des faits, les excuses sont vaines.

MONSIEUR GAUTHIER.

Les faits trompent souvent; aussi voudrez-vous bien
Ne pas me refuser un instant d'entretien.
En deux mots laissez-moi vous les faire connaître,
Et vous les jugerez ainsi qu'ils doivent l'être.

MADAME LOMBARD.

Je les connais assez; votre explication
Ne triomphera pas de ma conviction.

MONSIEUR GAUTHIER.

Madame, je comprends que j'ai dû vous déplaire ;
Mais, quand j'ai fait sur moi tomber votre colère,
Par mes intentions j'étais innocenté.
Dans l'hymen que j'avais pour Albert projeté
Je songeais à son bien peut-être moins qu'au vôtre :
Camille et lui m'avaient semblé faits l'un pour l'autre.
J'ai sans doute péché par irréflexion ;

Mais cela ne doit pas nuire à leur union. .
Voilà pourquoi je viens auprès de vous, madame,
Sûr que vous ne gardez contre moi, dans votre âme,
Aucun ressentiment de ce qui s'est passé.

MADAME LOMBARD.

Je ne crois pas, monsieur, que vous ayez pensé
Aux.observations que vous venez me faire?

MONSIEUR GAUTHIER.

Madame, j'ai pesé les mots que je profère.
Albert aime Camille, et Camille aime Albert;
Dans leurs yeux leur amour à moi s'est découvert.
Si vous ne voulez pas les tuer l'un et l'autre,
Il faut à leur désir subordonner le vôtre.

MADAME LOMBARD.

Vous plaisantez, je crois, monsieur, en vérité.
Si pour ma fille Albert était si transporté,
Il n'aurait pas hier tenu cette conduite.

MONSIEUR GAUTHIER.

Vous pourrez en savoir la cause dans la suite ;
Mais, quelle qu'ait été sa conduite à vos yeux,
Albert n'en est pas moins de Camille amoureux.

MADAME LOMBARD.

Qu'il aime ou n'aime pas ma fille, peu m'importe !
Je ne veux point d'un gendre élevé de la sorte.
Elle ne manque pas de beaux et bons partis,
Et pour que vous soyez tous deux bien avertis,
Je dois vous informer que je garde Camille
Pour un jeune homme issu d'une riche famille,
Et qu'enfin le mari qu'elle aura, s'il vous plaît,
Sera l'unique fils de monsieur Langelet.

MONSIEUR GAUTHIER.

De monsieur Langelet?

MADAME LOMBARD.

Oui, ce sera lui-même.

MONSIEUR GAUTHIER.

Je dois vous détromper ; votre erreur est extrême :
Théodore est l'ami d'Albert, et ne peut point,
Connaissant son amour, le trahir à ce point.

MADAME LOMBARD.

Il ne le trahit pas : voyant qu'Albert recule,
Il peut le remplacer, suivant moi, sans scrupule.

MONSIEUR GAUTHIER.

Il sait fort bien qu'Albert aime toujours autant.

MADAME LOMBARD.

Cela vous plaît à dire.

MONSIEUR GAUTHIER.

Il n'est pas inconstant.

MADAME LOMBARD.

Sa conduite d'hier semble vous contredire.

MONSIEUR GAUTHIER.

Sa conduite en erreur pourrait bien vous induire.

MADAME LOMBARD.

C'est possible, monsieur ; mais votre assertion
Ne modifira pas ma résolution.
Monsieur Langelet fils est riche, et ma balance
Penche toujours pour ceux qui sont dans l'opulence.

MONSIEUR GAUTHIER.

L'opulence n'est pas ce qui fait le bonheur :
De votre fille il faut d'abord suivre le cœur ;
Car, si vous lui donnez l'homme qu'elle déteste,
Vous la vouez vous-même au sort le plus funeste.

MADAME LOMBARD.

A mon ordre elle a su toujours se conformer ;
Elle aimera l'époux qu'on lui dira d'aimer.

MONSIEUR GAUTHIER.

Le cœur n'a pas de frein ; jamais il ne raisonne,
Et jamais il ne suit les ordres de personne.

Vous ne changerez pas les tendances du sien.

MADAME LOMBARD.

Pour en finir, monsieur, vous dissertez fort bien ·
Je ne changerai pas les penchants de Camille ;
Mais monsieur Langelet épousera ma fille.

SCÈNE V

MONSIEUR GAUTHIER, *seul.*

Par tout ce que je vois mon esprit est troublé ;
Je ne sais que penser, et je reste accablé.
Pour quel motif Albert, persistant à se taire,
Ne veut-il pas instruire un ami du mystère
Qui l'a fait tout d'un coup changer de volonté ?
Dans quel but Théodore a-t-il, de son côté,
Modifiant son cœur à l'égard de Camille,
Fait demander la main de cette jeune fille ?
Enfin pourquoi Suzanne a-t-elle pour Albert
Été si malveillante ?... Ah ! ma raison s'y perd ;
Un doute affreux s'élève au fond de ma pensée.
Mais non ; non, je suis fou ; ma crainte est insensée...

SCÈNE VI

MONSIEUR GAUTHIER, ALBERT MARTIN.

MONSIEUR GAUTHIER.

Je te tiens ! Que viens-tu faire en ce lieu, pendard ?

ALBERT.

Demander mon pardon à madame Lombard.

MONSIEUR GAUTHIER.

Tu choisis bien ton temps. Ton joli coup de tête
Au calme a fait soudain succéder la tempête.

ALBERT.

Qu'est-il donc arrivé ?

MONSIEUR GAUTHIER.

Rien, mon ami, sinon
Que madame Lombard ne veut plus de ton nom
Entendre prononcer la première syllabe.
Rien ne peut la toucher ; c'est un vrai cœur d'Arabe.

ALBERT.

Alors mon mariage est rompu ?

MONSIEUR GAUTHIER.

J'en ai peur ;
Mais tu dois te trouver au comble du bonheur ;
Car si je dois juger de tes vœux par tes œuvres,
Pour faire tout manquer, je vois que tu manœuvres.

ALBERT.

Tu reviens constamment sur ce point.

MONSIEUR GAUTHIER.

C'est qu'aussi
Je ne sais pas pourquoi tu te caches ainsi.

ALBERT.

Mon ami, tu sais bien, en bonne conscience,
Que j'ai toujours en toi placé ma confiance.
Si je ne t'ouvre pas mon cœur complétement,
C'est que je ne peux pas en agir autrement.
Je souffre plus que toi de ce silence étrange.
Ne me force donc pas à te donner le change,
Et si pour mes chagrins tu sens quelque pitié,
Joins la discrétion à ta tendre amitié.
Tu connais mon amour ; si tu veux me complaire,
De madame Lombard désarme la colère.

MONSIEUR GAUTHIER.

Je crains que mes efforts n'y réussissent pas :
Ton ami Théodore a sur toi pris le pas.

ALBERT.

Lui !

MONSIEUR GAUTHIER.

Son gousset est plein, si son esprit est vide,
Et madame Lombard est une femme avide ;
Sa fille est au plus riche.

ALBERT.

Alors n'en parlons plus.

MONSIEUR GAUTHIER.

Pourquoi ?

ALBERT.

Pourquoi nourrir des désirs superflus ?

MONSIEUR GAUTHIER.

Superflus ?

ALBERT.

Sans nul doute.

MONSIEUR GAUTHIER.

Il se pourrait encore
Qu'elle te préférât pour gendre à Théodore.

ALBERT.

Y réfléchis-tu bien ?

MONSIEUR GAUTHIER.

Certainement.

ALBERT.

Pourtant
Tu me disais encor le contraire à l'instant.

MONSIEUR GAUTHIER.

Je voulais t'éprouver et voir, si, par miracle,
Tu ne roidirais pas ton cœur devant l'obstacle.
Mais, puisque je me suis trompé, rassure-toi,
Je serai fort pour deux ; tu peux compter sur moi ;
Rien n'est encor perdu.

ALBERT.

Non, c'est trop de mécomptes ;
Ne fais plus rien pour moi.

MONSIEUR GAUTHIER.

Qu'est-ce que tu me contes?

ALBERT.

Henri, je ne veux plus me marier.

MONSIEUR GAUTHIER.

Parbleu!

Ce que tu ne veux plus m'inquiète fort peu!
J'ai comme toi ma tête; implore, chante, crie;
Je veux être pendu si je ne te marie.

ALBERT.

Ma résolution est prise, et jamais rien
Ne pourra la changer.

MONSIEUR GAUTHIER.

Je la changerai bien,
Et je saurai tout seul résoudre le problème
De faire ton bonheur en dépit de toi-même.

SCÈNE VII

ALBERT MARTIN seul.

Ah! quelle lutte affreuse il me faut soutenir!
Va-t-elle encor durer ou va-t-elle finir?
Il est temps qu'elle cesse; elle abat mon courage.
Mais Henri n'est pas homme à laisser son ouvrage;
Pour le mener à fin, il épuisera tout.
Comment vais-je pouvoir résister jusqu'au bout?
Encore ignore-t-il que c'est pour Théodore
Que j'abandonne ainsi la femme que j'adore;
S'il savait le motif de ma décision,
Que ne ferait-il point pour ma conversion!
N'était-ce pas déjà bien assez que je fisse
De l'amante à l'ami le poignant sacrifice;
Quand je la lui conduis, faut-il que par la main
Un autre ami m'arrête au milieu du chemin?

— Camille!... C'est bien elle! O ciel, je t'en supplie,
Soutiens quelques instants ma vigueur affaiblie!

SCÈNE VIII

ALBERT MARTIN, CAMILLE.

CAMILLE, *avec surprise.*

Albert!

ALBERT.

Ne fuyez pas.

CAMILLE.

Que voulez-vous, monsieur?

ALBERT.

Vous parler.

CAMILLE.

Est-ce encor pour me briser le cœur?

ALBERT.

Non, c'est pour implorer ma grâce, et vous voir dire
Que vous condescendez à ne plus me maudire.

CAMILLE.

Vous maudire? Au milieu de mon affliction
Jamais vous n'avez eu ma malédiction.

ALBERT.

Camille, de quel poids votre aveu me délivre!
Votre ressentiment m'eût empêché de vivre.

CAMILLE.

Rassurez-vous; s'il faut vous parler sans détour,
Vous n'avez point cessé d'avoir tout mon amour.

ALBERT, *altéré.*

Que dites-vous?

CAMILLE, *sans s'en apercevoir.*

Je dis, Albert, que je vous aime...
Mais d'où vient sur vos traits cette pâleur extrême?
Qu'avez-vous?

ALBERT, *à part.*

Que lui dire? (*A Camille.*) Entre nous désormais
L'amour doit être un rêve oublié pour jamais.

CAMILLE.

Qu'entends-je? Dois-je, Albert, en croire mes oreilles?
Osez-vous prononcer des paroles pareilles?

ALBERT.

Ne pouvant pas agir selon ma volonté,
Je dois me conformer à la nécessité.

CAMILLE.

Quelle nécessité sur vous a tant d'empire?

ALBERT.

Ne le demandez pas, je ne puis vous le dire.

CAMILLE.

Ah! quelle dureté! Vous n'avez point de cœur!
Mon amour est pour vous sans la moindre valeur,
Et vous le dédaignez, parce que, simple et tendre,
Je ne vous l'ai pas fait assez longtemps attendre.
De ma crédulité voilà le résultat;
Je le vois, mais trop tard, vous n'êtes qu'un *ingrat!*

ALBERT.

Si vous pouviez descendre au fond de ma pensée,
Je ne vous verrais pas à ce point offensée.

CAMILLE.

Alors ouvrez-la moi; malgré ce que je vois,
Sans méfiance encor j'entendrai votre voix.
Parlez.

ALBERT.

Non, je ne puis.

CAMILLE.

Vainement je vous presse;
Je vous ai sans succès prodigué ma tendresse;
Je vous le dis encor, vous n'êtes qu'un *ingrat!*

SCÈNE IX

ALBERT MARTIN *seul.*

Ingrat! moi! c'en est fait, ce dernier coup m'abat...
Ingrat!... Ce mot, sorti d'une bouche moins pure,
Aurait été pour moi la plus cruelle injure;
Mais prononcé par elle, il me donne la mort...

SCÈNE X

MONSIEUR LANGELET, ALBERT MARTIN, MADAME LANGELET, THÉODORE LANGELET.

MONSIEUR LANGELET.

Albert!

MADAME LANGELET, *bas à monsieur Langelet.*
　Taisez-vous donc.

THÉODORE.
　　　　　　　Que maudit soit le sort,
Qui partout devant moi le place comme un terme!

MADAME LANGELET, *à Théodore.*
Calme-toi; tes ennuis approchent de leur terme.
　(A Albert.)
Albert!... Dormez-vous?

ALBERT.
　Ah!

MADAME LANGELET.
　　　　　　Vous avez, je le vois,
Promptement oublié le timbre de ma voix.
Je viens faire la paix; au moins faut-il m'entendre.
Allons, mon cher enfant, vous me faites attendre;
Donnez-moi votre main et promettez-moi bien
De n'avoir contre moi de rancune de rien.

ALBERT.

De quel charme imprévu votre amitié m'enivre !
Il m'eût été sans elle impossible de vivre ;
Tout m'accablait depuis que vous ne m'aimiez plus ;
J'opposais au destin des efforts superflus.
Depuis que vous m'aimez, je sens dans tout mon être,
Avec votre amitié, ma force reparaître.
Ah ! que vous êtes bonne ! et comment en ce jour
Vais-je jamais pouvoir vous payer de retour ?

MADAME LANGELET.

Si j'ai quelque mérite, en ce moment j'en trouve
Le prix dans le bonheur qu'auprès de vous j'éprouve.

ALBERT.

Et vous, mes bons amis, que je croyais perdus,
Pour que je sois bien sûr que vous m'êtes rendus,
Donnez-moi votre main, et pour jamais ensemble
Resserrons le lien qui tous trois nous rassemble.

MADAME LANGELET, bas à Théodore.

Allons, tâche d'y mettre un peu moins de froideur.

MONSIEUR LANGELET, essuyant une larme de faux
bonhomme.

Ce pauvre enfant, vraiment il me touche le cœur !

MADAME LANGELET, bas à Théodore.

Donne-lui donc ta main, puisqu'il te la demande.

THÉODORE, à Albert.

Il faut bien obéir, quand un ami commande.

ALBERT.

J'étouffe de bonheur.

MADAME LANGELET, souriant.

Sans vous le reprocher,
Albert, votre bonheur nous a bien fait marcher.

ALBERT.

Pauvres amis !

22

MADAME LANGELET.

Tous trois, en vrais limiers de race,
Nous n'avons pas cessé de vous donner la chasse ;
Et nous n'espérions plus vous trouver nulle part,
Quand nous vous avons vu chez madame Lombard.
Pourquoi vous étiez-vous réfugié chez elle ?

ALBERT.

Ma pensée, entre nous, n'était nullement celle
De me réfugier au fond de sa maison ;
J'avais été guidé par une autre raison.

MADAME LANGELET.

Pourrais-je la savoir, mon ami ?

ALBERT.

Sans nul doute ;
C'est moi qui désirais vous la dire.

MADAME LANGELET.

J'écoute.

ALBERT.

Tu peux l'entendre aussi, Théodore, à ton gré.
C'est toi qu'elle intéresse au suprême degré.

THÉODORE.

Moi !

ALBERT.

Toi-même. On voulait m'unir avec Camille.
Tu dois l'avoir appris !

THÉODORE.

Oui.

ALBERT.

Cette jeune fille
Te plaît, et tu serais heureux de l'épouser.

THÉODORE.

Qui dit cela ?

ALBERT,

C'est moi, parbleu !

THÉODORE, *pinçant les lèvres.*

Peut-on oser!....

ALBERT, *souriant.*

Dire une vérité qui ne blesse personne,
N'est-ce pas ?

THÉODORE, *à regret.*

J'en conviens.

ALBERT.

Je veux qu'on te la donne.
A madame Lombard j'étais venu, pour toi,
Demander de vouloir ne plus songer à moi.

MADAME LANGELET.

Quelle abnégation !

MONSIEUR LANGELET.

Quelle amitié sincère !
Ta main, Albert; cela vaut bien que je la serre.

MADAME LANGELET, *bas à Théodore.*

Parais donc satisfait.

THÉODORE, *à regret.*

Je ne sais pas comment
Je te paîrai jamais d'un pareil dévoûment.

ALBERT

Dans ton affection demeure invariable,
Et c'est moi qui toujours te serai redevable.

THÉODORE, *sournoisement.*

Tu sais te contenter de peu.

ALBERT.

Pour moi, c'est tout.

MADAME LANGELET.

Puisqu'il en est ainsi, je veux jusques au bout
De vos bons sentiments me procurer la preuve.

ALBERT.

Parlez, je suis tout prêt à soutenir l'épreuve.

MADAME LANGELET.

Je plaisante.

ALBERT

C'est bien ainsi que je l'entends.

MADAME LANGELET.

Mais sérieusement ne fut-il pas un temps,
Où l'école de droit vous avait fait connaître
Un jeune étudiant que vous me disiez être
Le fils du président du tribunal civil ?

ALBERT.

Oui.

MONSIEUR LANGELET *bas à madame Langelet.*

Courage ! C'est bien.

MADAME LANGELET, *bas à monsieur Langelet.*

Laissez-moi faire. (*A Albert*). Est-il
Toujours de vos amis ?

ALBERT.

Oui, du moins je l'espère ;
Les affaires ont mis entre nous leur barrière ;
Mais j'ai lieu de penser qu'il n'a pas oublié,
Au milieu de leur flot, notre vieille amitié.
Près de lui, par hasard, puis-je vous être utile ?

MADAME LANGELET.

Oui ; si ce n'était pas chose trop difficile,
Théodore voudrait auprès du tribunal
Remplir les fonctions de médecin légal.

THÉODORE, *à madame Langelet.*

Vous êtes dans l'erreur !...

MADAME LANGELET, *à Théodore.*

Nous savons tous de reste,
Que pour demander rien tu serais trop modeste.
Mais, si ce n'est pas toi, c'est moi qui veux te voir
Au rang qui conviendrait à ton vaste savoir.

ALBERT, *à Théodore.*

C'est juste ; il ne faut pas de fausse modestie.

Qui la pousse à l'excès tombe dans l'apathie,
Et l'homme qui se sent apte pour un emploi,
En le revendiquant, ne blesse aucune loi.
C'est mon opinion; aussi, sans plus attendre,
Auprès de mon ami je vais pour toi me rendre,
Et si l'événement confirme mon espoir,
Ta nomination te parviendra ce soir.
— Adieu, mes bons amis !

MADAME LANGELET à Albert.

Courage !

MONSIEUR LANGELET à Albert.

Bonne chance !

ALBERT.

Je puis vous garantir le succès à l'avance.

SCÈNE XI

MONSIEUR LANGELET, MADAME LANGELET,
THÉODORE LANGELET.

MONSIEUR LANGELET.

Ton amorce était bonne, et le pauvre garçon
Ne pouvait pas manquer de mordre à l'hameçon.

MADAME LANGELET.

Vous pourrez me louer plus tard de ma conduite ;
Mais il faut commencer par agir tout de suite,
Et, pendant qu'il s'endort dans son illusion,
Conduire notre ouvrage à sa conclusion.

SCENE XII

LES MÊMES, MADAME LOMBARD, CAMILLE.

CAMILLE, à part.

Ce jeune homme en ce lieu ! Je crois sur sa figure
Toujours apercevoir quelque mauvais augure.
(A madame Lombard.)
Je me retire.

22.

MADAME LOMBARD.

Non ; demeure, je le veux.

CAMILLE.

Veuillez me dispenser d'obéir à vos vœux.

MADAME LOMBARD.

Nullement.

MADAME LANGELET, *à madame Lombard.*

Vous voyez, que, selon notre pacte,
Je suis au rendez-vous parfaitement exacte.

CAMILLE, *à part.*

Quel pacte ont-elles fait entre elles, par hasard ?

MADAME LOMBARD.

Je vous connaissais trop pour craindre aucun retard ;
Mais je n'en dois pas moins de votre exactitude
Vous faire compliment.

MADAME LANGELET.

J'ai pris cette habitude.

MADAME LOMBARD.

Cette habitude-là, c'est une qualité.

MADAME LANGELET.

Vous me flattez, madame.

MADAME LOMBARD.

Oui, si la vérité
Peut passer à vos yeux pour une flatterie.

THÉODORE, *bas à madame Langelet.*

De grâce, finissez cette plaisanterie.

MADAME LANGELET, *à madame Lombard*

Mon fils s'impatiente, et dans sa vive ardeur
Il me trouve trop lente à vous offrir son cœur.
Je vous ai déjà dit le penchant qu'il éprouve,
Et, comme de nous deux l'une et l'autre l'approuve,
Il ne nous reste plus qu'à savoir à quel point
Mademoiselle aussi ne s'en fâchera point.

CAMILLE, *à part.*

Je tremble!

MADAME LOMBARD, *à madame Langelet.*

Ma fille est d'un esprit trop facile
Pour ne pas à mes vœux rester toujours docile.
(A Camille.)
Réjouis-toi, Camille, et bénis ton destin :
Monsieur Langelet fils veut bien t'offrir sa main.

CAMILLE, *abasourdie.*

A moi? cela n'est pas possible !

THÉODORE.

Oui, c'est moi-même,
Qui viens vous déclarer ici que je vous aime,
Et que je serai fier d'être votre mari.

MONSIEUR LANGELET.

Comme il parle avec cœur! J'en suis tout attendri.

CAMILLE, *à Théodore.*

A cet aveu, monsieur, j'étais loin de m'attendre;
Vous me teniez naguère un langage moins tendre,
Et si l'on vous avait offert ma main hier,
Vous n'en auriez, je crois, été nullement fier.

MADAME LOMBARD.

De quoi veux-tu parler?

CAMILLE.

De rien.

MADAME LOMBARD.

Soit ; mais encore?

CAMILLE.

Adressez-vous plutôt à monsieur Théodore ;
Il vous satisfera plus aisément que moi.

MADAME LOMBARD.

Alors, monsieur, parlez.

THÉODORE.

Je ne sais pas de quoi
Mademoiselle a pu me conserver rancune.

CAMILLE, *à Théodore.*

De vos phrases s'il faut vous rappeler chacune,
Je vais vous les redire à peu près mot à mot.
Veuillez bien m'écouter...

THÉODORE.

Camille, c'en est trop.
C'est entendu, j'ai tort; mes yeux hier encore
N'avaient pas remarqué tout ce qui vous décore;
Contre vos qualités ils étaient prévenus,
Et vos charmes divins leur étant inconnus,
J'ai pris à votre égard l'air dur et la voix haute.
Humblement aujourd'hui je confesse ma faute;
Vous vous montrez à moi sous un tout autre jour;
Je vous aime, soyez sensible à mon amour.

CAMILLE.

Monsieur, j'en suis pour vous profondément fâchée;
Mais ce retour soudain, dont je suis fort touchée,
S'est trop tardivement chez vous manifesté,
Pour avoir entre nous la moindre utilité :
J'ai, depuis ce matin, pris le parti plus sage
De ne plus désormais songer au mariage.

MADAME LOMBARD, *à Camille.*

Tu plaisantes, je pense; allons, parle autrement.
Quand monsieur Théodore a si spontanément
Su de son rang au tien oublier la distance,
A ses vœux ferais-tu la moindre résistance?

CAMILLE.

Je suis au désespoir de vous contrarier,
Ma mère; mais j'entends ne pas me marier.

MADAME LOMBARD.

Comment! tu m'oserais manquer d'obéissance!

CAMILLE.

Ce sera malgré moi; mais aucune puissance
Ne me fera vouloir ce que je ne veux pas.

MADAME LOMBARD.

Et moi, je te promets que tu te mariras.

CAMILLE.

Nullement, et pourtant mes vœux sont de vous plaire.

MADAME LOMBARD.

A ton aise au couvent je t'en enverrai faire.

CAMILLE.

Si vous me l'ordonnez, au couvent j'entrerai ;
Mais, sachez-le, jamais je ne me marirai.

MADAME LOMBARD.

Non, jamais je n'ai vu pareille effronterie.

(A Théodore.)
Mais tranquillisez-vous, monsieur, je vous en prie ;
Je saurai la dompter.

CAMILLE.

Vous pourrez m'affliger,
Mais ne parviendrez pas à me faire changer.
Je ne veux même pas penser au mariage,
Et pour ne plus vous voir m'en parler davantage,
Je m'en vais dans ma chambre attendre le moment
Où vous partagerez enfin mon sentiment.

MADAME LOMBARD.

Va, je te rejoindrai ; nous ne sommes pas quittes.

SCÈNE XIII

MONSIEUR LANGELET, MADAME LANGELET.
MADAME LOMBARD, THÉODORE LANGELET.

MADAME LOMBARD.

De son entêtement ne craignez pas les suites.

MADAME LANGELET.

Son parti cependant paraît être bien pris.

MADAME LOMBARD.

C'est le diable qui s'est logé dans ses esprits.

Moi, qui la connaissais si douce et si facile!
Comme elle est tout à coup devenue indocile!
C'est la première fois qu'elle se montre ainsi.

MONSIEUR LANGELET.

Cela doit nous donner encor plus de souci.

MADAME LANGELET.

Que faire?

MADAME LOMBARD.

Je ne sais; réfléchissons.

THÉODORE, à part.

Je tremble.

SCÈNE XIV

LES MÊMES, SUZANNE.

SUZANNE.

J'ai vraiment du bonheur de vous trouver ensemble.
Des tristes contre-temps d'hier je désirais
Aller vous exprimer tour à tour mes regrets.
Mais, puisque tous les quatre en ce lieu je vous trouve,
Je puis vous dire à tous tout ce que j'en éprouve.

MADAME LANGELET.

Si nous avons hier éprouvé quelqu'ennui,
Madame, il n'en est plus question aujourd'hui.

SUZANNE.

Vous n'avez plus alors rien qui vous contrarie.

MADAME LOMBARD.

Au contraire, je suis plus que jamais marrie.

SUZANNE.

Et de quoi, s'il vous plaît?

THÉODORE.

Hier vous avez vu
Camille être l'objet d'un dédain imprévu.

A se venger mettant apparemment sa joie,
A son tour maintenant elle me le renvoie;
Tout à l'heure elle vient de refuser ma main...

SUZANNE.

La vôtre?

THÉODORE.

Oui.

MONSIEUR LANGELET.

Nous avons insisté, mais en vain.

MADAME LANGELET.

Que peut signifier une telle conduite?

SUZANNE.

Je puis vous l'expliquer, madame, tout de suite.

MADAME LANGELET.

Parlez...

SUZANNE.

Il me paraît aussi clair que le jour
Que dans l'âme elle doit avoir un autre amour,
Et si j'osais nommer le jeune homme qu'elle aime,
Je vous affirmerais que c'est Albert lui-même.
Hier son attitude assez me l'a prouvé.

MADAME LANGELET.

C'est donc vrai! Cet affront nous était réservé!
Elle ose préférer à mon fils un autre homme!
Et qui préfère-t-elle à Théodore, en somme?
Un petit va-nu-pieds qui s'appelle avocat...

SUZANNE.

Un ingrat!

THÉODORE.

Rien de plus.

MADAME LOMBARD.

Un ingrat!

MONSIEUR LANGELET.

Un ingrat!

ACTE QUATRIÈME

La scène se passe chez M. Langelet.

—

SCÈNE PREMIÈRE

MONSIEUR LANGELET, MADAME LANGELET,
THÉODORE LANGELET, ALBERT MARTIN.

THÉODORE.

Quoi ! déjà de retour ?

ALBERT.

Oui, mon cher Théodore,
Oui, déjà de retour, et triomphant encore.

MADAME LANGELET.

Dans votre mission vous avez réussi ?

ALBERT.

Je ne serais pas là, s'il n'en était ainsi.

MADAME LANGELET.

Que de remercîments nous avons à vous faire !

MONSIEUR LANGELET.

Comme tu nous as vite enlevé cette affaire !
Il ne te devait pas être aisé cependant
De pouvoir conférer avec le président ;
C'est aujourd'hui dimanche et, de plus, grande fête.

ALBERT.

C'est vrai ; mais ce qu'on s'est bien fourré dans la tête
Ne peut pas, suivant moi, manquer de réussir.
Les obstacles partout ont semblé s'aplanir :
J'ai pu parler au fils, et par le fils au père,
Et j'aurais, si la chose eût été nécessaire.

Par le père, je crois, abordé l'empereur.
Le président m'a fait l'accueil le plus flatteur :
A peine ai-je parlé, qu'il couche sur sa liste
Le nom de Langelet, presque sans que j'insiste.
Demain vous l'apprendrez officiellement.

THÉODORE.

De ton habileté je te fais compliment.

MADAME LANGELET.

Cette journée, Albert, s'est fort bien annoncée ;
Mais il faut la finir comme elle est commencée.

MONSIEUR LANGELET.

C'est aussi mon avis.

SCÈNE II

Les Mêmes, MADAME LOMBARD. (*Madame Lombard entre sans être aperçue, et prête l'oreille.*)

MADAME LANGELET, *à Albert.*

Vous dînez avec nous ?

ALBERT.

Avec plaisir ; je suis entièrement à vous.
Permettez-moi de faire une courte tournée,
Et je passe avec vous la fin de la journée.

MADAME LANGELET.

Que votre absence au moins ne dure pas longtemps.

ALBERT.

Mes amis, je ne sors que pour quelques instants.
(Il aperçoit madame Lombard. A part.)
Ah ! madame Lombard ! je sens toute ma flamme
Renaître à son aspect et dévorer mon âme.
(Il sort en la saluant profondément.)

23

SCÈNE III

MONSIEUR LANGELET, MADAME LANGELET,
MADAME LOMBARD, THÉODORE LANGELET.

MADAME LOMBARD, *désignant Albert.*

Ce jeune homme est-il donc enraciné chez vous,
Et ne pourrai-je pas, je le dis entre nous,
Venir un jour vous voir, sans qu'aussitôt son ombre
Miroite devant moi sur ces murs qu'elle encombre?

THÉODORE.

Madame, vous savez parler élégamment.

MADAME LOMBARD.

Point du tout; mais je dis les choses simplement,
Sinon précisément comme elles sont peut-être,
Au moins comme à mes yeux je les sens apparaître.

THÉODORE.

Et vos yeux, n'est-ce pas, se trompent rarement?

MONSIEUR LANGELET.

Le fait est que ma femme est trop bonne vraiment.

THÉODORE.

Cela n'est que trop vrai.

MADAME LOMBARD.

Comment, chère madame,
Ne voyez-vous donc pas que, dans le fond de l'âme,
Ce que chez vous Albert prend en affection;
Ce n'est pas l'habitant, mais l'habitation?
Il n'est peut-être pas plus pervers que les autres;
Mais nous ne sommes plus au temps des douze apôtres :
La seule charité qui s'observe aujourd'hui,
Commence par soi-même et finit par autrui.

MONSIEUR LANGELET, *à part.*

S'il en reste...

MADAME LOMBARD.

Comment ?

MONSIEUR LANGELET.

Je ne dis rien, j'approuve.

MADAME LOMBARD.

Et vous, approuvez-vous, madame?

MADAME LANGELET.

      Moi, je trouve
Qu'il ne faut pas ainsi voir les choses en mal ;
Je crois que, si l'homme est un méchant animal,
En revanche il possède aussi dans sa nature
De bons instincts, que peut augmenter la culture.
En ce qui touche Albert, je ne puis pas penser
Que, lorsqu'il s'agira de me récompenser,
Il oublie un instant que, durant sa jeunesse,
J'ai toujours d'une mère eu pour lui la tendresse.

MADAME LOMBARD.

Vous êtes généreuse, et vous ne pensez pas
Que vous puissiez trouver un ingrat sous vos pas ;
Mais la chose pourtant n'en est pas moins certaine,
Et vous saurez un jour si ma crainte était vaine.

MADAME LANGELET.

Je ne devine pas ce qu'un jour je saurai ;
Mais je veux croire au bien tant que je le pourrai.

MONSIEUR LANGELET.

Quel bon cœur !

MADAME LOMBARD.

     Je vous plains d'être encor si crédule.

MADAME LANGELET.

Cette crédulité n'a rien de ridicule.

MADAME LOMBARD.

Non ; mais sincèrement je ne puis concevoir
Que dans l'âme d'Albert vous ne sachiez mieux voir.
S'il faut vous le donner d'une façon bien nette,

Mon avis est qu'Albert est votre pique-assiette,
Et qu'il s'empresserait de vous abandonner,
Si vous ne l'invitiez tous les jours à dîner.

THÉODORE.

Je pense comme vous ; cette simple peinture
Me semble de tout point faite d'après nature.

MONSIEUR LANGELET.

Madame, elle vous vaut mon admiration.

THÉODORE, bas à M. Langelet.

Mon père, modérez votre exaltation ;
Le travail n'était pas difficile pour elle ;
Elle n'a pas été chercher loin son modèle.

MADAME LOMBARD.

Eh bien ! vous entendez ces messieurs ; allez-vous
Défendre encore Albert envers et contre tous ?

MADAME LANGELET.

S'il m'oubliait un jour, il serait si coupable
Qu'aujourd'hui je ne puis l'en présumer capable.

MADAME LOMBARD.

Puisque vous persistez dans votre opinion,
Je veux bien vous laisser dans votre illusion.
Mais, si vous ne craignez aucune ingratitude,
Du temps vous admettrez au moins l'incertitude.
Qui sait, lorsqu'il devra vous payer de retour,
Si vous verrez encor l'un et l'autre le jour ?
En attendant, il est et reste incontestable
Qu'il vit à vos dépens, qu'il mange à votre table,
Que votre bien lui semble être presque le sien,
Et qu'il ne saurait pas vous être utile en rien.
Est-ce vrai ?

MONSIEUR LANGELET.

Vous parlez comme Jean Chrysostome.

MADAME LANGELET.

Vous vous faites d'Albert, sans motif, un fantôme.

MADAME LOMBARD.

Que je le fasse voir tel ou non tel qu'il est,
Je n'en croirai pas moins pour cela, s'il vous plaît,
Que nous devons, avant de le livrer aux autres,
Faire de notre bien jouir d'abord les nôtres.

THÉODORE, *à part.*

Elle ne prenait pas nos intérêts si bien
Quand de moi pour sa fille elle n'espérait rien.

MADAME LANGELET.

L'amitié, lorsqu'elle est véritablement pure,
N'admet pas des calculs d'une telle nature,
Et nous devons autant de soin à nos amis
Qu'à ceux qui par le sang avec nous sont unis.

MADAME LOMBARD.

Votre cœur vous induit dans une erreur étrange ;
Mais à votre pensée un instant je me range,
Et j'admets que, formés par le sang ou le cœur,
Nos liens en principe aient la même valeur.
Au moins, pour s'arroger ces droits indivisibles,
Faut-il que nos amis ne nous soient pas nuisibles.
Or, vous ne l'avez pas, je présume, oublié,
Albert, quelle que soit pour vous son amitié,
Est l'obstacle maudit, qui, retenant Camille,
Nous empêche d'unir votre fils à ma fille.

THÉODORE.

Est-ce qu'elle persiste encor dans ses refus ?

MADAME LOMBARD.

Je n'osais en parler, tant j'ai le cœur confus.
Après votre départ, en vain je l'ai grondée ;
Elle a persévéré dans sa première idée.
Son fol entêtement cessera tôt ou tard ;
Mais, si vous désirez qu'il cesse sans retard
(Madame, c'est à vous surtout que je m'adresse),
Il vous faut pour Albert avoir moins de tendresse.

Ma fille ne pourra l'oublier aisément
Que si nous l'éloignons d'elle complétement.
Pour atteindre ce but, il vous faut donc sur l'heure
Le prier de ne plus hanter votre demeure.

MADAME LANGELET.

De toutes vos raisons je sens la vérité ;
Mais, quand rien pour Albert ne m'a jamais coûté,
Quand j'ai tout fait pour lui, j'ai peine à me résoudre
A voir des nœuds si chers tout à coup se dissoudre.

MADAME LOMBARD.

Il le faut cependant ; réfléchissez-y bien.
Je devais, pour n'avoir à me reprocher rien,
Vous donner cet avis, qui me semble fort grave.
Il ne tient plus qu'à vous de rompre toute entrave.
Je vous quitte, et je pense, en cette occasion,
N'avoir à craindre en rien votre décision.

MADAME LANGELET, *à monsieur Langelet.*

Mon ami, voulez-vous reconduire madame ?

MONSIEUR LANGELET.

Certes.

SCÈNE IV

MADAME LANGELET, THÉODORE LANGELET.

THÉODORE.

Vous me mettez la mort au fond de l'âme.
Pourquoi ne pas céder ?

MADAME LANGELET.

Tais-toi donc, maladroit ;
J'ai voulu simplement me donner le bon droit.

THÉODORE.

Vous êtes à ce jeu d'une force exemplaire ;
Je vous laisse le soin d'achever cette affaire.

SCÈNE V

MADAME LANGELET.

Je puis chasser, sans crainte, Albert dès aujourd'hui,
Après l'attachement que j'ai montré pour lui,
Nul ne se doutera que c'est moi qui le chasse;
De ma sollicitude on croira qu'il se lasse,
Et que, sentant qu'il peut désormais s'en passer,
Il veut de ses amis ne plus s'embarrasser.
Il faut que je m'apprête à lui chercher dispute.
On vient; c'est lui sans doute; armons-nous pour la lutte.

SCÈNE VI

MADAME LANGELET, MONSIEUR GAUTHIER.

MONSIEUR GAUTHIER.

Madame, veuillez bien de mon profond respect
Agréer l'humble hommage....

MADAME LANGELET

Ah! c'est vous?

MONSIEUR GAUTHIER

Mon aspect
Paraît vous étonner, madame?

MADAME LANGELET, *froidement.*

Je l'avoue.

MONSIEUR GAUTHIER.

Votre froideur me plaît, madame, et je la loue.
C'est votre cœur qui seul a pu vous l'inspirer,
Et c'est avec lui seul que je veux conférer.

MADAME LANGELET.

Trêve de compliments, monsieur, je vous en prie;
Vous ne me ferez pas, par cette flatterie,
Oublier les affronts que j'ai reçus de vous.

MONSIEUR GAUTHIER.

J'ai mérité, madame, hier votre courroux :
Si de votre pardon vous me jugez indigne,
A ne jamais l'avoir même je me résigne.
Je reconnais mes torts ; votre juste rigueur
Ne me fera jamais accuser votre cœur.
Mais, dans votre intérêt, j'ai deux mots à vous dire ;
Laissez-moi m'expliquer, et puis je me retire.

MADAME LANGELET.

De mon propre intérêt vous prenez trop de soin ;
Mais, si vous en avez un si pressant besoin,
Parlez, et hâtez-vous ; car je suis fort pressée.

MONSIEUR GAUTHIER.

Je vais brièvement vous dire ma pensée :
J'ai ce matin été voir madame Lombard ;
Elle rejette Albert, et je tiens de sa part
Que monsieur votre fils doit épouser sa fille.

MADAME LANGELET.

Théodore, en effet, descend jusqu'à Camille :
Mais madame Lombard aurait pu s'abstenir
De chanter son triomphe avant de le tenir.

MONSIEUR GAUTHIER,

Elle n'a point été, pour sa part, indiscrète.
Comme d'Albert j'étais près d'elle l'interprète,
Et que, lui rappelant notre projet d'hymen,
De sa fille pour lui je réclamais la main,
Elle a dû m'avouer quelle était la barrière,
Qui l'empêchait ainsi d'accueillir ma prière.

MADAME LANGELET.

Elle pouvait fort bien ne pas vous l'avouer.

MONSIEUR GAUTHIER.

De son aveu je crois qu'il vous faut la louer :
C'est lui qui me permet de vous ôter l'envie
D'unir à votre fils Camille pour la vie.

MADAME LANGELET.

Comment cela ?

MONSIEUR GAUTHIER.

La chose est fort simple, vraiment :
Albert est de Camille épris éperdument,
Et Camille lui rend l'amour qu'il a pour elle ;
A tout autre lien elle sera rebelle ;
Son cœur dans l'avenir, aussi bien qu'aujourd'hui.
Ne verra, ne vivra, n'aimera que par lui.

MADAME LANGELET.

Et la conclusion ?

MONSIEUR GAUTHIER.

La prémisse l'annonce :
Il faut que votre fils à Camille renonce.

MADAME LANGELET.

Et pourquoi, je vous prie ?

MONSIEUR GAUTHIER.

Un mariage entre eux
Du même coup ferait au moins trois malheureux !

MADAME LANGELET.

Camille avec mon fils ne sera point à plaindre,
Et pour mon fils je crois que je n'ai rien à craindre :
Il a tout ce qu'il faut pour plaire et pour charmer ;
Si Camille a du cœur, elle devra l'aimer ;
Et franchement, monsieur, votre sollicitude
Aurait pu s'affranchir de cette inquiétude.

MONSIEUR GAUTHIER.

C'est parce que je sais qu'elle a beaucoup de cœur
Qu'une telle union serait un grand malheur !
Croyez-le bien, madame, à l'âge de Camille
L'amour est bien puissant dans le cœur d'une fille ;
On ne l'en chasse pas : contre lui chaque effort
Du combat qu'il soutient le fait sortir plus fort.

MADAME LANGELET.

Avant de m'étourdir de ces billevesées.

23.

Monsieur, vous devriez les avoir mieux pesées.
Mon temps est précieux, et je ne puis vraiment
Écouter davantage un tël raisonnement.

MONSIEUR GAUTHIER.

De grâce entendez-moi, madame ; mes paroles
Sont malheureusement bien loin d'être frivoles :
Vous aimez votre fils, vous voulez son bonheur,
Vous êtes bonne mère, et vous avez à cœur
De lui rendre la vie exempte d'infortune ;
Eh bien, pardonnez-moi si je vous importune,
Mais je vous en conjure au nom de votre enfant,
Au nom de son bonheur, dont le vôtre dépend,
Opposez-vous, tandis qu'il en est temps encore,
A l'hymen monstrueux que pour tous je déplore.

MADAME LANGELET.

Je vous quitte ; vraiment vous êtes fou, monsieur.

MONSIEUR GAUTHIER, *avec indignation.*

Vous êtes, vous, madame, une femme sans cœur !

SCÈNE VII

MONSIEUR GAUTHIER, *seul.*

Tant d'obstacles me font enfin perdre courage,
Et je n'espère plus terminer mon ouvrage.
Partout où pour Albert je cherche des amis,
Je rencontre des gens qui sont ses ennemis.
Celle qui désirait hier l'avoir pour gendre
L'accuse la première, au lieu de le défendre.
Madame Langelet et son fils, tous les deux,
Semblent se concerter pour entraver mes vœux ;
Celui-ci, qui semblait ne pas aimer Camille,
Cherche aujourd'hui la main de cette jeune fille ;
Et sa mère, faisant taire son cœur hautain,
Paraît ouvertement approuver son dessein.

Pour mon ami, Suzanne, autrefois empressée,
Contre lui maintenant semble être courroucée ;
Sans avoir pour cela d'apparente raison,
Lui-même il ne veut plus fréquenter ma maison.
Pourquoi s'en abstient-il, et d'où vient la réserve
Que vis-à-vis de moi maintenant il observe?...
J'erre dans un dédale ; afin de m'en sauver,
Je cherche un fil, et crains presque de le trouver!...
Suzanne, à mon égard, serait-elle coupable?
Non, d'un crime pareil ma femme est incapable.
Le criminel, s'il peut entre nous exister,
C'est moi, qui de son cœur n'aurais point dû douter!...
Pourtant quelqu'un me trompe ; autrement sans mystère
Je verrais tout le monde ou parler ou se taire.
Mais qui me trompe alors? Est-ce Albert? Mais non :
Il a de mon ami toujours porté le nom ;
Il ne peut me trahir, cela n'est pas possible ;
A mon affection il fut toujours sensible,
Et je ne devrais pas sur lui faire planer
Les soupçons que j'essaye en vain de dominer...
N'importe! il reste vrai qu'un voile impénétrable
M'entoure d'une nuit qui m'est intolérable ;
Je n'y puis plus tenir, je veux le déchirer...

SCÈNE VIII

MONSIEUR GAUTHIER, SUZANNE.

MONSIEUR GAUTHIER.

Quel hasard en ce lieu me fait te rencontrer?

SUZANNE.

La même question m'allait sortir des lèvres.
Réponds-moi le premier : Me diras-tu quels lièvres
Tu viens ainsi chasser sur le terrain d'autrui?

MONSIEUR GAUTHIER

Si tu me vois ici, c'est à cause de lui.

SUZANNE.

Qui, *lui?*

MONSIEUR GAUTHIER,

Tu le sais bien : Albert.

SUZANNE.

Sur ma parole
Albert te fait remplir un bien absurde rôle.

MONSIEUR GAUTHIER.

Tu le crois? eh bien, j'ai la même peur que toi.

SUZANNE.

Albert! toujours Albert! on jurerait, ma foi,
Qu'Albert tient ta raison à la sienne enchaînée.

MONSIEUR GAUTHIER.

Je ne crains pas pour toi la même destinée.

SUZANNE.

Et je m'en félicite.

MONSIEUR GAUTHIER.

Il me semble pourtant
Que tu n'en aurais pas naguère dit autant.

SUZANNE.

Tu dis que?....

MONSIEUR GAUTHIER.

Que je t'ai certainement connue
Jadis en sa faveur beaucoup mieux prévenue.

SUZANNE.

Que veut dire cela?

MONSIEUR GAUTHIER.

C'est à moi qu'il convient
D'être informé par toi d'où ce changement vient.

SUZANNE.

Ce changement, Henri, n'est que dans ta pensée;
Autrement, j'en conviens, je serais insensée.

MONSIEUR GAUTHIER.

Tu n'es pas insensée, et pour lui dans le cœur
Tu n'as plus l'amitié qui faisait mon bonheur.

SUZANNE.

Peut-être as-tu raison; je ne suis pas un ange,
Et la loi des humains, c'est que chez eux tout change.

MONSIEUR GAUTHIER.

Tout change avec le temps; mais sans motif certain
Nul changement n'a lieu du jour au lendemain.

SUZANNE.

Peut-être avait-il bien aussi sa raison d'être.

MONSIEUR GAUTHIER.

Alors tu dois pouvoir me la faire connaître.

SUZANNE, *à part*.

Que dire? (*A M. Gauthier.*) Mon ami, soyons de bonne foi,
Tu la sais aussi bien et même mieux que moi.

MONSIEUR GAUTHIER.

Je crois la deviner ; mais, quand je l'envisage,
Je ne puis, sans frémir, en contempler l'image ;
Tout mon sang me reflue au cœur, et je ne veux
Rien croire avant d'avoir entendu tes aveux.
Parle donc... ne crains rien... je suis calme... j'écoute.

SUZANNE.

Je ne sais pas vraiment ce que ton cœur redoute.
La retraite d'Albert a seule assurément
Hier soir excité mon mécontentement.

MONSIEUR GAUTHIER.

C'est faux !

SUZANNE.

Ah ! c'est trop fort ! Je n'admets pas qu'on ose
Articuler ce mot, quand je dis quelque chose.
Va t'éclairer ailleurs, si tu ne me crois point ;
Mais je ne veux plus être insultée à ce point.

MONSIEUR GAUTHIER.

Mon amour, mon bonheur, ma femme, ma Suzanne,
Si j'ai pu prononcer un mot qui te profane,
Pardonne, je t'en prie, à mon émotion ;
Plus que jamais pourtant c'est ma conviction,
Albert m'a mal payé du zèle qui m'anime.
Si sa retraite était uniquement son crime,
Pour lui tu n'aurais pas un si profond courroux,
Et lui-même à ma voix il reviendrait chez nous.
Si tu l'as devant toi vu prendre hier la fuite,
C'est qu'il avait horreur de sa propre conduite,
Et qu'il ne pouvait plus soutenir ton regard ;
Et, si pour revenir il met tant de retard,
C'est que la honte en lui sur l'audace l'emporte,
Et qu'il tremble, en passant le seuil de notre porte,
De rencontrer encor ton œil accusateur.
Suzanne, sois sincère, et parle-moi sans peur.

SUZANNE, *à part.*

Je suis vengée enfin. (*A M. Gauthier.*) Eh bien ! je m'y résigne !
De ton affection ton ami n'est pas digne.

MONSIEUR GAUTHIER.

Ah ! quelle trahison ! Le perfide ! *l'ingrat!*

SUZANNE.

Ciel ! le voici ! Je fuis ; mais surtout pas d'éclat !

MONSIEUR GAUTHIER.

Va, laisse-moi ; je sais ce qu'il faut que je fasse.

SCÈNE IX

MONSIEUR GAUTHIER, ALBERT MARTIN.

MONSIEUR GAUTHIER, *à part.*

Voyons s'il osera me regarder en face !

ALBERT.

Cher Henri, sur mes pas je te trouve toujours
Comme un ange gardien qui veille sur mes jours...

MONSIEUR GAUTHIER, *d'un ton lugubre.*

Comme un ange gardien qui veille sur un traître !

ALBERT.

D'où vient donc le courroux que tu me fais paraître ?
Il n'est pas sérieux, et tu veux plaisanter ?

MONSIEUR GAUTHIER.

Tu voudrais par la feinte en vain t'innocenter ;
N'ajoute pas au crime encor l'hypocrisie.

ALBERT.

Je ne puis rien comprendre à cette frénésie,
Je le répète encore.

MONSIEUR GAUTHIER.

Alors, écoute-moi :
Tu dois te rappeler ce que j'ai fait pour toi ;
Pour avoir le bonheur de te rendre service,
Je n'aurais reculé devant nul sacrifice...

ALBERT.

J'ai de ton dévoûment gardé le souvenir.

MONSIEUR GAUTHIER.

Écoute-moi, te dis-je, et laisse-moi finir :
Comment m'as-tu payé ? Par une perfidie
En silence chez moi contre moi-même ourdie.
Si, par malheur, Suzanne avait eu moins de cœur,
Je serais maintenant un homme sans honneur !

ALBERT.

C'est faux ! je n'ai jamais trompé ta confiance.

MONSIEUR GAUTHIER.

Sois franc ; ne lutte pas contre ta conscience.

ALBERT.

Je jure devant Dieu que je n'ai rien tramé !

MONSIEUR GAUTHIER.

Ne te parjure pas, je suis bien informé.

ALBERT.

Qui donc d'un tel forfait m'a prétendu capable ?

MONSIEUR GAUTHIER.

Ma femme!

ALBERT.

Elle?

MONSIEUR GAUTHIER.

Ma femme!

ALBERT, *courbant la tête.*

Alors... je suis coupable.

MONSIEUR GAUTHIER.

C'est fort heureux vraiment qu'il te convienne enfin
De ne pas contester plus longtemps ton dessein.
En gens de cœur il faut maintenant nous conduire ;
Nous sommes l'un pour l'autre un mal qu'il faut détruire ;
Battons-nous, mais à mort, et jusqu'au coup mortel,
Sans nous lasser, tous deux prolongeons le duel.

ALBERT.

Me battre! Non, jamais. Prends, si tu veux, ma vie,
Fais-moi périr ici, c'est moi qui t'en convie ;
Tu me verras sans plainte accepter le trépas ;
Mais tu m'entends, Henri, je ne me battrai pas.

MONSIEUR GAUTHIER.

Tu ne veux pas te battre avec moi?

ALBERT.

Non, te dis-je,

Jamais !

MONSIEUR GAUTHIER.

Tu te battras, entends-tu? Je l'exige.

ALBERT.

Jamais !

MONSIEUR GAUTHIER.

Quand tu voulais me ravir mon honneur,
Craindras-tu pour mes jours plus que pour mon bonheur?

ALBERT.

Peut-être.

MONSIEUR GAUTHIER.

Dis plutôt le mot : tu n'es qu'un lâche !

ALBERT.

Assez ; nous nous battrons à mort et sans relâche.
L'heure et le lieu ?

MONSIEUR GAUTHIER.

Ce soir, vers le déclin du jour,
Dans le bois de Boulogne, au premier carrefour.

ALBERT.

Je m'y rendrai.

MONSIEUR GAUTHIER.

J'y compte.

SCÈNE X

ALBERT MARTIN, *se laissant tomber dans un
fauteuil.*

Ah ! c'est trop de misère !
Dieu veuille que la mort vienne enfin m'y soustraire.
(Il se cache le visage dans les mains.)

SCÈNE XI

ALBERT MARTIN, THÉODORE LANGELET.

THÉODORE, *à part.*

Albert ! Dans quel chagrin il me semble plongé !
De ma mère aurait-il déjà reçu congé ?
En affaires vraiment elle est tellement prompte,
Qu'elle lui pourrait bien avoir réglé son compte.
Vérifions la chose... (*A Albert.*) Albert, mon cher ami,
Qu'as-tu donc ? Es-tu mort, ou n'es-tu qu'endormi ?

ALBERT, *relevant la tête.*

Je ne suis, par malheur, ni l'un ni l'autre encore :
Mais je suis accablé de chagrin, Théodore.

THÉODORE.

Ne peux-tu pas, Albert, me dire au moins pourquoi?

ALBERT.

Je n'ai, tu le sais bien, rien de caché pour toi;
J'ai ce soir un duel dans le bois de Boulogne.

THÉODORE, *comprimant son étonnement.*

Tu vas nous faire là de la belle besogne.

(A part.)

En voici bien une autre, et j'apprends du nouveau,
Ah! s'il pouvait se faire un peu trouer la peau!...

(A Albert.)

Contre qui te bats-tu?

ALBERT.

Contre un homme que j'aime.

THÉODORE.

Tu le nommes?

ALBERT.

Henri.

THÉODORE.

Pas possible?

ALBERT.

Lui-même.

THÉODORE.

D'amis aussi liés que vous l'avez été
Comment arrivez-vous à cette extrémité?

ALBERT.

S'il est vrai que tu sois, comme tout me l'atteste,
De mes anciens amis le dernier qui me reste,
Ne m'interroge pas sur ce triste secret;
Mon silence à mes maux encore ajouterait,
A l'amitié consens ce premier sacrifice,
Et puis couronne-la par un dernier service.

THÉODORE.

Lequel?

ALBERT.

Dans mon duel ce soir j'aurais besoin
Que tu voulusses bien me servir de témoin.

THÉODORE.

Quoique pour moi ce soit un spectacle pénible,
Tu peux compter sur moi dans cet instant terrible.
(A part.)
Il est vraiment aimable ; il consent galamment
A me faire assister à son embrochement.

ALBERT.

Je n'attendais pas moins de toi, cher Théodore ;
Merci !

THÉODORE.

Ne suis-je pas ton ami? (A part.) Je l'adore ;
Ma mère va bien rire, en apprenant cela ;
Courons lui raconter l'histoire... La voilà !

SCÈNE XII

Les Mêmes; MADAME LANGELET.

ALBERT.

Ta mère! Pas un mot. Si je suis près du gouffre,
De m'y voir évitons au moins qu'elle ne souffre.

THÉODORE.

Tu peux te reposer sur ma discrétion.

ALBERT, à madame Langelet.

Vous voyez que je suis un homme d'action ;
En trois quarts d'heure au plus j'ai fini ma tournée

MADAME LANGELET, brutalement.

Rien ne vous empêchait d'y mettre la journée.

THÉODORE, à part.

Filons ; voici, je crois, le moment du congé.

SCÈNE XIII

MADAME LANGELET, ALBERT MARTIN.

ALBERT.

Qu'avez-vous donc ? Votre air est pour moi tout changé,
Madame ; à mon insu vous ai-je encor blessée ?

MADAME LANGELET.

Ne dissimulez pas ainsi votre pensée.
Par la feinte une fois vous m'avez pu duper ;
Mais on ne parvient pas deux fois à me tromper ;
Je connais maintenant la noirceur de votre âme.

ALBERT.

Quoiqu'il soit arrivé, je vous jure, madame,
Que je suis innocent, et que je ne sais point
Ce qui peut vous avoir irritée à ce point.

MADAME LANGELET.

Vous avez contre moi dirigé des manœuvres
Que vous n'ignorez pas, puisqu'elles sont vos œuvres.

ALBERT.

Sur l'honneur, je ne sais ce que vous m'imputez.

MADAME LANGELET.

Ah ! monsieur, c'est trop fort, et vous me révoltez.
Quoi ! vous ne savez pas qu'envoyé par votre ordre,
Comme un chien furieux qui ne songe qu'à mordre,
Votre ami tout à l'heure a pénétré chez moi ;
Qu'il m'a voulu, mettant à profit mon émoi,
Détourner d'un hymen, dont vous, en apparence,
Vous aviez à mon fils laissé la préférence,
Et qu'enfin, ne pouvant accomplir son dessein,
Il a vomi sur moi son ignoble venin !

ALBERT.

J'ignorais tout cela.

MADAME LANGELET.

Lorsque de ces menées
Vous êtes seul l'esprit qui les a combinées,
Vous soutenez encor que vous ne savez pas
Ce qu'a fait votre ami, qui n'était que le bras?

ALBERT.

Mon ami, quel qu'il soit, dans toute cette affaire,
N'a point pris mon avis avant que de rien faire.

MADAME LANGELET.

Puisque vous persistez à tout nier, c'est bien ;
Je ne vous force pas de me confesser rien ;
Je sais que je dis vrai, suffit ; je ne désire
Ni vous voir approuver ni vous voir contredire.
Dites blanc, dites noir ; par votre assertion
Vous ne changerez rien à ma conviction.

ALBERT.

Vous me jugez coupable avant que de m'entendre ;
Au moins permettez-moi d'abord de me défendre.

MADAME LANGELET.

Je ne vous l'ai permis que trop jusqu'à ce jour.
Veuillez bien me laisser vous parler à mon tour.
Sans vouloir m'en vanter en aucune manière,
Je vous ai fort longtemps remplacé votre mère.

ALBERT.

J'en garde la mémoire au fond de mes esprits.

MADAME LANGELET.

Je vous ai fait du bien, sans attendre aucun prix.
Il vous fut cependant, dans une circonstance,
Donné de me prouver votre reconnaissance :
Mon fils aimait Camille ; il s'agissait pour vous
De ne plus désirer devenir son époux ;
Vous pouviez nous montrer une âme généreuse ;
De cette occasion pour vous j'étais heureuse.
De vos intentions ne laissant rien percer,

Vous avez volontiers paru la lui laisser.
Puis, connaissant mon cœur et pensant le surprendre.
Vous avez par un tiers tâché de la reprendre.
A son désir j'allais céder sans différer,
Lorsque la vérité vint du ciel m'éclairer,
Et vous, sans réussir dans votre perfidie,
Vous m'avez révélé votre âme abâtardie,

ALBERT.

De grâce, laissez-moi du moins me disculper.

MADAME LANGELET.

Non pas ; vous chercheriez encore à me tromper.
Entre nous, désormais, il faut que tout finisse ;
Allez ruser ailleurs, et que Dieu vous bénisse !

ALBERT.

Me condamnerez-vous sans m'avoir entendu ?
Attendez que du moins je me sois défendu.

MADAME LANGELET.

Non, monsieur, non ; d'ailleurs je n'ai pas le courage
De rester face à face avec vous davantage.

SCÈNE XIV

ALBERT MARTIN, *tombant dans un fauteuil*.

Ah ! quelle cruauté !
(Il pleure en silence.)

SCÈNE XV

ALBERT MARTIN, MADAME LOMBARD,
CAMILLE.

CAMILLE, *à madame Lombard, sans voir Albert.*
Je me résigne à tout.

MADAME LOMBARD.

Pour monsieur Langelet, si tu n'as pas de goût,

Cela viendra, te dis-je, après le mariage.

CAMILLE.

Épargnez-moi, ma mère, un semblable langage ;
Si je l'épouse, au moins, sans vous désobéir,
A ma guise je veux l'aimer ou le haïr.
(Apercevant Albert.)
O ciel !

MADAME LOMBARD, *l'apercevant aussi.*

Encore lui !

CAMILLE.

Quel air plein de souffrance !

ALBERT, *sans voir madame Lombard et Camille.*

Allons, du cœur ! j'aurai demain ma délivrance.

CAMILLE, *bouleversée.*

Que dit-il ?... Il se lève... il va m'apercevoir !

MADAME LOMBARD, *à Camille.*

Ne dis rien...
(Albert, en se levant, aperçoit madame Lombard et Camille.)

CAMILLE.

Il nous voit !

MADAME LOMBARD.

Tais-toi, c'est ton devoir.
(Albert les salue profondément et sort.)

CAMILLE, *l'appelant avec désespoir.*

Albert !... Il n'entend pas ! Ah ! je sens que je l'aime !

SCÈNE XVI

MADAME LOMBARD, CAMILLE.

MADAME LOMBARD.

Silence ! Ta folie est donc toujours la même ?

CAMILLE.

Si vous le désirez, je suis folle à lier ;
Mais ce que j'ai promis il vous faut l'oublier.

MADAME LOMBARD.

Qu'est-ce à dire, ma fille ?

CAMILLE.

Il vous faut me permettre
De ne pas observer ce que j'ai pu promettre.

MADAME LOMBARD.

Mais encore, pourquoi ?

CAMILLE.

Parce que, par malheur,
Je sens que pour cela j'ai trop peu de vigueur.

MADAME LOMBARD.

Est-ce, mademoiselle, une plaisanterie ?

CAMILLE.

Non, je m'étais liée avec étourderie,
Voilà tout. Maintenant je comprends que j'avais
Tout à l'heure promis plus que je ne pouvais.
Vos prédilections pour monsieur Théodore
Ne me le feront point épouser ; je l'abhorre.

MADAME LOMBARD.

Tu demeureras fille, ou tu l'épouseras.

CAMILLE.

J'aime mieux rester fille et libre d'embarras.

MADAME LOMBARD.

Quel cheval échappé ! Je le vois apparaître.
Ne laisse rien voir.

SCÈNE XVII

LES MÊMES, THÉODORE LANGELET.

THÉODORE, *sans voir madame Lombard ni Camille.*

Où ma mère peut-elle être ?
Je la cherche partout sans pouvoir la trouver.

(Apercevant madame Lombard et Camille.)
Je suis vraiment ravi de vous voir arriver.
(A part.)
La fille ici ! Ma cause a l'air d'être meilleure.
(A madame Lombard.)
Vous allez posséder ma mère tout à l'heure ;
Votre visite va lui faire un grand plaisir.
Pour ma part je voudrais la voir : j'ai le désir
De lui faire connaître une grande nouvelle.

MADAME LOMBARD.

Serait-il indiscret de demander laquelle ?

THÉODORE.

Imaginez-vous donc que, sans aller plus loin,
Je vais dans un duel être aujourd'hui témoin.

CAMILLE.

Dans un duel ! (Apart) Mon Dieu ! soutenez-moi, je tremble.

MADAME LOMBARD.

Et quels sont les deux preux qui se battent ensemble ?

THÉODORE.

Je vous les donne en cent.

MADAME LOMBARD.

Autant me les cacher ;
J'essairais, j'en suis sûre, en vain de les chercher.

CAMILLE.

Si vous les connaissez, nommez-les sans mystère.
Albert en serait-il ? Dites.

THÉODORE, à Camille.

Je puis me taire,
Vous l'avez dit.

CAMILLE.

Cela n'est pas possible ! Non,
Vous voulez me tromper en m'indiquant ce nom ?

THÉODORE.

Je ne vous trompe pas ; qui plus est, je dois être

24

Bien informé du nom que je vous fais connaître ;
Car je suis son témoin.

CAMILLE.

Vous ne souffrirez pas
Que votre ami se batte et s'expose au trépas.

THÉODORE.

Cela n'est pas aisé !

CAMILLE.

Si vous êtes sensible,
Si vous l'aimez enfin, cela vous est possible.

THÉODORE.

Je ne réponds de rien.

MADAME LOMBARD.

Et l'autre combattant,
Quel est-il ?

THÉODORE.

C'est l'ami qui semblait l'aimer tant,
Monsieur Gauthier.

MADAME LOMBARD.

Vraiment ?

THÉODORE.

Pour être invraisemblable,
Cette nouvelle-là n'est pas moins véritable.

CAMILLE.

Et vous pourrez les voir d'un œil indifférent
Ce soir dans un duel vider leur différend ?

THÉODORE.

Comment puis-je arrêter l'ardeur qui les enflamme ?

CAMILLE.

Comment ?... Vous le sauriez si vous aviez plus d'âme,
Vous ne le voulez pas ; votre refus m'est doux,
Et j'ai honte d'avoir osé compter sur vous...
Allons, venez, ma mère, avec moi tout de suite...
Sauvons Albert... ma mère !... Ah ! ma force me quitte !
        (Elle s'évanouit.)

ACTE CINQUIÈME

La scène se passe chez M. Gauthier.

—

SCÈNE PREMIÈRE

SUZANNE, *seule.*

Où m'a précipitée un amour infernal?
Je n'étais pas méchante, et j'ai fait bien du mal...
Je redoute un malheur... On vient! Que vais-je apprendre?

SCÈNE II

SUZANNE, ALBERT MARTIN.

SUZANNE.

Vous, dans ma maison!

ALBERT.

Moi. Consentez à m'entendre;
C'est la dernière fois que je viens vous troubler.

SUZANNE.

De quel droit, s'il vous plaît, venez-vous me parler?

ALBERT.

Je pourrais vous répondre avec la même emphase;
Mais je veux vous parler sans faire aucune phrase :
Dans une heure je vais me battre avec Henri.

SUZANNE.

Vous? Vous allez vous battre?

ALBERT.

Oui.

SUZANNE.

Contre mon mari?

ALBERT.

Oui; vous devez d'ailleurs le savoir mieux qu'un autre;
Ce duel est votre œuvre encor plus que la nôtre.

SUZANNE.

Ah ciel! Tout est perdu!

ALBERT.

Madame, calmez-vous;
Il n'arrivera point de mal à votre époux;
Je me ferai tuer : je suis las de la vie,
La mort est désormais le seul bien que j'envie;
Tous ceux de mes amis que j'ai le mieux aimés
Aujourd'hui contre moi sont de haine animés.
Rien ne me dédommage : il était une femme
Qui seule eût pu guérir les douleurs de mon âme;
Théodore l'aimait; j'ai compté sans mon cœur,
Je l'ai sacrifiée à son propre bonheur.
Henri, qui des amis fut pour moi le modèle,
A cherché sans succès, mais toujours avec zèle,
A conduire mes pas vers la félicité;
Jusqu'ici son dessein a toujours avorté.
Si je meurs de sa main, à son insu sans doute,
Il aura de ses vœux trouvé pour moi la route.
Quand je ne serai plus, ceux qui grondent tout bas,
Me placeront bien haut au nombre des ingrats.
Que me feront leurs cris? Aux sphères éternelles
Ne monte aucun écho de ces clameurs mortelles,
Et, si dans l'autre vie on en entend le bruit,
La mort encor pour moi ne sera pas sans fruit :
Trompé par vos serments, votre époux vous honore,
De son affection il vous croit digne encore,
Il me croit seul coupable, et, s'il n'a plus l'honneur,
Vous pensant innocente, il jouit du bonheur.
Ce bonheur, nulle main ne pourra le détruire;
Seul je puis l'éclairer, je mourrai sans l'instruire.

Maintenant, écoutez : je vous ai, dans le cœur,
Madame, toujours cru des sentiments d'honneur ;
Dans peu d'instants la mort va finir ma carrière,
Si vous voulez remplir ma volonté dernière,
Jurez-moi qu'honorant l'amour qu'il a pour vous,
Vous serez désormais digne de votre époux !

SUZANNE.

Vous êtes généreux, vous êtes magnanime.
Un coupable penchant m'avait conduite au crime ;
J'avais voulu vous perdre, et vous, pour vous venger,
Vous êtes bravement venu me protéger...
(Se jetant à genoux.)
Je me repens, Albert ; ce n'est pas tout encore,
Autant je me méprise, autant je vous honore.

ALBERT.

Ah ! votre cœur est bon ! Je l'avais jugé tel,
Et j'avais bien raison d'oser lui faire appel.
Vous pouvez désormais marcher la tête haute :
Où naît le repentir a disparu la faute.
Relevez-vous, madame.

SUZANNE.

A votre tour, d'abord,
Jurez-moi de ne point vous vouer à la mort.

ALBERT.

Impossible !

SUZANNE, se relevant.

Pourquoi ?

ALBERT.

Pourquoi ?... Peu vous importe.

SUZANNE.

Pas de détours ; il faut sur vous que je l'emporte ;
Je tiens à bien remplir mon devoir jusqu'au bout.
Vous êtes innocent, Henri connaîtra tout ;
Sa vengeance sera sur moi seule assouvie.

24.

ALBERT.

Non, non, je ne veux pas, à ce prix, de la vie.

SCÈNE III

SUZANNE, *seule.*

Je suis coupable, et c'est Albert qui périrait!
Cela ne se peut pas ! Pour moi cela serait
Un sujet incessant de remords et de honte!...
La honte et le remords, un jour on les surmonte;
Mais le lendemain même ils reviennent plus forts.
Je fléchirais sous eux malgré tous mes efforts,
Je ne cesserais pas de songer à mon crime,
Partout m'apparaîtrait ma sanglante victime,
D'Henri je ne pourrais soutenir les regards,
Devant ses yeux riants les miens seraient hagards,
Son sourire, sa voix, ses baisers, ses caresses,
Tout ce qu'il m'offrirait d'estime et de tendresses,
Tout me rappellerait, pour m'en accabler mieux,
L'écrasant souvenir d'un mensonge odieux.
Il le faut, je lui dois révéler tout sans crainte ;
S'il se venge sur moi, je périrai sans plainte.

SCÈNE IV

SUZANNE, THÉODORE LANGELET.

THÉODORE.

Madame, nous pouvons nous réjouir tous deux...

SUZANNE.

De quoi ?

THÉODORE.

Nous allons voir s'accomplir tous nos vœux.

SUZANNE.

Comment cela, monsieur ?

THÉODORE,

Albert, s'il ne recule,
Va, j'en ris malgré moi, se battre au crépuscule.

SUZANNE.

Et cela vous fait rire?

THÉODORE.

En dois-je donc pleurer?
Si le hasard permet qu'il se fasse enferrer,
Sans le moindre embarras et comme par miracle,
Nous allons devant nous voir tomber chaque obstacle ;
Sans épouser Camille, il va m'être permis
D'aspirer au bonheur que vous m'avez promis.

SUZANNE.

Comment avez-vous pu me juger assez folle
Pour croire que jamais je vous tiendrais parole,
Et comment pensiez-vous que, sans le secourir,
Je pourrais voir Albert en danger de mourir.

THÉODORE.

Après ce que de lui vous m'aviez fait entendre,
A pareil changement j'étais loin de m'attendre ;
Mais il m'importe peu de savoir, après tout,
Si vous n'éprouvez plus pour lui tant de dégoût ;
Cette affaire n'est pas la mienne, c'est la vôtre.
Mais ce qui m'intéresse un peu plus que tout autre,
C'est le pacte qui s'est entre nous établi,
Et que vous ne pouvez avoir mis en oubli.

SUZANNE.

Pour vous comme pour moi ce pacte est une honte !

THÉODORE.

Il faudra bien pourtant l'exécuter ; j'y compte.

SUZANNE.

Jamais !

THÉODORE.

Jamais? Ainsi, pour vous servir de moi,
Madame, vous avez trompé ma bonne foi.

SUZANNE.

On ne trompe jamais les gens de votre espèce.

THÉODORE.

C'est peu pour vous d'oser trahir votre promesse,
Vous m'insultez encor; mais prenez garde à vous;
Vous ignorez jusqu'où peut aller mon courroux.

SUZANNE.

Je n'en ai nulle crainte.

THÉODORE.

                    A merveille, madame;
J'expérimenterai la force de votre âme.

SUZANNE.

Un lâche tel que vous pourra me faire horreur;
Mais de ses attentats je n'aurai jamais peur!

THÉODORE.

C'est ce que nous verrons après le duel.

SUZANNE.

                                    J'aime
Autant vous éclairer sur votre erreur extrême :
Vous pouvez commencer la guerre; grâce à Dieu,
Le duel projeté ce soir n'aura pas lieu.

THÉODORE.

Vous le croyez?

SUZANNE.

                    J'en suis on ne peut plus certaine.

THÉODORE.

Qui l'empêchera?

SUZANNE.

            Moi!

THÉODORE.

                            Vous prenez trop de peine,
Albert pourra ne pas se battre, grâce à vous;
Mais jamais de Camille il ne sera l'époux.

Je veux, en m'unissant à la femme qu'il aime,
Vous tenir ma promesse en dépit de vous-même.
Et je vais, avant tout, m'occuper aujourd'hui
De me venger de vous, de Camille et de lui

SUZANNE.

Ah! vous êtes un monstre!...

SCÈNE V

SUZANNE, MONSIEUR GAUTHIER.

SUZANNE, *à part.*

Henri!... ma force expire ;
O mon Dieu! donnez-moi le cœur de tout lui dire.
(A M. Gauthier.)
Comme vous êtes pâle !

MONSIEUR GAUTHIER.

En effet, il m'est dur
De voir que dans ce monde il n'est pas d'ami sûr.
En qui dorénavant puis-je avoir confiance,
Quand mon meilleur ami manque de conscience ?

SUZANNE.

Calmez-vous ; il n'a pas démérité de vous.
Si quelqu'un doit subir votre juste courroux,
C'est moi, qui, je l'avoue, ai seule été coupable !

MONSIEUR GAUTHIER.

Toi!... Pourquoi me tenir ce langage incroyable ?
Toi coupable ?... Jamais. N'est-ce pas que tu ris ?

SUZANNE.

Non, non, je ne veux pas abuser vos esprits ;
Je fais un trop grand cas de votre juste estime,
Pour venir faussement m'accuser d'un tel crime.

MONSIEUR GAUTHIER.

Toi, criminelle aussi! Pour perdre la raison,
Il ne me manquait plus que cette trahison.

SUZANNE.

Écoutez-moi de grâce, et vous pourrez ensuite,
Comme vous l'entendrez, châtier ma conduite.
Oubliant vos bontés, j'ai senti pour Albert
Un penchant qu'à ses yeux hier j'ai découvert.
Fidèle à l'amitié qu'il a pour vous si pure,
Pour lui dans mes aveux il n'a vu qu'une injure,
Et moi, pour me venger de sa fidélité,
J'ai voulu le noircir de mon indignité.
    (Elle se jette à ses pieds.)
Voilà ce que j'ai fait et ce que je confesse...
Maintenant vengez-vous, je mourrai sans faiblesse.

MONSIEUR GAUTHIER.

Moi! me venger, Suzanne, et me venger de toi,
Lorsque le repentir te ramène vers moi!
Me venger! me venger, quand ton aveu sublime
Me rend le noble ami que j'accusais d'un crime!
Oh! va, relève-toi; car au fond de mon cœur
Tout porte, je le sens, l'empreinte du bonheur...
    (Il l'embrasse.)
Oh! je t'aime, vois-tu, plus qu'autrefois encore.

SUZANNE, *se relevant.*

Et moi, plus que jamais maintenant je t'adore,
Et quelque grand que soit le nombre de mes jours,
Pour payer tes bienfaits, ils resteront trop courts.

MONSIEUR GAUTHIER.

De tes bons sentiments je ne veux qu'une preuve.

SUZANNE.

Parle, me voilà prête à soutenir l'épreuve.

MONSIEUR GAUTHIER.

De mon fidèle ami je cours serrer la main.
Tu sais à son égard quel était mon dessein :
Joins tes efforts aux miens dans la même pensée,
Et poursuis avec moi mon œuvre commencée.

SUZANNE.

Tu peux compter sur moi,

SCÈNE VI

SUZANNE, *seule.*

Que mon cœur est changé,
Et de quel poids affreux je le sens dégagé!

SCÈNE VII

SUZANNE, CAMILLE.

CAMILLE.

Ah! madame, venez à mon aide, de grâce,
Venez, je vous en prie : un malheur nous menace.

SUZANNE.

Ne vous alarmez pas ainsi; rien n'est perdu.
Tout ce qui vous effraye est un malentendu
Qu'Albert et mon mari viennent de reconnaître;
Une amitié plus vive entre eux vient de renaître.

CAMILLE.

Alors tout est fini?

SUZANNE.

Tout est fini.

CAMILLE.

Bien sûr?

SUZANNE.

De votre part, Camille, un tel doute m'est dur.

CAMILLE.

Madame, excusez-moi, si mon doute vous froisse;
On doute malgré soi, quand on est dans l'angoisse.

SUZANNE.

Chère enfant, je comprends en vous ce sentiment,
Et ne vous en fais pas un crime assurément.

CAMILLE.

Ainsi plus de duel. Mais pourrez-vous me dire
Qui leur avait soufflé ce sauvage délire ?

SUZANNE.

Vous et moi, nous l'avions introduit dans leur cœur.

CAMILLE.

Quoi ! nous aurions été cause d'un tel malheur ?

SUZANNE.

Nous en aurions été toutes les deux la cause.
Ne me demandez pas sur moi-même autre chose ;
Pour vous ce qui me touche est vide d'intérêt.

CAMILLE.

Soit, madame ; mais moi, comment donc, s'il vous plaît,
Aurais-je pu causer un malheur si terrible ?
Vite, répondez-moi, l'attente est chose horrible.

SUZANNE.

Puisque vous le voulez, vous allez le savoir :
Aussi bien, vous le dire est mon premier devoir.

CAMILLE.

J'écoute.

SUZANNE.

            Sachez donc qu'Albert, qui vous adore,
Vous avait néanmoins laissée à Théodore,
Et que ce sacrifice étant pour lui trop fort,
Il n'y pouvait survivre et désirait la mort ;
Il l'eût d'Henri reçue avec reconnaissance.

CAMILLE.

Et moi qui l'accusais de tant d'indifférence !
Ah ! quelque chose aussi me révélait tout bas
Que cette indifférence au fond n'existait pas ?
Comment puis-je payer tant de délicatesse ?

SUZANNE.

Je m'en vais vous le dire ; écoutez, le temps presse :

C'est peu d'avoir sauvé ses jours ; sans le bonheur,
La vie est un boulet qu'on traîne avec horreur.
Vous êtes, chère enfant, le rêve de sa vie ;
Faites tous vos efforts pour combler son envie.

CAMILLE.

J'y suis bien décidée, et si j'y réussis,
J'aurai réalisé le but que je poursuis.
Mais vous, qui voulez bien raffermir mon courage,
Prêtez-moi votre appui dans ce terrible ouvrage.

SUZANNE.

Je vous l'allais offrir, plus heureuse que vous,
Si je puis voir Albert devenir votre époux.
Dans vos refus soyez ferme, et je vous proteste
Que je viendrai, moi seule, à bout de tout le reste.

SCÈNE VIII

CAMILLE, *seule*

Ah ! sur moi tous les maux peuvent fondre aujourd'hui ;
Ils ne ne me causeront, quels qu'ils soient, nul ennui.
Mon Albert est sauvé ; le reste est peu de chose ;
Mes vœux sont satisfaits ; que de moi Dieu dispose !
Quant à lui, s'il lui faut encore mon amour,
Il le possédera jusqu'à mon dernier jour.

SCÈNE IX

CAMILLE, MADAME LOMBARD.

MADAME LOMBARD.

Ma fille, que veut dire une telle conduite ?
Je suis depuis bientôt une heure à ta poursuite.
As-tu donc résolu de faire mon tourment ?

CAMILLE.

Non, ma mère ; j'en suis au désespoir, vraiment.

25

MADAME LOMBARD.

Chez monsieur Langelet tu tombes presque morte;
Dans cet affreux état de chez lui l'on t'emporte;
Dans ta chambre on t'étend sur ton lit, et je sors.
A peine ai-je passé quelques instants dehors,
Que vers toi je retourne avec sollicitude;
Mais rends-toi compte un peu de mon inquiétude,
Quand, rentrant dans ta chambre et mesurant mes pas,
Je vais droit à ta couche et ne t'y trouve pàs.
Je m'agite, je cours, je cherche, j'interpelle;
Personne ne t'a vue ou ne se le rappelle,
Et c'est après t'avoir cherchée en vingt endroits
Que dans cette maison enfin je te revois.

CAMILLE.

Je comprends tout l'ennui qu'à votre cœur je donne;
Mais je ne doute pas qu'il ne me le pardonne :
A peine ai-je senti mes forces revenir
Que de tout me revient aussi le souvenir;
Je me souviens alors de la prochaine lutte,
Je cours, pour empêcher qu'elle ne s'exécute,
Chez madame Gauthier j'arrive, et, devant moi.
Je la trouve saisie encor du même émoi.
Avertie avant moi de l'affreuse nouvelle,
Elle avait eu le temps de finir la querelle.

MADAME LOMBARD.

Ainsi, lorsque tu m'as suscité tant d'ennui,
C'était pour t'occuper des affaires d'autrui ?

CAMILLE.

D'autrui! Que dites-vous? Ah! qu'il vous en souvienne!
La mort d'Albert, ma mère, aurait causé la mienne :
Sa douleur est la mienne et ses plaisirs les miens;
Je suis unie à lui par d'éternels liens ;
Pour tout dire, je l'aime, et toute mon envie
Est de me voir unie avec lui pour la vie!

MADAME LOMBARD.

Tu persévères donc dans ton égarement?

CAMILLE.

J'y persévérerai, ma mère, constamment ;
Pour un autre que lui jamais au fond de l'âme
Je ne me sentirai la plus légère flamme.

MADAME LOMBARD.

Le temps est un grand maître : il t'apprendra bientôt
Que ce que tu dis là n'est pas ton dernier mot.

CAMILLE.

Le temps ne pourra pas changer mes sympathies.

MADAME LOMBARD.

Quand tu les sentiras sur son aile parties,
Tu me remercîras d'avoir su t'arrêter
Sur la pente où tu veux avec toi m'emporter.

CAMILLE.

Chacun a ses penchants distincts de ceux des autres,
Vous ne pouvez juger de mes goûts par les vôtres ;
Ce qui peut à vos yeux paraître le malheur,
Est ce qui va le mieux aux besoins de mon cœur.
J'ai maintenant assez de raison pour comprendre
Quel chemin mon bonheur peut m'ordonner de prendre,
Et, tout considéré, j'ai toujours découvert
Que je ne le suivrais qu'en épousant Albert.

MADAME LOMBARD.

Ton triste aveuglement, mon enfant, me désole.
Pour un instant j'admets qu'Albert soit ton idole,
J'admets qu'il ne lui manque aucune qualité ;
Mais ouvre un peu les yeux sur la réalité :
Suffit-il qu'un mari soit bon, tendre et sensible ?
Non ; s'il n'a que cela, la vie est impossible.
Albert est vertueux, je l'admets ; mais, vois-tu,
On ne se nourrit pas avec de la vertu.
Bonne dans la richesse, elle est dans l'infortune
Une inutilité dont la vue importune.

CAMILLE.

Albert est jeune, il a du cœur et du talent ;
Pour vivre, il gagnera toujours assez d'argent.

MADAME LOMBARD.

De nos jours le talent est bien souvent stérile ;
Les obstacles sont grands, l'âme la plus virile
A rarement assez de force ou de bonheur
Pour être appréciée à sa juste valeur,
Et tu dois supposer, pour n'être pas déçue,
Que le talent d'Albert restera sans issue.
Si tu veux, au contraire, accepter pour époux
Monsieur Langelet fils, qui t'en prie à genoux,
Tu vivras sans soucis et n'auras point à craindre
Que la faim près de lui puisse jamais t'atteindre.
Il n'a peut-être pas les qualités d'Albert,
Son bon cœur, sa belle âme et son esprit ouvert,
Il ne te rendra pas l'épouse d'un grand homme ;
Mais il est, tu le sais, riche autant qu'économe,
Et si tu ne cours pas la chance d'être un jour
La femme d'un ministre influent à la cour,
Avec lui tu pourras, sans craindre l'indigence,
Couler au moins tes jours au sein de l'opulence.

CAMILLE.

Ma mère, je vous crois, cet homme est cousu d'or ;
Mais, comme ce matin, je vous le dis encor,
J'aime mieux l'indigence avec Albert, que j'aime,
Que l'opulence avec tout autre que lui-même.
Nous avons toutes deux la même idée au cœur ;
Comme moi vous voulez assurer mon bonheur ;
Je sens ce qu'il me faut, j'en ai la prescience :
En votre fille ayez un peu de confiance.

MADAME LOMBARD.

De tant d'entêtement je suis lasse à la fin,
Et puisque à raisonner je m'exténue en vain,
Je ne persiste plus à discuter encore.

Demain, pour être unie à monsieur Théodore,
De force ou de bon gré, mais sans faire d'éclat,
Tu devras te résoudre à signer le contrat.

CAMILLE.

Jamais !

MADAME LOMBARD.

Demain, te dis-je.

CAMILLE.

Et moi, je vous assure
Que vous n'obtiendrez pas demain ma signature.

MADAME LOMBARD.

Assez !

CAMILLE.

Quand je devrais me voir couper le poing,
A me faire signer vous n'arriveriez point.

SCÈNE X

Les Mêmes ; MONSIEUR LANGELET, MADAME
LANGELET, THÉODORE LANGELET.

MADAME LOMBARD, *à Camille.*

Chut !

MADAME LANGELET, *à madame Lombard.*

De vous rencontrer je suis vraiment bien aise.

MONSIEUR LANGELET.

Ma femme, veux-tu bien accepter cette chaise ?

MADAME LANGELET, *s'asseyant, et s'adressant*
toujours à madame Lombard.

Nos enfants sont pressés de se donner la main ;
Le contrat doit toujours être signé demain,
N'est-ce pas ?

CAMILLE, *bas, à madame Lombard.*

N'allez pas vous lier avec elle.

MADAME LOMBARD, *avec embarras, à madame Langelet.*

Je n'y vois point d'obstacle.

THÉODORE, *à Camille.*

Et vous, mademoiselle ?

(Camille lui tourne le dos, sans répondre.)

MADAME LANGELET.

Demain, après avoir signé notre contrat,
Je désire donner un dîner d'apparat,
Où je réunirai quelques amis intimes ;
A ce titre nul n'a des droits plus légitimes
Que madame Gauthier, que nous avons tous trois
Cru devoir inviter d'une commune voix.
C'est pour cela qu'ici vous nous voyez ensemble.
Est-ce pour vous aussi l'objet qui nous rassemble ?

MADAME LOMBARD, *embarrassée.*

Non... pas précisément... Je suis loin de nier
Pourtant les droits certains de madame Gauthier,
Et près d'elle je vais, pour qu'elle soit des nôtres,
Adjoindre, s'il le faut, mes instances aux vôtres.

MADAME LANGELET.

J'accepte. L'un de nous, par procuration,
Va lui faire pour tous notre invitation.
Qui veut bien se charger de porter la parole ?

THÉODORE.

Si l'on veut m'accepter, je remplirai ce rôle.

MADAME LOMBARD, *à Théodore.*

Personne mieux que vous ne pourrait le remplir.

THÉODORE.

Nul n'aura plus à cœur de le bien accomplir ;
Voilà ce que je puis vous dire au moins d'avance.

CAMILLE, *à part.*

O mon Dieu ! faites-moi tout entendre en silence !

MONSIEUR LANGELET.

Voici précisément madame Gauthier.

THÉODORE.

Bien.

MONSIEUR LANGELET, *à Théodore.*

Allons...

THÉODORE.

Laissez-moi faire, ou je ne dirai rien.

SCÈNE XI

LES MÊMES; SUZANNE.

SUZANNE, *à Théodore.*

Vous en ce lieu, monsieur?

THÉODORE, *d'un ton goguenard, qu'il conserve jusqu'à la fin de la scène.*

Oui, madame, moi-même.

SUZANNE.

Que voulez-vous, monsieur?

(*A part.*)

Quelle impudence extrême!

THÉODORE.

Connaissant l'intérêt que vous avez toujours
Pris si spontanément au bonheur de mes jours,
Avec mes chers parents, sans tarder davantage,
Je viens vous annoncer mon prochain mariage,
Auquel vous donnerez votre approbation.

SUZANNE.

Qui donc épousez-vous, sans indiscrétion?

THÉODORE.

Mademoiselle ici présente.

CAMILLE, *à part.*

Moi?

SUZANNE, *à part.*

L'infâme!

CAMILLE, *bas à Suzanne.*

Rassurez-vous, jamais je ne serai sa femme.

THÉODORE.

Nous signons le contrat, sans différer, demain.
A cette occasion nous avons le dessein
D'inviter à dîner quelques amis intimes.
Vous avez à ce rang des droits fort légitimes ;
Nous venons donc tous trois vous prier de venir
A leur groupe chez nous demain vous réunir.
Votre amitié pour nous nous laisse l'espérance
Que vous nous donnerez sur tout la préférence,
Et que quelque incident qui vous puisse entraver,
Pour répondre à nos vœux vous saurez le lever.

MONSIEUR LANGELET, *à part.*

Comme il vous tourne bien un compliment, le traître !

SUZANNE, *à part.*

Il me faut donc souffrir, sans rien faire paraître.
Quand il m'insulte, il faut encore que mon front
Ne laisse point percer la trace de l'affront !
Si j'avais su toujours demeurer innocente,
Comme à le démasquer je me verrais puissante !
Il aurait peur de moi, je ne le verrais pas,
Comme dans ce moment, m'écraser sous ses pas.
Je n'ai qu'un seul instant quitté la droite route ;
Voilà mon châtiment, voilà ce qu'il m'en coûte !

THÉODORE, *à Suzanne.*

Vous ne répondez rien ? Faut-il, auprès de vous,
Que madame Lombard aussi se joigne à nous ?

MADAME LOMBARD.

En effet je serais, pour ma part, désolée,
Si madame Gauthier manquait à l'assemblée.

MADAME LANGELET.

Laissez-vous attendrir ; vous voyez à quel point
Vous nous ferez défaut si vous ne venez point.

SUZANNE.

A tant d'empressement je suis vraiment sensible;
Mais ne m'attendez pas, cela m'est impossible.
(A part.)
Ah! j'étouffe de honte!

THÉODORE.

Impossible! Pourquoi?

SUZANNE, *d'un ton sévère.*

Vous en savez, monsieur, la cause comme moi.

SCÈNE XII

LES MÊMES; MONSIEUR GAUTHIER, ALBERT
MARTIN.

MONSIEUR GAUTHIER.

Notre meilleur ami nous est rendu, Suzanne;
A vous tendre la main tous deux je vous condamne.

ALBERT.

J'accepte avec bonheur la condamnation.

SUZANNE.

Et moi, je l'exécute avec effusion.

THÉODORE.

Parbleu! je suis, Albert, au comble de la joie :
Je voulais t'aller voir, le ciel à moi t'envoie.
Dans quelques jours au plus je vais avoir besoin
Que de garçon d'honneur tu remplisses le soin.
Bientôt je me marie avec mademoiselle.
Dans cette occasion je compte sur ton zèle.

ALBERT.

Cessez de plaisanter, monsieur; je vous connais,
Et, si par dignité je ne me retenais,
Vous me verriez ici punir vos perfidies.

THÉODORE.

Est-ce pour moi que sont ces paroles hardies?

ALBERT.

Pour vous, monsieur, pour vous; vous le savez fort bien :
Ne dissimulez pas, vous n'y gagnerez rien.

MADAME LANGELET.

Jamais on n'a pu voir une telle nature;
Quand mon fils le caresse, il lui rend une injure.

MONSIEUR LANGELET.

Quand depuis si longtemps nous faisons tout pour lui,
Injurier mon fils de la sorte aujourd'hui !

THÉODORE.

Mon père, calmez-vous, et cessez de me plaindre,
Les injures d'Albert ne peuvent pas m'atteindre.

MADAME LANGELET, *à madame Lombard.*

Je suis aise vraiment que vous soyez ici;
Vous n'auriez jamais cru qu'on pût agir ainsi.

MADAME LOMBARD.

Vous avez bien raison ; sans cette triste étude
Je n'aurais pas pu croire à tant d'ingratitude.

ALBERT.

Tu les entends, Henri? je ne suis qu'un ingrat!

MONSIEUR GAUTHIER, *à madame Lombard.*

Vous mettez promptement les gens hors de combat.
Heureusement tous ceux qui pensent le connaître
Ne sont pas de l'avis que vous faites paraître,
Et, pour ne vous citer qu'un exemple à l'appui,
Son patron notamment fait si grand cas de lui,
Qu'aujourd'hui même il vient de lui céder sa charge;
Albert a, pour payer, le délai le plus large,
Et, tout en vivant bien, il pourra tous les ans,
Mettre encor de côté quarante mille francs.

MADAME LOMBARD, *stupéfaite.*

Quarante mille francs par an ! C'est magnifique.

THÉODORE.

C'est trop pour être vrai.

MONSIEUR GAUTHIER.

Monsieur, c'est véridique.

MADAME LOMBARD, *à monsieur Gauthier.*

Quarante mille francs! C'est bien ce chiffre-là?

MONSIEUR GAUTHIER.

Vous avez entendu comme il faut; c'est cela.

MADAME LOMBARD, *d'un ton repentant.*

Monsieur, j'ai tout à l'heure été beaucoup trop prompte;
Mais sur votre indulgence en ce moment je compte.
Pardonnez-moi, monsieur, et surtout obtenez
   (Désignant Albert.)
Que mes propos me soient par monsieur pardonnés.

MONSIEUR GAUTHIER.

Vous êtes excusée en ce qui me concerne;
Mais mon ami n'est pas de ces hommes qu'on berne
Et qu'ensuite on apaise avec quelques doux mots;
Pour détruire l'effet de vos mauvais propos,
Il vous faut lui donner la main de votre fille.

MADAME LOMBARD.

Je n'osais demander la sienne pour Camille.
Pour moi, s'il y consent, ses vœux sont une loi.

CAMILLE, *à madame Lombard.*

Vous disposez toujours trop aisément de moi :
Albert ne peut plus être aujourd'hui votre gendre ;
Devenu riche, il peut à mieux que moi prétendre.

ALBERT.

Camille! y pensez-vous? Ne savez-vous donc pas
Que pour moi l'or n'est rien auprès de vos appas,
Et que plus que jamais maintenant je vous aime,
Parce que je me crois plus digne de vous-même?
Quand vous voyez pour vous s'accroître mon amour,
Le vôtre pourra-t-il disparaître en retour?

CAMILLE.

Non, pour vous résister, je sens en vous trop d'âme;
Je n'ai plus de scrupule, et je suis votre femme.

ALBERT.

Ma femme! Ah! maintenant il n'est plus de malheur
Qui puisse me plonger dans la moindre douleur.

MADAME LANGELET, *à madame Lombard.*

Vous m'avez cependant donné votre parole?

MADAME LOMBARD.

C'est vrai; mais d'y compter vous avez été folle,
Tant il est souvent vrai que les événements
Se trouvent bien plus forts que nos engagements!

MADAME LANGELET.

Quelle femme d'argent!

THÉODORE.

            Quelle sanglante injure!...
Ah! nous nous reverrons, Albert, je te le jure!

ALBERT.

Monsieur, je vous dédaigne, et ne vous réponds pas.

MONSIEUR GAUTHIER.

Pour jamais te revoir, il craint trop le trépas.

SCÈNE XIII

MONSIEUR LANGELET, MADAME LANGELET,
MADAME LOMBARD, MONSIEUR GAUTHIER,
SUZANNE, CAMILLE, ALBERT MARTIN.

MADAME LANGELET.

Hébergez donc les gens, pour qu'ensuite on vous paye,
Le jour de l'échéance, avec cette monnaie!
J'ai d'une tendre mère eu pour Albert l'amour,
Et lui, non-seulement il n'a jusqu'à ce jour

Rien fait pour me payer de toute ma tendresse,
Mais encore, cédant à son âme traîtresse,
Il n'a pas craint de prendre à l'instant devant nous
La femme, dont mon fils devait être l'époux.
Ami de la maison, c'est-à-dire ami traître,
Il n'a songé chez nous qu'à s'ériger en maître.
Heureusement pour moi la leçon me suffit,
Et je m'en vais tâcher de la mettre à profit.

MONSIEUR GAUTHIER.

Prenez garde; je crains pour vous que cette épreuve,
Madame, ne fournisse au contraire la preuve
Qu'ils sont bien éloignés d'avoir toujours raison,
Ceux qui croient que l'ami ne vaut pas la maison.

TABLE DES MATIÈRES

Paris. — Typ. Morris et Comp., rue Amelot, 64.

www.ingramcontent.com/pod-product-compliance
Lightning Source LLC
Chambersburg PA
CBHW070758030726
47504CB00003B/601